영혼의 숨겨진 보화

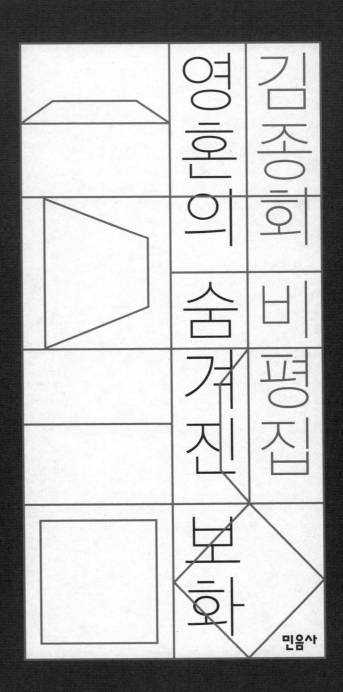

김종회 비평집

영혼의 숨겨진 보화

민음사

영국의 시인이자 극작가이며 20세기 시와 비평 분야에 혁명을 일으킨 T.S. 엘리엇은 1923년에 「비평의 기능」이라는 짧은 비평문을 썼다. 이 글에서 그는 비평을 두고 "문학작품의 해명과 취미의 교정"이라는 매우 오만한 수사를 사용했다. 그가 스스로의 문필 활동을 전개하면서 다른 비평가의 비판을 받기도 하고 또 세월의 경과에 따라 생각이 깊어지기도 하면서, 1956년에 「비평의 한계」라는 역시 짧은 비평문을 썼다. 이 글에서는 "작품에 대한 이해와 향유의 증진"이라는 사뭇 겸허한 표현을 내놓았다. 33년이라는 시간적 상거를 가진 이 두 글 사이에 한 뛰어난 문인의 인식 변화가 비평의 역할론과 더불어 잠복해 있었다. 비단 그의 경우에만 이 글쓰기 문법이 작동할 리 없다.

필자가 1988년《문학사상》을 통해 문학평론가로 문단에 발을 들여놓은 지 30년이 지났다. 그동안 여러 문예지의 편집위원을 맡기도 하고 한국문학평론가협회 회장을 역임하기도 했으며, 거의 쉬는 날 없이 우리 문학작품을 읽고 이에 대한 비평 활동을 해 왔다. 지금까지 모두 아홉 권의 평론집을 상재했고, 이 책들은 여덟 번의 문학상 수상이라는 영예를 안겨 주기도 했다. 이번 책은 열 번째 평론집이다. 그런데 이 모든 겉치레의 모양과 그 축적이 대체 무엇이란 말인가. 엘리엇의 문학 인생에 비추어 보니, 외형적 형상은 중요할 바 없고 오직 의식의 내면에 숨어 있는 결곡하고 핍진한 문학 정신만이 가치 있는 그루터기로 남지 않을까 여겨진다. 정말 귀하고 소중한 것은 작고 단출하지만 단단하고 값있는 데 있는 것 같다.

그리고 또 있다. 좋은.비평이란 정연한 논리와 수발한 문장에 기대어 있는 것이 아니라, 작가와 작품에 대한 따뜻한 애정에서 말미암는 것이 아닌가. 작가의 내부로 되짚어 들어가 보려는, 곧 작가를 깊이 있게 이해하려는 노력 없이 좋은 비평이란 당초에 어려울 것이 아닌가. 정말 좋은 비평은, 그 비평이 없었더라면 잘 알 수 없는 작품의 가치를 드러내 보여 주는 것이 아닐까. 30년 비평적 글쓰기 끝에 요즈음 내 의식을 채우고 있는 생각들이다. 이 책은 그와 같은 논점에 따라 우리 문학의 현장을 여러 시각으로 살펴본 결과에 해당한다. 동시에 앞으로 남아 있는 필자의 문학비평은 그와 같은 방향성을 뒤따라가게 될 것이다. 그런 점에서 이 책을 새로운 하나의 변화 기점으로 삼을 수 있었으면 한다.

표제 '영혼의 숨겨진 보화'는 「마태복음」 13장 44절에서 그 모티브를 가져왔다. "천국은 마치 밭에 감추인 보화와 같으니 사람이 이를 발견한 후에 숨겨 두고 기뻐하여 돌아가서 자기의 소유를 다 팔아 그 밭을 샀느니라." 이 비유의 레토릭이 꼭 문학의 깊고 진중한 의미를 말하는 것으로 여겨졌다. 읽고 쓰고 생각하는 문학의 여러 면모가 궁극에 있어서는 우리의 내면과 영혼, 그 속에 숨겨진 진진한 보화를 찾아가는 일이라 생각했던 터이다. 그 문학의 길에서 만난 한 사람의 작가와 한 편의 작품이 저마다 고유한 모양과 빛깔을 가진 나무라면, 이들이 모여 이루는 문학의 공동체와 문학사는 울울창창한 숲의 형상이었다. 30년에 걸친 나의 비평적 글쓰기는 곧 이 나무와 숲이 감추고 있는 보화를 찾아가는 여정의 다른 이름이었던 것이다.

이 책은 모두 4부로 구성되어 있다. 1부 '자기 성찰의 맑은 거울'은 한국 현대소설의 여러 작가들을 작품의 실제와 더불어 검증해 보았고, 2부 '문화 공감과 소통의 글'은 주로 미주 한인 작가들의 작품을 세미하고 다양하게 검색해 본 것이다. 3부 '운문호일의 시와 언어'는 우리 시인들의 작품 세계를 온정 어린 눈길로 살피려 애쓴 것이고, 4부 '부드러움의 더 강한 힘' 또한 동시대 국내외의 수필 작품들을 그러한 눈으로 뒤따라간 것이다. 이처럼 여러 갈래의 글이 한 권의 단행본으로 조화롭게 태어날 수 있게 해 준 민음사 편집부에 마음으로부터 감사의 말씀을 드린다. 이 책에서 탐색하고 있는 작가 그리고 작품들과 이 소박하면서도 벅찬 기쁨을 함께 나누고 싶다.

2019년 여름
양평 황순원문학촌 소나기마을에서
김종회

차례

1부

자기 성찰의 맑은 거울

현진건, 궁핍한 시대와 삶의 사실성

—「운수 좋은 날」을 중심으로

그 시대와 작가

빙허(憑虛) 현진건은 1900년 경북 대구에서 태어났으며 1943년 서울에서 타계했다. 그가 작품 활동을 시작한 것은 1920년 《개벽》에 단편 「희생화」를 발표하면서였다.

처녀작 「희생화」는 소설로서의 미숙한 점이 지적되는 등 크게 인정받지 못했지만, 이후 「빈처」에서 리얼리즘 기법을 시도하여 호평을 받았다. 이어서 「술 권하는 사회」, 「운수 좋은 날」, 「불」 등과 같은 단편을 발표하여 문단의 주목을 받았고 1922년에는 《백조》 동인이 되어 활동했다. 그 후 20여 년 동안 20여 편의 단편소설[1]과 6편의 장편소설,[2] 국토 기행 산문과 수필 및 비평문을 남겼다.

현진건이 작품 활동을 시작한 1920년대는 우리 근대문학의 초창기였으며, 서구의 문예사조가 적극적으로 유입되던 때였다. 그리고 3·1운동 이후 지식인들이 민족 모순에 새롭게 각성하기 시작했으며, 일제가 무

단정치를 문화정치로 바꿈으로써 언론·출판 활동이 활발하게 전개되던 시기였다. 1920년대에서 1930년대에 이르는 동안 소설에서는 특히 사실주의 및 자연주의 경향이 형성, 발전되었는데 이러한 경향은 김동인, 염상섭, 현진건을 중심으로 성숙되었다.

현진건은 근대문학 초기에 김동인과 더불어 단편소설 양식을 개척하고 발전시켜 소설 문학의 기틀을 마련한 선구적 작가였으며, 염상섭과 함께 사실주의 문학을 개척한 중요한 역할을 했다. 그는 독자적인 소설 미학을 통해 문학의 내용과 형식의 문제를 종합적으로 인식한 작가였다. 뿐만 아니라 근대사회로 진입하는 당대의 문제와 그 현실에 대응하는 인간 삶의 문제를 독자적인 소설 미학을 통해서 지속적으로 추구한 작가라는 데 큰 의미를 부여할 수 있다.[3]

작품 세계

현진건의 작품 세계는 시기별로 3단계로 나누어 살펴볼 수 있다. 초기 체험 소설 중심의 단계와 중기 본격·객관 소설 단계, 그리고 후기 역사

---

1) 「희생화」(1920), 「빈처」(1921), 「술 권하는 사회」(1921), 「타락자」(1922), 「유린」(1922), 「피아노」(1922), 「우편국에서」(1923), 「할머니의 죽음」(1923), 「까막잡기」(1924), 「그립은 흘긴 눈」(1924), 「운수 좋은 날」(1924), 「불」(1925), 「B 사감과 러브레터」(1925), 「새빨간 웃음」(1925), 「사립정신병원장」(1926), 「발」(1926), 「고향」(1926), 「신문지와 철창」(1929), 「정조와 약가」(1929), 「서투른 도적」(1931), 「연애의 청산」(1931) 등이 있다.

2) 『지새는 안개』, 『적도』, 『무영탑』은 완성된 작품이지만, 『웃는 포사』, 『흑치상지』, 『선화공주』는 미완성 작품이다.

3) 조연현, 「현진건 문학의 특성과 문학사적 위치」, 신동욱 편, 『현진건의 소설과 그 시대 인식』(새문사, 1981), 98쪽.

소재의 장편소설 중심의 단계가 그것이다.

첫 번째 단계의 대표적 작품으로는 단편집 『타락자』에 실린 세 편의 작품, 즉 「빈처」, 「술 권하는 사회」, 「타락자」와 장편 『지새는 안개』 등을 들 수 있다. 이 소설들에는 대체로 '나'라는 일인칭 주인공이 등장하는데, 현진건의 생애와 비교해 보면 자신의 체험을 위주로 한 자전적 소설임을 알 수 있다. 시대적 사조와 더불어 그의 소설이 사실주의의 바탕 위에 서 있음을 생각해 보면 이는 당연한 일이기도 하다.

이 작품들은 봉건사회로부터 근대사회로 이행되는 과도기적 시점에서 근대사회를 지향하는 지식인의 꿈과 좌절, 자아와 세계와의 불화 양식을 통해 시대에 대한 강렬한 의식을 형상화했다.[4] 그 제재는 자기 자신이나, 그 처리 방법은 객관적인 사실주의에 입각해 있다.[5] 그러나 다른 한편, 기생과의 성희(性戲), 지식인으로서의 푸념 등을 소재로 택하고 있으며[6] 한 자유주의 지식인의 실패의 기록을 담은 신변 소설[7]이라고 보는 부정적 견해도 있다.

두 번째 단계는 현진건이 단편집 『조선의 얼굴』을 출간하면서 분명한 변화를 보여 주고 있는 시기이다. 이 단계의 대표적 작품으로는 「할머니의 죽음」, 「운수 좋은 날」, 「불」, 「B 사감과 러브레터」, 「고향」 등을 들 수 있다. 여기에서 현진건은 초기의 자전적 소설에서 벗어나 일제강점기 현실을 직시하고 민중의 삶을 예리하게 분석하는 등 적극적으로 시대 현실에 대응하고 있다. 《백조》파의 일원이면서도 단순한 낭만에 그치지 않고

---

4) 현길언, 『문학과 사랑과 이데올로기』(태학사, 2000), 14쪽.

5) 조연현, 앞의 글, 92쪽.

6) 조남현, 「현진건의 단편소설, 그 종횡」, 『조선의 얼굴 — 현진건 전집 4』(문학과비평사, 1988), 282쪽.

7) 최원식, 「현진건 문학의 사회적 가치」, 신동욱 편, 앞의 책, 85쪽.

식민지 상황을 대변했던 이 시기의 소설을, 대부분의 평자들은 그의 원숙기 사실주의 작품으로 보고 있다.

평론 「조선혼과 현대 정신의 파악」(《개벽》, 1926)에서 현진건이 "시간과 장소를 떠나서는 아무것도 존재치 못하는 것이다. 달나라의 소요도 그만둘 일이다. 구름바다의 유희도 그칠 일이다. 조선 문학인 다음에야 조선의 땅을 단단히 디디고 서야 할 줄 안다."라고 한 말은 자주 인용되는데, 이를 통해서 그가 작품에서 추구하고자 한 것을 알 수 있으며 철저한 사실주의 작가로서의 모습을 볼 수 있다.

세 번째 단계는 역사 장편소설인 『적도』, 『무영탑』 등을 발표한 시기다. 이때는 식민 통치가 극에 달했던 1930년대로 당시 많은 작가들이 붓을 꺾거나 역사소설로 전환했다. 현진건 또한 그들과 함께 절망적 상황을 극복하기 위한 대안으로서 새로운 세계에 대한 꿈을 초월 양식으로 형상화한 역사 장편소설을 집필했다.[8] 그러나 후에 『흑치상지』가 게재 중지 처분을 받고 『선화공주』도 미완된 채 작가는 44세의 나이로 세상을 떠나고 만다.

현진건은 그가 살았던 시대와 밀접한 관계를 맺는 작품 세계를 펼쳐 근대 리얼리즘 문학을 확립했다고 평가된다. 그의 문학적 특성을 두고 기교의 세련으로 보는 평가도 많다. 그러나 그의 대표작인 「빈처」, 「술 권하는 사회」, 「운수 좋은 날」, 「불」 등에는 모순과 부조리가 어디에서 오는가를 확실히 깨닫지 못하고 그 모순과 부조리를 쉽게 재단하여 거기에 저항하는, 혹은 포기해 버리는 인물들이 가득 차 있다[9]는 비판도 있다.

그런가 하면 「피아노」, 「B 사감과 러브레터」, 「그립은 흘긴 눈」, 「동

---

8) 현길언, 앞의 책, 14쪽.
9) 김윤식·김현, 『한국문학사』(민음사, 1996).

정」,「할머니의 죽음」 등 몇 작품을 제외하면 그의 사실주의가 심오한 비판 정신에 입각한 것이라기보다는 현실 반영적 수준에 머물러 있으며, 있는 그대로의 현실을 어느 정도 수용하는 자세로 문제 제기에만 그쳤다[10]고 비판하는 평자도 있다.

이 작품,「운수 좋은 날」

「운수 좋은 날」은 1920년대 일제강점기 하층민의 가난하고 비극적인 삶을 직접적으로 보여 주고 있다. 주인공 김 첨지는 특수한 개인이 아니라 식민지 민중이 겪는 고난의 삶을 대표하는, 그 계층의 전형적 인물로 부각된다. 작가는 이러한 인물의 삶을 통해 당시 사회의 부조리를 고발하고 있는 것이다.

인력거꾼인 김 첨지는 겨울비가 오는 궂은 날에도 일을 나가는 하층계급에 속한 사람이다. 그것도 병자인 아내와 아직 어린 아기를 두고 나가야 하는, 그렇지 않으면 굶을 수밖에 없는 형편에 처해 있다. 작품 중에 김 첨지의 집을 묘사한 부분이나 그 노동의 힘겨움을 묘사한 부분, 또 "근 열흘 동안 돈 구경도 못했다."라는 등의 서술을 통해서 김 첨지라는 인물의 전반적인 생활상을 파악할 수 있다.

어쨌든 김 첨지는 이날 운수가 좋아 손님을 여럿 태우고 돈도 꽤 벌게 된다. 그는 노동의 정당한 대가로 받은 돈을 '행운'으로 여기며 기뻐하지만, 배고픔과 질병으로 상징되는 하층계급의 비극적인 삶은 일시적인 행운으로 극복될 수 없음을 보여 준다. 힘들게 돈을 벌어 아내가 그렇게도

---

10) 김중하,「현진건 문학에의 비판적 접근」, 신동욱 편, 앞의 책, 41쪽.

먹고 싶어 하던 설렁탕을 사 들고 갔지만 아내는 이미 죽어 있었다. 사회적 약자인 김 첨지와 그보다 더 약자인, 여자이며 병자인 아내, 그리고 현실 대처 능력이 전혀 없는 아기, 이들 가족은 당시의 하층민상을 극명하게 보여 주는 인물들이다.

이 인물들의 상황은 모두 비극으로 치닫는다. 아내의 죽음이 우선 그러하지만 아직 젖먹이인 아기가 어미 없이 살아갈 날은 더욱 비극적이다. 결말 부분 "울 기운조차 시진한" 아기의 울음소리와 "괴상하게도 오늘은 운수가 좋더니만……."이라는 마지막 김 첨지의 독백은 비극적 상황을 더욱 고조시킨다.

이처럼 김 첨지 가족의 상황은 당시 하층계급에게 주어진 결정적인 비극의 모습이다. 김 첨지와 같은 계층의 삶은 사회구조에 의해 결정되는 것이다. 당시 하층계급의 삶의 비극성은 하나의 조건에 의한 결과이기 전에 숙명적 삶의 양태임을 이해할 수 있다.[11] 이러한 결말을 통해 작가는 결국 일제강점기의 빈곤이 개인의 노력과 성취에 의해서 극복될 수 있는 성격의 것이 아니라 식민지 사회의 뿌리 깊은 사회적 모순 때문이라는 것을 암시하고자 한다.

이러한 결론은 사회적 측면에서 볼 때, 작가가 식민지 현실을 극복하려는 의지를 보이거나 미래에 대한 비전을 제시하는 것이 아니라 현실에 순응하거나 체념하는 태도를 드러낸다는 비판을 받을 수 있다. 그러나 식민 시대의 비극적 현실을 고발하고 있다는 데서 이 작품의 의의를 찾을 수 있으며, 작품 자체만으로 볼 때는 구조적 장치를 통해 소설의 미학을 추구하고 있음을 알 수 있다.

비극적 결말과 대비되는 제목에서도 알 수 있듯이 「운수 좋은 날」은

---

11) 현길언, 앞의 책, 118~119쪽.

반어적 구조를 바탕으로 하고 있다. 의외의 행운이 비극적인 불행과 교차됨으로써 삶의 비극적인 아이러니를 유발한다. 결국 가장 행운을 얻었다고 믿는 순간이 실은 가장 불행한 순간이라는 아이러니를, 상황의 대립 구조와 교차하여 보여 주고 있는데 여기에서는 '돈'과 '아내'가 대칭을 이룬다.[12] 돈을 벌기 위해 나가는 대신 아내를 돌보지 못하게 되고, 돈을 번 대신 아내를 잃게 되는 것이다. 이 소설은 행운의 상승에 따른 불운의 상승이라는 이중구조의 효과[13]를 드러낸다.

여기에서 '돈'은 사회로부터 소외된 개인을 명확하게 드러내는 역할을 하고 있다. 김 첨지는 아내에게 설렁탕을 사 줄 수도 있고 아기에게 죽을 사 줄 수도 있는 소중한 돈을 "이 원수엣 돈! 이 육시를 할 돈!" 하면서 팔매질을 치는 역설적인 행동을 하는데, 그 속에는 돈과 돈이 있어야 살 수 있는 현실에 대한 원망과 푸념이 섞여 있다.

이러한 역설적 행동은 김 첨지가 아내에게 행하는 가학적인 태도나 욕설에서도 드러나는데, 그러한 행동이나 말 뒤에는 아내에 대한 걱정과 연민, 그리고 사랑이 묻어 있다는 것을 알 수 있다. 이처럼 전체적인 구조와 부분적인 면에서 드러나는 이 작품의 반어적, 역설적 구조는 비극성을 더욱 극대화시키면서 현실을 첨예하게 제시하는 효과를 준다.

이 소설에 있어서 '반전'은 매우 중요한 소설적 장치다. "새침하게 흐린 품이 눈이 올 듯하더니, 눈은 아니 오고 얼다가 만 비가 추적추적 내리었다."라는 첫 문장에서, 그리고 작품 중간중간에 주인공의 심리묘사 부분에서도 결말의 반전을 암시하고 있다. 이러한 암시는 결말 부분에서 전지적 작가가 예견한 바와 김 첨지가 불안을 느끼며 예견한 것이 상호

---

12) 이재선, 「교차 전개의 반어적 구조」, 신동욱 편, 앞의 책, 117쪽.
13) 현길언, 앞의 책, 270쪽.

합치함으로써 불행을 필연적인 것이 되게 하는 효과를 준다.

　그러한 소설적 장점이 있는 채로 비운의 예고성이 지나치게 노출되고 있다는 점은 주인공의 심리묘사를 도입하는 긍정적인 면[14]과는 반비례로 구조적인 결함이 될 수 있다.

---

14) 이재선, 「반어의 창과 사회적 딜레마」, 《문학사상》, 1977. 1, 296쪽.

참고 문헌

김우종, 「현진건론 中」, 《현대문학》, 1962. 8; 「현진건론 下」, 《현대문학》, 1962. 9

김종욱·이명자, 「달라진 빙허의 「운수 좋은 날」」, 《문학사상》, 1977. 1

이재선, 「반어의 창과 사회적 딜레마」, 《문학사상》, 1977. 1

신동욱 편, 『현진건의 소설과 그 시대 인식』, 새문사, 1981

이봉채, 「「운수 좋은 날」 연구」, 한남대 석사 학위 논문, 1987

조남현, 「현진건의 단편소설, 그 종횡」, 『조선의 얼굴 ― 현진건 전집 4』,
    문학과비평사, 1988

권영민, 『한국 근대 문인 대사전』, 아세아문화사, 1990

이왕주, 「「운수 좋은 날」의 운수」, 『소설 속의 철학』, 문학과지성사, 1993

김윤식·김현, 『한국문학사』, 민음사, 1996

현길언, 『문학과 사랑과 이데올로기』, 태학사, 2000

황순원 문학과 자기 성찰의 거울

일찍이 불후의 명작 『실락원』을 쓴 존 밀턴(John Milton)은 "험난한 시대를 깨어 있는 정신으로 살았다."라는 언표를 남겼다. 어느 시대인들 험난하지 않을까마는, 나라의 명운을 건 사건들이 임립(林立)한 시기에 밀턴의 소회는 시사하는 바가 크다. 21세기 들어 우리 사회는 정치적 격변과 이념을 앞세운 보수·진보 진영 간 갈등이 계속되고 있다. 이 불꽃 튀는 접전의 선두에 선 사람들이나 그 조력자들은 미상불 눈앞의 목표가 화급하여 마땅히 지켜야 할 대의(大義)를 망각하기 쉽다. 타산지석이 될 교훈이 필요한 이유다.

한국 문학에 순수와 절제의 극 이뤄

여기에 유용한 자기 성찰의 거울이자 자기 측정의 저울로, 작가 황순원과 그의 작품들을 떠올려 본다. 20세기 격동기의 한국 문학에 순수와 절제의 극(極)을 이룬 이 작가는 일제강점이 시작된 암흑기 초입, 평남 대동군에서 출생했다. 열여섯 청춘에 시를 쓰기 시작해 80대의 노령에 이르도록 시 104편, 단편 104편, 중편 1편, 장편 7편의 문학적 유산을 남겼다. 그의 작품들은 시종일관 인간이 겪어야 하는 내면적 고통을 응시하며, 이의 극복과 치유의 방향성을 탐색하는 인본주의적 태도에 바탕을 둔다.

황순원의 문학은 시에서 출발하여 단편소설로 그 세계를 확대하고 다시 장편소설로 영역을 확장한 뒤 말기에서는 함축적인 단편과 시의 자리로 돌아오는 완결성의 미학을 보인다. 이 보기 드문 과정은 서구 문학의 괴테가 그러했듯이 일생을 두고 지속적 시간과 함께 창작을 한 작가에게서 목도할 수 있는 현상이다. 사소한 일에 일희일비하며 먼 길을 내다보는 눈이 허약한 우리 시대의 지도층 인사들이 반드시 학습해야 할 덕목에 해당한다. 문학평론가 천이두는 황순원의 이와 같은 면모에 "노년의 문학"이라는 명호를 붙이고, 단순히 노년기의 작가가 생산한 문학이 아니라 노년에 이르도록 작품 활동을 한 작가에게서 볼 수 있는 원숙한 분위기의 문학이라고 설명했다.

황순원은 일제강점기 말에 읽혀지지도 출간되지도 않는 작품들을 은밀하게 쓰면서 모국어를 지켰다. 이 소설들은 광복 후 『기러기』라는 표제를 달아 상재되었다. 모두가 동시대의 압제적 권력에 밀려 숨죽이거나 훼절을 일삼을 때, 한 작가의 외로운 창작실은 그 혼자만의 불을 밝히고 있었으니 이것이 나라 사랑의 실천이 아닐 수 없다. 기실 황순원의 부친 황찬영은 3·1운동 때 평양에서 교사로 있었으며 평양 시내 태극기 배포 책임자로 투옥되었고 나중에 독립유공자로 추서되었다. 우리가 오늘의 대선 주자들에게 정파적 정권적 욕망을 버리고 민족적 국가적 차원에서 생각하라고 요구할 수 있는 것은, 바로 이러한 작가의 염결한 정신주의가 우리 곁에 살아 있는 까닭에서다.

험난한 시대에 깨어 있는 정신의 힘

황순원이 살았던 격동의 시기는 그 작품 세계와 더불어 세 개의 고비로 분할해 볼 수 있다. 먼저 일제강점기이다. 문필에 뜻을 둔 청년의 꿈은 컸으나 그것을 펼칠 수 있는 공간은 협소했다. 열다섯 살이 되던 1929년, 정주의 오산중학에 입학한 황순원은 건강 때문에 평양의 숭실중학으로 옮기기까지 한 학기를 거기에서 보냈다. 이때 만난 교장 선생이 남강 이승훈 선생이다. 아직 연소한 시절의 작가에게, '남자라는 것은 저렇게 늙을수록 아름다워질 수 있는 것이로구나.'라는 느낌을 얻게 한 분이다.

황순원의 단편 「아버지」에서 화자는 독립운동을 하다 감옥에 갇힌 부친에게서 다시 '늙을수록 아름다운 남자'를 발견한다. 황순원 자신도 결국 이 부류의 남자였다. 이러한 내면적 각성의 힘, 인간의 삶에 있어서 꼭 지켜야 할 것과 버려야 할 것을 구분하는 도덕적 근본주의의 힘은 『늪』이나 『기러기』 같은 초기 소설의 주정적(主情的) 세계에도 그대로 적용된다. 그에게는 이 두 권의 소설집보다 앞서 『방가』와 『골동품』이라는 두 권의 시집이 있다. 시대적인 삶, 그리고 개인적인 삶의 양자에 걸쳐 황순원의 초기 작품에는 '부끄러움'을 알고 고뇌하는 인물들이 넘친다. 후안무치한 행동과 식언(飾言)의 번복을 마치 대범하고 힘 있는 지도력의 면모인 양 착각하는 이들에게는 참으로 값있는 '거울'들이다.

두 번째는 민족상잔의 6·25 동란이다. 전쟁이 나자 황씨 지주 집안은 그동안의 핍박을 뒤로하고 솔가하여 월남한다. 황순원은 그 포화의 여진 속에서, 또 부산 피난 시절에도 글쓰기를 멈추지 않았다. 이 작가의 수발한 단편 「목넘이마을의 개」는 전쟁 중에서도 환경조건을 넘어서는 강인한 생명력을 그렸고, 장편 『나무들 비탈에 서다』는 그 엄혹한 기간을 살아 낸 젊은이들의 삶을 형상화하면서 새로운 미래를 모색했다. 전쟁 중에 이데올로기의 주박(呪縛)을 어린 시절 우정으로 넘어서는 「학」이나, 전쟁 말기에 한 시골 소년과 소녀의 순정한 첫사랑 이야기를 쓴 「소나기」는, 어떻게 전쟁의 상황을 초극할 것인가를 감동적으로 보여 준 작품들이다.

세 번째로 황순원이 감당한 시대는 실상 앞의 두 경우보다 훨씬 더 집요하고 구조적인 성격을 가졌다. 곧 전후 복구의 시기를 거쳐 새롭게 열린 산업화의 자본 형성과 물신주의의 시대를 말한다. 인본주의를 근간으로 하는 작가에게는 전면전이 될 수밖에 없는 이 길고 힘겨운 창작 기간에 그는 훨씬 부피가 큰 장편소설로 대응했다. 『일월』이나 『움직이는 성』과 같은 인간의 존재론적 고독이나 한국인의 근원 심성에 대한 철학적 성찰, 『신들의 주사위』처럼 한 지역사회를 통한 다양한 삶의 양상에 대한 실증적 탐구 등이 그 증빙이다. 이는 우리 사회의 정신적 저변을 반사하는 '거울'이자 그 실상을 계측하는 '저울'로서의 역할을 수행했다.

황순원의 후기 단편과 시는 삶을 마감하는 노년의 눈으로 죽음의 문제에 대한 웅숭깊은 접근을 보인다. 단편집 『탈』에 수록된 「소리 그림자」, 「마지막 잔」, 「나무와 돌, 그리고」 같은 작품은 이 대목에 있어서 한국 소설의 수준을 한 차원 높게 이끄는 성취를 거양한다. 누구에게나 일생을 두고 추구하는 가치 있는 삶의 꿈이 있다. 황순원은 언제나 본질적인 것의 순수함과 아름다움을 지향한 문학적 태도를 견지했고, 그의 작품 속 화자들은 죽음을 대면하고서도 전혀 요동하지 않았다. 그 자신 또한 그와 같은 삶을 살았다. 그의 소설은 일생을 건 구도(求道)의 도정이었고, 우리는 그로부터 인생론의 진수를 배웠다.

그의 소설은 일생을 건 구도의 도정

격동의 사건들로 편만한 21세기를 살아가는 우리는 그의 문학에서 배우고 익혀야 할 것이 너무도 많다. 국가 지도자에서부터 저잣거리의 필부필부(匹夫匹婦)에 이르기까지, 책을 읽고 문학을 접하고 교양을 쌓아야 할 이유 한가운데 작가 황순원과 그의 문학을 향한 꿈이 잠복해 있는 것이다. 1931년의 첫 시 「나의 꿈」은 어쩌면 이 머나먼 행로를 내다보면서 한 소년이 그 가슴에 지핀 예감의 불꽃이었는지도 모른다. 마침 이 작가를 기리고 그 문학적 가르침을 지키며 이를 우리의 현실적인 삶 속에 도입하려는 시도가 경기도 양평의 '황순원문학촌 소나기마을'이라는 이름의 테마파크로 조성되어 있다. 인본주의와 인간중심주의를 지향하며 한국 문학에 순수성과 완결성의 범례를 보인, 그 삶에 있어서는 금도(襟度)와 절제를 실천한 작가와 새롭게 만날 수 있는 곳이다.

소나기마을이 양평에 자리한 것은 단편 「소나기」 중 "내일 소녀네가 양평읍으로 이사 간다는 것이었다."라는 한 구절에서 비롯되었다. 작가가 23년 6개월 동안 교수로 재직하면서 후학을 양성한 경희대학교와 양평군이 함께 손잡고 국내 최대의 문학공원을 조성했다. 3층으로 지어진 문학관과 1만 4,000평 야산의 문학 산책로로 구성된 이 마을을 한 바퀴 돌면, 황순원의 작품 속을 일주하고 나온 듯한 후감이 남는다. 팍팍한 세상살이에 지친 사람들, 어리고 젊은 시절의 꿈과 추억을 잊어버리고 사는 사람들이 그 무거운 마음의 짐을 내려놓고 옛날의 동심으로, 순후한 초심으로 되돌아가자는 것이 이 마을의 소박한 권면이다.

그렇게 보면 이와 같은 작가와 그 작가의 얼이 깃든 문학마을이 있는 것은, 우리의 작고 소중한 행복이 아닐 수 없다. 더욱이 지금처럼 배려와 관용의 정신이 사라지고 누구나 자기변호와 이익을 우선시하는 세상에서는 더욱 그렇다. 소나기마을은 지금 전국에서 가장 많은 유료 입장객이 찾아오는 문학관이다. 성수기에는 하루 2000여 명에 이른다고 한다. 앞으로 알퐁스 도데의 「별」, 생텍쥐페리의 『어린 왕자』, 마크 트웨인의 『톰 소여의 모험』을 포함한 '소년·첫사랑 테마파크'로 제2의 건립을 추진한다는 소식도 들린다. 작가 황순원과 그 작품 세계 그리고 작가를 기리는 소나기마을 덕분에 잠시나마 상쾌한 행복을 누린 아침이다.

대중문학의 수용성과 이병주 소설

이병주 소설의 대중문학적 요소들

작품 활동을 하던 시기에 이병주는 가장 많은 독자를 가진 베스트셀러 작가였다. 많이 읽히는 소설이 꼭 좋은 소설은 아니지만, 좋은 소설이 많이 읽히는 것은 자연스러운 일이다. 그만큼 많은 대중적 수용성을 가지고 있었다는 것이 칭찬의 소재가 될 수 있을지언정 흠결이 될 수는 없는 것이다. 이러한 수용의 성과는 기본적으로 그의 소설이 가진 탁발한 '재미'와 중량 있는 '교훈'에서 말미암았다. 특히 『관부연락선』-『지리산』-『산하』로 이어진 한국 근대사 소재의 3부작을 비롯하여 역사 소재의 작품들이 이 영역에 있어서 제 몫을 가지고 있다.

그의 소설을 통한 역사 해석 또는 재해석은, '문학을 통해 정치적 토론이 가능한 거의 유일한 작가'라는 평가를 불러왔다. 이승만의 제1공화국, 박정희의 제3공화국을 비롯하여 역사상의 좌우 대립에 이르기까지 독특한 균형 감각을 갖고 서로 대립된 양측 모두를 함께 조명하는 판단력을 보여 주었기 때문이다. 동시에 단순한 이야기의 차원에서가 아니라 박학다식한 기량을 활용하여 설득력 있는 서사를 전개했다. 그래서 그를 두고 '문(文)·사(史)·철(哲)에 두루 능통한 거의 유일한 작가'라는 평판이 가능했던 것이다. 이처럼 작품의 수준과 그 운동 범주의 확장을 함께 가진 작가는 어느 나라에서나 어느 시대에서나 결코 흔하지 않다.

그런데 우리 문학은 이 작가 이병주를 그렇게 잘 끌어안지 못했다. 역사 소재의 작품 이외에 현대사회의 애정 문제를 다룬 작품들로 시각의 초점을 바꾸고 보면, 작품의 수준이 하락한다는 것이 주된 이유였다. 물론 그 지점에서 동어반복, 곧 동일한 이야기의 중복이나 전체적인 하향 평준의 경향이 없는 것은 아니다. 하지만 순수문학의 편협한 잣대를 버리고 이미 우리 주변에 풍성하게 펼쳐져 있는 대중문학의 정점이라는 관점을 활용하면 이 문제는 오히려 강점이 될 수 있다. 여기서 굳이 대중문학의 수용성과 이병주 소설을 함께 결부하여 살펴보는 이유도 거기에 있다.

한 시대의 중심을 뜻깊은 화제를 안고 관통한 작품은 어느 모로나 그 시대의 문화적 자산이다. 그와 같은 생각을 바탕으로 오늘에 이르러 여전히 강력한 대중 친화의 위력을 가진 이병주의 소설 몇 편을 검토하는 일은 매우 중요한 시사점을 가진다. 역사 소재의 장편, 그리고 시대적 성격을 가진 예리한 관점의 중·단편들을 제외하고 대중문학적 성격을 가진 그의 소설들을 본격적으로 논의하는 자리 자체가 거의 없었던 까닭에서도 그렇다. 여기에서는 그러한 그의 장편소설 가운데 일품이라고 할 만한 세 작품, 『허상과 장미』, 『풍설』, 『허드슨강이 말하는 강변 이야기』를 거명해 보기로 한다. 세 작품 모두 많은 판매 부수를 기록했고 그만큼의 재미와 유익을 함께 가진 경우에 해당한다.

『허상과 장미』는 1979년에 범우사에서 간행되었고, 1990년에 이르러 서당에서 『그대를 위한 종소리』로 개명되어 상·하 2권으로 다시 나왔다. 독립운동가였던 노인 '형산 선생'을 중심으로 올곧고 평범하게 살아가는 교사 '전호', 평범을 혐오하며 극적인 삶을 추구하는 형산 선생의 손녀 '민윤숙' 등의 인물이 등장한다. 인생이 어떻게 한순간의 허상과 같으며 그 종막에 바치는 장미꽃의 의미가 무엇인가를 묻는다. 그런데 그 재미있고 박진감 있는 이야기에 4·19혁명의 진중한 의미가 배경으로 깔려 있고 나라를 위해 헌신한 독립운동가의 쓸쓸한 후일담이 함께 맞물려 있다. 한국문학의 어떤 대중소설이 이러한 구색을 모두 갖추었을까를 질문하지 않을 수 없다.

『풍설』은 1981년 문음사에서 상·하 2권으로 초판이 나왔고 1987년 문예출판사에서 『운명의 덫』으로 개명 출간되었다. 이 소설은 작가 자신의 수감 체험을 활용하여 부당한 압제에 대한 인간의 반응을 여실히 그리고 참으로 흥미진진하게 보여 준다. 20년간 억울한 옥살이를 한 인물 '남상두'를 등장시키고 그가 누명을 벗는 과정에 개재된 여러 이야기들을 이병주가 아니면 가능하지 않은 방식으로 서술해 나간다. 한 지역 사회의 소읍 전체가 이 사건과 연관이 되고, 그 와중에 주 인물과 '김순애'라는 여성의 사랑 이야기가 세대를 넘어서는 사랑의 한 전범으로 제시된다.

『허드슨강이 말하는 강변 이야기』는 1982년 국문에서 간행되었다가 1985년 심지에서 다시 『강물이 내 가슴을 쳐도』라는 제목으로 나왔다. 소설의 무대는 뉴욕. 한국에서 사기를 당하여 가족을 모두 잃고 미국으로 건너간 '신상일'이라는 인물이 그 낯선 땅에서 기묘한 인연들을 만난다. 그것이 인생과 예술의 존재 양식에 어떤 의미를 갖는 것인가를 묻는 소설이다. 다른 작품들과 마찬가지로 매우 재미있고 드라마틱하다. 이는 작가의 뉴욕 거주 체험과 관련이 있고 작가는 후속편의 뉴욕 이야기를 쓰고자 했으나 그 꿈은 이루어지지 않았다.

이상에서 개관해 본 대중 성향의 세 장편소설은 한결같이 재미있고 극적이며 인생에 대한 교훈을 함께 남긴다. 더욱이 출간 당시에 뜨거운 대중적 수용을 받았던 작품들이다. 모두 80여 편에 달하는 이 작가의 작품들 가운데는 이외에도 『망향』(경미문화사, 1978), 『그들의 향연』(기린원, 1988), 『비창』(문예출판사, 1988), 『지오콘다의 미소』(신기원사, 1985) 등 주목할 만한 소설적 성과들이 많다. 그중 『망향』은 『여로의 끝』(창작예술사, 1984)으로 개명 출간되었고 『비창』은 같은 제목으로 재출간(나남, 2017)되었다. 이러한 재출간 현상 역시 여전한 독자 친화력을 말하는 것이기도 하다. 이러한 사실을 토대로 여기에서는 이병주 소설의 대중 친화력 확장의 요소와 그 방향에 대해 살펴보기로 한다.

이병주 소설의 대중 친화력과 방향

마흔네 살의 늦깎이 작가로 시작하여 한 달 평균 200자 원고지 1000매, 총 10만여 매의 원고에 단행본 80여 권의 작품을 남긴 이병주의 소설은, 그 분량에 못지않은 수준으로 강력한 대중 친화력을 촉발했다. 그와 같은 대중적 인기와 동시대 독자에의 수용은 한 시대의 '정신적 대부'로 불릴 만큼 폭넓은 영향력을 발휘했고, 이 작가를 그 시대의 주요한 인물로 부상시키는 추동력이 되었다. 이병주 소설은 특히 그의 역사 소재 소설을 제외한 작품들에서 대중문학적 요소들을 약여하게 드러낸다. 그런데 이제는 그것이 큰 흠이 되지 않는 시대에 이르렀다는 것이다.

이러한 논의의 요목들은 작가의 타계 30년이 가까운 지금, 우리가 앞서 살펴본 문화 산업의 활발한 추진과 그 내용의 구성에 있어 효율적인 요인으로 기능하는 장점이 될 수 있다. 여기에서는 그것을 몇 가지 항목으로 나누어 간략하게 살펴보기로 하겠다. 아울러 새로운 시대적 사조와 세태의 변화에 따라 과거의 광휘가 그리운 이병주 소설을 복원하고, 그 것을 동시대의 상황과 형편에 맞도록 활용하는 방안의 도출에 관해 서술해 보기로 하겠다. 곧 문화 산업의 성과로 거양될 수 있는 이병주 소설의 특성을 요약해 본다는 뜻이다. 이는 오늘날처럼 활달한 대중문화의 시대에 그 시대적 특성과 조화롭게 만나는 그의 소설들이 어떤 접촉점을 갖고 있는가를 살펴보는 일이기도 하다.

이야기의 재미

소설적 이야기의 재미에 있어, 이병주 문학은 탁월한 장점이 있다. 초기 작품 「소설-알렉산드리아」로부터 「마술사」, 「예낭 풍물지」, 「쥘부채」 등의 단편에서는 새롭고 강력한 주제와 더불어 독자들에게 그야말로 소설을 이야기의 재미로 읽는 체험을 선사했다. 그리고 뒤이어 『관부연락선』이나 『산하』, 『지리산』 같은 역사 소재의 장편들도 그러한 기조를 유지하고 있었다. 현대사회에 있어 남녀 간의 사랑을 다룬 많은 장편들도 그 미학적 가치에 대한 부정적 평가가 제기됨에도 불구하고 이른바 '재미'에 있어서는 탁월한 강점을 끌어안고 있었다.

이 대목은 지금은 연령이나 지위에 있어 우리 사회의 상층부가 된 그 당대의 독자들과 이병주의 소설을 다시 연계하면서, 문화 산업적 관심을 환기할 수 있도록 하는 핵심적 요인이 될 수 있다. 그리고 읽는 재미를 운반하는 유려하고 중후한 문장은, 그 강점을 더욱 보강하는 요소가 된다. 앞서 괴테와 실러의 대화에서 목격한 바와 같이 '소설은 재미있기 때문에 읽는다.'라는 수사를 가장 흡족하게 하는 것이 이병주 문학이었다. 심지어 『행복어사전』에서는 작가 스스로 작품 속에 이 대목을 하나의 실증으로 설정하기도 했다.

박학다식, 박람강기

이병주 소설의 곳곳에 드러나는 동서고금의 문헌 섭렵과 시대 및 역사에 대한 견식, 세상살이의 이치와 인간관계의 진정성에 대한 성찰 등은, 그의 작품을 언제 어떠한 상황에 가져다 두더라도 그 현장의 직접적인 문제와 교호 작용을 일으킬 수 있는 기반을 형성하게 한다. 예컨대『바람과 구름과 비』같은 대하 장편의 경우, 그 소설의 파장은 우리 근대사 전체, 우리 한반도의 지역적 환경 전체, 그리고 우리 삶의 실체적이고 세부적인 국면에까지 미칠 수 있는 힘을 지녔다. 이병주 문학을 기리는 문화 산업을 본격적으로 시발할 경우, 그 일의 운용 방식에 따라 이것이 한 지역사회의 한정된 범주에 그치지 않고 전국적 지향점을 가질 수도 있다는 의미이다.

체험의 역사성

'역사'를 다루는 이 작가의 소설적 인식은, 이미 '신화문학론'이라는 논리적 근거로 설명될 수 있는 확고한 체계 위에 서 있다. 동시에 근·현대사의 민감한 부분들을 생동하는 인물들의 형상과 더불어 소설로 발화한 성과를 잘 집적하면, 그 당대의 역사적 고통을 감당했던 세대는 물론 역사 현실에 대한 교훈과 학습을 필요로 하는 세대에 이르기까지 폭넓은 공감을 불러올 수 있다. 이병주 소설의 역사성은『산하』나『지리산』이 증명하듯이 매우 극적인 요소들과 방대한 규모에 의해 부양되고 있다. 동시에 근·현대사를 바라보는 자기 방식의 독특한 해석적 관점이 소설 내부의 인물들을 통해 발화된다. 무엇보다 이러한 역사적 성찰이 작가 자신의 구체적 체험을 바탕으로 하고 있기 때문에 유사한 체험을 가진 다수 독자들과의 친화력을 발굴하는 데 매우 유익하다.

지역적인 기반

이병주 문학의 단편과 장편들 가운데 지역적 연고를 가진 소설들은 거개가 하동과 진주 등 경남 일원의 공간적 환경을 기반으로 하고 있다. 이러한 사례는 일일이 설명할 필요가 없을 정도로 많은 빈도를 보인다. 여기에서 중요한 것은 하동 지역에서 이병주라는 작가를 문화 산업의 대상으로 할 때 그러한 소설적 사실들을 적극적으로 활용하는 것이 좋다는 점이다. 만약 문학관이 있는 이명산 문학예술촌 내에 이병주 문학의 성과를 기리는 시설물을 축조할 경우, 단순히 외형적 건축이나 전시관만을 생각할 것이 아니라 작품의 지역적 특성을 개입시킬 수 있는 자연적이고 개방적인 환경 설정을 시도할 수도 있겠다.

이병주 문학의 대중적 특성을 확장하고 문화 산업적 장점을 발양하기로 하면 할 일이 많다. 이 지역을 찾는 사람들이 규격화되어 제시된 관람 과정만 따라갈 것이 아니라, 주변의 산야를 따라 이병주 문학의 지역적 특성을 실제 체험으로 감각하도록 유도해 볼 수도 있다. 뿐만 아니라 지리산 문화권의 둘레길 등 여러 가지 연대 프로그램을 계획하여 문화적 체험을 다양하게 이끌어 나가는 방안도 강구해 볼 수 있다. 이와 같은 일들은 이미 우리의 사유 범주를 훨씬 넘어선 대중문화의 시대에 이병주 소설을 새롭게 응대하고 부양하는 포괄적 방법론이 될 것이다.

소박하고 화려한 작가, 그 큰 나무의 그늘

—『토지』의 대중적 수용과 현양 사업을 위하여

어느덧 10주기에 이른 불멸의 작가

박경리 선생이 우리 곁을 떠난 지도 벌써 10년의 시간이 흘렀다. 세월이 유수와 같다더니, 엊그제 같던 장례의 일도 어느덧 역사의 장막 뒤로 숨는 과거가 되고 있다. 지나가면 잊히고 또 잊어버리는 것이 인지상정인데, 이 작가의 이야기들은 아직도 쉴 새 없이 사람들의 기억을 되돌리곤 한다. 대체 무엇 때문일까? 그 인품이 훌륭해서, 그 작품이 뛰어나서, 아니면 그 두 가지가 함께 작용하는 형국일까? 작가는 자신이 살았던 시대로부터 자유로울 수 없고, 독자는 작가와 작품을 통해 시대를 읽는다. 그런 점에서 선생은 하나의 '시대'이다.

내가 기억하는 박경리 선생은 자신의 삶과 문학에 대한 신념이 너무 도저해서, 좀처럼 사람들에게 곁을 허용하지 않는 분이었다. 그러나 이를 두고 독단적인 성격을 지닌 작가라고 함부로 치부할 수 없었던 까닭은, 그분의 생애와 작품이 어떤 경로를 걸어왔고 어떤 성격을 지닌 것인가에 대한 인식이 함께하기 때문이다. 작가이자 농부로서 노년기의 삶을 보내면서 보여 준 온화한 모습들은, 스스로 강고한 결기를 안으로 곰삭혀 절제된 통어력을 발양한 결과일 뿐 그 내부에서는 여전히 시퍼런 자기 추동력이 살아 있었을 것이다. 그러하지 않고서는 오늘 우리에게 남아 있는 『토지』의 저 방대하고 치밀한 완결이 가능하지 않았을 터이니까.

일제강점기와 분단 시대를 헤치고 온 작가 박경리는 시대의 폭력에 대한 증인이었고, 그 증언으로서 자신이 살았던 역사의 시기와 아픔들을 작품을 통해 체현해 놓았다. 그와 같은 역할을 맡은 작가, 그와 같은 기능을 담당한 문학은 이미 혼자 자유로운 개별자의 입지를 벗어나 있기 마련이다. 자연인 박금이가 아니라 작가 박경리로 불리는 것은 그에 대한 인증이다. 가족사의 아픔을 상징하는 그의 사위 김지하가 이미 오래전부터 김영일이란 이름으로 불리지 않듯이.

이렇게 이름이 바뀌고 그 이름에 부하된 새로운 의미가 유발되는 것은 한편으로는 작가에게 주어진 책임이요 족쇄이기도 하다. 이 완강한 주박(呪縛)을 넘어서서 문학사에 기록되는 작가는 오직 작품이라는 성과를 가지고서야 가능하다. 선생이 남긴 『토지』는 역사성, 사상성, 문학성을 고루 갖춘 대작이다. 한국문학의 전통에서는 보기 드문 '문·사·철'의 세 요소를 동시에 끌어안고 있는 언어의 집이다. 『토지』가 가진 장대한 분량이 문제가 되는 것이 아니다. 민족어와 민족정신의 집대성이라 할 만한, 외형과 내면 모두에 걸친 집요한 작가 정신과 그것을 발현한 이야기화의 역량이 문제다.

이러한 작가와 작품을 보유하고 있는 것은 우리 문학의 다행이요 행복이다. 사람들이 살아온 궤적의 총체로서 역사는 숱한 삶의 굴곡과 생성, 소멸의 이야깃거리를 담고 있는 터이지만, 작가의 가는 붓이 없이는 세월의 풍화작용을 견딜 담화를 남겨 두기 어렵다. 박경리 문학과 『토지』는 그런 점에서 한국인의 사상과 문학이 남긴 큰 나무다. 그 나무가 처음부터 큰 나무였을 리 만무하다. 거기에 작가의 남모르는 애환과 눈물이 숨어 있을 것이다. 하지만 지금은 많은 사람들이 그 나무의 그늘에서 쉬고 또 새로운 기력을 섭생한다. 그 사실에 대한 증명을, 사람들은 잊을 수 없는 작가에 대한 경의로 대신하고 있다.

결국 작가는 작품으로 말한다. 1955년 전후문학의 시대에 출발하여 반백년을 문인으로 살면서, 『토지』를 비롯한 작품들로써 한국문학의 걸출한 봉우리를 이룬 작가이기에 우리는 그를 높이 평가한다. 항차 시대와 사회, 삶과 사람들을 웅숭깊게 끌어안은 작가요, 인간으로서의 품성 또한 빼어난 이였다. 그는 작품을 통해 자신의 신산하고 극적인 체험을 넘어 길이 표본이 될 희망의 그루터기들을 세상에 남겼다. 그의 세계는 소박하면서도 화려하다. 이 모두가 우리로 하여금 내내 그를 잊지 못하게 하는 연유다.

박경리 문학의 대중성과 현양 사업

경남 하동을 배경으로 한 박경리의 작품 세계와 『토지』의 세계관을 두루 포괄해 볼 때, 한 시대 본격문학의 역작이 분명한 이 작품이 그 많은 이야기의 분량과 다양성에도 불구하고 강력한 대중 친화력을 촉발한 데는 여러 가지 이유가 있다. 소설이 기본적으로 이야기에서 출발하고 그 이야기에 시대 또는 사회적 문제를, 그리고 개인의 삶과 그 내면 심상을 담아내는 것이지만 그렇다고 해서 모두 독자들의 기호를 충족시키고 그 독서 패턴에 수용되는 것은 아니다.

『토지』는 우선 시종일관 이야기의 재미를 유지한다. 이 부분에 강세가 없다면 누구도 그처럼 많은 부피의 독서를 감당하기 어려울 것이다. 그 구체적 세부에 있어서도 장대한 규모의 서사적 집적을 자랑하는 한편, 각기 단락의 이야기들이 그것대로 독립된 서사 체계를 지니면서 지류에서 본류로 나아간다. 『토지』의 이야기성은 창작 배경에 있어 1970년대 소설의 흥왕기, 창작 경향에 있어 대하 장편의 집단 출현 시기와 밀접하게 맞물려 있다. 이러한 배경 및 경향과 이야기의 재미가 조화롭게 악수함으로써 한 시대의 소설적 에포크를 그을 수 있었다.

그런가 하면 『토지』의 주제는 인간의 존엄과 소외, 그리고 낭만적 사랑에서 생명 사상으로의 흐름을 지속적으로 환기하면서 시대를 뛰어넘어 오늘의 독자들에게 육박하는 현실 감각을 보여 준다. 이와 같은 보편적이면서도 객관적 일반화가 가능한 주제는, 『토지』를 전 시대나 앞선 세대의 이야기가 아니라 바로 동시대의 현실 속에서 호흡하는 과제로 환기하게 한다. 『토지』에 관해 지속적으로 제기되는 다양 다기한 논의 및 연구는, 현재적 효율성이 어떤 증빙을 갖고 있는가를 살펴보는 일과 다르지 않았다.

『토지』로 하여금 대중적 친화력을 유발하게 하는 또 다른 요소는, 작중인물들의 체험이 가진 역사성의 문제다. 수용자 스스로 직접 그 시간과 공간 속에 진입하지는 않으나, 소설의 이야기로 다루어지는 환경이 곧 근세 이래 격동기의 시대사를 설득력 있는 방법으로 유추하게 하는 간접 체험의 자리다. 거기에 경남 하동이라는, 실측 가능한 지리적 거점이 명료하게 등장하는 터이기에, 체험과 공간의 문제를 연계하여 문학적 형상력을 현실 속에 재구성하는 데 탁월한 장점이 있다 할 것이다.

우리 시대의 고전 『토지』를 위하여

이 글은 작품 연구를 목표로 하지 않았다. 『토지』라는 작품이 가진 문학사적 의의와 더불어 대중적 친화력을 불러오는 요소들을 확인하는 것이 먼저였다. 다음으로 어떻게 동시대의 고전이라 수긍되는 역작으로, 효율성 있게 수확할 것인가라는 사뭇 실용적인 관점으로 일관한 셈이다. 다수의 비판자들이 이 수발(秀拔)한 작품을 왜 세속의 저잣거리로 이끌고 가느냐고 비난할지 모르지만, 이미 문학과 사회 그리고 문학과 인간의 관계는 과거의 문학적 정통성이나 그를 앞세운 근본주의와는 많이 달라졌다.

『토지』의 문화 산업적 수용을 탐색하는 여러 가지 제안에 있어서는 아직 발설하지 못한 의견들이 없지 않다. 그런데 이러한 경험적 논의는 황순원문학촌 소나기마을이나 이병주문학관의 건립 및 운영에서 직접적으로 추수한 것이어서, 일정한 신뢰를 요청할 만하다고 본다. 여기에서 언급하지 않은 것으로, 현양 사업의 당위성과 계기를 적극적으로 개발하는 일, 해당 지자체와의 연계를 강화하고 협력 방안을 찾는 일, 인근 문학관이나 문화테마파크들과의 연대를 통해 시너지 효과를 발양하는 일 등이 남아 있다.

다시 '토지문학제'에의 적극적인 참여, 학술 세미나 확대, 문학상의 연구 부문 강화, 연구자 그룹 조직화 등을 생각할 수 있고 특히 하동 지역을 중심으로 문화 관광 개발 등을 염두에 둘 수도 있다. 그런데 문제는 따로 있다. 생각이 아니라 실천, 탁상공론이 아니라 실행의 손길이요 걸음이다. 그 걸음은 한 사람의 것이 아니다. 아메리카 인디언의 속담에 빨리 가려거든 혼자 직선으로, 멀리 가려거든 함께 곡선으로 가라고 했다. 연이어 외나무가 되려거든 혼자, 푸른 숲이 되려거든 함께 서라고 했다.

선한 공동체적 의지에 선하고 풍성한 열매, 선연선과(善緣善果)라는 옛말은 이런 경우에 적용하라고 마련된 것이겠다.

경구(警句)는 낡은 책 속에만 있는 것이 아니다. 오늘 이 자리가 동시대 한국문학에 있어 하나의 랜드마크를 이룬 『토지』를 기리고 또 미래 지향적으로 인도해 나가는 데, 선하고 효용성 있는 생각을 함께 모으는 계기가 되었으면 한다. 박경리 선생의 10주기를 단순히 기념 행사나 학술대회를 개최하고 편의하게 넘기는, 소극적인 대응의 차원에 머물러서는 안 될 일이다. 토지학회에서 올해 여름 중국 지린성으로 『토지』의 무대를 탐사하는 학술 기행을 계획하는 것도 그 때문이다.

문학의 길, 진리, 생명

— 신예선 소설 다시 읽기

미국 서해안의 보석 같은 도시 샌프란시스코의 창연(蒼然)한 풍광, 그리고 실리콘밸리의 중심 도시 산호세의 활기찬 기운과 더불어 살아온 원로 작가. 한국에서 8만 리 길 태평양을 건너가 모국어로 글을 쓰고 모국어로 된 문학의 화원을 가꾸면서, 많은 문학인들을 길러 낸 북부 캘리포니아 한인 사회의 문학적 대모(代母). 곧 신예선 선생을 일컫는 말이다. 선생에 관련된 역사적이고 전설적인 일화들이 너무 많이 알려져 있지만, 여기에서는 그 풍성한 이야기의 숲에 머물 겨를이 없다. 내가 만난 신예선, 내가 읽은 신예선의 소설을 논거하기에도 갈 길이 바쁜 까닭에서다.

내가 선생을 처음 만난 것은 2004년 《문학사상》의 김환태평론문학상의 수상자로 결정되었다는 통보를 받은 그해 여름이었고, 장소는 선생의 '아지트'인 산호세 데니스 레스토랑에서였다. 처음 만난 선생을 모시고 차를 마시다가 한국으로부터 온 국제전화로 내 수상 소식을 들었다. 10여 년 전 그 처음이 길운이었을까. 이후로 선생이 함께한 자리에는 늘 좋은 소식이 즐비했다. 아담한 체구에 깊이 있게 반짝이는 눈을 가진 선생은,

그러나 그 생각과 활동 범주에 있어서는 호활(浩濶)하기 이를 데 없었다. 지금까지 나는 여성 문인의 글씨 가운데 선생의 그것처럼 선이 굵고 힘이 있고 호방한 자체(字體)를 본 적이 없다.

2012년 선생이 루마니아에서 수상한 '세계를 빛낸 여성문화예술인상'의 수상 소감을 보면, 자신의 문학에 대해 다음과 같이 술회한다.

문학을 떠나서 살아 본 기억이 없는 나의 삶. 수천수만의 밤들이 시야에 전개된다. 이 순간에 하늘의 은하수와 같이 가로등 불빛 주위에서 빛나며 나의 창 앞에서 내리던 눈, 그런 눈부신 밤이 있었다. 광풍이 창을 때리며 장대비가 내리던 서글픈 밤도 있었다. 새싹이 돋아나고 꽃이 피던 봄밤이 있었고, 타오르는 불길 같은 빛깔이 되었다가 떨어지던 낙엽과도 같은 가을밤도 있었다. 사랑이 시작되던 밤, 사랑이 끝나던 밤. 그 많던 내 인생의 밤에 문학이 있었다. 언제나 그 자리에 있었다. 한결같은 사랑으로 인내로 의리로. 문학은 언제나 함께해 주었다. 이 문학이 지금, 내게 월계관을 씌워 주고 있는 것이다.

이 인용문을 통해, 문학이 과연 선생에게 무엇이었으며 선생이 어떤 각오로 문학과 더불어 한 생애를 지나왔는지 짐작할 만하다. 요컨대 문학은 오늘의 선생을 있게 한 필요충분조건이었다. 그러기에 이 글의 제목을 '문학의 길, 진리, 생명'이라 붙였다. 성경에서 예수 그리스도를 뜻하는 이 숭고한 어휘들을 모셔 온 것은, 선생에게 있어 문학이야말로 종교적 신앙의 심층에 버금가는 삶의 근본이라 여겼기 때문이다. 많은 사람들이 문학을 인생의 지표로 하여 살아가고 있지만 거기에 일상적인 삶의 방향성, 형이상학적 정신의 궁극, 그리고 자신의 생명에 육박하는 존재론적 가치를 모두 걸지는 못한다. 그런데 선생은 서슴없이 그 길을 선택한, 오연(傲然)한 기개의 사람이다.

그렇게 살고 그렇게 썼다. 선생의 장편소설 「에뜨랑제여 그대의 고향은」, 「외로운 사육제」, 「무반주 발라드」, 「심포니를 타는 허밍버드」 등과 단편소설 「무도회에의 권유」, 「광화문 이야기」 등 많은 작품들은 그 삶과 문필의 이력을 보여 주는 증빙이다. 그런가 하면 그 많은 칼럼이나 여행기 등은 여기에서 열거하기 어렵다. 미국과 한국 모두에 걸쳐 활발한 사회 활동, 여러 이름 있는 상의 수상 또한 그렇다. 특히 미주 동포 사회에서의 다양다기한 성취와 그에 대한 존중은 전례를 보기 드물다. 지구마을(Global village)이라는 어휘가 일반화된 국제화 시대에, 선생은 그야말로 국제적인 삶을 살고 또 국제적인 견식으로 작품을 썼다. 이 글은 그 성과를 문학적으로 검토하기 위한 소론(小論)이다.

이 책에서는 선생이 2006년 8월부터 2009년 7월까지 50회에 걸쳐 미주한국일보에 연재한 장편 「심포니를 타는 허밍버드」와 선생의 대표작이라 일컬을 수 있는 장편 「무반주 발라드」를 함께 묶었다. 이 두 소설은 공히 '자전소설'이란 호명을 부가할 수준으로, 작가의 실제적 체험과 거기에 결부된 세계관 및 문학적 인식을 직접적으로 표출하고 있다. 시기적으로는 「무반주 발라드」가 온갖 마음의 상처를 끌어안은 채 고국을 떠나 미국에 정착하던 젊은 날의 파란만장한 삶을, 그리고 「심포니를 타는 허밍버드」가 오랜 세월을 미국에서 보낸 다음 다시 고국과의 연계를 회복한 노년의 원숙한 삶을 형상화한다.

「무반주 발라드」는, 요약하자면 참으로 가슴 아픈 사랑 이야기다. 유사한 주제로 발표되었던 단편 「광화문 이야기」를 확대 개작한 것으로 알려져 있다. 소설 속에 등장하는 주 인물 민경의는 작가 자신을 예표하고,

그 사랑의 상대역인 김인환이나 우상 같은 멘토 손지숙 교수를 비롯하여 여러 등장인물들은 대다수 실제의 인물들에게서 각 모델을 차용해 왔다. 거기에다 소설적 사건 또한 그러하니, 이는 이 작품을 자전소설이라 부를 수밖에 없는 이유다. 이와 같은 소설적 장치와 더불어 작가가 추구하고 있는 메시지의 핵심은 '슬픈 사랑의 이야기'다. 너새니얼 호손이 『주홍글씨』에서 펼쳐 보인, 회피할 길 없는 운명적 사랑의 이야기가 여기에 있다.

그 슬프고 아픈 사랑의 한가운데서 민경의는 어린 아들을 잃었다. 차마 '참척(慘慽)'이란 말로도 형용할 길 없는 동통(疼痛)의 실상을 견디며, 그는 인간적 숙성의 한 고비를 넘는다. 그런데 그 월경(越境)의 근력은 어디에서 왔을까. 작중의 민경의는 화가다. 그의 멘토 손지숙 또한 화가다. 그림이 민경의의 영혼을 구원하였을까. 물론 그럴 것이다. 그러나 그로써 석연하기에는 목전의 시험이 너무 험하고 그 상흔 또한 너무 깊었다. 민경의는 마침내 신에게로 돌아간다. 이 소설에 편만해 있는 기독교 체험이나 고백의 담론은 이 소설이 문학작품으로 쓴 신앙론임을 말한다. 마치 이문열이 그의 예술론을 「금시조」라는 단편으로 쓴 것처럼.

이 소설은 또한, 그와 같이 작가가 소설로 쓴 예술론이기도 하다. 비록 민경의를 화가라는 예술의 다른 영역에 있는 것으로 치환해 두기는 했으나, 작가는 그림을 통해 문학을 환기한다. 실제로 작품 속의 민경의는, 그리고 동반자 손지숙은 세계문학 전반에 걸쳐 폭넓은 지식을 자랑한다. 유럽의 문학 명소 곳곳을 함께 여행하며 이들이 나누는 대화는, 코스모폴리탄의 박람강기한 눈길이 아니면 쉽사리 포착할 수 없는 비평적 감식으로 채워져 있다. 견강부회하여 말하자면, 민경의는 화가의 마스크를 쓰고 있으나 결국은 문학·음악·미술·무용 등의 예술 일반론을 포괄하는 예술 이론가의 면모를 가졌다. 「무반주 발라드」는 그런 점에서 그동안 많은 분야와 계층의 독자들을 망라하는, 광범위한 수용력을 보였던 것이다.

슬프고 아픈 사랑이라고 해서 다 예술적으로 값진 것은 아니다. 민경의의 사랑, 이 작가가 명념(銘念)했던 사랑은 계산하지 않는 사랑, 소유하지 않는 사랑이었다. 이를테면 작가가 작품 속에서 인용한, 도스토예프스키의 『카라마조프가의 형제들』에 제시된 '논리보다 앞서가는 사랑'이었던 셈이다. 그러기에 기혼자를 사랑하고서 이를 운명론적 사랑이라 규정할 수 있었을 것이 아닌가. 민경의가 김인환을 사랑한 것은 그를 만나기 전부터다. 소설의 표지 그림을 그리기 위해 작품을 읽고 먼저 그 정신세계에 매혹된다. 세상의 저잣거리에서 쉽게 만나는 사랑이 아니라는 뜻이다.

길고 암울한 터널 같은 생애의 한 시기를 지나며, 민경의는 마침내 스스로의 내면을 지탱할 힘을 섭생한다. 그런데 그 변모에 개재된 사고의 변환이 있다. 자신이 피해자일 뿐 아니라 가해자이기도 하다는 인식의 변화다. 신산(辛酸)한 삶의 현장, 험악한 환경적 조건을 넘어온 세월도 그러했지만, 민경의에게는 그 주변에 '아름다운' 조력자들이 있었다. 그것은 인간에 대한 신뢰, 인간이 어울려 살아가는 세상에 대한 신뢰를 회복하게 하는 추동력이다. 바로 그러한 자기 극복의 범례를 완성할 수 있었다는 데서 높은 평점을 얻음으로써, 이 소설은 자전적 기록으로 한껏 빛난다.

「무반주 발라드」에 대한 작품론을 진행하면서, 한 가지 언급하지 않고 아껴 둔 대목이 있다. 소재적 차원에서 끊임없이 언급되는 영국 다이애나 황태자비의 장례식 광경이다. 주 인물이 방문했던 웨스트민스터 대성당의 모습으로부터 시작해서, 이 세계사적 화제의 사건이 작가의 관심을 인류 문화사의 여러 무대에 활달하게 펼쳐 나가는 데 유익하게 작용하고 있다. 물론 다이애나의 비극에서 자신의 삶이 감당해 온 비극성의 면모를 유추하기도 한다. 그런데 이 책의 앞부분에 수록된 장편「심포니를 타는 허밍버드」에 이르면, 그와 닮은꼴 방식으로 월드컵 공식 축구공 '팀 가이스트'가 그 자리를 대신한다.

이 독일 월드컵 공인구는 소설의 서두를 장식하며 등장하여, 월드컵에 열광하는 세계 시민들의 심리적 동계(動悸)와 작중인물 '나'의 세상살이 열정을 동류(同類)의 방향으로 이끈다. 이 공인구는 종내 소설의 중심을 관통하여 결미에 이르기까지 세상을 내다보는 작가의 시각에 편의하고 유익한 '객관적 상관물'로 기능한다. 하나의 사물이나 경물에, 더 나아가 한 사람의 인물에 마음을 열어 놓고 나면, 놀라운 집중력과 창의적 관계망을 열어 나가는 이 작가의 성격적 특성을 여실히 증명하는 범례다. 그와 같은 성정(性情)의 소유자이기에 오늘 여기, 그리고 이 작품의 축조에까지 이르렀을 터이다.

이처럼 이미 예정된 소설 기술의 행로를 따라가면서, 이 작품은 작가가 인생 경험의 수많은 굴절을 넘어 안정되고 숙련된 자리에 안착하기까지의 과정을 드러낸다. 어린 시절 당돌하고 영민한 소녀의 모습으로 험난한 시대의 파고(波高)를 헤쳐 온 일, 고단하고 분주한 삶의 여정에서 소중하고 깊은 인연으로 사람들을 만난 일, 그리고 "이제는 돌아와 거울 앞에 선 누님"처럼 그 모든 회환을 반추하는 일 등이 시간의 순차적 진행에 따라 파노라마처럼 펼쳐져 있다. 고려조의 시인 이조년이 지은 시조「다정가(多情歌)」의 한 구절처럼, "다정도 병인 양하여 잠 못 드는" 날들이, 진중한 인생의 훈장처럼 작가의 마음 판에 새겨진 기록이 되었다.

소설의 표제가 된 '허밍버드'는 우리말로 '벌새'다. 새 중에서는 몸이 가장 작아 길이는 5센티미터이고 몸무게는 2.8그램에 불과하지만, 그 모습이 너무 아름다워 '나는 보석'이라고 불린다. 긴 부리에 현란한 깃털을 가진 이 새는, 미국 캘리포니아주의 상징, 곧 주조(州鳥)다. 이 소설「심포니를 타는 허밍버드」에서는 말할 것도 없거니와, 앞서 살펴본「무반주 발라드」에서도 허밍버드는 수시로 등장한다. 작고 아름답고 단단한 개념이나 사람을 은유할 때 작가는 이 새를 불러온다. 그것은 곧 작가가 가진 세계관의 한 단초를 보여 주는 듯하다. 그에게는 누군가 명성이나 재물 등 삶의 큰 성과를 이룬 경우 이를 존중할 수 있으나 존경하지 않는 배포가 있다. 정녕 그가 소중하고 귀하게 여기는 대상은 허밍버드처럼 작고 소박하지만 그 내면의 진정성으로 인해 아름다운, 조촐하지만 품위 있는 것이다.

그렇게 이 작가에게서 마음으로부터의 고임을 받은 선배 작가가 있다. 한국문학에 하나의 에포크를 긋고 다른 세상으로 간 이병주다. 그 타계는 벌써 20여 년 전의 일이다. 생전의 친분도 친분이려니와, 이병주의 삶과 문학이 한가지로 거침없고 호쾌했던 연유로 여러 측면에서 이 작가의 성향과 겹쳐 보이는 대목이 있다. 아마도 널리 알려진 이병주의 이름과 소설이 그를 감동하게 하기보다, 이병주의 다감하고 섬세한 천품이 잊을 수 없는 선배 작가로 그처럼 확고한 좌표를 설정하게 했을 것이다. 근래의 그가 해마다 가을날 이병주의 향리이자 문학관이 있는 경남 하동의 '이병주국제문학제'를 찾아오는 것은, 그 존경의 념(念)이 구두선(口頭禪)에 그치지 않음을 말한다. 그와 같은 존재 양식으로 이병주에 대한 회상들 또한 이 소설의 전편을 관통한다.

작가를 대신하는 소설의 등장인물은 '정혜성'이란 이름으로 불린다. 이 소설에서도 그의 곁에는 수많은 '아름다운' 사람들이 있다. 한국전쟁의 역사적 소용돌이, 그리고 부침하는 개인사의 에피소드들 가운데, 정혜성은 새롭게 만난 인연들의 내면을 책갈피처럼 들추어 보인다. '정 박사'와의 10개월 결혼 생활도 그 한 사례다. 이 소설에는 「무반주 발라드」와 같은 들끓는 열정은 없으나, 오히려 '미네르바의 부엉이'가 황혼에 날 듯 지난 세월을 담담하게 되짚어 보이는 글의 행보가 한결 여유롭고 그만큼 미더움이 있다. 그가 살아온 삶의 심포니를 지휘하는 허밍버드의 환각을 보는 것으로 이 소설은 결미에 이른다. 좀 거칠게, 단도직입적으로 요약하면 미주판 '여자의 일생'이다.

이제 다시 소설 밖으로 걸어 나가 보자. 신예선 선생의 노년은 분주하고 화려하다. 언제나 여러 사람들과 더불어 뜻있는 일을 도모하고, 할 수만 있다면 사람을 돕고 또 키운다. 샌프란시스코 한국문학인협회나 협회의 문학캠프, 독서모임도 그의 수고와 더불어 여기까지 왔다. 일찍이 그 자신이 난을 만들었던, 《미주한국일보》 '여성의 창'에 글을 쓴 수백 명의 사람들과 그 글을 묶어 출간하는 계획을 추진 중에 있기도 하다. 많은 처소에서 많은 업적을 남긴다고 해서 반드시 가치 있는 것은 아닐 터이다.

그러나 온 평생에 걸쳐 창의적인 아이디어로 새 길을 열고, 언제나 다른 사람을 도우며, 공동체적 가치의 실현을 위해 자신을 던져 온 이의 일생을 아름답다 하지 않을 수 없다. 소설은, 그리고 문학은 그에게 있어 그 곤고한 삶의 과정을 이끌어 온 예인 등대의 불빛과도 같았다. 때로는 감당해야 하는 삶의 무게가 너무 무거워서 하나님의 품으로 뛰어들기도 했다. 아픔의 세월을 오래 견딘 진주조개가 더 영롱한 진주를 품어 내듯이, 말할 수 없는 아픔과 슬픔을 넘어선 그곳에 인간으로서의, 그리고 문학으로서의 성숙이 있었다.

두 자전적 장편소설 「무반주 발라드」와 「심포니를 타는 허밍버드」는, 바로 그러한 값비싼 삶의 대가를 지불하고 수확한 문학적 소출이다. 선생의 삶과 문학은, 그러므로 한 시대의 가슴 아픈 꿈이요 오래 기억해야 할 모본(模本)이다. 이는 어린 시절부터 문학에 뜻을 두고 오직 한길만 달려 지금 여기에 이른 이 원로 작가에게, 우리가 함께 보내는 존경과 신뢰의 다른 이름이기도 하다. 부디 오래도록 선생의 노익장(老益壯)과 역부강(力富強)을 빌어 마지않는다.

믿음의 변경(邊境)과 세속의 도시

— 현길언 소설 『비정한 도시』

　기독교인에게 신앙과 실천, 곧 믿음과 행함은 함께 가야 할 두 길의 이름이다. 성경에서 특히 행함을 강조하는 글이 「야고보서」인 것은 익히 알려진 터이지만, 종교개혁을 주창한 마르틴 루터는 이를 '지푸라기 서신'이라 불렀다. 오직 믿음으로 구원에 이른다는 원론주의에 비추어, 행함을 통해 의를 실천한다는 야고보의 기술이 본말을 전도할 수 있다고 보았던 것이다. 그러나 그럼에도 불구하고, 야고보의 언표처럼 나눔과 섬김의 실천이 없는 신앙이 무슨 유익이 있겠느냐는 인식은 기독교사에서 하나의 덕목으로 형성되었다.

　현길언의 소설 『비정한 도시』는 바로 이 행함의 문제, 종교적 실천의 문제가 사회적 환경과 충돌할 때 발생하는 여러 국면을 소설 형식으로 보여 주는 수발한 작품이다. 전쟁 지역인 아프가니스탄으로 단기 선교를 갔다가, 탈레반에 의해 피랍된 한국의 기독교인 스물세 명의 이야기는 이미 세상에 널리 알려져 있다. 2007년 7월에 일어난 사건이다. 피랍자 스물세 명은 남자 일곱 명, 여자 열여섯 명이었으며, 그중 심성민, 배형

규 목사가 살해되고 나머지 스물한 명은 정부의 노력으로 42일 만에 풀려났다. 이 사건으로 피랍자들은 물론 위험한 지역에 선교를 보낸 교회에 많은 비난이 쏟아졌다.

작가는 이 엄중한 상황의 전말을 예의주시했다. 전쟁이 현재진행형인 지역, 그것도 이슬람 지역에 신변의 안전이 확보되지 않은 채로 진입함으로써, 국가적 어려움을 불러왔다는 비판이 잘못되었다는 것은 아니다. 그러나 생명이 경각에 있는 스물세 명의 국민을 두고, 그 생명을 구출하는 데 뜻을 모아야 할 시점에서 비판만 선두에 내세운 행태는 어느 모로나 합당하지 않고 인지상정도 아니다. 더욱이 선교 활동에 지원한 사람들이 어떤 정치적 목적이나 개인적 목표를 가졌던 것이 아니며 순수한 신앙의 실천에 의거해 있었다고 할 때, 그 비판의 목소리들은 분별없는 폭력과 다르지 않은 형국이 된다.

그런데 이 사건에 대한 세상 사람들과 국내 언론의 분위기는, 이런 측면에 대한 고려나 성찰이 거의 없었다. 종교적 선행(善行)이 과제였고 개인적 삶의 희생을 통해 이를 실천하려 했다면, 세상의 눈길이야 어떠하든지 최소한 한국 교회와 교계의 사람들은 이들을 변호하고 그 입장에서 주었어야 했다. 하지만 삼척동자도 알 만한 그 상식이 지켜지지 않았다. 아무도 이에 대해 그렇지 않다고 말하는 이도 없었다. 작가는 이렇게 굴절되고 왜곡된 사태에 대해 더 이상 침묵할 수 없었을 것으로 보인다. 그것이 작가로서의 사회적 책무이기도 하거니와, 동시에 기독교 신앙인으로서 자신의 내부에 잠복한 신앙 양심의 발화를 외면할 수 없었을 것으로 짐작된다.

이 소설의 작가 현길언은 제주도에서 출생하여 대학의 국문학 교수로 적을 둔 채 오랫동안 소설을, 특징적으로 제주라는 공간 환경과 성경에 바탕을 둔 세계관으로 소설을 썼다. 그의 성경에 대한 문학적 이해와 방법론의 탐색은, 『문학과 성경』, 『인류 역사와 인간 탐구의 대서사 — 어떤 작가의 창세기 읽기』, 『솔로몬의 명상록』 같은 저술의 상재에 이르게 했다. 그 표제만 살펴보아도 그냥 기독교에 표면적 관심을 가진 작가가 아니라, 기독교 내부에서 성경적 의미의 진중한 탐색을 수행해 온 작가가 아니면 가져올 수 없는 주제들을 내포하고 있다. 사정이 그러할 때 여기 이 소설 『비정한 도시』는 현길언이 다룰 만한 주제가 아니라, 현길언이 아니면 다룰 수 없는 주제 위에 세워진 문학적 표찰이다.

　기독교적 생각과 사상, 기독교적 세계관으로 소설을 쓴다는 것은, 작가가 온전한 종교의 토대를 마련하고 있을 때 비로소 그 값을 얻는다. 우리 문학사에는 인본주의의 시각으로 성경 해석의 오류를 유발한 김동리의 『사반의 십자가』 같은 작품도 있고, 지적 사유의 차원에서 성경적 의미의 심층을 바라보는 데 그친 이문열의 『사람의 아들』 같은 작품도 있다. 작가들로서는 반박의 말이 없지 않겠으나, 이 언급의 요체는 그들이 기독교 신앙의 깊이 있는 체험을 갖지 않았다는 사실과 관련되어 있다. 논리로 무장한 신앙의 눈은, 그 각질을 깨고 체험의 영역을 거친 신앙의 눈과 질적으로 다른 까닭에서다.

　다시 사건으로, 그리고 소설로 돌아가 보자. 피랍자 가운데 한 사람인 민유현의 일기에는 온 나라가 자기 일행 때문에 발칵 뒤집혔을 것이라고, 생각할수록 얼굴이 화끈거린다고 기록되어 있다. 이들 일행의 생각이 일반적 상식을 넘어서지 않고 있다는 증좌에 해당한다. 교회는 피랍자들의 구조를 위해 아무런 대책도 세우지 않는다. 언론의 기사는 선정적 문면의 보도에만 열중할 뿐, 피랍자 가족의 안타까운 모습과 그들의 마음에는 전혀 관심이 없다. 피해자를 위로하는 내용보다 선교 사역에 대한 부정적 시각이 먼저다. 이를 목도하는 관찰자 현선의 분노는 극히 당연한 것이다.

소설 속의 현선은 이 사건에 대해, 그리고 한국 교회에 대해 비판적 시각을 개시(開示)해 온 성민구 교수의 딸이다. 물론 작가가 상황에 적합한 역할을 발양할 수 있도록 축조한 가공의 인물이다. 신앙의 문제를 바라보는 데 있어 아버지와 딸을 대립적 지위에 가져다 둔 구조는, 이 사건을 서로 다른 양 방향에서 관찰할 수 있도록 하는 효율적인 형식이다. 현선은 그 연령대의 신앙적 순수와 탐구심으로 맡은 역할에 충실히 반응한다. 다시 말하면 이 캐릭터는, 작가가 소설 속에서 자신의 중점적인 생각을 추동하기 위하여 매설한 활성화된 장치라는 뜻이다. 그는 소설의 여러 인물, 그리고 피랍자 중 민유현과 밀접한 상관성을 유지하는 기능을 맡고 있다.

신앙심이 깊은 외가와 어머니, 신앙에 있어 반항자 또는 이단자의 모습에까지 나아가는 아버지, 비루하고 통속적인 언론의 방식에서 비켜서지 못하는 선배 기자, 비판적 세태에 동화되고 휩쓸린 친구 등이 모두 현선이 가진 인식의 운동 범주에 연계되어 있다. 소설의 말미에 이르면 사건이 해결되고 이 여러 유형의 인물들도 화해로운 방향으로 새로운 면모를 보이기는 한다. 미상불 이는 작가가 가진 당위적 세계의 모습을 반영했을 것이다. 그러나 사건 진행 과정 속에서 볼 수 있는 이 인물들과의 균열 및 갈등은, 실제 현실에 있어서 올곧은 신앙 행로가 어떤 위기의 요소를 포괄하고 있는가를 잘 말해 준다.

절대자에 대한 신앙을 버리지 않고 죽음의 길을 택한 배 목사는, 기독교 역사에 남은 그 많은 순교자들이 거쳤을 꼭 같은 질문과 회유의 단계를 마주한다. 질문자는 탈레반 사령관의 부관이다. "알라신을 섬긴다고 말만 하면 된다. 마음으로는 알라신을 섬기지 않아도 좋다. 한국으로 돌아간 후에는 마음대로 할 수 있지 않겠나? 당신 덕분에 대원들이 석방된다면 그들은 당신을 존경할 것이고 영웅으로 대접할 것이다. 네가 부끄러움을 감수하면 모든 것은 잘 된다. 그게 사랑 아닌가. 너를 우리 친구로 만들라는 사령관의 명령을 받았는데, 꼭 이행해야 한다. 나도 한국 형제들을 좋아하기에 그들이 고통을 당하는 것을 원치 않는다."

이 얼마나 달콤하고 설득력 있는 언사인가. 죽음 앞에서, 그리고 여러 동료들의 생명을 담보로 한 형편에 처하여 이보다 더 매력적인 제안이 있겠는가. 엔도 슈샤쿠의 『침묵』에서 선교사 신부는 교도들을 위해 그 제안을 받아들인다. 거기에는 예수의 얼굴을 밟고 지나가는, 이른바 '답화(踏畵)'의 논리가 있다. 그런데 이 제안의 유혹은 기실, 예수가 광야에서 40일간 금식한 후에 사탄으로부터 받은 그 달디단 유혹과 본질에 있어 조금도 다르지 않다. 소설 속의, 그리고 실제에 있어서의 배 목사는 이 유혹을 뿌리치고 죽음의 길을 갔다. 미상불 이는 놀라운 일이기를 넘어 엄청난 일이다. 정현종의 시 한 구절 "사람이 온다는 건 실은 어마어마한 일"과는 아예 규격이 다르다.

이토록 절박하고 또 역사적인 일을 앞에 놓고, 한국 사회와 교계는 그 진정성을 의심하고 외면했다. 소설인 까닭으로 일상적 삶의 구체적 세부도 등장한다. 이 소모적이고 우울한 정황은 박형규 목사 친구들의 대화를 통해서 잘 드러난다. 그런가 하면 소설에서 제시되는 목회자들의 의식과 행위, 교회 대책위원회의 회합과 논의 또한 모양이 크게 다르지 않다. 교회가 사과나 유감을 표명하는 문제, 곧 비본질적인 문제가 명재경각(命在頃刻)의 본질적인 문제를 압도하고 있는 셈이다. 교회에 여러 유형의 사명이 있겠으나, 선교 및 순교의 국면에 이르러서도 교회가 신앙의 근본주의로 회귀하지 못한다면 참으로 어이없는 일이 된다. 이 소설적 정황은, 당시의 실제 현실을 그대로 반영하고 있다.

현선이 아버지의 친구이자 교계의 지도급 인사인 경 목사를 만나고 단도직입적인 논쟁을 감행하는 것은, 이렇게 현실적으로 구조화된 강고한 인식의 형틀에 도전장을 내미는 일이다. 현선은 교계와 그 지도자들을 두고 '비겁한 처사'라는 공격도 마다하지 않는다. 경 목사의 대응은, 그와 같은 자리에 있는 종교적 인사들이 그러하듯이 매우 유연하고 복합적이다. 우리 시대의 종교가 가진 자기 보호의 도그마, 종교계가 쌓아 올린 자기방어의 금성철벽이 거기에 있다. 어쩌면 인류의 역사 과정을 통해 오래 목격해 온 종교적 규범과 일반적 상식의 충돌도 그 와중에 개재해 있을 것이다.

이 문제를 바라보는 시선의 방향을 바꾸어 피랍 사건 현장에 있는 인물들의 모습을 검색하기로 하면, 그 역할은 주로 소설 속 '민유현의 일기'에 있다. 피랍자들이 민가에 감금되어 있는 동안, 민가 주민들은 오히려 이들을 배려하고 돌보려 했다. 옛글에 인간도처유청산(人間到處有靑山)이라 했으되, 이 역설적 환경조건은 인간의 가슴 밑바닥에 침잠해 있는 '인간다움'을 환기하는 일이기도 하다. 우리의 의식을 일깨우고 소망과 의욕을 북돋우는 힘은, 어쩌면 이렇게 작은 계기들 속에 있는지도 모른다. 작가는 소설의 이러한 대목을 서술하기 위해, 어렵게 얻은 현장 기록의 자료를 활용한 것으로 안다.

이 소설은 실제적 사건의 범위를 준수하는 금도와 거기에 소설적 상상력을 부가하는 자유로움을 함께 갖추고 있다. 너무도 이기적이고 비정한 동시대 사회 및 교계의 모습을 바라보면서, 유다른 수식이나 치장 없이 있는 그대로의 정직한 발화법을 유지했다. 그리고 그것은 소설적 수준의 성과를 담보했다. 거듭 말하자면 이 소설은, 현길언이 아니었으면 쉽사리 태작(駄作)이 되고 말 소재에 수준 있는 미학적 가치를 부여했다고 할 수 있다. 왜 사람은 아는 만큼 이해한다고 하지 않던가. 기독교 신앙에 대해, 신앙이 사회 현실과 충돌하는 구조적 형식에 대해, 그 내부로부터 관찰의 눈을 작동할 수 있는 작가가 결코 흔하지 않기 때문이다.

작가는 이 사건에 대한 분노를 넘어 인간 세계의 떨쳐 버릴 수 없는 속성을 받아들이고, 그 '폭풍 같은 거친 상황' 속에서도 '작은 진실과 순수'가 숨 쉬기에 소설을 상재할 수 있었다고 술회했다. 그렇다. 그와 같은 진실과 순수가 있기에, 삶과 신앙의 현장에 아직 열지 않은 상자 또는 가지 않은 길이 남아 있다고 말할 수 있을지도 모른다. 아브라함과 이삭과 야곱이 각기의 길로 직접 조우했던 종교적 절대자가 개인의 삶에 직접 출현할 수 있는 가능성은, 그처럼 미소한 순간에서 시작될 것 같다. 한 개인의 경우만이 아니라 교회나 국가 공동체에 있어서도, 작고 구체적이며 낮은 데로 임하는 기독교 신앙의 근원적 속성은 매한가지일 성싶다.

타자의 꿈, 화해의 길

— 신정순 소설집『드림랜드』를 중심으로

신정순은 소설가이자 동화 작가이다. 그는 당초 소설을 쓰면서 동화
쓰는 일을 병행했다. 이는 다각적인 글쓰기의 재능을 보여 주는 것이기
도 하고, 그의 내면세계가 작가로서의 치열성과 동심의 순수성을 함께
끌어안고 있음을 보여 주는 것이기도 하다. 그런데 소설이건 동화이건
그의 작품 경향에는 일정한 패턴이 작동하고 있다. 우선 오랜 세월 미국
에 거주한 만큼 작품의 무대가 미국으로 설정되고, 그 이민 사회의 이중
언어와 이중 문화로 인해 유발되는 문제를 주된 대상으로 한다. 곧 디아
스포라적 글쓰기의 한 범례에 해당한다는 뜻이다. 이는 신정순 문학의
특화된 토양을 의미하는 것이기도 하다.

그런 다음 그의 작품 속 인물들은, 이민 사회의 어려움 가운데에서 극
적인 사건에 부딪치거나 '나쁜 사람'을 만나 고초를 겪는 전환기를 만난
다. 그것이 너무 혹독하여 때로는 죽음을 목격하기도 하고 감옥에 가기
도 한다. 사랑이나 결혼 생활의 실패는 거기에 비하면 약과에 지나지 않
는 경우도 있다. 그런데 거기서 끝나는 이야기라면, 신정순 문학이 그와

같은 삶의 고통스러움을 표출하는 데 그칠 뿐 별반 가치 있는 논의를 생산하지 못할 것이다. 이 작가는 거기에서 여러 걸음 더 나아간다. 척박한 상황의 질곡 속에서 그는 꿈이 있는 내일에의 길을 포기하지 않는다. 그 꿈은 연약하고 무너지기 쉬운 '타자의 꿈'이다.

그것도 이민자의 연약과 여성의 연약, 즉 '이중적 타자'일 때가 많다. 그런데 내일을 꿈꾸는 자와 그 꿈의 끈을 놓아 버린 자의 미래는 천양지차가 있다. 꿈꾸지 않고 그 소망의 자리를 향해 나아갈 수는 없다. 소설에 있어서나 실제 삶에 있어서나, 이것은 보편적 이치요 상식적인 세상살이의 문맥이다. 그렇게 신정순 문학은 보다 나은 내일, 보다 나은 세상을 꿈꾼다. 그 소박한 소망은 상황이 어려울수록 더욱 빛난다. 마침내 이 작가가 도달하기를 원하는 지경은, 그 모든 굴곡을 넘어 선한 의지와 조화로운 만남이 작동하는 곳이다. 마음을 열고 있는 그대로의 사람을 받아들이는 일은, 그 대상자 이전에 등장인물이 자기 자신을 용서하고 수긍하는 방식이다. 거기에 문학적 담론을 지배하는 감동이 살아난다.

표제작 「드림랜드」는, 어린 시절에 가 본 놀이공원 드림랜드를 말하는 것이면서 동시에 꿈꾸는 자들의 땅 아메리카를 암시한다. 화자인 '나'가 살아가는 곳은 지금 드림랜드가 아니라는 언표인 동시에, 생각과 행위의 곤고한 과정을 거쳐 이윽고 그 땅을 찾아가리라는 결기를 표상한다. 이러한 발화 방식이야말로 신정순 문학의 전매특허다. 그 다층적 뉘앙스를 안고 있는 '나'는, 시카고에서 가장 범죄율이 높다는 드림랜드 지역에서 커피와 도넛을 파는 '드림 도넛'의 주인이다. '나'의 남편은 일견 자기 우선의 이기적인 사람이다. 딸아이에게 폭력을 행사한 장본인인데, 영주권 문제를 내세워 '나'를 대신 감옥에 보냈다.

감옥은 '나'를 변화시켰다. 남편에 의지해서 사는 삶으로부터 자신의 두 발로 일어서는 법을 가르쳐 주었다. 거기에는 백인 남편을 총으로 쏘고 수감된 한국인 여성 '김학경'이 있었고 그의 사건은 매우 극적인 간접 체험으로 기능한다. 김학경은 '나' 한혜주와 닮은꼴이었던 것이다. 출감 후 '나'를 기다린 것은 한국의 이모가 알려 온 엄마의 죽음이었다. 엄마의 유산으로 '나'는 가게를 얻었다. 여기까지의 나쁜 사람은 남편이었고, 나쁜 상황은 이민자가 겪어야 했던 어려움이었다. 이 고착적인 이야기 구조는 가게에 강도가 들고 남편이 이 급박한 사태에 구조자로 등장하면서, 어두운 채색을 바꾸기 시작한다. 알고 보니, 남편은 그 나름으로 '나'를 위해 최선을 다했던 것이다. 그때까지 반어적 표현으로만 읽히던 드림랜드는 비로소 긍정적 어의(語義)로 다시 읽힌다.

단편 「폭우」는 그야말로 한 남자에게 사랑과 돈을 모두 바쳤던 여자의 실패담과 그 극복의 과정에 관한 이야기다. 언필칭 미주 디아스포라 판 '여자의 일생'이라 할 수도 있겠다. 화자인 '나'는 산체스의 아내이고, 산체스가 교통사고로 사경을 헤매는 시점에서 이야기를 시작한다. 그날이 이 부부의 '백만 달러를 받는 생명보험 약정 기간 마지막 날'인 까닭에 사고에 경찰 조사가 개입한다. '나'의 짐작으로 범인일 법한 자가 없지 않으나 이를 말하지 않는다. 범죄 구성이 이루어지면 보험금에 문제가 발생하기 때문인데, 그렇다고 해서 '나'가 사망 보험금을 노리는 '나쁜 사람'은 아니다. 이 복잡하고 다기한 이야기의 배면에 '나'가 겪은 참담한 삶의 전사(前史)가 있다.

산체스는 '나'의 두 번째 남자이고, 전 동거인은 시카고 대학에서 경영학을 전공하던 장우현이란 유학생이다. 그는 '나'의 헌신으로 학위 과정을 마치자마자 '나'의 몽유병을 빌미 삼아 한국으로 떠난다. 두 번째 남자 산체스는 비록 하층계급의 사람이지만 헌신적이고 신뢰할 수 있는 인품의 소유자다. 그는 멕시코인 아버지와 한국인 어머니의 아들이다. 그의 '엄마'는 국경을 넘어오다가 총격을 받자 총알받이가 되어 아들을 구했다. 그 산체스가 생사의 기로에 있는데, 의식이 있을 때의 '나'는 5퍼센트의 확률에도 산소호흡기를 통한 연명을 원한다. 그러나 몽유 상태의 '나'는 인공호흡을 중단하고 백만 달러의 보험금을 청구한다. 가히 소설적 트랙으로서의 볼품이 있다.

단편 「선택」은 어머니의 극단적인 남아선호 사상에 밀려 미국행을 선택한 딸과 그 가족사에 얽힌 이야기로 시작된다. 오빠와 '나'는 쌍둥이 남매로 태어났지만, 상대적으로 똑똑한 딸이 아들의 운을 가로막는다는 속설로 인해 '나'는 극단적인 차별 대우를 받으며 성장한다. 미국에서 세탁소를 운영하는 남자와 쉽사리 결혼한 것도 결국 이 탄생과 억압의 굴레를 벗어나기 위한 하나의 방편이었다. 어머니 또한 딸을 결혼시켜 멀리 보내야 아들의 운이 살아난다는 미신에서 벗어나지 못했다. 여기까지 나쁜 사람은 '엄마'다. 이 개명(開明)한 세상에 다시 있을 것 같지 않은 어머니다. 물론 그 외에도 '나'를 미국으로 보내는 이야기의 조건에는 여러 가지가 매설되어 있다.

그렇게 만난 남편이 재미 동포 이석훈이다. 미국으로 건너가 목도한 그의 형편은 생각보다 훨씬 열악했고, '나'는 힘겹게 새로 맞이한 환경을 지키고 또 일정 부분 극복했다. 그런데 '엄마'가 임종을 맞았다. 온갖 애증이 점철된 이 모녀는 그렇게 인생의 마지막 순간에 한마디 인사도 나누지 못하고 헤어졌다. 사람 사는 일이 꼭 상례만 따르는 것이 아니라면, 그 마지막 작별에 모녀가 마음으로 나눈 인사는 유효할 뿐 아니라 감명 깊다. '엄마'의 미안해하는 마음이 가슴 밑바닥을 두드리는, 여러 차례에 걸친 환청은 어쩌면 딸의 삶에 긴요한 구원의 빛이 될 것이다. 그 구원의 힘으로, 그리고 더 크게는 미국에서 응원해 주는 남편의 진실한 사랑으로, '나'는 오빠에게 재산을 양도했다. 그런 연후의 자유로운 심상에 남편의 얼굴이 밝은 희망처럼 떠오른다.

단편 「살아나는 박제」에는 앞의 세 소설과는 달리, 남성 화자가 등장한다. 미국으로 신학 공부를 하러 간 '나'는, 아주 우연한 기회에 7년 동안이나 소식이 끊긴 '형기 형'을 만난다. 그는 '나'의 멘토였고 정신적 지주였으며 공부하는 데 있어서도 창의적 아이디어와 방법론을 공여해 주던 선견자였다. 명문 의과대학 학생이었던 그가 홀아버지 강 장로, 결혼을 약속한 옆집 정희 누나, 그리고 '나'를 모두 버리고 잠적해 버렸다. 형을 찾아 헤매던 '나'에게 그의 아버지 강 장로는, 형이 자신의 몸에 '나병균'이 흐르고 있어 치료 가능성을 알아보고 마음이 정리된 후에 연락드리겠다고 쓴 편지를 보여 준다.

그런데 미국에서 뜬금없이 만난 형은 잠복 기간이 20년이 넘을 수도 있다는 지식을 갖고 있을 뿐 아직 나병 환자가 아니다. 형은 나병균 잠복 사실을 안 후 한 달 만에 미국으로 왔고, 그동안 사냥과 박제 그리고 시체 화장 및 방부 처리 등의 일을 하며 살았다. '나'와의 만남은, 그 박제 일이 살상 사건으로 오해 받으면서 경찰이 통역을 요청하여 이뤄진 것이었다. 그가 '나'와의 만남 이후에 한국으로 돌아갈 결심을 하는 것은, '나' 때문인지 자기 방황의 연한이 차서 마음의 성숙을 얻은 때문인지는 분명하지 않다. 그러나 '나'는 그때부터 다시 음식 맛을 느끼기 시작한다. 이 소설에서 보다 특이한 것은 기독교 신앙과 교리에 대한 이 작가의 수발한 접근이다. 「드림랜드」에서도 잠깐 내보였지만, 여기에서는 훨씬 본격화되어 추후 이 대목에 대한 정치한 고찰이 필요하다는 감상을 촉발하기도 한다.

마지막 단편 「나바호의 노래」는 그 출발 지점이 매우 흥미롭다. LA에서 여행 가이드 일을 하고 있는 베테랑 안내원을 화자로, 그가 만난 얼떨떨한 사내 구희태를 관찰하는 이야기이다. 구 사장은 《LA타임스》에 맛집으로 소개된 이름난 일식당의 주인이자 스시맨이다. 화자는 그가 중졸

학력에 촌스럽기 그지없으나 재력이 있다는 뒷말에 함께 라스베이거스로 여행 안내를 떠난다. 구 사장의 목표는 여행이 아니었다. 그의 목적지는 모뉴먼트 밸리라는 곳, 미국 정부가 한때 원주민 나바호족을 내쫓았다가 이제 자치령이란 이름을 붙여 준 지역이다. 그 길목에 구 사장의 아내 정선미가 자동차 사고로 죽은, 낭떠러지로 이어지는 가장자리가 있다.

그의 아내는 어려울 때 도움을 받은 그와 결혼했으나 결국 그 마음을 끝까지 붙잡아 두지 못했다. 사진작가인 남자와 이곳에 왔다가 사고를 당한 것인데, 구 사장은 굳이 그 현장을 확인해야 하는 심정적 경사를 가진 터이다. 그는 "이곳에 오면 예리한 칼날이 아픈 곳을 도려내면서 참을 수 없는 통증을 유발하겠지만 결국 날 구해 줄 거라는 그런 믿음이 들었어요."라고 고백한다. 그리고 소설의 이야기는 그의 말처럼 흘러가고, 작가에게는 그것이 멸절의 삶 속에서 새롭게 희망을 말하는 그 자신의 방법이 된다. 이야기의 배경에는 마치 전설과도 같은 나바호족의 묵은 지혜들이 그림처럼 펼쳐져 있다.

이제껏 공들여 살펴본 신정순의 단편소설 다섯 편은, 그야말로 흙 속에 묻힌 옥석을 발견한 듯 주옥같은 작품들이다. 8만 리 태평양 건너 미국 한인 문학에, 이처럼 빼어난 글쓰기의 솜씨가 숨어 있을 줄 몰랐다. 이 놀라운 발견은 주로 그의 선명한 공간 의식과 주제 의식에서 비롯된다. 그런가 하면 이야기의 재미와 감동적인 화해라는, 근자의 한국 소설에서 거의 실종되어 버린 소설의 미덕을 다시 목도하는 기꺼움도 있다. 이러한 소설적 발화법은, 앞으로도 이 작가에게 지속적인 수작의 산출을 약속할 것으로 여겨진다. 다만 그 소설적 형틀이 자칫 일종의 스테레오타입으로 침윤하지 않기를 말해 두고 싶다.

물론 이 부분에 주의력을 집중하면, 그가 가진 안목과 기량이 그 우려를 충분히 넘어설 것으로 본다. 신정순의 소설들을 한꺼번에 읽는 동안, 나는 내내 행복했고 즐거웠다. 그러기에 그의 다음 작품들을 기쁜 마음으로 기다릴 것이다. 소설은 물론 동화에서도 뛰어난 글쓰기의 실증을 보여 주는 이 작가는, 그동안 발표한 여러 권의 동화집 외에도 《미주문학》에 연속적으로 동화 작품을 발표하고 있다. 미국 대학의 교수이자 미주 디아스포라 문학 연구자이기도 한 그의 행보는, 한민족 문화권 문학이라는 더 큰 범주에 기여하고 있기도 하다. 그의 건필을 위해 기도하는 또 다른 이유다.

이 책에서 만난 신정순의 단편들은 단단하면서도 부드러웠다. 이야기 구조와 주제 의식은 견고하되, 이를 감싸고 있는 감성적 표현과 인간애는 결곡한 울림과 여운을 남긴다. 마치 황순원의 「소나기」나 안톤 체호프의 「비애」가 보여 준, 잘 빚어진 단편소설의 표본 같은 후감을 느끼게 한다. 오늘날과 같이 영상 문화가 문자 문화를 압도하는 시대, 상업성을 앞세운 전작 장편이 득세하는 시대에, 세찬 여울목의 조약돌처럼 깔끔하고 아름다운 단편소설 몇 편을 여기 소개해 본다. 먼 나라에서 소중하게 모국어를 지킨 공로 또한 이 작가의 몫이다.

미로에서 출구 찾기, 그 곤고한 소설적 실험

— 공애린 소설집 『다리, 넌 뭐야?』에 붙여

공애린의 소설 방정식을 푸는 열쇠

공애린은 1986년 《중앙일보》가 주최한 《여성중앙》 중편소설 현상 공모에 「아버지의 멍에」가 당선되면서 문단에 나왔다. 그동안 여덟 권의 장편소설과 20여 편의 중·단편소설을 상재 또는 발표했으니, 이제는 30년 세월의 적층을 지나는 중견작가의 반열에 들어섰다. 그런데 이번에 새롭게 출간하는 소설집 『다리, 넌 뭐야?』를, 출간 이전의 글 묶음으로 읽은 소감으로는 그가 여전히 풋풋한 신인의 내음을 끌어안고 있다는 것이다. 그 글쓰기의 연륜이면 어느 결에 모서리가 닳고 생각도 유장해져서, 순후하고 화해로운 소설적 분위기에 도달할 만하다.

그런데 공애린은 그렇지 않다. 작가로서 그의 촉수는 여전히 예리하게 날이 서 있으며, 소설의 등장인물과 소설 내부 사건들의 조화는 아직도 요원한 앞길을 남겨 두고 있다. 왜 그러할까? 그것이 이 작가의 세계관이기 때문에, 아니면 소설 이전의 체험적 현실이 너무도 각박했기 때문에? 그 답을 모두 알기는 어렵다. 하지만 확고한 것 하나는, 이 작가가 내내 자신의 삶과 그것의 형상을 닮은 소설 창작을 두고 타협의 길을 찾지 않는다는 사실이다. 비록 그것이 작가 자신에게는 형극의 길일 수 있어도, 이 작가가 신인과 같은 의욕 또는 열정의 도정에서 한 걸음도 물러서지 않았다는 점이다.

이는 소설의 수용자들이 공애린의 소설을 주목해서 의미 있게 읽을 수 있도록 유도하는 구조적 성격에 해당한다. 실제로 그의 소설 가운데로 걸어 들어가 보면, 여러 모양으로 들끓는 이야기의 가닥들이 때로는 복잡하고 음울하게, 또 때로는 박람강기하고 속도감 있게 펼쳐져 있는 현장을 목도할 수 있다. 왜 그렇게, 그리고 무슨 쌓인 언설이 그리도 많은 것일까? 공애린에게서 쾌청한 날의 햇살 같은 이야기를 기대하는 것은 당초에 불가능하다. 그렇다면 그 많은 우울의 그림자들은 모두 어디에서 왔단 말인가? 이 질문에 답안을 제시하는 일은, 곧 난마처럼 얽힌 그의 소설적 미로에서 출구를 찾아가는 일과 다르지 않다.

일상을 엄습한 병증과 동통

공애린 소설의 등장인물, 각 단편의 중심인물들은 대개 마음이나 몸의 병증을 안고 있고, 그로 인한 고통스러운 삶의 굴곡을 지니고 있다. 「프로방스 가는 길」의 '남자'와 '여자'는 헤어진 지 수년 만에 통화를 하고 다시 만난다. 형의 죽음과 아버지의 억압 속에 있다가 가출하고, 독학으로 공부하여 취업을 했으나 해고를 당하는 매우 곤고한 삶의 역정이 남자의 몫이다. 그런가 하면 프랑스로 유학을 떠났다가 다시 돌아온 여자는 골수암에 걸려 있고 수술조차 포기해야 하는 형편이다. 이들 두 사람은 카페 프로방스를 찾아가지만 찾기가 어렵고, 가까스로 찾았지만 찾은 것에 특별한 감동도 없다. 남자의 새 여자 친구 '영주'도 별다른 악센트가 없다. 말하자면 모두 어떤 의미의 지점에 정착하지 못하고 방황하는 사람들이고, 그것이 공애린 소설에서 흔히 만날 수 있는 일반적 인간상이다.

표제작 「다리, 넌 뭐야?」의 경우 또한 이와 크게 다르지 않다. 이때의 '다리'는 화자인 '나'의 친구 '민'이 찍은 사진 속의 다리를 말한다. '나' 또한 사진을 찍는 사람이며, 주요 고객은 웨딩 사진을 필요로 하는 예비 신랑 신부들이다. '나'와 '민'은 모두 각자의 결혼에서 실패했다. '나'와 신혼여행을 떠났던 '지훈'은 그 첫날부터 어머니에게 묶여 있는 삶의 방식을 드러냈다. 화자와 닮은꼴인 '민'은 열여덟 살에 생모를 간암으로 잃고, 사진작가였던 형도 히말라야 사진 촬영 중에 소식이 끊긴 가족사가 있다. '민'은 이혼하고 미국으로 갔다. 이들의 통화는 늘 본질에 육박하지 못하고 겉도는 느낌이다.

비아냥거리는 투의 내 말에도 아랑곳없이 민은 말을 이었다. 오래전부터 꿈에서 종종 다리를 보았다고, 길게 뻗은 다리를 향해 무진장 달린 날이면 몹시 외로웠다고, 마치 섬에 갇혀 있는 기분이었다고, 카메라를 메고 나가 다리를 찍으면 한결 나았다고 책을 읽듯 나직이 읊조렸다.

"설마 너 금문교에서 이상한 짓거리 할 생각……."

내 말을 자른 그가 조금 전보다 빠른 속도로 덧붙였다.

"사……사실 내……내가 찌……찍은 다……다리는 모두 네……네게로 하……향하고 있었어."

처음 한동안 멍해 있던 나는 더는 입을 열지 못했다. 민이 침묵을 깼다. 내가 결혼할지 모른다고 말했을 때 차마 붙잡지 못했다고, 무진장 좋아하면서도 왜 그랬는지 모르겠다고 말꼬리를 흐렸다.

"나…… 가……간암이래."

뭐라고? 입을 열기도 전에 전화가 뚝 끊겼다. 배터리 방전이었다. 몸속의 에너지마저 소진한 듯 나는 미동도 없이 앉아 있었다. 그새 창이 뽀얗게 흐려져 있었다. 세상과의 단절. 가교가 끊긴 듯 외로워졌다. 손을 뻗쳐 카스테레오 볼륨을 높여 켠 나는 큰 소리로 외쳤다. 바보, 근데 왜 한마디 말도 못했어?

— 「다리, 넌 뭐야?」에서

이 소통 부재와 단절의 구도는, 이를테면 공애린 소설의 전매특허다. 그가 세상을 보는 눈이 이렇게 특정되어 있다면, 거기에는 분명한 사유가 있을 수밖에 없다. 작가가 소유한 삶의 체험에서 말미암았거나, 아니면 그의 내면적 상상력을 부력으로 한 세계관이 그와 같은 모양 또는 빛깔인 것이다. 그런데 한 작가가 이 모습으로만 일관하여 소설을 쓸 수는 없다. 1950년대 전후의 시대상에 반응하여 패배와 반항의 군상을 그렸던 손창섭도 종내 「잉여 인간」 이후 음지에서 양지로 걸어 나온다. 그 어두운 자리에 그대로 머물렀던 장용학은 더 이상 소설을 쓰지 못했다. 공애린의 '민'은 어느덧 간을 이식 받고 건강을 회복하여 다리 사냥에 나서고 있는데, 이는 공애린 소설의 다음 단계를 예시하는 하나의 징표이다.

복잡하고 깊은 가족 관계의 질곡

공애린 소설의 가족 관계는 참 복잡하고 아프게 얼크러져 있다. 「우주정거장」에서는 화자의 동기간이자 파일럿이었던 수철이 전투기 사고로 죽는다. 그렇게 되자 어머니는 말할 것도 없고 올케와 아이가 구성하는 모든 삶과 관계성의 울타리가 무너진다. 수철의 선배이자, 화자와 소통하는 '민'도 그 암울함의 자장을 벗어나지 못한다. 하필 여기에서 이 인물의 이름도 '민'이고 그의 누이는 스트레스 장애로 인해 암에 걸렸다. 어머니는 무속의 영역으로 진입하여 아들을 기다린다.

누가 뭐라 캐도 수철인 예언대로 이 우주정거장에 꼭 올 끼다.

이미 귀에 못이 박힐 정도로 들어온 황당무계한 이야기다. 이어서 물질만능과 부패로 혼돈스러워진 세상을 구할 마지막 외계의 왕이 출현할 거라는 등 평소 굳은 신념으로 믿고 있는 예언서 내용이 엄마 입을 통해 거침없이 쏟아져 나왔다. 인류의 구원은 오직 우주선밖에 없다는, 우주선에 승선하기 위해선 피라미드의 에너지를 받아야 한다는, 수철이가 우주선을 타고 이곳으로 올 거라는 등의 억지 주장까지 펼치는 엄마의 읊조림. 그건 우주의 신비를 캐는 사람들을 이끄는 초능력자의 말과 일치했다. 전부터 엄마는 투시와 예언을 일삼는 그의 단체에 적을 두고 있었다.

— 「우주정거장」에서

지상에서의 삶이 합리적 관계망을 통해 납득할 만한 해답을 도출하지 못할 때, 그리고 앞으로도 그러한 가능성이 전혀 엿보이지 않을 때, 의식의 범주를 우주적으로 개방함으로써 새로운 정신적 탈출구를 마련하는 문학적 방정식은 이미 우리에게 낯이 익다. 조세희가 1980년대 초반의 시대상에 비추어, 도시 빈민을 대변하는 '난장이' 가족을 생산하고 '지섭'이라는 이름의 대학생을 통해 '난장이'를 우주인이라 부르는 장면이 그것이다. 심지어 소설의 말미에서 까만 쇠공이 하늘을 가로지르며 날아가는 환상을 보여 주기도 한다. 당대의 천정을 친 소설 『난장이가 쏘아올린 작은 공』의 이야기다.

공애린의 소설에서 아들을 잃은 자리에 우주인을 부르는 어머니의 의식은, 그 자체로서 벌써 확신에 찬 가치 개념이다. 동시에 그런 만큼 현실의 바닥에 발을 두지 못하고 부유하는 공애린 식 인물 형상화의 방식을 보여 주기도 한다. 사정은 다른 단편 「마법의 의자」에서도 마찬가지다. 공황장애를 겪는 '나'의 언니와 그 비극적 결말, 이 과정을 추적하면서도 현실적 대안에 이르지 못하는 무기력한 관찰자로서 '나'의 행위는, 유사한 인물 유형을 중복하여 보여 주는 데서 답보하고 있다. 이 숨 막히는 과정을 통하여 새로운 개안(開眼)에 이르는 길은 더디고 힘겹지만, 한편으로는 그 과정을 넘어설 바탕을 오래 적층하는 것이기도 하다.

버려야 할, 버릴 수 없는 이름 아버지

한국문학에 있어서 소설적 인물의 삶이 화해롭지 못한 사태는, 과반수가 넘는 빈도로 아버지의 부재나 무기력에 잇대어져 있다. 이 작가의 단편 「가숙자」나 「소리닭」 또한 이 명제를 십분 충족시키는 사례에 해당한다. 분단 문학에 있어서 김원일이나 이문열의 아버지, 성장소설에 있어서 김주영이나 윤흥길의 아버지가 모두 상실의 빈자리를 남김으로써 다음 세대에 고통스러운 체험을 공여한다. 「가숙자」의 아버지는 그 딸을 술집에서 몸을 파는 신세로 전락시킨다. 자기 친딸을 몰라보고 돈을 챙긴 뒤 술집에다 팔아넘긴 것이다. 물론 이 아버지는 앞서 언급한 작가들의 작품이 지시하는 아버지들과는 다르다. 그러나 아버지라는 성벽이 무너진 자리가 얼마나 절박한 폐허인가를 증명하는 데는 크게 다를 바 없다.

"내가 뭐랬어. 떠나는 사람 한마디라도 마음 편하게 해 주라고…….."

젊은 남자는 귀옥에게 그간의 사연을 풀어놓았다. 남자는 이 씨와 은지 찻집 마담 사이에서 태어난 아들이었다. 귀옥에겐 이복 남동생인 셈이었다. 은지 찻집 마담과 사실혼도 아닌 동거남으로 행세하던 이 씨는 귀옥의 몸값을 중간에서 가로채는 사기극을 벌였지만, 훗날 찾았던 고향의 폐가에서 발견한 사진을 보고 충격을 받았다. 그새 훌쩍 성장한 사진 속 어여쁜 딸은 이 씨가 5년 전쯤 몸값을 빼돌리고 화류계에 팔아넘긴, 귀옥이라는 이름을 지녔던 바로 그 앳된 아가씨였다.

"너한테 돈 돌려줘야 한다고 두 사람이 얼마나 다투었는지 몰라. 홧김에 엄마가 젊은 서방 얻어 집 나가자 풍을 맞은 게지. 그런데도 따뜻한 말 한마디 못 해?"

잠자코 이 씨의 널브러진 몸뚱어리를 내려다보던 귀옥은 일순 썩은 나무 토막처럼 무너져 내렸다. 그녀의 굳게 봉해졌던 입안에서 30년을 뱅뱅 맴돌던 설익은 단어가 튀어나왔다.

"아버지!"

— 「가숙자」에서

「가숙자」의 아버지는 자신의 인생 막바지에서 최선을 다해 딸을 위한 투신을 감행한다. 딸 또한 결국에는 '아버지'란 이름을 불러 준다. 「소리 닭」의 아버지는 딸을 위해, 더 이상 딸을 힘들게 하지 않기 위해 유서 한 장을 남기고 사라진다. 상황은 이토록 궁색하지만, 여기에서 눈여겨볼 대목은 그 아버지의 딸인 화자 '나'의 태도이다. '나'는 시종 아버지와 딸로서 도리를 다하고자 한다. 이와 같이 건실한 인간성은 공애린 소설의 전체적인 분위기에 억눌려 있지만, 그것이 분명히 존재하고 또 다른 작품으로 가면서 소정의 기능을 발양하게 된다는 사실이다. 이러한 캐릭터의 운동 방식은, 이 작가가 가진 비극적 세계관과 그것을 극복해야 하는 당위적 의지를 함께 포괄한 결과이다.

비극적 결말의 극한을 통한 길 찾기

분수령(分水嶺)이라는 말은, 어떤 일의 진전에 있어 결정적 고비 또는 전환점을 이른다. 미국 대륙의 로키산맥 분수령은 '대륙분수계(continental divide)'라 부른다. 백두산 정상에서 서쪽으로 흐른 물이 압록강으로 가고 동쪽으로 흐른 물이 두만강으로 가듯이, 로키산맥 정상에서 서쪽으로 흐른 물이 태평양으로 가고 동쪽으로 흐른 물이 대서양으로 간다. 문학, 소설에 있어서도 그렇다. 한 작가가 계속해서 어둡고 차폐된 세계에서만 머물 수는 없다. 앞서 언급한 작가 손창섭은, 자기 세계의 분수령 「잉여인간」에 이어 자기 폭로와 카타르시스의 소설 「신의 희작」을 쓰고 마침내 밝은 땅으로 걸어 나왔다.

대체로 작가들은 그렇게 분수령에 해당하는 작품을 가지고 있다. 그 지점에서는 과거의 동선을 극단적인 수준까지 이끌고 와서 폭발하게 하거나, 때로는 그 방식을 방기해 버리기도 한다. 이 작품집에 실린 공애린 소설의 경우, 그토록 음울한 세계의 바닥을 두드리던 등장인물이 새로운 삶의 차원을 탐색할 수 있도록 하기 위해서는 바로 그 극한 수준의 폭발력이 동반되어야 한다. 그것을 보여 주는 작품은 「독이 있는 꽃」과 「비뚤어진 입」이다. 이 두 소설에 이르면 그토록 곤고한 사유와 행위의 과정을 거치면서도 자기중심의 구심력을 잃지 않던 화자나 주요인물이, 죽음을 마주하고 허물어지는 상황이 매설된다.

「독이 있는 꽃」은 대리모 얘기다. 임신이 불가능한 '나'는 옛 친구 '순선'의 배를 빌려 아이를 얻었다. 이 힘든 과정을 시댁 식구들에게는 숨겨야 한다. 그런데 마지막에 이르러 순선이 반란을 감행한다. 자기 배 아파 낳은 아이를 잊지 못하고 그 아이 '성호'를 탈취하려 한다. 이를 저지하는 '나'와의 실랑이 때문이 아이는 시멘트 바닥 위로 내팽개쳐진다. 아이는 더는 울지 않는다. 물론 여기에서 아이의 생명이 어떻게 되었다는 확고한 표현은 없으나, '말벌 독침에 쏘인 것처럼' 미동조차 없으니 가장 나쁜 정황을 떠올릴 수밖에 없다. 그런데 이 막다른 자리가 공애린 소설이 반전의 힘으로 다시 일어설 그 절체절명의 지점이다. 언어도단(言語道斷)이면 심행처(心行處)라 했으니, 그런 연후에야 다른 차원의 시야를 열 수 있을 터이다. 그만큼 지금까지 공애린 세계는 답답하고 막막했다. 사정은 「비뚤어진 입」에서도 마찬가지다.

그녀는 시상식장과는 영 방향이 다른 경인고속도로를 달리고 있었다. 왜 이리로 들어섰을까? 콜린 맥레이 게임처럼 네비게이터의 친절한 안내가 없어서? 멈칫 차선 변경을 하려던 그녀의 눈에 또다시 백미러 속 자신의 비뚤어진 입이 확대되어 보였다. 그 순간, 쏜살같이 달려오던 트럭 한 대가 그녀의 차를 들이받았다. 자이로드롭의 수직 하강과는 사뭇 다른, 불시의 추락이었다.

— 「비뚤어진 입」에서

「비뚤어진 입」의 마지막 문장이다. 이 소설은 장애인 아이를 돌보는 어머니의 이야기다. 한순간을 놓치는 바람에 평생 불구가 된 아들을 키우는 어머니. 그 어머니에게는 친구도 애인도 아닌 남자가 있다. 이 남자의 존재 양식은 소설을 소설답게 만드는 치장이다. 당연히 남편과의 관계도 불협화를 보인다. 이 또한 소설이 되도록 하기 위한 하나의 장치다.

그리고 '그녀'는 이렇게 소설의 말미에서 예상치 않았던, '불시의 추락'으로 죽음을 맞는다. 소설의 등장인물에게는 불시의 문제이나 작가에게는 그렇지 않다. 이 작가에게는 그 죽음의 문턱을 넘어 새롭게 열어 보여야 할 유암(柳暗)하고 화명(花明)한 경계가 있다.

가지 않은 길, 또는 판도라의 상자

공애린 소설의 새로운 방식을 보여 주는 작품 「연어살 같은 입술」은, 그 시발과 외형조차 새로운 것은 아니다. 시각장애인을 위한 녹음 봉사를 하는 '나'는 언청이 수술을 한 전력을 가지고 있다. 입술 안쪽으로는 흉터가 있으나, 겉보기에는 그야말로 '연어살 같은 입술'이다. 나의 동거남 '준'은 그 어머니가 언청이 수술을 받은 가족사의 전력이 있다. 이 여러 종류의 상처 가운데서 위태로운 균형을 유지하던 두 사람의 관계는 '준'이 떠나며 와해된 것으로 보인다. 그러나 알래스카에서 보내온 '준'의 편지는 훨씬 성숙한 사랑 또는 인간애를 담은 것이고, 나는 그가 있는 알래스카로 떠날 준비를 한다.

이러한 내일이 있는 상관관계는 그동안 이 작품집에 실린 다른 소설들에서는 볼 수 없던 별천지에 다르지 않다. 다른 소설 「비틀즈가 있는 풍경」은 여기에서 여러 걸음 더 나아간다. 물론 이 소설도 앞선 소설과 마찬가지로 감당하기 힘겨운 삶의 현장에서 출발한다. 그렇게 보면, 이 작가는 생득적으로 비극적 세계관과 파편화된 인간관계에 익숙해 있다. 그 세계관 또는 관계가 치열하고 파괴적일수록, 작가가 일련의 소설적 성취를 이룬 것임에 틀림없다. 이는 공애린을 만만치 않은 작가로 납득하게 하고, 그의 소설에 대해 함부로 발설할 수 없도록 하는 힘이기도 하다. 문제는 그렇게 해서 작가나 독자가 행복한 글쓰기 또는 글 읽기를 누리기 어렵다는 실증적 결과론에 있다.

　　"미안해요…… 엄마……."

　　나도 모르게 엄마, 라는 말이 입 밖으로 튀어나왔다. 여자가 춤을 추듯 비틀거렸다. 동시에 손에서 비닐봉지가 떨어져 나갔다. 터진 비닐봉지에서 빠져나온 미꾸라지들이 대리석 바닥 위에서 나부대기 시작했다. 차갑게 빛나는 은빛 대리석 위를 콩 튀기듯 파닥거리는 미꾸라지들의 역동적인 율동에 나는 망연자실해졌다.

　　이내 울음 섞인 웃음이 토해졌다. 여자도 따라 웃었다. 머리가 팽이처럼 핑그르르 돌며 아득한 현기증이 몰려왔다. 나는 앙상한 몰골을 한층 낮추어 여자의 품에 안겼다. 샤넬 N°5 향내가 전처럼 메스껍지 않았다.

—「비틀즈가 있는 풍경」에서

극적인 반전을 보여 주는, 공애린에게 있어 매우 유다른 소설 「비틀즈가 있는 풍경」의 마지막 대목이다. 지방 흡입 시술의 의료 사고로 엄마를 잃고 그 엄마로부터 폭식증 거식증을 물려받은 '나'는 '수지'란 이름을 가진 대학생 여자 아이다. '나'는 엄마의 자리를 맡아 들어온 '여자'에게 극단적인 거부감을 표출한다. 마지막 장면은 온갖 모욕에도 불구하고 엄마 대신의 자리를 지켜 준 '여자'에게 '나'가 백기 투항하는 모습을 그렸다. 그 투항은 이해와 수용의 통로가 막혀 있던 두 인격체가 정동적인 교감으로 문을 열고, 감동적으로 소통하는 아주 특별한 순간을 연출한다. 이 소설의 감응력은 이처럼 일상적인 곳에서 깊이 있는 공감대를 확장하는 특별한 기량에 기대어 있다.

작가와 독자가 함께 행복한 소설

마지막에 언급한 두 편의 소설을 읽고, 공애린의 소설 세계를 묵묵히 거쳐 온 과정이 제 값을 얻은 느낌이다. 지금껏 암울한 터널처럼 통과하기 힘들었던 그 소설 읽기는, 이렇게 새로이 예인 등대의 불빛을 마련해 주었다. 그의 소설에 우호적인 한 사람의 독자로서, 여러 방식 여러 종류로 아픔과 슬픔과 외로움에 대해 말하던 내면 토로의 글쓰기가, 스스로를 비추어 보는 거울의 단계를 넘어서 주위에 빛을 뿌리는 램프의 단계로 진입해 갈 것을 간곡한 마음으로 그리고 강력하게 권유한다. 작가가 독자와 함께 행복해지기 위해서, 그리고 우리가 지속적으로 공애린이라는 작가의 소설을 통해 가치 있는 글 읽기의 기쁨을 누릴 수 있기 위해서.

이 글에서 사용한 소제목들, 『다리, 넌 뭐야?』에 수록된 10편의 작품을 주제별 층위에 따라 배열해 본 그 시각들은, 작품의 외부에서 내부를 검증하는 일방통행의 방향성을 가졌다. 만약에 이 작품들의 내포적 측면에서 심리적이거나 정신분석적 방식을 응용하여 살펴보기로 하면, 이 글에서의 해석과는 전혀 다른 의미의 스펙트럼을 일으킬지도 모른다. 이 글에서 의도한 사실적이고 객관적인 균형성을 갖추려는 분석 방법은, 어쩌면 모범 답안을 강작하려 한 혐의가 없지 않다. 그런 연유로 작가와 작품의 상거(相距)를 가급적 좁혀서 생각하려 했고, 그것이 보다 인본주의적인 작가·작품론을 불러올 것으로 믿었다.

한 작가의 소설적 방정식을 푸는 열쇠를, 작가와 독자가 나누어 가지는 새 전범이 여기에 함께했으면 한다. 어쩌면 그것이 우리에게 있어서 아직 가지 않은 길, 판도라 상자의 바닥을 여는 일이 될 수 있을지도 모르겠다. 돌이켜 보면, 문학사에 명멸한 그 많은 작품들 가운데 공애린처럼 웅숭깊은 고통의 기록을 남긴 작가는 너무도 많다. 그 많은 작가들이 모두 햇빛 비치는 땅으로 걸어 나와야 할 이유도 없고 또 그러하지도 않았다. 우리가 공애린에게 그 전환의 길목을 제시하는 것은, 그의 소설들이 너무 많이 아프고 슬프기 때문이다. 작가라고 해서 소설을 통해 행복해질 권리가 없을까. 그러기에 조마조마한 마음으로 그의 다음 작품을 기다려 보기로 한다.

이 가파른 소설의 언덕 너머 무엇이 있을까

— 이재연 소설집 『무채색 여자』를 중심으로

문학작품에 있어 악의 묘사는 그 치료를 위해 있다고 한다. 마찬가지로 문학이 전란의 참혹함을 그린다면, 이는 평화로운 삶의 소중함을 말하기 위해서다. 육신과 정신의 아픔을 묘사하고 서술하는 소설이 있다면, 그 또한 그와 같은 동통을 넘어서는 인간의 대응을 탐색하기 위해서가 아닐까. 일찍이 톨스토이가 『안나 카레니나』의 서두에 가져다 둔 레토릭, "행복한 사람들은 대개 비슷한 모습으로 행복하지만, 불행한 사람들은 제각각의 모습으로 불행하다."라는, 단지 불행한 사람들을 보여 주는 데서 소설의 소임이 끝나지 않는 것임을 암시한다. 비록 바른 생활 교과서처럼 모범 답안을 명시하지 않는다 할지라도.

이재연의 소설 다섯 편을 공들여 읽으면서, 필자는 문득 톨스토이와 그의 작품 세계를 떠올렸다. 슬라브 민족주의, 기독교 박애주의, 휴머니즘의 인간중심주의를 포괄하고 있는 것이 그 소설들이다. 소설 가운데 아픔과 슬픔과 외로움이 펼쳐지는 것은 결국 그 엄혹한 단계를 넘어서기 위한 탐색의 수순이 아니겠는가. 이재연의 소설 속에 등장하는 여러 여자들, 무기력하고 뿌리 뽑힌 삶을 살아가는 여자들의 서사는 그러한 삶 자체가 목표일 수 없다. 그렇다고 작가가 그처럼 암울한 터널을 지나서 무엇이 예비되어 있다는 답변을 제시하는 것도 아니다. 그러기에 그의 소설은 고통스러운 삶의 여러 국면을 절실하게 보여 주고, 그 전후 문맥은 독자들이 재주껏 감각하라는 어투와도 같다.

우리가 사는 21세기를 일러 새로운 유목민(Nomad)의 시대라고 일컫는다. '노마드'는 라틴어에 어원을 갖고 있으며 프랑스의 철학자 질 들뢰즈가 『차이와 반복』에서 노마디즘(Nomadism)이라는 용어를 쓰면서 비롯되었다. 원래의 유목민은 중앙아시아나 사하라 등의 건조한 사막지대에서 목축업을 하면서 물과 풀을 찾아 옮겨 다니며 살던 민족을 지칭했다. 그러나 현대의 유목민은 문명화된 공간에서 디지털 기기를 활용하면서 시간 및 공간의 제약을 받지 않는 사람들을 말한다. 캐나다의 미디어 학자 마셜 매클루언은, 현대인들이 마침내 전자 기기를 사용하는 유목민이 될 것이라고 예언한 바 있다. 이 노마드는 정신의 자유로움을 선물처럼 갖고 있지만, 그러한 만큼 안정된 정착의 의식을 갖고 있지 못하다.

근자에 이르러 사회적 삶의 환경이 점점 복잡다단해지고 통합된 가치관이 유실되는 상황에 이르러, 노마드란 용어의 어의는 보다 부정적인 측면을 강화하는 방향으로 사용되고 있다. 이 작품집에 중심인물로 현현한 네 명의 여자와 한 명의 남자는, 그런 점에서 노마드 곧 현대판 유목민이라 호명하기에 알맞은 자들이다. 작가는 이 노마드적 인물들, 외형과 내면의 상처를 끌어안고 그것을 감당하기 위해 방황하며 안간힘을 다하고 있는 그들을 통해 무엇을 말하고자 했을까. 저 옛날 물과 풀이 있는 초원을 찾아 헤매던 유목민처럼 절박하게, 고양된 정신을 궁구하는 인간의 참모습을 그리려 하지 않았을까.

「무채색 여자」의 '여자'는 정새나라는 이름을 가졌으며 몇 개의 상담

전화에 의지해 자신의 심적 상태를 조절하는 불우한 형편에 있다. 어머니의 꿈에 부응하는 성악가가 되지 못했고, 대학 선배인 박진수와 결혼하여 유학을 갔으나 귀국한 다음 이혼했다. 그 이혼 사유에는 남동생과의 석연치 않은, 그렇다고 뚜렷한 표징도 없는 관계성이 있다. 끊임없이 자신을 돌아보며 그 내면에 대해 반추하는 곤고한 일상의 주인이다. 그런 만큼 이 소설에는 많은 이야기가 잠복해 있고 많은 사건이 일어나고 있으나, 실제로 소설적 행위가 되는 것은 아무것도 없다. 그 모두가 극도로 내면적인, 이를테면 찻잔 속의 태풍인 셈이다.

집 밖 더 넓은 세상으로 나가 보도록 하세요.
의사가 한 말이 의미를 띠고 빛나기 시작한다. 나는 니트와 블라우스를 벗어 던지고 캐주얼한 옷으로 갈아입는다. 여행 가방을 꺼내 와 짐을 꾸리기 시작한다. 전화기 플러그도 뽑아 버린다. 현관에서 운동화를 신고 밖으로 뛰쳐나간다. 새로운 삶이 시작되는 것은 광야일까, 사막일까, 수평선 너머 태양이 떠오르는 바닷가일까. 흐릿한 기억의 깊은 데서 잊혀진 낱말들이 하나씩 떠오른다.

— 「무채색 여자」에서

'나'는 의사의 권유를 받고 여행을 떠나기로 작정한다. 현실 탈출이 현실 극복과 동의어가 될지는 알 수 없으나 소설 전편을 지배하던 어둡고 우울한 분위기를 한 겹 풀어내는 서사적 행보다. 다만 거기까지의 흐름에 비해 그 변화가 좀 급박하기는 하다. 하지만 어떤 의미에 있어서건 이는 하나의 출구다. 그 출구는 사소한 이야기이지만, 경우에 따라 현격한 존재 증명의 형용이 될 수도 있다. 모든 작은 일들은 큰일들과 연동되어 있고 또 큰일들은 이윽고 작은 일들 속으로 사라지지 않던가. 여기 이

무채색 여자는 순식간에 극채색 여자가 될 수도 있다. 그의 삶이 갖는 의미가 지속적으로 유동하면서, 일탈의 잠재력을 가진 내포적 차원에 무게중심을 두고 있기 때문이다.

「흔적」도 '여자'라는 익명의 이름으로 중심인물을 내세웠다. 인테리어 사장이었던 아버지 곁에서 늘 외롭게 보였던 어머니의 딸이다. 군대에 갔다 와서 조금씩 이상해지던 오빠 영우는 정신분열증으로 병원에 있다 실종되었다. 여자의 남편 양민호는 스위스 국경도시 바젤에서 1년간의 안식년을 보내고 있는 대학교수다. 교회에서 선교통일부의 팀장인 여자는 몸을 다쳐 목발에 의지해 있다. 모두 제각각으로 불행한 가족 구성원의 모습이다. 여자는 낡은 연립주택인 교수 사택에 산다. 여자에게는 삶의 목표와 방향성이 없다. 그런데 매우 이질적으로 여자의 단조로운 행로에 새로운 불빛 하나가 점등된다. 탈북자 주요한과의 만남이다. 그 주요한이 한국 최초의 자유시 「불놀이」의 시인 주요한과 어떤 의미로 겹쳐져 있는지는 알 수 없지만.

아침 햇살이 거실 깊숙이까지 밀려와 환하다. 오늘은 주요한의 강연이 있는 날이다. 뜰의 나무들마다 푸른 생기로 꿈틀거려 연둣빛 싹이 곧 돋을 것 같다. 여자의 몸 구석구석에서도 땅을 밟고자 하는 마음이 치솟아 발이 한 발짝씩 옮겨진다. 주요한의 뒤에는 그와 같은 음지의 사람들이 우리나라 말을 무슨 암호처럼 나지막하게 읊조리며 다가오는 모습이 펼쳐진다. 광대한 땅의 냄새와 함께 주요한이 다가오고 있다.

고통의 끝까지 가라! 그 너머에 뭔가가 있다.

여자는 지팡이를 짚고 현관을 나선다.

—「흔적」에서

소설의 말미에 있는 이 문면만 보면, 여자와 주요한 사이에 어떤 운명적인 연관성이 있어 보이고 어쩌면 소설적 담론을 새롭게 추동할 사연이 있어 보이기도 한다. 그러나 이 두 사람 사이에는 평범하고 상식적인 교류 이상의 것이 없다. 그것은 여자가 집중하는 대상이 주요한이라는 인물이 아니라, 그에게 투영되어 있는 오빠의 영상이기에 그렇다. 아니면 오빠의 영상을 끝까지 붙들고 있는 여자의 내면세계일 수도 있다. 주요한을 만나 말을 걸고 또다시 만나 구체적인 교통에 이르기까지, 여자는 이 강고한 도식을 허물지 못한다. 그렇게 고단한 자의식의 소유자이기에, 고통의 끝까지 가면 그 너머에 뭔가가 있을 것이라는 진술은 그 언표 자체보다 훨씬 더 확장되고 강화되는 의미망의 여운을 남긴다.

「탄생의 시간」은 항암 치료를 받고 있는 나제이라는 여자의 투병과 환우들을 중심으로, 특별한 생활 범주의 이야기를 그렸다. 그래서 이 소설은 S 병원 암병동의 주사실에서 시작한다. 사정이 그러한 만큼 이 병원에서 일어나는 일들은 많은 생각의 깊이를 촉발하고, 그 과정에서 만난 환우들을 모두 제각각의 무거운 짐을 지고 그것을 감당하는 양상을 보여 준다. 제이의 남편 안중식은 보험회사 직원이었는데 8년 전에 새로운 여자가 생겼다. 남편과의 결별을 포함한 생활의 중압도 그러하지만, 이 작가의 다른 소설들이 대체로 그러하듯이 제이의 가족은 모두 불우한 삶의 길을 걸었다.

지난 수요일 주사실이었다. 주사액이 몸속으로 들어오는 동안 무력감 속에서 검은 바닥으로 떨어지고 있었다. 살과 피와 뼈와 혼이 각기 흩어져 분해되어 떨어진 것 같은 세포들은 살기 위해서 바닥에서 움찔댔다. 죽음과 생명이 맞붙어 싸우고 있었다. 그때였다. 부드러운 손길이 옆구리를 탁 치는 듯했다. 아담아, 네가 어디 있느냐, 하고 물으시는 그분의 손길처럼 느껴졌다. 산 너머 산에 바다가 있을 거라는 유민의 말이 떠오르면서 싱그러운 바닷바람이 주사실 안을 채웠다. 어느새 영의 바람으로 허리를 감고 점점 높이 올라가고 있는 그의 모습이 어른거렸다. 그의 피가 몸 안으로 들어와 세포 구석구석까지 돌아다니는 듯 이상하게 생기가 돌았다. 더 짙어진 피와 살로, 새로 태어난 듯한 제이는 주사실 밖으로 나왔다. 강렬한 햇빛이 거리를 비추고 있었다. 그녀는 그 빛 속으로 걸어갔다.

— 「탄생의 시간」에서

이 인용문에 등장하는 유민, 김유민은 병마를 이기지 못하고 죽었다. 더 엄밀하게 말하면 그에게 발병의 원인을 제공한 회사 동료들과의 충돌과 통분을 극복하지 못하고 죽었다. 그런데 그 유민은 제이가 이 병원에서 마음을 열고 사랑을 나누던 동료다. 유민의 죽음 앞에서 제이가 급전직하로 추락하지 않고 오히려 영적이고 정신적인 승급의 계기를 발양하는 것은, 우리가 서두에서부터 살펴본 이 작가의 생명 고양의 의지요 곧 고한 언덕 너머 평원을 꿈꾸는 자기 정립의 방식이다. 그러니 작가 스스로의 글쓰기 행보 또한 곤고하지 않을 수 없다. 그런 연유로 그의 소설들은 자신의 폐부에 맺힌 울혈을 토해 내는 일과 다르지 않아 보인다.

「언약의 새」는 하진아라는 여자가 주인공이다. 그녀 역시 몸의 아픔보다 마음의 통증이 훨씬 더 심한 경우다. 그녀의 남편 고이현은 결혼한 지 3년 만에 다른 여자를 만났다. 이러한 비극적 삶의 구조는 대물림의 형식을 가졌다. 건축 자재상을 하며 재산을 일군 아버지에게 다른 여자가 생기자, 어머니는 내 인생을 살겠다며 아버지처럼 밖으로 나돌았다. 이러한 상황에서 이 작가가 통상적으로 개발하는 출구는 두 가지가 있다. 하나는 자신의 내부에서 각성의 힘을 이끌어 내는 것이다. 마치 서영은이 「먼 그대」에서 사막을 건너는 다리의 이미지로 자기 내부의 낙타를 일으켜 세우는 것처럼. 다른 하나는 괄목할 만한 현실적 환경의 변화인데, 여기에서는 그것이 평양 방문과 같은 매우 특별한 사안으로 나타난다.

> 열흘 후에 진아는 가방을 쌌다. 진짜 시인이 되기 위해 손때가 묻은 세 권의 시집을 챙겨 넣었다. 이제 자신이 그의 말에 대한 응답을 기록할 차례이다. 진아는 두만강 건너 저쪽 황폐한 반쪽 땅을 보기 위해 인천공항을 향해 집을 나섰다.
>
> —「언약의 새」에서

마치 상해임시정부를 찾아가기 위해 북극성을 의지하여 집을 나서는, 복거일 소설 『비명을 찾아서』의 주인공 기노시다 히데요의 포즈와도 같다. 이러한 해결 방안, 이러한 소설적 처방은 진아가 이구인이라는 의사에게 끌리는 마음의 경사나 최영우라는 소그룹 동료에게 느끼는 우호적 감정보다 훨씬 더 박진감이 있다. 그러나 여전히 작가는 서사적 줄거리의 활성화에는 관심이 덜하다. 소설적 행동이 주인공의 넘치는 자의식에 함몰되어 구체적인 사건의 성립으로 나아가지 못한다. 그러기에 두만강을 찾아가는 발길조차 확고한 신념의 소산이기보다 내면적 갈등의 퇴로를 열어 주는 방식이 된다. 그리고 그것은 이 작가에게 익숙한, 오랜 관행인 듯하다.

「떠도는 사람들」은 다섯 작품 가운데 유일하게 남성 주인공을 앞세운 소설이다. 굳이 여성과 남성을 구분하여 말하는 것은, 이 작가에게 여성 인물이 그 내면 풍경을 효율적으로 부각시키는 데 더 유익해 보이는 까닭에서다. 그 남성은 정완일이라는 이름, 여기 이 도시의 이방인이며 탈북자다. 정완일이 음식점에서 만난 남자들과의 다툼으로 경찰에 불려 온 장면에서 소설이 시작된다. 탈북자에 대한 작가의 관심이 사뭇 뜨거운 것은, 어쩌면 보이지 않는 관념적 울타리에 갇혀 있는 그의 소설적 인물들에 견주어 그들이 동병상련의 감정을 촉발하기 때문인지도 모른다.

　　지난날의 인생을 부정해야 어깨를 펴며 살아갈 수 있는데, 잊지 못할 추억은 스스로 버린 조국에 다 있다. 인생의 거짓 뿌리가 그곳에 다 있는데, 잘려진 나무토막에 푸른 싹이 돋아나지 않고 있다. 조선민주주의인민공화국에서 새로운 세상이 오기를 기대하는 그리움은 이상하게 대한민국 서울 방한 칸의 임대아파트에서 더 전해지고 있다. 새벽에 갑자기 문을 두드리는 소리도 없고, 돈 되는 것을 모아 밀매하는 허기진 배를 채우려는 노력도 하지 않는데, 인터넷과 카드와 핸드폰으로 이어지는 살벌한 개인주의 밀림 속에서 여전히 헤매고 있다. 두 개의 조국에서 다 외톨이가 되어 객처럼 떠돌고 있다. 돈을 벌어들이는 강행군의 예행연습도 없이 현장에 뛰어든 암담함, 수십 가지 주스 중에 어느 것을 골라야 하는지, 전국 은행이 어디에 있는지 몰라 물어봐야 한다. 떠나온 조국은 어디를 가나 만날 수 있는 부자의 초상화와 동상과 그 숱한 구호로 이상한 나라이지만, 남한 역시 자신에게는 이상한 나라이긴 마찬가지다. 두 개의 조국이 닮았다는 느낌은 이런 순간 밀려온다.

—「떠도는 사람들」에서

　　남북한의 역사적 경과 과정을 두고 유사성과 상이성의 근거를 들자면 또 다른 자리의 논의를 필요로 하겠지만, 여기에서 두 개의 조국이 서로 닮았다는 느낌은 전적으로 정완일의 심리적 상태에서 말미암는다. 그렇게 '심리적' 상황이 이 작가의 주요 관심사이며, 그래서 소설적 이야기의 부피를 형성할 '구체적' 사건은 유발되지 않는다. 그것이 이재연의 소설 세계다. 같은 탈북자인 박서경이나 김택호의 앞길에도 그러한 '사건'은 여전히 부재한다. 북한에서 모스크바까지 공간적 배경을 확장하면서도 이러한 소설적 패턴은 그대로 유지된다. 그렇게 스스로 입지점을 한정하고 특화하면서, 작가는 동시대적 풍광 속에서 한 작가로서 명념하는 소설의 존재 양식이 어떤 것인가를 선명한 그림으로 펼쳐 보인다.

지금까지 살펴본 이재연의 소설 다섯 편은, 세속적 삶의 가치를 방기하고 그것의 굳센 뿌리를 내던져 버린 인물들의 내면 심상과 그 활동 반경을 들추어냈다. 그 가운데 숨어 있는 아픔과 슬픔 그리고 무기력을 무기로 하여, 오히려 그러한 경우의 인간이 당면할 수 있는 여러 간접 체험의 형상을 드러내었다. 그의 소설에는 이야기의 재미나 드라마틱한 사건 구조를 견인하는 담화가 없다. 어쩌면 '의식의 흐름'이나 '누보로망'의 기법을 편의하게 받아들였는지도 모른다. 그 내면의 작용 및 요동과 함께, 탈북자와 남북문제에까지 관심의 영역을 확대한 것은 한편으로는 기이하면서도 다른 한편으로는 좋은 선택이었다는 후감이다.

미국의 시인 월트 휘트먼이 "추위에 떤 사람만이 태양을 따뜻하게 느끼고 인생의 번민을 통과한 사람만이 생명의 존귀함을 안다."라고 했는데, 이재연의 작품 세계가 이처럼 극채색의 어둠과 우울과 절망을 둘러쓰고 있으므로 오히려 그 바탕에 강력한 향일 지향성을 가질 수 있는 것이 아닌가 하는 느낌이다. 그의 '무채색 여자'가 '극채색 여자'가 될 수 있는 비의 또는 함의가 거기에 있다 할 것이다. 우리 소설에 있어 1950년대 전후문학의 대표적인 작가 손창섭이 그러했듯이, 이재연 또한 이렇게 소설적 성과를 적층함으로써 그 소설이 향후에는 보다 햇볕 밝은 땅으로 가벼운 발걸음을 내딛을 수 있었으면 한다.

세속적 욕망, 그 바닥을 훑고 지나가기

— 주지영의 「사나사나」를 중심으로

　이 작품은 젊은 소설, 곧 신인 작가의 수준을 현저히 넘어서는 성과에 이르렀다. 일상 속에 숨은 웅숭깊은 의식의 늪, 그 형용을 드러내 보이는 화자는 소설가다. 당연히 소설이 잘 되지 않는 소설가이며, 우리 문학사에서 '소설가 소설'이라는 명호와 함께 익히 보던 캐릭터다. 그런데 여기 이 소설가는 이청준류가 아니라 양귀자류에 해당하고, 작품으로서는 「숨은 꽃」 정도와 친족 관계를 형성할 만하다. 그런데 이 해묵은 이야기의 구도를 동시대 삶의 현장 가운데 매설하는 데 있어, 이 젊은 작가가 신인의 단계를 훌쩍 넘어선 것으로 보인다는 말이다.

　소설의 중심축을 이루는 것은 화자인 나와 '내 남자' 권의 관계이다. 작가와 평론가로 만난 이들은 비루하고 세속적인 욕망의 존재 양식을 함께 구명해 나가는 동역자다. 화자의 비판적 관찰력이 권의 조야한 변절보다 우위에 놓일 수 있을까? 아닐 것이다. 한 상에 차려진 밥과 나물은 궁극적으로 한 끼 식사에 복속될 뿐이다. 이들의 관계가 갈등의 양상을 생산하면서 순차적으로 노정하는 여러 유형의 상처들은, 이 작가가 음험한 욕망의 민낯을 증명해 보이는 데 더없이 좋은 놀이터다. 그 주변에는 나무 조각을 하는 함이 있고, 또 이들의 가족들도 있다. 작가와 비평가, 출판사와 문학 관과 교수직 등 여러 구조물도 따라다닌다.

작가가 욕망의 본질과 그것의 현현을 직접적으로 드러내는 행위의 형식은, 섹스에 관한 여러 장면의 서술 및 진술에 걸쳐져 있다. 섹스를 통해 제기되는 화자와 권의 상관성, 그와 같은 관계로 환기되는 서로 어긋난 방향성의 추구는 기실 모든 인간관계에 적용될 수 있는 싱크로율을 담보하는지도 모른다. '자유로운 영혼'을 보고 권에게 매료되었던 화자는, 다시 '나쁜 새끼'라고 부를 수밖에 없는 권을 떠나보내기로 한다. 이들은 결국 함께 세속화된 한 쌍의 동류라는 지위를 벗어나기 어렵다. 배고픈 소크라테스로부터 배고픈 돼지로 변하기까지, 그 과정이 그다지 어렵지도 오래 걸리지도 않는다는 깨우침이 화자에게 있다면, 소설은 메시지의 전달에 있어 성공한 것일까.

섹스라는 형식을 거쳐 극명하게 조명된 욕망의 추한 얼굴은 무엇으로 남는가. "나는 그저 내 욕망, 내 몸의 사랑을 함께할 수 있는 그가 필요했을 뿐이다."라는 언표가 해답의 방점이 되는 이 명료한 질문은, 이 소설의 화자를 직정적이며 동시에 의미심장한 캐릭터로 승급시키는 매개의 기능을 담당한다. 이 질문이 비단 작품 속의 허구적 인물들에게만 적용되고 그치는 것일까. 아니다. 탐욕의 애드벌룬이 높이 뜨고 가식의 축제가 판을 치는, 비열한 변신이 일상화된 동시대 도회적 삶의 한복판에서, 우리 모두 그에 준하는 공동 정범의 혐의를 벗어날 길이 없다. 이 소설의 연약하면서도 자기주장이 강한, 그리하여 이 모든 사태를 온몸으로 받아내는 화자는 곧 우리 자신의 자화상이다.

그러기에 이 소설은 그냥 젊은 소설이 아니다. 화자가 독자와 쉽사리 겹쳐지는 공감의 영역을 확보하기가 어디 그리 쉬운 일인가. 영악하게도 작가는 이야기 줄기의 단순성을 숨겨 두기 위하여 여러 모양의 가족사를 그 배면에 깔아 놓고 있다. 일찍이 신경숙이 「풍금이 있던 자리」라는 단편에서, 그 단순성을 탈피하기 위하여 마련해 두었던 과거의 가족사와 매우 유사한 형국이다. 이 작가가 신인답지 않게 과감하고 직선적인 또 다른 측면은, 정신적 황폐의 바닥을 있는 그대로 다 드러내 보여 준다는 것이다. 그러면서도 각기 세부의 문장 표현, 이야기 구성, 메시지의 집약에 소홀하지 않으니 어찌 젊은 작가로만 치부할 수 있겠는가.

　이러한 직접적인 상찬은, 다른 말로는 이 작가의 장래에 거는 기대이다. 그의 다음 작품을 예의주시하며 기다리는 설렘을 선물로 받은 셈이다. 그럼에도 불구하고 이 작가는 아직 신인이다. 원숙한 소설적 포즈에 익숙해졌음에도 불구하고, 그 많은 이야기들과 그 미망의 집착을 넘어서지 못했기 때문이다. 이 단편에는 충분히 장편 분량의 소설이 될 이야기들이 잠복해 있다. 단편은 단순히 짧은 분량의 소설을 말하는 것이 아니다. 짧은 분량으로, 단선적인 구조와 선명한 주제 의식을 드러내는 이야기의 조합이다. 이 평이하고도 깊이 있는 소설 쓰기의 이치를 밟고 넘어서야, 비로소 새로운 주지영이 거기 있을지 모른다.

재미와 감동, 그리고 깨달음의 동화

─『배익천 동화선집』을 중심으로

　배익천은 1974년《한국일보》신춘문예에 동화「달무리」가 당선되어 문단에 나왔다. 그로부터 무려 40년이 가까운 세월을 두고 지속적인 창작 활동을 유지하면서, 수준 있는 문제작들을 발표해 온 한국 동화 문학의 대표적 작가이다. 그의 품성과 삶의 방식을 통해서도 짐작할 수 있지만, 그의 문학은 인간의 아름다움과 순수성, 그리고 작고 소박하지만 올바르고 소중한 것에 대한 신뢰를 끝까지 끌어안고 있는 수범 사례에 해당한다. 그런 연유로 그의 작품을 읽는 시간은, 이 땅의 아동문학이 매설한 재미있고 값있고 아기자기하며 새로운 깨우침을 공여하는 작은 축제에 참예하는 시간이 된다.

　배익천의 첫 동화집 『빛이 쌓이는 마을』이 상재된 것은 1980년 7월의 일이다. 그리고 최근의 동화 『우는 수탉과 노래하는 암탉』 발간은 2015년 12월이다. 이 오랜 기간을 일관하여, 그는 동화와 더불어 살았고 자신의 삶 속에서도 동화적 아름다움을 가진 여러 가지 의미 깊은 실천의 모습을 보였다. 그의 문학이 가진 미학적 가치를 논의하는 자리인 만큼 작품

이외의 사실에 대한 언급은 삼갈 수밖에 없으나, 한 작가의 생애에 있어서 이처럼 그 인품과 작품의 수준이 함께한다는 것은 미상불 만만찮은 행복이라 말할 수 있겠다.

『배익천 동화선집』에는 모두 14편의 동화가 실려 있다. 배익천의 작품 세계에 있어 백미 편에 달하는 단편들을 추려 모은 터이니, 그의 동화 또는 한국의 동화 문학이 가진 문학적 성취의 최고조점을 확인할 수 있을 것이다. 전체적으로 보아 그의 동화는, 동화가 아동을 주요 대상으로 하고 있는 만큼 긍정적 인식의 방향성을 견지한다. 이것은 거의 모든 동화가 가진 공통의 성격이겠으나, 그의 경우는 이를 드러내는 방식에 있어 기발한 아이디어와 심금을 울리는 감동을 수반하는, 매우 특별한 모형을 갖추었다. 여기에서는 책에 실린 작품의 순서에 따라 그 내면의 실과를 하나씩 추수해 보기로 한다.

「달무리」는 순후한 무균질의 상상력과 자연 친화의 눈을 한껏 고양한 작품이다. 아기바람과 아기벌, 청보리밭과 능금나무밭, 할아버지와 아이 등 동화 나라의 구성원들이 수런수런 제 목소리를 내고 특별한 이야기 구조가 없이도 백화난만하게 펼쳐지는 상상의 세계를 드러낸다. 이와 같은 동화의 바탕은, 배익천 문학의 튼실한 기초를 형성하면서 서정적 세계의 공유를 견인한다.

「병정개미의 날개」는 동화적 정의로움과 교훈적 결말을 전혀 교훈적이지 않도록 이야기의 그릇에 담았다. 까치처럼 날개를 달고 미루나무 꼭대기, 하늘 한가운데 집을 짓고 살아 보기가 소원인 병정개미 한 마리가 주인공이다. 병정개미는 뱀의 등을 타고 꼭대기로 오르다가, 뱀이 까치를 잡아먹으려 한다는 것을 깨닫는다. 병정개미는 혼신의 힘을 다해 뱀의 눈을 꼬집고 아래로 떨어지게 한다. 그러고는 하얀 날개를 달고 미루나무 꼭대기를 향해 날아간다. 이야기는 감성적 접근이나, 그 전개의 마디들은 매우 공들인 개연성의 골격을 갖추었다.

「작은 꽃게의 붉은 꽃잎」은 물결이 호수처럼 잔잔한 남쪽 바닷가 갯벌의 꽃게 이야기이다. 많은 꽃게들 중에 영 클 줄 모르는 작은 꽃게가 엄마 꽃게의 병을 걱정하는데, 집을 나가 새로 성가(成家)한 언니들은 엄마를 거들떠도 보지 않는다. 이야기는 온몸에 힘이 빠진 아기 꽃게가 붉은 초롱등 같은 동백꽃 꽃잎을 바라보며 자기 성취의 의식을 가다듬는 결미에 이른다. 동화 속의 주인공이 얻은 성취는 곧 독자인 아이들의 가슴에도 그대로 전이될 것이다.

「그림자를 잃은 아이」는 여기 실린 여러 작품 가운데서도 재론할 여지가 있는 명편이다. 옆집에 사는 친구가 과수원에서 사과를 훔치고는 그림자를 잃었다. 그 그림자는 과수원의 탱자 울타리 가시에 찔린 채로 있다. 그런데 소설의 주인공인 아이도 마찬가지이다. 학교 교실 선생님의 연필꽂이에서 빌린다는 생각으로 가져온 샤프펜슬 때문에, 아이의 그림자는 선생님의 책상에 묶여 있다. 샤프펜슬을 반납하고 아이는 그림자를 데리고 돌아오는데, 사소한 비도덕적 이야기를 이토록 아름다운 이야기로 재생하기는 참으로 어려운 일이다. 비교와 대조를 활용한 감응력이 살아나면서, 동화야말로 참으로 훌륭한 문학 장르라는 인식을 갖게 한다.

「왕거미와 산누에」는 연못가 숲속에 그물을 치고 사는 왕거미와 고치를 지나 나방이 되려 하는 산누에가, 먹이사슬의 적대적 관계에서 순식간에 상호 소통하며 우호적 관계로 변환하는, 매우 극적인 문맥의 이야기를 담았다. 그리고 그 소통의 중심에는 '알을 위해서, 새끼를 위해서'라는 혈연의 공감대가 마련되어 있다. 동화의 세계에서 가능한 이 화친과 선린의 관계성이 인간 세상에도 적용될 수 있다면, 이 동화는 빼어난 인간사의 은유를 보여 주는 수작이 된다.

「봄비 맞은 도깨비」는 부모 도깨비의 품을 벗어나 성장의 길을 가는, 작은 도깨비 '도비'의 입사(入社) 과정을 보여 주는 작품이다. 아파 누워 있는 아빠 도깨비는 100년을 자야 새 힘이 솟는 터인데, 한 번도 그 기간을 채운 적이 없다. 그야말로 '도깨비' 같은 이야기이다. 그러나 아빠를 위해 사탕 훔치기에 나선 도비는, 비를 맞으며 뿔이 자라고 또 도깨비불을 밝히는 성인화 의식을 경험한다. 이야기는 여러 가지 치장으로 화려하나, 그 간략한 핵심은 입사의 통과 의례와 효심에의 각성이다.

「풀종다리의 노래」는 동화이면서도 매우 강력한 정치적 시사성을 갖춘 작품이다. 풀숲 왕국 풀무치 대왕의 명령으로 그 호위병인 송장메뚜기들에 의해, 제일 목소리가 고운 풀종다리 한 마리가 감옥에 갇힌다. 죄명은 목소리가 너무 아름답다는 것인데, 풀종다리의 친구들과 아내가 노래를 불러 저항하기로 하는 것은 곧 불의한 권력에 맞서는 연약한 자들의 연대를 환기한다. 작은 생물들, 그리고 자연의 세계가 생생하게 살아나면서 그들이 스스로 확장하는 유기적 상관성 또는 그 적합성이 돋보이는 작품이다.

「소영이와 네로」는 개 두 마리의 이야기이다. '소영이'는 서울로 시집간 분이가 시골을 다녀가며 데려온 애완용 강아지이고, '네로'는 시골에 오래 머무르고 있는 똥개이다. 이 환경적 차별성이 네로에게 공여하는 열패감은, 자연스럽게 사람들의 그것을 유추하게 한다. 하지만 소영이가 갑자기 온몸을 촤르르 털 때 탱자꽃 향기보다 더 향기롭던 분 냄새는 간데없고 개 비린내가 확 풍긴다는 기발한 착상을 불러왔다. 개는 같은 개인데 유달리 다른 개로 분별되는 이 구분법의 허실을 예리하게 적출한 작품이다.

「멧돼지 푸우」는 사람들의 손에 어미를 잃은 멧돼지의 충격적 반응 양상을 손에 잡힐 듯이 세미하게 드러내 보이고, 그 멧돼지 푸우가 어떻게 정서적 안정과 개선의 길을 찾아가는가를 다룬 작품이다. 푸우는 작심하고 마을 사람들의 농사를 망쳐 놓기 시작하는데, 그로써 증폭되는 상호간의 적대감은 산속의 '아저씨'를 만나면서 순치의 가닥을 잡는다. 그 새로운 만남에는, '말 못하는 짐승도 어머니를 위해 목숨을 걸었구나!'라는 이해의 공감대가 전제되어 있다. 자칫 흉포한 멧돼지를 그리고 말 법한 소재를, 감동의 사모곡으로, 또 따뜻한 결말로 이끈 솜씨가 예사롭지 않다.

「할머니와 돌장승」은 사람과 무생물 사이에까지 확산된 서로간의 신뢰와 그것의 실천적 방식을, 사뭇 재미있는 이야기 유형으로 꾸민 작품이다. 지리산 자락의 큰절 들머리에 서 있는 돌장승과, 40년이 넘도록 이 돌장승을 '영감'이라 부르며 그 앞에서 산나물이나 약초를 팔아 온 칠복이 어머니의 견고한 유대에서 이야기는 출발한다. 더덕 캐기가 힘들어졌는데 할아버지 한 분에게 더덕을 팔아야 할 상황에 이르자, 돌장승이 밤새 지리산 기슭을 다 파헤치며 더덕을 캐어다 주었다는 무슨 설화 같은 구조를 지녔다. 이야기도 이야기이지만, 이 얼토당토않은 상황을 두고 읽는 이가 무리 없이 납득할 만한 문장과 어조로 이끌고 있다는 데서 원숙성 있는 작가의 기량이 감각된다.

「꽃그늘」은 벚나무 꽃그늘 아래에서 기타와 노래로 적선을 구하는 아저씨, 아주머니, 소녀 가족을, 귀국 독주회를 준비하는 '세계적인 바이올리니스트 김동구' 할아버지가 거리 음악으로 돕는 감동적인 이야기이다. 그런데 이 이야기는 그야말로 세계적인 바이올린의 거장 파가니니의 일화에 실제로 있었던 것이다. 작가가 그 전례를 알고 썼는지 그렇지 않은지는 모르겠으나, 김동구 할아버지의 어린 날 과거 회상과 더불어 설득력 있는 감동을 마련한 작품이다.

「냉이꽃의 추억」은 시골 소년과 왼쪽 다리를 저는 소녀의 애틋하고 풋풋한 심정적 교류를, 이제 청년이 된 소년의 추억으로 되새기는 작품이다. 가만, 그러고 보면 이 담화 구성은 우리가 익히 알고 있는, 그리하여 사람들이 '국민 단편'이라 호명하는 황순원의 「소나기」와 엇비슷하게 닮았다. 그렇다고 해서 이야기의 선이 같은 모방작이 아니다. 그 시절의 첫 마음치고 이와 유사하지 않은 것이 어디 있으랴. 운동회에서 볼 수 있는 선생님의 사랑이나 소년과 소녀의 마음을 잇는 냉이꽃 다발 등, 유형 무형의 모든 소재가 청량하고 또 소중하게 느껴진다.

「약속이 있는 고양이」는 온몸이 까만 고양이, '꼬네기'를 이야기의 중심에 둔 작품이다. 도회로 이사를 간 민호네는 이 고양이를 빈집에 버리고 갔다. 민호 할머니는, 언젠가 자신도 여기에 다시 올 테니까 그동안 집 잘 지키고 있으라는 말을 남겼다. 이 작가의 글에서 세월은 참 아름답게 흐른다. "말갛던 마당에 자운영 붉은 꽃이 수없이 피었다가 지고 뒤뜰 가득 댓잎이 세월처럼 쌓여 있을 때" 언젠가 다시 온다던 민호 할머니는 꽃상여를 타고 온다. 지켜야 할 약속을 가졌던 꼬네기는 아궁이 속에 옛 모습 그대로 죽어 누워 있다. 빛나는 문장과 뜻깊은 이야기가 잘 어우러졌다.

마지막으로 「감자밥」은 배익천 동화의 감동과 수준을 한꺼번에 보여주는 대표적인 작품이다. 손꼽아 기다리던 여름방학을 맞아 시골 외할아버지 댁으로 내려간 반경미 가족. 화자는 '나' 경미이다. 음식 투정을 하던 경미는, 고등학교 체육 교사를 지낸 할아버지로부터 30년 전 술지게미를 먹고 학교로 와야 했던 가난한 학생을 돌본 옛일을 듣게 된다. 그런데 놀랍게도 그 학생의 이름이 반상수, 경미의 아버지였다. 눈물의 스승과 제자, 그 감동적 얼개가 동화 문학의 존재값을 수직으로 상승시키는데 기여한 범례이다.

이제까지 살펴본 배익천의 동화 작품들은, 한결같이 재미와 감동의 두 미덕을 거멀못처럼 함께 끌어안고 있는 뛰어난 묘미를 보여 주었다. 그리고 그것이 자연스럽게 읽는 이에게 깨달음이 되고 가르침이 되는 효율적인 순환의 구조를 유지한다. 이 맑고 밝고 깊은 작품 세계를 지탱하는 힘은 단순히 뜻있는 이야기를 잘 준설하는 것으로 감당이 되지 않는다. 그 배면에서 서술 대상과의 생생한 교감, 섬세한 현장감이 살아나는 문장 및 문체의 조력이 반드시 필요한데, 배익천의 동화는 그 지점에 남다른 특장이 있다.

이야기의 은유와 그 자장이 미치는 진폭이 큰 만큼, 그의 동화는 어린이와 어른 모두에게 유효하다. 동화를 어린이만 읽는다고 생각하던 시대는 이미 지나간 지 오래다. 의인화의 마스크를 통해 아주 쉽사리 인간 세상의 한복판으로 뛰어드는 여러 모습의 동물·식물·광물들은 온 세계와 우주를 열린 눈으로 바라보는 작가의 의식을 반영한다. 작고 보잘것없어 보이지만 기실은 단단하고 귀한 그 무엇, 그 미세한 존재의 기미를 잘 포착하고 이를 유쾌한 아우성으로 발양하는 특별한 재능이 그의 글 행간 곳곳에 잠복해 있다.

작가로서 벌써 이순을 넘긴 그의 문학은, 앞으로도 이 가치 있고 빛나는 글쓰기의 행보를 지속해 나갈 것이다. 앞서 언급한 모든 요소들이 서로 상승작용을 일으키며 이야기화의 기량에 원숙미를 더하고, 그것이 우리 동화 문학의 수발한 성과로 이어지기를 간곡한 마음으로 바라 마지않는다. 동시에 동화를 사랑하는 이 나라의 모든 어린이와 어른들이, 간단없이 그의 작품을 통해 인간의 근원적 가치에 대해 꿈꾸며 아름다운 세상을 내다보는 행복을 누릴 수 있었으면 한다.

삶의 참 얼굴은 어디에 있는가

— 치하야 아카네의 『남자 친구 하세오』

일본의 젊은이들, 그 생활풍속도

오늘의 일본, 그리고 일본의 젊은이들은 어떤 생각을 가지고 살까. 2차 세계대전에서 패망한 이래 다시 기적적인 경제 부흥을 이루고 국제사회에서 막강한 실력을 자랑하던 일본은 여전히 그대로일까. 모두 그렇지는 않다고 여긴다. 지금 일본의 영광은 20세기 종반처럼 화려하지 않다. 그러나 일본이 대책 없이 침체해 있지 않다는 사실 또한 분명하다. 한반도의 북방에서 굴기한 중국이 만만치 않듯이, 동남방의 강자 일본은 예나 지금이나 버거운 상대다.

끊임없는 역사 왜곡과 영토 시비로 주변국을 힘들게 하고 원전 사고가 나서 주변국에 피해를 입히는 일본은 때로는 너무 후안무치해 보인다. 그러나 실제로 일본 사회와 일본인의 삶 가운데로 진입해 본 사람은 누구나 안다. 그 개개의 국민 가운데 얼마나 성실하고 친절한 사람이 많으며, 단단하고 소중한 장점들을 많이 가지고 있는지를 말이다. 오늘의 일본 젊은이들은 상당 부분, 그릇된 국수주의로 침몰한 우익 정치 지도자들의 위태로운 노선과 관련이 없다. 그들 스스로의 생활풍속도를 꾸려가기에도 바쁘다.

치하야 아카네의 소설 『남자 친구 하세오』는, 바로 그러한 일본 젊은이들의 이야기다. 이 가운데 국제 질서나 정치의식 같은 크고 무거운 주제는 없다. 심지어 이어령이 그 현장에서 판독했던 '축소 지향'의 문화적 인식 같은 것도 없다. 굳이 연관성을 찾아보자면, 일본인이면서 이미 일본을 넘어서 버린 무라카미 하루키의 정신적 자유로움을 닮아 있기는 하다. 다시 말하면 일본 젊은이들의 삶과 사랑 이야기이지만, 그것이 일본이라는 국지적 환경에 묶여 있지 않고 동시대의 코스모폴리탄 누구에게나 적용되는 보편적인 이야기라는 뜻이다. 우리가 이 소설을 우리 현실의 문맥으로 실감을 동반하며 읽을 수 있는 이유다.

이 소설을 쓴 작가 치하야 아카네는 데뷔 7년차의 비교적 젊은 작가다. 소설스바루신인상을 거쳐 이즈미교카문학상, 시마세연애문학상을 수상했고 작년과 재작년에는 연속으로 나오키상 후보에 오른 역량 있는 작가로 알려져 있다. 작가 스스로, 판타지적 요소가 강한 작품이 많은 자신에게 이 소설의 이야기는 드문 경우라고 밝혔다. 동시에 자기 작품에서는 처음으로 등장인물 중 아무도 죽지 않는다고 하고, 주인공의 생명력이 그렇게 한 건지도 모르겠다고 했다. 여기에서 주인공이란 이제 스물아홉에서 서른으로 가고 있는 젊은 여성 '간나'인데, 그가 가진 세계관이 곧 그와 같은 생명력의 다른 이름인 셈이다.

간나는 자유로운 의식, 일상의 속박과 규율을 거부하는 자유로운 영혼의 소유자다. 그러한 주체적이고 자기중심적인 삶의 방식이, 유불리를 따지는 계산 법칙에 입각해 있지 않고 유연하게 개방되어 있다. 그렇다고 무원칙의 방종을 표방하는 것도 아니다. 이를테면 간나 방식의 정신적 질서와 그것이 지시하는 삶의 유형이 정돈되어 있다는 것이다. 그리고 이는 대체로 간나의 주변에 있는 남자 친구들, 그들과 나누는 대화, 생각의 소통, 인식의 공유, 성적 행동들을 통해 구체화된다. 간나의 행위규범은 이러한 세부에 이르면 한국 젊은이들의 그것과 구별되는 지점이 여럿 있다. 그렇게 서로 같고 다름 또한 이 소설을 흥미 있게 읽을 수 있는 요인이다.

일과 남자, 불가망한 두 개의 꿈

간나는 독신자이며 프리랜서로 일하는 일러스트레이터다. 소설 속에서 '아오이'란 이름보다 성인 간나로 호칭된다. 간나의 프리랜서에 대한 어감은 이렇게 설명되어 있다.

> 프리랜서라는 말에 끄덕이려던 고개가 멈춘다. 프리랜서. 세상 사람들이 부르는 그 말 속에는 방종하다든지 이례적이라든지 떠돌이라든지, 그런 반사회적 울림이 담겨 있는 느낌이 든다. 왠지 모르게 편해 보이긴 하지만 경시해 버리기에는 정보가 적어서 판단할 수 없으니 자기들로서는 이해할 수 없는 존재라고 일단 한데 묶어 버리는 안이한 의도가 느껴져서 그 말을 들을 때마다 마음이 침울해진다.
>
> —『남자 친구 하세요』에서

직업으로서의 프리랜서와 그 어휘에 담긴 심리적 뉘앙스를 이렇게 적절하게 표현할 수 있을까. 범박하면서도 예리하기 이를 데 없는 심리묘사가 이 작가의 특징인 것은 작품의 도처에서 드러나고, 그것이 이 소설을 단숨에 읽어 내리게 하는 묘미이기도 하다. 문제는 프리랜서의 자유로움과 함께 간나가 무슨 깃발처럼 내세운 자기 규정의 금도(襟度)이다. 동거하는 남자 아키히토, 애인처럼 만나는 신지 등 복수의 남자와 제한 없는 성적 관계를 갖고 있지만 절대로 그 관계에 함몰되지 않는다. 그러한 정황에 프리랜서란 직업적 특성이 매우 잘 부합한다.

이 소설은 여러 대목에서 간나의 연애관, 다른 말로는 작가의 연애관을 매설하고 있다. 주로 하세오와의 대화를 통해 발설되는 개념들이다. 하세오는 간나의 학교 선배이며 가장 가까이 다가갈 수 있는 이성이지만 끝까지 살을 섞지 않는 '멘털 메이트', 정신적 도반(道伴)의 모습이다. 불륜의 상황에 있으면서도 불륜이 불모임을 환기하고, 그런 상황에서 아이가 생기는 상상을 하면 등줄기가 오싹하고, 제일 좋아하는 사람과는 절대로 자지 않는다는 독자적 풍속도를 확립하는 것은 모두 하세오의 존재가 전제되었을 때 가능하다. 그렇다면 이 소설은, 하세오가 아닌 남자들과 하세오 사이에서 외줄타기를 하고 있는 간나의 고백록이기도 하다.

겉으로 명시하여 표현하지는 않지만, 간나가 추구하는 삶의 목표는 두 가지로 보인다. 하나는 일러스트레이터로서 자기 일에 대한 집중이다. 이 현실적 목표는 소설의 앞부분에서 이렇게 제시되어 있다.

일러스트 일에는 어려움을 겪지 않게 되었다. 그즈음부터 바빠져서 꽉 찬 스케줄표를 앞에 두고 아키히토는 내게 잠자리를 요구하지 않게 되었고, 둘이서 느긋하게 보내는 시간도, 밖에서 노는 일도 없어지다시피 했다. 세상 사람들이 보기에는 잘나가는 작가일는지도 모른다. 하지만 생활은 수수하다. 집에 틀어박힌 채 언제나 홀로 마감에 쫓기고 있다. 전업이 되었으니 정기적으로 들어오는 잡지 일은 고맙지만, 자잘한 일감이 많아서 한 달에 열 건 이상은 해내야 생활이 가능하다. 하물며 잡지는 흘러가는 매체에 지나지 않는다. 사실은 좀 더 내 작품을 만드는 데 시간을 할애하고 싶다. 이름이 알려지고는 있지만, 정신적으로나 작가로서나 풍요롭다고는 말할 수 없는 상황이었다.

— 『남자 친구 하세오』에서

일러스트 일에 있어 그 분야에서 성장해 가는 면모를 보이고 있으나 내포적으로는 '내 작품', 그리고 진정한 삶의 풍요로움에 대한 열망을 감추고 있다. 간나가 가진 다른 하나의 목표는 연애와 성에 있어서의 확고한 충족이다. 아키히토나 신지가 채워 주지 못하는 것, 그리고 하세오가 가졌으나 늘 한 걸음 떨어져 있는 그 충족감은, 현대사회의 통속적인 현실에 드리워진 허망한 무지개인지도 모른다. 연인이면서 애인이고 애인이면서 연인인 관계는, 이 세속의 구도자가 걷는 길 위에 떠오르지 않고 있다.

일본에서는 한국과 달리 연인과 애인을 구분한다. 사랑하는 상대로서의 연인과 육체적 관계에 있는 애인은 언어적 의미의 구분을 넘어 존재 자체의 차원이 다르다. 홋카이도에서 부드러운 맛의 과자를 만들고 이를 '백(白)의 연인'이라 호명하여 시장을 점령한 사례가 있다. 간나는 애인으로서의 아키히토와 신지, 연인 역할로서의 하세오를 함께 포괄하여 그 가운데서 새로운 길을 탐색하는 형국에 있지만 이는 당초 이룰 수 없는 꿈에 불과한지도 모른다. 그렇게 꿈결 같은 현실은 오늘의 일본 젊은이들에게만 없는 것이 아니라 세상 어디에도 있기 어려운 것이기 때문이다.

탁월한 심리 묘사, 실존적 삶의 형식

작가는 이 불가망한 두 개의 꿈을 안고 사는 오늘의 젊은 세대를, 서른 살에 이르는 일본의 프리랜서 삽화 작가 간나를 통해 보여 준다. '연인도 애인도 아닌 하세오'는 이 미묘한 상황을 매우 압축적으로 요약하고 있다.

그래, 방금 하세오는 남자로부터 나를 빼앗았다. 여기까지 따라온 건 나지만, 그렇게 하지 않고는 배기지 못할 만한 일을 벌였다. 신지 씨에게 했던 언행은 명백히 도를 지나친 행위다. 대단한 관계가 아니라면 용납되지 않을 일이다. 아니, 대단한 관계여도 당연히 화가 날 판이다. 헤어지기 전의 아키히토가 똑같은 짓을 했더라도 나는 용서하지 않았을 거다. 내가 바람피운 사실은 태연하게 제쳐 놓고 무례한 행위를 비난했을 터다. 누군가의 '물건' 취급을 당하는 것은 참을 수 없다.

— 『남자 친구 하세오』에서

간나와 내연의 관계에 있는 신지에게 극심한 면박을 주고 돌아선 하세오를, 간나는 말없이 따라간다. 그런데 그 하세오와의 관계는 앞서 언급한 바, 연인도 애인도 아닌 관계다. 다만 간나의 정신적 중심이 그에게로 과도히 경도되어 있을 뿐. 이들은 같은 방, 같은 침대에서 잠들어도 원래의 관계를 그대로 유지한다. 그러한 행동은 열정이 부족해서가 아니라 이들 두 사람이 육신과 정신의 경계를 관찰하는 강고한 눈을 버리지 않고 있다는 증거이다. 이러한 존재론적 성찰의 지점을 확보하고 있기에, 이 소설이 젊은 세대의 생활풍속도를 가치 있게 그려 낸 수작이 되는 것이다.

이 소설은 인생의 정론적 답안을 모색하지도 않고 시대와 역사의 당위성에 대한 각성도 원하지 않는다. 각자의 세미한 일상, 실제로 발을 딛고 있는 그 현실의 토양 위에서 숨 쉬고 숙식을 이어 가는 실존의 형식을 어떻게 할 것이냐 하는 과제와 정면으로 마주선다. 그러할 때 하세오는 하나의 탈출구요 구원의 소리이기도 하다. 엄밀하게 말하면 하세오가 아니라 하세오로 대변되는 삶의 지침이요 지향점이다. 인생을 총괄적으로 규정하는 종교의 장엄이나, 필생의 목표를 앞에 두고 혼신의 기력을 다한 인간 승리 같은 것은 이 소설의 세계와 다른 자리에 있다.

> 하세오가 내게 한 말이 농지거리였더라도 나는 그때 믿었고, 둘이서 한 순간 세계의 끝을 보았다. 확실한 무엇인가를 남기지 못해도, 우리는 영혼의 단편을 공유하고 있다. 그리고 그것은 영원하다. 환상이든, 착각이든, 쓰유쓰키 씨 말이 맞는다고 해도 괜찮다. 한 번이라도 믿을 수 있었다면 그건 내게 있어 진실이다.
>
> —『남자 친구 하세오』에서

미상불 이 세계관은 '확실한 무엇'인가를 남기지 못하는 것이 맞다. 그러나 '영혼의 단편을 공유'하고 '그것은 영원'하다고 언표할 수 있다면, 그것 또한 부유하는 이 세대의 삶이 어렵게 거두어들인 진실임에 틀림없다. 어쩌면 너무 처절하고 손에 잡힐 듯이 실제적이어서, 그 꿈이 슬프고 아름답기까지 하다.

이 소설은 이와 같은 현대판 젊은 세대의 삶과 생각, 일과 인간관계, 사랑과 성의 문제를 서른 살 일러스트레이터 간나를 통해 핍진하게 보여 준다. 무엇보다도 젊은 여성의 일과 남자를 보는 눈을, 실감 있고 탁월한 심리 묘사와 함께 펼쳐 보이는 장점을 발양하고 있다. 그러기에 향방 없이 달려가기에도 바빠 보이는 우리 세기의 젊은이들이, 그 삶의 궤적 가운데 무엇을 끌어안고 있는가를 살펴볼 수 있는 좋은 범례에 해당한다.

불세출의 문학 연구와 비평, 그 정신과 예술혼

— 우리 시대 문학의 거장 김윤식 선생을 영결하며

지난 반세기에 걸쳐 한국문학 연구와 비평에 독보적인 성과를 이루었던 큰 별 하나가 역사의 지평 너머로 이울어 갔다. 김윤식 선생. 향년 82세다. 1962년 《현대문학》에 「문학사방법론 서설」이 추천되어 문단에 나온 이래 무려 200여 권의 저술을 내놓을 만큼 초인적인 필력을 자랑한 선생은, 가히 한국문학의 국보급 학자요 평론가로 불러도 손색이 없을 터이다. 이는 단순히 저술의 분량이 많다는 일반적 사실에 머무는 것이 아니고, 그 연구가 보여 준 진전된 시각과 새로운 논의 영역의 개척을 함께 말하는 것이다. 그러므로 그를 잃는 것은 우리 문학사가 포괄하고 있는 축적된 지식과 정제된 비평의 성과를 잃는 것이기에 더 가슴 아픈 것이다.

예컨대 『한국 근대 문예비평사 연구』와 같은 저서는 문학에 관한 이론과 그 가치를 정립하고 한국 근대 비평의 실천적 방법론을 체계화했다. 그런가 하면 『이광수 연구』나 『이상 연구』와 같은 저서는 더 남아 있는 이광수 및 이상에 대한 연구가 없다고 할 만한 결정판의 면모를 보였다. 그 많은 연구서와 월평, 계간평을 포함한 현장 비평에 이르기까지 그의 글에는 거의 태작이 없었다. 한 문필가의 생애를 통해 어떻게 이와 같은 일이 가능했는지 참으로 불가사의한 사례가 아닐 수 없다. 알려지기로는 일생을 대학 강단에 서면서 오전에는 집필, 오후에는 강의, 저녁에는 독서로 일관했다고 하니 문학 연구와 비평은 그의 꿈이요 즐거움이요 어쩌면 종교적 이상과 같지 않았나 싶다.

1960년대에서 1970년대로 넘어오면서 한국 문단은 서양 이론을 도입한 새로운 시각의 비평을 넘어, 국문학자가 중심이 되어 작품 그 자체의 면목을 들여다보는 본질 탐색의 비평이 대두했다. 그 중심에 김윤식 선생이 있었고 그와 더불어 이른바 '스타 비평가'의 무대가 열렸다. 그처럼 화려한 광영이 그의 몫이었으나, 그 삶의 뒤안길을 되돌아보면 쉬는 때도 휴가를 가는 날도 없이 언제나 책상 앞에서 자신과 마주하는 시간만 가지고 있었던 선생의 삶이 외롭고 무거운 그림자처럼 잠복해 있다. 우리가 베토벤의 선율에서, 고흐의 화폭에서, 두보의 방랑시편에서 어렵지 않게 발견할 수 있는바, 불세출의 예술을 생산한 위인의 아프고도 슬픈 삶의 행적이 선생에게도 꼭 같이 숨어 있었던 것이다.

선생 스스로 의식의 끈을 놓고 병상에 누워 있는 동안, 선생의 미망인은 그 머리맡에 생전에 좋아하던 노래 몇 곡을 틀어 놓았다. 이원수가 짓고 리틀엔젤스가 노래한 「고향의 봄」, 고은이 짓고 양희은이 노래한 「세노야」, 그리고 이은상이 짓고 엄정행이 노래한 「가고파」였다. 선생은 노래하는 것을 즐겨하지 않았으나 이 세 곡을 늘 마음에 담고 다녔다는 것이다. 미망인은 그를 영결하는 추모식장에 또 하나의 노래를 요청했다. 배경모가 짓고 윤시내가 열창한 「열애」였다. 일찍이 아프리카 수단에 선교사로 가서 정말 도움이 필요한 그곳 원주민들을 위해 몸과 마음을 모두 불사른 고 이태석 신부의 마지막 길에서 이 노래를 감동적으로 들었다고 했다. 추모식의 진행자였던 필자와 참석자들은 이 노래와 함께 모두 오열했다.

이 신부의 종교적 신념과 한 인간으로서의 희생이 고귀한 이상을 향한 흔들림 없는 열애였다면, 한평생을 구도자적 열정으로 문학 연구에 매진한 김윤식 선생의 헌신 또한 그와 같은 열애였음이 분명하다. 미망인은 어디 한번 마음 편하게 놀러 가지도 않고, 심지어 말년에 걸음이 불편하여 겨우 이른 화장실에서도 책을 읽고 있던 선생이 불쌍하다고 울먹였다. 필자는 그러한 선생의 모습에서 가장 좋아하고 가장 잘할 수 있는 일에 혼신의 열정을 바친 위대한 학자의 정신과 예술혼을 보았다. 그처럼 집중하고 몰두하지 않고서 어찌 한 세기의 에포크를 긋는 불세출의 문필이 탄생할 수 있었겠는가 말이다.

지난 10여 년간 필자는 선생을 대학원 강의에 모시기도 하고, 이병주 기념사업회 일로 선생과 지근거리에 있기도 했다. 또한 선생과 공동 명의로 10여 권의 책을 편찬하기도 했다. 필자가 미국 강연을 간다고 했을 때, 선생은 사람을 시켜 왕유의 이별시 「송원이사안서(送元二使安西)」를 육필로 적고 노잣돈을 보태어 보냈다. 거기 "가다가 주막을 만나거든 목이나 축이고 가소."란 메모가 들어 있었다. 지금도 책상 위에는 월평을 쓸 신간 문예지가 도착해 있고 원고지와 펜이 준비되어 있다는 선생의 문학정신 앞에 애써 눈물을 참고 옷깃을 여미며 평소의 존경과 사랑을 다하여 명복을 빈다.

2부

문화 공감과 소통의 글

동심의 순수, 그 아름다운 연장

— 황순원 오마주, 「소나기」 속편 열한 편

황순원의 단편 「소나기」는 문단 일각에서, 그리고 문학 애호가들에게 서 '국민 단편'이라는 별칭으로 불린다. 우리가 차마 사랑이라는 이름으로 부르기가 조심스러운, 소년과 소녀의 순수하고 아름다운 첫사랑 이야 기를 담고 있다. 오늘의 기성세대에 이른 사람들은 누구를 막론하고 중학교 교과서에 실렸던 이 소설을 기억한다. 소설의 중심인물인 소년과 소녀는 초등학교 학생이지만, 그 미묘한 감정적 교류를 이해하는 데는 적어도 중학생의 나이가 되어야 하지 않을까 싶다.

「소나기」가 창작된 것은 한국전쟁이 한창이던 1952년 10월이고 발표 된 것은 아직 전쟁이 끝나지 않은 1953년 5월이다. 작가 황순원의 창작 궤적에 비추어 보면, 처음에 시를 쓰다가 단편소설을 거쳐 장편소설로 넘어가는 확대 변화의 과정 가운데 단편소설 창작의 기량이 극대화되어 있던 시기의 소산이다. 그 기량으로 작가는 모든 사람의 가슴속에 '전설' 처럼 숨어 있는 첫사랑의 비밀을 더없이 결이 고운 이야기로 형상화했 다. 그러므로 이 소설을 읽는 어린이, 청소년, 중·장년, 노인 모두를 막론하고 그 가슴에 숨겨 둔 '보석'으로부터 자유롭지 못하게 한다.

「소나기」는 여운이 오래 남는 이야기의 줄거리도 줄거리려니와 이를 부양하는 황순원 특유의 간결하고 견고하며 서정적이고 상징적인 문장으로 한결 더 돋보이는 작품이다. 시인으로 출발한 작가의 이력이 짐작하게 하는 바이거니와, 이 작가는 장편소설의 세계를 거쳐 다시 함축적인 단편과 시의 세계로 돌아오기까지 소설에서도 시적 응축과 묘사의 문체를 포기하지 않았다. 더욱이 앞서 언급한 바처럼 전란의 분진이 자욱하던 시기에 이처럼 청신하고 감동적인 작품을 창작했다는 것은, 그가 20세기 격동기의 한국문학에 순수와 절제의 극을 이룬, 소설을 통한 인간 구원에의 의지와 인본주의를 끝까지 밀고 나간 작가임을 증거한다.

작가의 삶과 문학을 기리고 그 문학 정신을 현창하기 위해 건립된 황순원문학촌 소나기마을에서는, 지난해 2015년에 탄생 100주년을 기념하여 황순원 오마주 「소나기」 속편 쓰기 사업을 기획하고 진행했다. 그리하여 대산문화재단에서 발간하는 《대산문학》에 작가로부터 직접적인 가르침을 받은 제자 작가를 위주로 모두 다섯 편의 속편을 싣도록 했다. 그리고 소나기마을에서 발간하는 소식지 《소나기마을》에 작가가 23년 6개월 동안 재직했던 경희대학교 출신 젊은 작가를 위주로 네 편의 속편을 실었다. 그런가 하면 황순원문학제 행사의 일환으로 전국 공모전을 시행하여 고등부와 일반부에서 각기 한 편씩 두 편의 대상 수상작을 얻었다.

이 책에 수록된 열한 편의 속편은 그렇게 해서 한자리에 모이게 되었다. 문제는 단순히 「소나기」 속편을 한데 모았다는 표면적 사실이 아니다. 우리가 함께 안타까워하고 한숨짓던 가슴 설레는 어떤 가능성의 멸실, 어쩌면 속절없이 멸실되었기에 더 순후하게 슬프고 아름다울 수 있었던 그 가능성을 오늘의 시각과 문맥으로 다시 되살려 보는 데 뜻이 있었다. 황순원 선생의 슬하에서 문학을 배운 제자들, 그리고 그의 제자들에게서 문학을 익힌 제자들의 글이므로 수록 순서는 상례에 따라 연장의 기준을 지켰다. 그러나 이 글에서 작품을 살펴보기로는 '소녀의 죽음'을 기점으로 거기에서 가까운 시간대를 운용하는 작품의 순서가 될 것이다.

구병모의 「혜살」은 소녀를 떠나보낸 바로 그 직후, 소년의 여리고 아픈 속내를 그대로 드러낸다. 며칠을 '까닭 없이' 앓아누웠던 소년의 꿈속에서는 꽃 냄새가 난다. 비단조개가 손가락에 닿는 감촉도 있다. 앓다 일어나 학교로 가는 소년의 주머니에는 호두알 몇 개와 조약돌이 들어 있다. 모두 그대로 있다. 다만 소녀가 없을 뿐이다. 소년의 입에 '근동에서 제일가는 덕쇠 할아버지네 호두'에서는 아무 맛도 나지 않는다.

소년은 개울둑 앞에 우뚝 멈춰 섰다. 텅 빈 징검다리에는 물소리만 맑게 흘렀다. 가끔 텃새가 날개로 물을 훑고 지나가는 소리가 찰방, 울렸다. 그때마다 소년은 흠칫 놀라 소리 나는 쪽을 돌아보곤 했다.

— 구병모, 「혜살」에서

소년은 그 개울을 건너지 못한다. 학교도 가지 못한다. 소년의 어머니는 소년의 이 마음속 아픔을 짐작하고 있는 듯하다. 이마의 열이 떨어지지 않기가 일주일을 넘긴다. 까무룩 잠에 떨어졌다 깬 소년의 손길 닿는 곳에 '그날 입었던 저고리'가 잡힌다. 다시 개울로 나간 소년은 스스로 감당하기 어려운 동통을 넘어서기 위하여 힘겨운 진혼제(鎭魂祭)를 지낸다. 누가 가르쳐 주어서가 아닌, 혼자 깨우친 제례다.

주머니에 있던 호두 알맹이를 개울에 뿌린다. 말라 비틀어진 대추 몇 알과 소녀의 목덜미처럼 흰 조약돌까지. 그리고 책보를 풀어 속에 든 그 저고리를 물 위에 푼다. 얼룩이 든 저고리는 흠뻑 젖은 채 물살을 따라 유유히 떠내려간다. 떠내려간 것이 비단 저고리뿐이겠는가. 소년은 비로소 징검다리를 한 칸씩 디디기 시작한다. 황순원 「소나기」의 이야기와 분위기를 그대로 이어, 소년의 아픔과 그 감당의 뒷이야기를 맑고 서정적으로 그린 작품이다.

손보미의 「소나기」는 소년과 소녀가 첫정을 가꾸던 바로 그 시점에서 출발한다. 이 작품의 화자는 이들의 교유를 질시의 눈으로 바라보는 또 다른 소녀, 곧 소년을 좋아하는 같은 또래의 소녀. 매우 독특하고 한편으로는 효율적인 관찰자의 시선 배치에 해당한다. 이 관찰자 소녀가 읍내 중학교와 서울에 있는 고등학교와 여대에까지 진학하고 있으니, 이 소설은 기본적으로 회상 시점에 의거해 있는 셈이다.

화자는 먼저 열두 살 나이에 맞은 할머니의 죽음과 장묘에 대해 말한다. 이를테면 다가올 죽음에 대한 예고요 두 죽음의 비교를 위한 복선이다. 할머니가 세상을 떠난 지 일주일 정도 지났을 때 서울에서 '여자애'가 전학을 온다. 분홍빛 스웨터와 청치마를 입고, 무릎까지 올라오는 반양말을 신었다. 얼굴이 아주 하얗고 어깨를 덮는 머리는 양쪽으로 곱게 땋아 있다. 황순원 「소나기」의 소녀를 그대로 옮겨 놓은 여자애다. 문제는 이 여자애를 화자가 아는 남자애, 보다 정직하게 말해 화자가 좋아하는 남자애가 '넋 놓고 바라보는' 데 있다.

그날 나는 처음으로 내 자신이 '정말로' 못생겼다는 생각을 했던 것 같다. 그리고 처음으로 어머니 아버지를 원망했다. 왜 우리 부모님은 나를 이런 시골에서 나고 자라게 한 것일까? 내가 다른 부모님 아래에서 태어나 자라났다면 좀 더 예쁠 수 있지 않을까? 어쩌면 그건 예쁘고 예쁘지 않고 그런 문제와는 상관없는 걸지도 모른다고, 나는 어렴풋이 그런 생각을 했던 것 같다. 그건 삶에 대한 문제라고. 그러니까 여기의 삶과 저기의 삶.

— 손보미, 「소나기」에서

「소나기」 속의 소년과 소녀가 발산하는 이미지가 너무 강렬하여, 그 주변의 사람이나 경물은 모두 부속품으로 묻혀 버리기 십상이다. 그런데 이 작품은 그렇게 소실된 배경과 주변 인물들을 중인환시리(衆人環視裏)의 무대로 이끌어 냈다. 소년과 소녀 또래의 다른 아이들도 이들에 못지않은 성장통을 앓고 있는 시기.

화자인 여자애의 서울 소녀를 향한 감정은 분노다. 심지어 "그 여자애 죽어 버렸으면 좋겠다."라고 말한다. 결국 소녀는 죽었지만, 화자 여자애가 소년과 함께 걸을 길도 사라졌다. 모든 죽음은 그렇게 흘러간다. 다만 성년이 된 화자에게 소년의 표정, '갈꽃을 이고 가던 여자애를 바라보던 그 표정'은 여전히 반복해서 떠오르는 기억이다. 새로운 방향에서 새로운 눈으로 나이와 마음의 성장을 함께 그린 작품이다.

전상국의 「가을하다」는 소년에게 '현수'라는 이름을 부여하고 그를 양평중학교 2학년 학생으로 변환한다. 현수의 소녀는 2년 전에 이 세상을 떠났다. 그러나 현수는 소녀를 떠나보내지 못한다. 소녀는 갈대숲 한가운데 갈대꽃으로 피어 있다. 그뿐 아니다. 현수와 꼭 같은 정신의 연령으로 활인화하여, 현수를 '오빠'라 부르며 온갖 생각을 함께 나눈다. 그 모든 상황의 바탕에 '가을하다'라는 새로운 조어(造語)가 있다. 풍경을 보며 향기를 맡으며, 이를 표현하는 말에도 그 마음에도 '가을하다'를 덧붙인다. 그때 몰랐던 소녀의 이름은 이제 '가을이'다.

소년에서 청소년이 된 현수는 언제 어디서나 가을이와 속삭이듯 대화한다. 그 가을이가 성숙한 어른의 모습을 하고 나타나면, 흰색 블라우스를 입고 가정방문을 오는 담임선생님이 된다. 그렇게 가을이는 어디에나 있고, 정작에 있어서는 어디에도 없다. 마치 이청준 소설 「이어도」에서 이어도의 의미가 그러하듯이. 중학생 현수의 책가방 속에는 항상 주머니에 넣고 다니는 하얀 조약돌과 비슷한, 스무 개도 넘는 조약돌이 들어 있다. 작가는 소설의 문면에 이렇게 썼다. 사라진 것은 보이지 않는다. 그러나 보이지 않는다고 없는 것은 아니다.

현수는 눈을 감는다. 눈을 감으면 보고 싶은 것이 보인다. 감은 눈 속에 소녀의 가을가을한 눈이 보인다.

— 전상국, 「가을하다」에서

이것이 중학생의 인식 수준일까. 그럴 수도 있다. 그러나 그 인식의 지점에 도달하는 것과 그것의 깊이를 체현하는 것은 사뭇 다르다. 그런 점에서 모든 「소나기」는 회상 시점을 외면하기 어렵다. 마치 제임스 조이스의 「애러비」가 그러한 것처럼. 그 단계와 등급을 수용하면 작가가 수월해진다. 현수는 종내 "아름다운 꽃이 피었을 때도 슬픈 일이 일어난다."라고 술회할 수 있다. 현수는 스무 개의 조약돌을 개울로 보내고 마지막 하나만 간직한다. 그렇게 현수는 자기 생애의 한 고개를 넘는다. 이것은 「소나기」의 소년이 힘겹지만 자기 걸음으로 열어 가는 성장사의 첫 대목이다.

서하진의 「다시 소나기」는 고등학생이 된 소년, '환'이 보름달이 뜬 밤에 소녀의 무덤을 찾아가는 장면으로 서두를 연다. 그것은 한 이야기의 종막이 아니라 새로운 이야기의 시발이다. 다음 날 아침 등굣길에 환의 어깨를 툭 치는 손, 새로운 소녀가 등장한 것이다. 고등학교 같은 반의 윤희영이다. 중학교만 마치면 됐다는 아버지의 뜻을 거슬러 어머니는 환을 고등학교에 보냈다. 세 시간 통학 거리의 학교가 있는 그곳, 양평이다. 윤희영이 환에게 특별한 이유는 원작 「소나기」로부터 왔다.

> 소녀가 얼굴을 바짝 들이밀며 물었다. 소녀에게서는 알 수 없는 향기가 났다. 환은 어지러웠다. 눈에 잔뜩 힘을 주고 소녀를 노려보았다. 저 말투, 저 표정. 대체 이 아이는 누구인가. 어째서 이토록 닮은 얼굴을 하고 있단 말인가.
>
> — 서하진, 「다시 소나기」에서

윤희영이 그냥 놀라운 것이 아니다. 환은 여전히 홀로 밤을 더듬어 분홍 스웨터를 입은 채 잠들어 있는 소녀를 만나러 가곤 한다. 그 옛날처럼 호두와 대추와 조약돌을 품고서. 윤희영이 수업 시간에 쓴 시 「갈대」의 짧은 전문, "별을 쓰느라 머리가 세었소."는 그대로 황순원 제2시집 『골동품』에 있는 「갈대」의 전문이다. 이 소설이 오마주한 그 원작의 환경과 더불어 환과 윤희영은 깊은 인연으로 묶여 있다. 환은 윤희영을 예의 그 소나기 들판으로 데려간다. 윤희영은 죽은 소녀의 사촌, 쌍둥이처럼 함께 자란 사촌이다. 전혀 몰랐던 일이다. 환은 비로소 소녀의 이름이 '희수'였음을 알게 된다.

이 소설은 고등학생 연령이 된 소녀의 자리에 소녀의 사촌이었던 윤희영을 가져다 두고 환의 반응을 관찰하는, 말하자면 인정적이면서도 냉엄한 구도를 가진 작품이다. 소녀는 혼잣말처럼 이렇게 중얼거린다. "갑자기 잃는 것과 갑자기 얻는 것…… 어느 쪽이 더 힘이 들까." 아직 면식이 짧은 두 고등학생이 이와 같은 심정적 교감에 동참할 수 있다면 윤희영과 희수 사이에 개재한 거리, 유명(幽明)을 달리한 그 심정적 거리는 결코 멀지 않다. 그것은 어쩌면 운명적인 교감 때문인지도 모른다. 우리는 함께 이제 고등학생이 된 소녀를 보는 셈이다.

김형경의 「농담」은 고등학생 시기를 거쳐 대학생 청년이 된 소년의 이야기를 다루고 있다. 어린 시절에서 젊은 시절에 이르기까지 소년이 어떤 사람됨으로 자신의 길을 걸어갈 수밖에 없었는가에 대한 증언이다. 처음의 소년, 급작스럽게 소녀를 잃은 소년의 세계는 모든 것이 상실의 느낌으로만 비친다. 그런데 역설적으로 소녀가 떠난 후 소년은 모든 곳에서 소녀를 본다. 개울가에 소녀는 없지만 '이 바보.'라는 목소리는 그냥 그곳에 있다. 아마도 소년은 일생을 두고 이 주박(呪縛)으로부터 벗어나기 어려울 터이다.

고등학생이 된 소년은 교복을 입은 채 개울가에 선다. 그 모습을 개울에게, 아니 예의 소녀에게 보여 주고 싶었다. 동급생 여학생을 데리고 개울로 징검다리로 수수밭 벌판으로 다녀 보기도 한다. 예기치 않게 입술을 포개기도 한다. 그리고 소원해져서 졸업할 때까지 화해하지 못한다. 영문을 알 수 없었다. 다만 "생이 농담이거나 수수께끼라고 말하는 이들의 마음에 공감할 것 같았다." 이것이 앞서 말한 그 주박이 아니면 무엇일까.

서울에서 대학 첫 학기를 보내면서 청년은 세상에 여자가 그토록 많다는 사실에 놀랐다. 많은 여자들이 모두 개성 있었다. 얼굴이 흰 서울 여자라는 이유만으로 한 여자가 특별해지지는 않았다. 한잔의 차나, 한 번의 웃음에 의미를 두지 않는 것도 배웠다. 개울가나 수수밭처럼 어떤 공간을 두려워 하

게 될까 봐, 그런 공간이 많아져 살아갈 곳이 줄어들까 봐 조심했다. 자기에
게서 떨어져 나간 마음이 저 혼자 개울가나 수수밭을 떠돌까 봐 두려웠다.
— 김형경, 「농담」에서

청년은 제 방식대로 세상살이의 문법을 익히고 있다. 그리고 어렴풋
이 짐작한다. "그것은 사랑의 치명성이 아니라 정서의 취약함이라는 것
을." 굳이 부연하여 말하자면 전자의 공간에서 후자의 공간으로 옮겨 가
야 제 방식의 삶을 얻을 수 있을 것임을 짐작하는 것이다. 여름방학을 맞
아 고향에 돌아온 청년은 어머니 심부름으로 수수밭에 이른다. 어렸을
때 자신을 도와준 수수밭 주인아주머니와 그 딸을 만난다. 그러나 그러
한 일들 또한 농담이거나 수수께끼 같은 세상에 또 하나의 농담을 보태
는 일인 것으로 생각한다. 애써 숨기고 있지만, 어린 시절에 생의 허무를
미리 보아 버린 눈에 소녀 없이는 모두 농담인 세상, 그것이 그가 살아야
할 현실이요 미래다.

이혜경의 「지워지지 않는 그 황톳물」은 소년을 공장에 다니는 스물한
살 청년 '그'로 분장했다. 그 나이에 이르기에 앞서 중학교 시절의 소년
이 등장하고, 이 모든 과정의 배면에는 언제나 옛날의 어린 소녀가 잠복
해 있다. 윤 초시네는 도시로 이사 가고 마을의 유일한 기와집이었던 윤
초시네 집은 기왓골마다 풀이 돋은 빈집이 되었다. 소녀의 무덤은 학교
로 가는 지름길인 산길 가에 있다. 중학생인 소년은 혼자 무덤을 찾아가
기도 하고 말을 건네기도 한다. 중학교를 마친 소년은 삼촌의 소개로 도
시의 공장에 취직했다.

화보를 넘기던 동료들이 옥신각신하는 소리에 고개를 빼고 들여다보았

다. 흰 블라우스에 검정 점퍼스커트 차림의 여학생이 미소 짓고 있었다. 가슴이 철렁 내려앉았다. 단발머리에 하얀 얼굴, 볼우물이며 분꽃 씨앗처럼 까맣게 영근 눈동자가 영락없는 그 서울 애였다. 살아 있다면 지금 꼭 이럴 것이다. 쌍둥이라 해도 믿을 것 같았다. 그럴 리 없다는 걸 알면서도, 그 사진 아래에 적힌 이름을 유심히 보지 않을 수 없었다. 윤 씨는 아니었다.

— 이혜경, 「지워지지 않는 그 황톳물」에서

스물한 살이 된 청년은 잡지에서 그 페이지를 몰래 찢어 낸다. 접어서 작업복 호주머니에 넣었다. 한동안 그 종이쪽은 언젠가 연기처럼 달아난 조약돌을 대신한다. 중학교 때까지 그토록 소중하게 간직하던 조약돌이 없어진 것은 성장해 가면서 세상의 삶에 익숙해져 가는 소년의 모습을 보여 주지만, 아직도 철렁 내려앉는 가슴을 가진 것은 그 가슴에 소녀가 담겨 있기 때문이다. 이 소년 그리고 청년은, 모름지기 그 가슴을 그대로 안고 평생을 살아야 할 것이다. 이것이 아름다운 추억의 축복인지 벗어날 길 없는 과거사로 인한 형벌인지 제대로 가늠하기는 어렵다.

도시에서 공장을 다니다가 오랜만에 온 집은 작게 느껴지지만 아늑하다. 잠들었다 깨어나 '한 생을 건넌 듯'한 그에게, 어머니는 도시로 이사가기로 했다고 일러 준다. 소녀네도 소년네도 모두 떠난 그 마을, 서당골 마을엔 무엇이 남을까? '마지막일지도 모르는 풍경'을 눈에 담는 그의 심사에는 무엇이 담겨 있을까. 산어귀에서 쓸쓸하게 흔들리는 구절초처럼 처연한 추억의 그림자다. 그래서 이 작품 또한 슬프고도 아름다운 원래 이야기의 연장선상에 효율적으로 놓여 있다.

노희준의 「소나기」는 앞서의 작품들이 보여 주었던 연령대들을 한꺼번에 훌쩍 뛰어넘는다. 「소나기」의 소년은 다섯 살이 된 손녀를 둔 할아버지가 되었다. 손녀의 이름은 은혜. 할아버지인 '그'는 언젠가 손녀에게 '바보야' 하면서 돌을 던진 소녀의 이야기를 해 준 모양이다. 왜 '모양'이냐 하면 그가 치매 초기 증세를 보이고 있는 까닭에서다. 아들 내외와 손녀와 함께 동물원에 왔고, 아들 내외가 잠깐 자리를 비운 사이 손녀와 대화하는 곳에서 소설이 시작된다. 세상은 너무도 개명(開明)해서 사람 얼굴을 스캔한 다음 스리디 프린터로 작은 인형으로 만들어 주는 데까지 와 있다.

절대 사라지지 않을 것 같던 상처도 20대의 가슴앓이와 함께 지나가 버렸다. 밤만 되면 가슴이 뜨거워 잠 못 드는 나이가 지나가고 나자 그는 더 이상 소녀에 대해 슬픈 마음이 들지 않았다. 열정이 있어야 상처를 되새길 힘도 있는 거라고, 상처를 앓는 데도 젊음이 필요했던 거라고, 어느 순간 생각하게 되었다. 자식이 두 명 다 아들이어서 그 나이 또래에도 소녀와 동일시되는 순간은 없었다. 무엇보다 자식들은 그와 전혀 다른 청소년기를 보냈다. 무슨 일이 있어도 다르게 보내게 해야 한다고 생각했다. 그렇게 만들기 위해 열심히 일하는 동안, 소녀의 기억은 전생처럼 멀어져만 갔다. 어쩌면 그가 여러 번을 다시 살 듯 한 번의 생을 살아왔기 때문일지도 몰랐다.

— 노희준, 「소나기」에서

이 예문에서 목도할 수 있듯이, 그는 자신의 삶에서 소녀의 기억을 지우는 데 평생을 두고 애써야 했다. 그리고 결과는 그 일이 가능하지 않다는 것이었다. 심지어 동물원 스리디 프린터 인형 가게의 점원 얼굴에 말간 햇빛이 떨어지면, 그 투명함 때문에 어린 시절에 개울가에서 함께 놀았던 소녀의 얼굴을 다시 보는 것 같다고 생각한다. 70이 넘어 머리에 문제가 생겼음을 알게 되었지만, 유년기의 기억은 눈앞에 있는 것처럼 생생하다. 그 동물원에도 갑자기 소나기가 내린다. 삶의 끝자락에서 사위어 가는 의식을 붙들고서도 오랜 세월 저쪽 동심의 기억은 이토록 강렬하다.

조수경의 「귀향」 또한 소년을 노년에까지 이끌고 갔다. 그의 소설 속 이름은 '남자'다. 남자의 아내가 치매에 이른 것을 보고 대략의 연령대를 유추할 수 있다. 남자는 오랜만에 고향을 찾는다. 흘러간 세월만큼 풍경도 변해 있었다. 남자는 아주 오래전에 매일 누군가를 기다리던 곳을 찾아갔다. 그 자리에 이르도록 남자의 삶은 만만치 않았다. 남자의 가족이 고향을 떠난 건 중학생 때였고, 고향을 잃은 대가로 도시에 있는 대학을 나와 초등학교 선생 노릇을 할 수 있었다. 하지만 소녀를 잊을 수는 없었다.

그랬다. 살다 보면 가끔 또래들 사이에서 소녀를 만날 수 있었다. 소년이 자라나 고등학생이 되고 성인이 되듯, 기억 속에 머물고 있는 소녀도 속도를 맞춰 함께 자라났다. 남자는 비슷한 나이대의 사람들 속에서 소녀와 닮은 사람을 찾을 수 있었다. 아내가 그런 사람이었다.

— 조수경, 「귀향」에서

남자는 처음 부임한 학교에서 아내를 만났다. 하얀 얼굴에, 웃는 모습이 소녀를 닮은 여자였으니 그의 심리적 상태는 참으로 중증이었다. 그 아내가, 자신과 함께 늙어 가던 아내가, 며느리를 두고 입에 담지 못할 말을 내뱉고는 아무 일도 없었다는 듯이 식사를 이어 갔고 그 일은 시작에 불과했다. 이 막다른 길에서 남자는 소녀가 있던 고향을 찾아간다. 평생 동안 주머니 속에 조약돌을 간직해 온 것처럼, 노년의 남자는 평생 동안 어린 시절의 한 순간을 자신의 내면에 감추고 살았다. 이 작품은 그 슬픈 인생사의 기록이다.

박덕규의 「사람의 별」은 우리가 지금까지 읽어 온 작품들과는 아주 다른 방식의 이야기다. 지금까지는 소녀를 잃은 소년이 사람의 몸과 마음으로 된, 그 일반적 생명력으로 스스로의 삶을 감당해 나가는 줄거리를 가졌다면, 박덕규의 소녀는 우주의 다른 별에서 온 외계인이다. 기상천외한 상상력. 그러나 근래 SF 영화나 소설의 범람에 비추어 보면 그다지 새로운 일도 놀랄 일도 아니다. 시에도 심혼시가 있고 기교시가 있듯이, 이 기술문명의 소설적 이야기화가 그렇게 어려울 바도 없다. 이를 '기상천외'라 명명한 것은 서정적 감수성의 한복판에 외계인을 가져다 두는 것이 그 이야기의 효과를 제대로 발양할 수 있겠는가라는 의문 때문이다.

나는 먼 별에서 살다 지구인으로 다시 태어났다. 내가 살던 별은 화려한 문명을 자랑하다 자연의 세계를 모두 잃어버렸다. 식물과 동물이 죽어 갔다. 그러자 살아 있는 모든 것들이 새로운 생명을 이어 가지 못하게 됐다. 별의 주인들도 종족을 이어 가지 못하게 됐다. 별의 주인들은 새로 태어날 새 세계를 찾아내야 했다. 그들은 우주 곳곳으로 탐사선을 보냈다. 나는 그런 탐사단의 일원이었고, 내 탐사 구역은 지구였다. 다른 지역으로 탐사 나간 대원들이 속속 절망적인 소식을 전해오는 동안 나는 응축된 유전자로 사람의 몸에서 다시 태어났다.

— 박덕규, 「사람의 별」에서

외계의 생명체로서 사람의 몸으로 태어난 '나'는 설레고 외롭고, 그리고 사랑을 느끼는 지구의 어린 소녀가 되었다. '나'는 지구에서 어른으로 살아남아야 했지만, 몸이 그렇지 않았다. 소년과 함께 산을 내려오다가 소나기를 만나고 온몸에서 열이 나고 결국 임무를 다하지 못하는 것으로 되었다. '나'를 우주로 데려가려는 '큰 새'에게 할 수 있는 마지막 말은, 얼룩이 묻은 분홍 스웨터를 가져가겠다는 것이다. 상황 논리에 따른 여러 논의가 남아 있지만, 시각의 새로움이 한결 돋보이는 작품이다.

고은별의 「어떤 소나기」는 서두에서 언급한 바와 같이 '소나기 속편 쓰기 공모전'에서 일반부 대상을 받은 작품이다. 이 작품은 원작의 순정한 서정성을 그대로 이어받고 있어서 아주 자연스럽게 그 연장의 이야기로 수긍된다. 소년은 성장해서 한 가정의 가장이 되고 한 여자의 남편이자 한 아이, 그리고 또 한 태중 아이의 아버지가 되었다. 화자는 이 가장 소년을 서술하는 그의 아내. 시점의 구분으로는 1인칭 관찰자 소설이다.
가장에 대한 아내의 호칭은 '당신.' 그 당신은 스무 살에 상경하여 되는 대로 일을 하다가 군대를 다녀오고 다시 조금 더 안정적인 일을 하다가 '나'를 만났다. 당신은 맑은 날에도 우산을 가지고 다니는 버릇이 있다. 그리고 남편으로서도 아빠로서도 좋은 사람이며, 특히 아이가 아픈 데에 예민하다. 화자인 '나'가 아는 당신의 고향은 개울과 징검다리가 있는 곳이다. 이 모든 이야기의 서술 및 묘사는, 원작의 이야기와 풍광에 오버랩되어 있다. 그 원작의 고운 결을 잘 살려 성년이 된 소년을 설득력 있게 조명한 작품이다.

황효림의 「여우비」는 앞의 소설과 마찬가지로 공모전에서 발굴한 작품인데, 고등부 대상을 받았다. 이 소설의 소년도 청년이 되었다. 청년은 집을 떠나 공부를 하고 취직을 하고, 오랜만에 고향집에 왔다. 그리고 그 개울이다. 개울의 징검다리 가운데를 한 여자아이가 차지하고 앉아 있는 것이다. 여자아이는 청년을 '이 바보야.'라고 힐난한다. 지난날 소녀의 환상이 아니다. 그 마을에 살고, '서울서 온 여주댁 손주'인 소년을 좋아하는 실제의 소녀다. 우리의 소년이 청년으로 성장한 때에, 마을에서는 한 어린 시골 소녀가 서울 소년에 대한 생각을 가슴속에 가꾸고 있는 형국이다.

이 소설의 들판도 산길도 옛 「소나기」의 그것과 꼭 같이 닮아 있다. 소나기도 그렇다. 이번에는 소나기를 맞은 청년이 꼬박 이틀을 앓는다. 청년은 옛 소녀의 이름을 알지 못했던 것처럼, 이번 소녀의 이름도 알지 못한다. 그런데 이번 소녀는 병원에 간 서울 소년이 돌아오기 전에, 몇 년 전에 돈 벌러 갔던 엄마를 따라 떠나야 할 상황이다. 모양새는 여러모로 바뀌었으나, 청년이 여전히 소녀와의 추억을 간직하고 있는 것처럼 이들 새 소년 소녀의 추억도 그렇게 이어질 것이다. 원래 작품의 인물과 환경을 그대로 이어받아 새롭게, 잘 구성된 속편의 이야기다.

황순원이 일생 동안 이룬 문학의 집적은 시 104편, 단편 104편, 중편 1편, 장편 7편에 이른다. 「소나기」는 그 가운데서 미소(微小)하다면 미소하다. 거기다가 지금껏 살펴본, 「소나기」 속편 열한 편의 분량은 대체로 200자 원고지 30매 내외이다. 콩트나 엽편소설의 분량이다. 그런데 각기의 작품에는 참 다양하고 많은 서정적 이야기들이 숨어 있다. 저 옛날 서당골 마을의 소년 소녀가 나눈 맑고 여리고 감동적인 첫사랑 이야기를 재치 있고 기발하게, 그리고 아름답고 여운 있게 패러디하여 형상화한 수작들이다.

한 작가의 문학을 오마주하고 한 이름 있는 작품을 이어 쓰는 것이, 이 토록 영롱한 문양으로 아로새겨질 줄을 기획자인 필자도 몰랐던 터이다. 이렇게 작고 소박하지만 소중하고 감성적인 집체적 글쓰기는 실로 순수한 동심의 세계를 곱게 연장한 범례가 될 듯하다. 그러한 글쓰기가 공통적으로 가능한 자리에 그에 합당한 사유가 없을 리 없다. 여기에 수록된 작품들은 대체로 소녀의 죽음 이후 소년의 성장사를 따라가고 있는데, 그 삶의 변화 가운데서 끝까지 변하지 않는 지고한 가치가 올곧게 남아 있기 때문이다. 소년이 감각하고 인식한 소녀가 그렇고 그 배경으로서의 고향도 그렇다.

　여기에서의 '소년'들은 공히 내성적 성품의 소유자이지만, 과거 짧은 한 시기의 절박한 마음을 끝까지 붙들고 있는 가치 지향적인 인물로 그려지고 있다. 우리가 사는 세상에 그런 인물들이 많아진다면, 세상이 한결 아름다워지지 않을까. 소설 속의 그 청량하고 경쾌한 개울물처럼. 이 보편적인 통념에 속편 쓰기에 참여한 작가들의 생각이 동류를 이루었다. 이 뜻있고 보람 있는 새 문학 세계를 기획한 소나기마을에서는 이 책을 읽는 사람들, 그리고 마을을 찾아오는 사람들이 그 시간만이라도 세상의 짐을 내려놓고 동심의 순수로 돌아갈 수 있기를 소망한다. 그리하여 누구나 새로운 의욕을 충전하고 창의적인 기력을 섭생할 수 있기를 기대한다. 그것은 또한 그 모든 일이 시도될 수 있도록 원작의 세계를 구성한 작가 황순원에게, 우리가 공여하는 경외감의 다른 표현이기도 하다. 이 야기의 전설 「소나기」가 여전히 지금 여기의 소설이듯, 작가 또한 여전히 그의 작품들과 더불어 우리 곁에 있다. 여기 이 열한 편의 속편이 그 구체적인 증빙이다.

장애인 문학, 그 의미와 방향

장애인 문학의 올바른 지향점

장애인 문학의 개념 정의와 관련하여, 반드시 이 호명을 사용해야 할 것인가라는 문제부터 검토할 필요가 있다. 문학의 일반론적 성격 속에는 인간의 모든 삶과 그에 대한 반응의 양식이 포괄될 수 있으므로, 장애인 문학이라는 명칭 스스로 그 문학의 입지를 축소하고 개념을 한정한다는 비판이 제기될 수 있기 때문이다. 그러나 굳이 이 명칭을 사용한다면 그것은 문학의 한 특정한 분야에 대하여 편의적으로 붙인 이름이라 해야 옳겠다. 예컨대 여성 문학이나 노동 문학 등이 문학의 일반적인 범위 안에 있으면서 특정한 문학적 관심을 표방하고 있는 것과 마찬가지의 경우다.

장애인 문학의 개념은 우선 두 가지 관점에서 정의해 볼 수 있겠다. 먼저 장애인 문인이 쓴 문학이다. 다음으로는 장애와 장애인 문제를 다룬 문학을 그렇게 말할 수 있다. 장애인 문인이 쓴 문학이라는 개념은 매우 협소하여 그야말로 문학을 하나의 울타리 안에 가두는 형국이 된다. 뿐만 아니라 이 개념을 성립시키기 위해서는 장애인이 쓴 문학의 수준 문제에 앞서서 그가 과연 장애인인가, 그리고 어느 정도의 장애인인가라는 문제에 대한 판단이 있어야 할 것이다. 그러므로 이 개념은 장애인 문학을 말하는 부분적 조건 중 하나로 치부하면 될 것으로 보인다.

다음으로 장애와 장애인 문제를 다룬 문학이라는 개념은 전자에 비해 훨씬 광범위하고 그 개념의 운동 범주도 자유롭다. 그런데 여기에서는 하나의 문학작품 속에 장애인 문제가 어느 정도의 분량으로 포함되어 있는가, 그리고 그것이 작품의 주제에 밀도 있게 관련되어 있는가, 아니면 단순하고 지엽적인 소재적 차원에 그치고 있는가 등의 문제가 검토되지 않으면 안 된다. 물론 이러한 문제가 작품 속에서 객관적 증빙을 동반하고 있거나 그 결과를 통계 수치화할 수 있거나 하기는 어렵다. 문학은 그러한 형편을 고려하면서 제작되는 예술품이 전혀 아니기 때문이다.

그렇다면 결국 장애인 문학이란 용어는 객관화된 기계적 개념 정의에 이르기 어려우며, 문학의 본질적 성격에 따라 상황적으로 유동하는 개념이 될 수밖에 없다. 엄밀히 말하여, 앞서 예거한 여성 문학이나 노동 문학 등의 경우도 마찬가지이겠지만, 장애인 문학이란 쓰고 읽는 이들이 그렇게 느끼고 받아들이는 것이지 사회사적인 객관성을 담보할 수 있는 개념이 아닌 셈이다. 위에서 이 명칭을 '편의적'이라 규정한 것은 이러한 경우의 개념 정의와 관련된 자발성을 말하고 있으며, 모호하고 편리하게 그 개념을 얼버무리는 태도를 말하지 않는다.

장애인 문학이 그 영역에서 가지는 강점이 있다면, 그것은 인간의 삶에 있어서 장애 또는 장애인과 관련된 깊은 고통의 심연을 두드려 보는, 그러한 절박성의 강도를 들 수 있겠다. "눈물 젖은 빵을 먹어 보지 아니한 사람은 인생의 깊은 의미를 모른다."라는 수사가 괴테의 시집에 나오지만, 그 눈물 젖은 빵이 장애의 문제와 상관되어 있다면 그렇지 않은 경우에 비해 절실한 감응력이 한층 더 강화될 수도 있을 것이다. 빅토르 위고의 『파리의 노트르담』에서 주요 등장인물 콰지모도는 그가 장애의 몸을 갖고 있기 때문에 소설의 주제와 비극성을 한층 강화하는 효과를 얻는다.

장애인 문학의 지향점은 대체로 작품 속에 등장하는 장애의 문제가 절망의 나락으로 침몰하기보다는 소망의 언덕으로 거슬러 오르는 것이 되도록 하는 데 있다. 그러기에 많은 장애인 문학의 배면에는 눈물겨운 인간 의지의 개가나 인간 승리의 숨은 이야기들이 묻혀 있는 것이다. 청각을 잃은 채 작곡한 베토벤의 장엄한 선율이나 실명한 후 6살 난 딸 데보라의 손을 빌려 『실낙원』을 완성한 밀턴의 문필이 그 좋은 예라 하겠다. 장애인 문학이라는 명칭을 내걸고 이 소중한 불씨를 살려 가는 사람들, 특히 장애인으로서 창작을 하고 있는 사람들이 유의해야 할 것은, 적어도 일시적이고 값싼 동정에 편승하는 안이함은 버려야 한다는 것이다.

그것은 궁극적인 도움이 되지 않으며, 오히려 예리한 경각심이나 불퇴전의 의욕을 소멸시킬 가능성이 있기 때문이다. 장애인 문제를 소재나 주제로 선택한 것은 창작자 자신의 고유한 정신적 영역에서 이루어진 일이며, 그것이 문학적 예술성의 성숙이나 완성도와 관련하여 어떠한 면죄부도 될 수 없음을 확고히 인식해야 한다. 그런 점에서 장애인 문학을 대표하는 문예지나 비평지의 경우, 장애인 창작자의 문학과 장애를 소재로 하되 문학 일반의 수준을 넘어서는 문학의 두 구분을 두고 이를 이분법적으로 운영하는 방안을 생각해 봄직하다.

우리 문학사, 그리고 세계 문학사 속에는 장애인 문학으로 그 이름이 빛나는 수많은 장애인 문인들이 있다. 시각장애를 감당했던 호머·밀턴·사르트르, 지체장애를 겪은 이솝·세르반테스·셰익스피어·바이런·마거릿

미첼·사마천, 언어장애가 있었던 헤르만 헤세·서머싯 몸, 간질병으로 고생한 톨스토이 등을 쉽게 예거할 수 있다. 그런데 여기에서 예거한 이들은 장애를 가지고 있으면서 그에 굴복하지 않고 자신의 문학과 더불어 세계문학의 중심부로 진입한 작가에 해당된다. 요컨대 그들의 문학과 작가로서의 삶이 모두, 장애인 문학의 온전한 목표를 설정하는 데 좋은 보기가 된다 할 것이다.

육신의 장애를 안고 살아가면서, 그러나 그 정신의 영역에서는 맑은 명경처럼 빛나는 보화를 생산해 온 장애인 문인들이 있다. 그런데 정작 중요한 것은 작품의 수월성이다. 기실 아무리 갈고 닦인 논리를 내세워 장애인 문학을 언급한다 할지라도, 수준 있는 작품의 산출이 수반되지 않는다면 그 논리는 허망하기 이를 데 없을 터이다. 아니, 논리가 앞설 일이 아니라 작품 자체의 생산이 비평과 연구의 논리를 불러오는 방향으로 전이되어 나가야 오히려 바람직할 것이다.

우리 곁에 함께한 장애인 문학

한국 고전문학에서 장애의 문제를 다룬 작품은, 우선 정신장애를 포함하고 있는 「공무도하가」가 있다. 물을 건너다 물에 빠져 죽은 백수광부의 처가 쓴 시다. 그리고 시각장애를 다룬 작품으로 희명의 「도천수관음가」, 백제의 「도미설화」, 판소리 열두 마당으로 된 「심청가」나 고소설로 된 『심청전』이 있다. 고전문학의 문면이 대체로 해소할 길 없는 당대 민중의 보다 나은 세상에 대한 열망을 담고 있다면, 정신 또는 육신의 장애를 어려운 삶의 조건으로 제시하는 것은 그 주제를 한층 강화하는 효용성이 있다. 이를테면 『심청전』이 힘든 가정 형편에 있으나 효성이 지극하기 이를 데 없는 착한 딸을 형상화하자면, 그 아비의 실명이 훨씬 극적인 이야기의 장치로 기능한다.

일제강점기에 이르러 장애인 문제를 보여 주는 문학은 김동인의 「광화사」와 「광염소나타」, 나도향의 「벙어리 삼룡이」, 계용묵의 「백치 아다다」, 김유정의 「봄봄」 등이 있다. 김동인의 두 소설은 예술지상주의의 면모와 더불어 시각장애나 정신장애의 등장인물을 적극 활용함으로써 각기의 주제의식을 강화한다. 나도향의 소설은 장애인의 인간적 자각과 반항을 보여 주며, 계용묵의 소설 또한 장애의 상황이 그 인간성의 내밀한 측면을 어떻게 반영하고 있는가를 드러낸다. 김유정의 소설은 농촌의 서정적인 분위기를 바탕에 두고 젊은 남녀 사이의 애정적 교감을 매우 희화적으로 표출한다. 남자의 성장장애를 동기로 하여 전원적 풍취와 인간 본성의 발현이 풍자적인 시너지 효과를 발양한다.

6·25동란을 매개로 장애인 문제를 다룬 문학으로 이범선의 「오발탄」, 손창섭의 「잉여인간」, 이호철의 「닳아지는 살들」, 하근찬의 「수난이대」, 전상국의 「아베의 가족」과 「여름의 껍질」 등이 있다. 이범선의 소설은 전란을 거친 한 가족의 피폐한 삶을 주인물의 치통과 어머니의 정신이상이라는 알레고리적 표현으로 상징화한다. 손창섭의 전후문학에 해당하는 대부분의 소설은 시대적 현실에 대응하는 패배와 반항의 군상을 그리면서 정신적 일탈의 모습을 지속적으로 보여 준다. 이호철의 소설 또한 정신장애를 둘러싼 가족애를 주제로 하고 있으며, 전상국의 이름 있는 두 중편소설은 6·25동란의 와중에서 피해자와 가해자로 살아남아 아직까지 그 굴레를 벗어나지 못하던 인물들이 극명한 화해에 이르는 과정을 감명 깊게 형상화한다.

이 소설들은 전쟁이라는 불가항력적 상황과 삶의 조건 속에서 육신 또는 정신의 장애를 부각하는 것이, 작가가 추구하는 목표에 한결 수월하게 도달하도록 한다는 하나의 이야기 방정식에 입각해 있다. 한국뿐 아니라 여러 나라의 전쟁소설 또는 전후 소설이 이 방식을 활용하여 수작들을 산출했다. 전쟁이라는 가장 비인도적이요 반인륜적인 무력 충돌도 그러하지만, 장애라는 가장 깊숙이 인간의 삶에 개입하는 환경적 조건 또한 범세계적 보편성을 담보한다는 의미이다.

그런가 하면 동시대의 문학 가운데 이청준의 『낮은 데로 임하소서』가 시각장애인을, 조세희의 「난장이가 쏘아올린 작은 공」이 육체 장애인을, 그리고 정찬의 「완전한 영혼」은 청각장애의 문제에 접근한다. 이청준의 이 장편소설은 시각장애인으로서 목회자가 된 주인물의 파란만장한 삶의 도정을 보여 주고, 조세희의 이 베스트셀러 소설은 도시 빈민의 절박한 삶을 육신이 난쟁이라는 멍에에 가로막힌 한 가족 구성원을 통해 보여 준다. 정찬의 「완전한 영혼」은 1980년의 광주와 그 이후 운동권의 현실을 주제로 이야기를 이끌면서, 광주 사태로 인해 청각을 잃은 이의 삶을 그린다.

한국문학, 특히 이야기를 구체적으로 풀어서 말하는 소설에서 장애인 문제는 시대적 상황에 대응하는 형식으로 주어진 경우가 많다. 물론 한 인간의 내면적 속성이나 지향점이 그와 관련되어 있는 사례도 있다. 중요한 것은 이것이 인간적 삶의 현실을 보다 핍진하게 형용하고 또 그렇게 함으로써 작품의 주제를 보다 명징하게 드러내는 데 효력을 발휘한다는 점이다. 그런데 그것은 기실, 문학작품 속의 장애인 문제를 논의함에 있어서 부수적인 항목이다.

정작 우리가 주목해서 살펴야 할 지점은, 그러한 문학적 표현법이 우리가 사는 세상에서 장애인 문제에 대한 인식을 어떻게 각성할 수 있느냐에 있다. 이는 가치 지향적인 순방향이어야 하며, 글을 쓰는 작가이든 글을 읽는 독자이든, 또 그가 장애인이거나 비장애인이거나를 막론하고 이 문제에 대한 인식을 합목적인 방향으로 인도하는 것이 온당하다. 그런 점에서 장애인 문학은 당초 예정된 방향성을 가질 때가 많다. 심지어 장애인 문제에 대한 전도된 모형을 그릴 때에도 이 개념적 형틀은 여일하게 작동할 수 있다.

세계문학 속의 장애인 문학은 그 무대가 넓은 만큼, 장애의 유형과 이야기 형식도 다양하게 펼쳐져 있다. 지체장애를 다룬 작품으로 빅토르 위고의 『파리의 노트르담』, 에밀 졸라의 『목로주점』, 허먼 멜빌의 『모비 딕』, 톨스토이의 중편 「이반 일리치의 죽음」, E. A. 포의 단편 「절름발이 개구리」 등이 있다. 시각장애를 다룬 작품으로는 앙드레 지드의 『전원 교향곡』, 샬럿 브론테의 『제인 에어』, D. H. 로런스의 「눈먼 사람」 등이 있다. 정신장애를 다룬 작품으로 도스토예프스키의 『백치』와 스티븐슨의 『지킬 박사와 하이드 씨』가 있고 정서장애를 다룬 작품으로 세르반테스의 『돈키호테』와 알베르 카뮈의 『이방인』이 있다. 이 작품들은 모두 인류문학사에 수발한 이름을 남기고 있는 명작들이다.

《솟대평론》의 새로운 논의 마당

오늘날의 시대가 문화의 발전과 성숙을 가져왔다면, 당연히 장애인 문학을 보는 눈도 승급하고 성숙해야 마땅하다. 특히 창작심리학적 차원, 곧 장애인 창작자의 편에서 문학을 보는 눈을 소중하게 생각하고 이를 배려해야 옳다. 장애인 문학을 돌보지 않는 사회나 국가의 문학은 최소한 인본주의나 인간중심주의의 문학을 배태할 수 없다. 장애와 장애인을 다루는 문학을 통해 한 공동체의 문학은 인간의 실존을 응대하는 수준이 한층 고급해질 수 있는 것이다. 이는 어떤 측면에서는 인간을 탐구의 대상으로 하는 문학의 사회적 책무이기도 하다.

지금까지 한국의 고전문학, 일제강점기 문학, 6·25동란 시기 문학, 그리고 동시대 문학 속에서 장애의 문제를 도출해 본 것은 그와 같은 문제의식 때문이다. 세계문학 속의 장애 문제도 이와 마찬가지이다. 아쉬운 점은 소설 이외의 장르에 대해 구체적인 논의를 진행하지 못했다는 것이다. 앞서 언급한 바와 같이 소설이 그 담화를 풀어서 전개하는 양식이기 때문에, 이 논의에 가장 부합하는 장르인 것은 맞다. 하지만 널리 알려진 시와 희곡, 더 나아가 수필과 시나리오에도 이 부문에 소설 못지않은 성취가 축적되어 있음을 기억해 두어야 할 터이다.

차제에 《솟대평론》이란 비평지가 새롭게 출발하면서 장애인 문학의 방향과 그에 대한 이해, 그리고 문학사의 지평에서 만나는 장애인 문학의 특집을 마련한 것은 매우 고무적이다. 이 새로운 문예지의 제호가 환기하는 《솟대문학》은, 그동안 100호의 지령에 이르도록 한국의 장애인 문인들이 작품을 발표하고 토론할 수 있는 귀하고 넉넉한 공간이었다. 지금은 그 100호를 마지막으로 문을 닫았으나, 이를 발행해 온 방귀희 선생 등 관계자들의 수고와 기여는 내내 기억될 것이다. 이제 새롭게 출발하는 이 비평 문예지의 특집을 통해, 장애인 문학에 대한 관점과 대응력이 한층 더 진전되기를 기대한다.

잘 쓰기 위한, 많이 읽기에의 권유

—《미주문학》 2018년 봄호를 중심으로

4월 23일은 유네스코가 제정한 '세계 책과 저작권의 날'이다. 독서와 출판을 장려하고 저작권 제도를 통해 지적 소유권을 보호하려는 국제적인 노력의 결과다. 왜 4월 23일인가 하면 몇 가지 뜻깊은 근거가 있다. 우선, 책을 사는 사람에게 꽃을 선물하는 스페인 카탈루냐 지방의 축일인 '세인트 조지의 날'이 이날이다. 그런가 하면 인류문학사를 장식한 문호 셰익스피어와 세르반테스의 사망일이 동일하게 1616년 이날이다. 사망일을 축일로 해도 좋을 만큼 세계문학의 진일보를 기록한 문인들을 기린다는 의미다. 한국 문화체육관광부에서는 이날을 '책 드림(Dream) 날'로 정했다.

물론 책의 날을 기억하는 것보다 더 중요한 것은 한 줄이라도 책을 읽는 일이다. 중국 송나라 태종의 언사를 빌리면 개권유익(開卷有益)이라 했는데 그 말처럼 책은 열기만 해도 이롭다. 이 글에서 굳이 책의 날을 거론하는 이유는, 책을 많이 읽지 않고 쓰는 이의 글이란 대체로 깊이 있는 바닥을 간직하기 어려운 까닭에서다. 그래서 중국 당송팔대가 중의 한 사람인 구양수는 좋은 글을 쓰기 위한 조건으로 '3다의 법칙'을 들었고 그 가운데 처음이 다독(多讀)이었다.

독일의 철학자 쇼펜하우어도 꼭 같은 세 가지 조건을 들었으나, 철학에 방점을 두고 많이 생각하는 다상량(多商量)을 강조했다. 주지하다시피 남은 하나는 다작(多作)이다. 이번 호의 산문 작품들을 읽는 동안 작품의 우열을 가늠해 보면서, 대체로 '좋은 작품'으로 보이는 경우는 글의 행간에 작가가 숨겨 둔 독서의 저력을 확인할 수 있었다. 그것은 모국어의 본산인 한국문학이나 디아스포라의 글쓰기로 산출되는 미주 문학이나 하등 다를 바가 없다. 필자의 글쓰기 또한 마찬가지다. 사정이 이러하니, 우리 모두 '좋은 글'의 생산을 위하여 때를 얻든지 못 얻든지 '좋은 독서'의 주체가 되어야 할 일이다.

여기, 내 생(生)의 자리에서
— 김재동, 차덕선, 조형숙의 수필

김재동의 「문학과 인생」은 그 거창한 제목처럼 자신이 가졌던 생애의 목표 전체를 요약하여 담았다. 어떻게 문학의 길을 걸었으며, 그 이전에 어떻게 의사의 길을 갔는가를 가감 없이 열어 보인다. 특히 필자를 긴장하게 한 대목은 이광수의 『사랑』과 주인공 안빈이 이 작가를 의과대학으로 인도했다는 지점이다. 좋은 책에서 건전한 영향을 받은, 선한 결정이 아니었을까. 동시에 거기서 지금껏 문학의 끈을 끝까지 붙들고 온 신실함을 함께 감각할 수 있었다.

차덕선의 「유치원 동창」은 20년 전 시카고에서 백화점을 할 때의 이야기로 시작한다. 중년의 남자, 곧 유치원 동창을 만난 일이다. 이 기억은 다음다음으로 우연히 만난 과거 속의 인물들을 떠올린다. 지금 여기, 내가 살아가는 생의 자리는 기실 그러한 과거들의 후속편일 따름이다. 평범하고 일상적인 삶의 현장에서 때로는 기적처럼 경험하는 작은 일들이 우리에게 암시하는 교훈은 무엇일까. 이 작가는 이를 '지구상의 귀한 인연'이라 불렀다.

조형숙의 「솔방울」은 빅베어의 호수 몇 개를 돌아보고 오는 길에, 숲에 떨어져 있는 솔방울 몇 개를 주워 온 것이 글의 모티프다. 지난날 가게를 인수할 때 함께 받은 큰 솔방울 세 개, 그리고 다시 가게를 넘겨줄 때 그냥 두고 온 그 솔방울 이야기로 이어진다. 솔방울의 용도와 효능에 관한 전문성 있는 식견도 함께 펼쳐 놓았다. 이 사소해 보이는 객관적 상관물에 작가의 지난 세월이 여러 모양으로 응결되어 있는 셈이다.

생활 공간, 그 벽을 넘어
― 노기제, 이효섭, 정정인의 수필

노기제의 「오지랖이 넓은 일회용 온정」은 길거리의 노숙자 여인에게 측은지심을 발휘하여 도움의 손길을 건넨, 어떻게 보면 기상천외한 이야기다. 이 작가는 그 '교회 앞 홈리스 레이디'를 보고 눈물바람부터 시작한다. 그리고 실제로 돕기 시작한다. 누가 뭐라 해도 이 팍팍하고 메마른 세상에 참으로 소중한 인간애요 인정주의의 소유자가 아닐 수 없다. 우리 가운데 누가 이런 일을 서슴없이 실행에 옮기겠는가. 그런데 문제는 그 도움이 점차 일상을 불편하게 할 만큼 발목을 잡는 데 있다. 작가는 스스로 '일회용 온정'이라 탄식하며 회피하려 하지만, 거기까지의 선심과 선행만으로도 모두의 상찬을 받기에 부족함이 없다. 그 오지랖은 물색없이 넓기만 한 것이 아닌 터이다.

이효섭의 「추억」은 아내와의 대화를 통해 기억과 추억의 차이를 구명(究明)하는 것으로 글의 문을 연다. 아내의 답변은 "기억은 뇌에 저장된 사실을 찾아보는 것이고 추억은 아름다운 기억이다."로 된다. 연이어 작가가 글의 문면으로 밀어 올리는 추억은 모두 생일 축하에 관한 일들이다. 특히 아내의 60세 생일에 가족과 '가족 같은' 친지 50명을 모아 깜짝 파티를 여는 장면은 흔연하기 이를 데 없다. 그 복된 마음의 자리, 곧 추억의 자리다.

정정인의 「지금 GG길은」은 작가가 몸을 두고 살아가는 지역 환경을 서술 대상으로 한다. 그리하여 GG 곧 가든 그로브 시(市)의 풍경, 베트남인 타운과 한인 타운의 풍속도를 그리고 있다. 통계수치를 동원하여 이를 정치하게 서술해 보이면서 그 바탕에 잠복해 있는 발생론적 구조와 두 나라 사람들의 심리적 동향까지 추적한다. 사실적 환경의 재료가 어떻게 한 편의 수필이 될 수 있는가를 잘 보여 주는 사례다.

유명(幽明), 가장 엄중한 구분
— 라만섭, 지희선, 이정길의 수필

라만섭의 「모르고 왔다가 모르고 간다」는 이름 있는 사람들이 이 세상에서 유명을 달리하며 남긴 말들을 알뜰하게 수집하는 수고를 감당했다. 이 글은 이를테면 삶과 죽음에 관한 원론적 문제 제기를 전제로 한다. 사람은 누구나 어디서 왔는지를 모르고 어디로 가는지도 모른다. 그 공수래공수거의 방식이 '자연의 이치'라는 결론에 이르는, 매우 정색하고 쓴 생사관(生死觀) 담론의 글이다.

지희선의「오늘은 내 생일」은 자신의 생일에 얽힌 어머니와 외할머니의 과거사를 돌이켜 보면서, '60여 년 전 한 겨울밤'을 글의 소재로 불러왔다. '다시는 오지 않을 그날, 그 시간, 그 장소'에 결부된 이야기는 누구에게나 공감을 불러오기가 용이하다. 내 생일에 견주어 두 어머니의 죽음을 반추하는, 비교와 대비의 의미가 그 속에 있다. 단순한 가족사를 넘어 삶과 죽음의 깊고 진진한 의미를 탐색하려 했다.

　이정길의「반쪽을 여의고 1. 슬픔」은 실로 숙연한 마음으로 읽을 수밖에 없는 글이다. 작가는 아내의 죽음과 그에 따라 무너진 자신의 심경을, 아무런 여과 없이 그대로 토로했다. 그는 그 어떤 위로의 말도 도움이 되지 않았다고 썼다. 이처럼 엄혹한 상황에 당착했을 때 그를 아는 사람들이 할 수 있는 일은 무엇이 있을까. 그를 바라보아 주는 것, 그가 스스로 입을 열도록 기다려 주는 것, 그리고 이처럼 아픈 상흔의 글을 말없이 읽어 주는 것이 아닐까.

삶의 현장, 문명적 인식
　— 이성숙, 이원택, 주숙녀, 최미자의 수필

　이성숙의「현재만이 자신의 가치를 만든다」는 현재, 곧 지금의 가치를 역설하는 글이다. 그는 "과거는 현재를 변명할 도구가 되지 못한다."라고 단호히 규정한다. 그 예화로 영화「국제시장」을 들고 그에 대한 감상을 병기했다. 현재만이 자신의 가치를 만들기 때문에, 마침내 "신명나게 살아 보는 수, 그 수밖에 없다."라는 것이 작가의 결론이다. 삶의 현장에 적용되는 구체적인 '현재'론이다.

　이원택의「Ticket(매표) 다방」은 한국 사회의 근세 문화에 큰 영향을 끼친 '다방'에 관한 공간문화론이다. 더욱이 지역사회의 다방이 이른바 '티켓 다방'이 될 수밖에 없는 환경과 운영 행태에 대해 실제의 예를 들어 설명한다. 물론 이러한 다방의 존재 양식에 긍정적인 측면이 우세할 수는 없다. 하지만 아픈 곳이 많은 과거의 시대를 내다버릴 수 없으며 그 가운데 애잔한 감상 또한 없을 수 없다. 문명한 시대의 눈으로 과거의 다방 문화를 되돌아본 글이다.

주숙녀의 「문명의 통증」 또한 문명적 현실과 문명의 이기에 관한 주제론의 글이다. 특히 전화 받기와 관련된 작가의 체험을 통해 문명이 우리 삶에 미친 여러 영향을 설득력 있게 들려준다. 더 나아가 그 문명 해석의 잣대를 삶의 본질이 무엇인가를 묻는 질문에까지 잇대어 본다. 어떻게 이 시대를 살아야 하는가는, 어쩌면 어떻게 이 문명의 시대를 감당해야 하는가라는 말과 동의어인지도 모른다.

최미자의 「Wild Goose Dreams(기러기 아빠의 꿈)」은 샌디에이고 다운타운 근처의 한 극장에서 연극을 보고 온 후감으로, 비교적 길게 쓴 글이다. 공연장에 이르기까지의 여러 장면, 그리고 공연장에 얽힌 이야기와 영어 연극에 대한 우려 등이 먼저 서술된다. 그리고 공연의 전개와 그에 대한 비평적 감상 등이 이어지고, 그것이 얼마나 기쁘고 자긍심을 갖게 했는가를 말한다. 한편의 좋은 연극을 보고 쓴 이와 같은 글은, 먼저 그 연극을 값있게 하는 동시에 그것을 글감으로 한 소재적 차원의 유익을 함께 불러온다.

환상성의 담화와 공감
— 김태영의 동화

김태영의 동화 「날아라 체리」는 이 작가가 즐겨 사용하는 환상성의 기법을 다시 적용하고 있다. 그의 동화에서 동심을 곱게 간직하고 있는 아이는 언제나 물고기와 같은 동물과 직접적인 대화가 가능하다. 그리고 대체로 객관적인 환경에 따라 아이의 상대역인 동물이 어려움에 처하고, 종국에는 그 어려움을 함께 넘어섬으로써 인간과 동물이 아름답게 소통하는 동화의 세계를 그리는 방식이다. 더욱이 그 과정에 많은 사람들의 주목을 끌어오고 그것이 하나의 사건으로 증폭되어, 절대다수의 사람들이 문제 해소의 감동을 함께 나눈다. 이와 같은 동화의 패턴에 익숙한 작가가 김태영이다.

이 소설 또한 그 패턴을 준용하여 일정한 성과를 거양한 형국. '토니'라는 평생 휠체어에 의지해서 살아야 하는 아이, 그 아이가 어항 속에서 기른 물고기가 체리다. 그런데 체리는 '피래미' 크기에서 점차 몸이 자란다. 작은 어항에서 큰 어항으로, 다시 수족관과 마당의 큰 연못으로 공간을 옮겨 주었지만 감당이 되지 않는다. 마침내 토니는 체리의 소원대로 피스모비치에 놓아준다. 7월 4일 독립기념일 낮 12시에 거기서 다시 만나기로 약속하고. 그런데 이 사건을 온 세상 사람들에게 공지하고 두 '친구'의 재회 현장을 중인환시리에 공표하는 것은 작가의 솜씨다. 동화의 세계에 묻힌 은밀한 이야기가 아니라 많은 사람들이 공감하고 기뻐하는 이야기로서의 글쓰기가 그의 바람인 듯하다.

추리소설의 기법과 반전
— 곽설리의 소설

곽설리의 소설 「투명한 화장」은 '피부 스페셜 케어'와 메이크업 일을 하는 여자의 이야기다. 작품의 중심인물인 이 여자를 소설의 표면으로 부양하기 위하여, 작가는 여러 모양의 전문적 식견을 준비하고 동원했다. 우선 여자가 직업으로 하고 있는 일에 대한 전문성이다. 그냥 관련 지식을 수거하고 축적하는 데 그치는 것이 아니라, 소설의 제목처럼 '투명한 화장'에 이르는 절목들을 세심하게 매설한다. 화장의 효능에 대한 긍정적이거나 부정적인 대목, 화장에 집착하는 사람들의 심리 상태, 그리고 경락의 전문용어까지. 이 재료만으로도 하나의 소설적 맥락이 형성될 듯하다.

그다음으로 작가가 주목하고 있는 항목은 고리 사채라는 깊고 질긴 덫에 관한 것이다. 인간의 경제활동, 특히 그것이 자본의 집중과 그 폐해를 말하는 요목에 도달했을 때 독버섯처럼 돋아나는 몰상식의 극치임을 소설적 이야기로 풀어 보인다. 부의 편중 현상, 부익부 빈익빈의 논리에 탈법과 기만 그리고 위협과 폭력이 개재된 극악의 사회 현실이다. 한국이거나 미국이거나를 막론하고 그 상황의 고질적이고 악질적인 면모는 다를 바가 없다. 문제는 사진작가이며 이 소설의 중심인물인 여자의 동업자 '폴'이 그 덫에 걸렸다는 사실이다. 이렇게 해서 피부 케어와 고리 사채는 자연스럽게 한 묶음의 소재가 된다.

이 소설은 폴의 실종과 그 실종을 역추적하는 추리소설의 기법을 원용하고 있다. 동업자인 그의 실종이 얼마나 여자를 애타게 하는가를 천연덕스럽게 서술하던 작가는, 소설의 결미에 이르러 그 원인 행위에 여자가 개입되어 있었다는 전혀 새로운 국면을 이끌어 낸다. 짐짓 여자 자신이 이를 모르고 있었던 것처럼 의뭉스러운 표현의 방식으로. 폴과 사채업자를 연결시켜 준 것도 여자였고, 그 바탕에는 그를 동업자로 해서 피부 케어의 문을 열어야 한다는 현실적 절박함이 있었던 것이다. 더 놀랍기로는 여자에게 폴을 잡아 두고 싶었던 심정적 경사가 함께 있었던 터인데, 이 고백은 소설의 대단원이 되어서야 드러난다.

그들은 여자에게도 압력을 가해 왔다. 여자에게도 돈을 물어야 할 책임이 있다고 뒤집어씌웠다. 궁지에 몰려 있던 폴에게 어서 함께 살롱을 열자고 사채업자들의 전화번호를 가르쳐 주었던 것도 실은 여자였다. 여자는 살롱을 열고 싶었다. 돈과 사랑을 모두 단숨에 얻고 싶었다.

— 곽설리, 「투명한 화장」에서

산뜻하게 잘 짜인 소설이다. 기법으로 사용한 추리소설의 방식은 경우에 따라 강점이 되기도 하고 단처가 되기도 한다. 이 기법으로 인해 일과 사랑에 대한, 그리고 사채업자들과의 관계에 대한 마무리의 장면 전환이 조금 급박하고 덜 정교하다는 후감이 남는다. 하지만 전체적인 면모는 이야기의 재미와 소설적 조직력이 조화롭게 만난 작품이다.

성경과 소설의 대위법
— 문인귀의 소설

문인귀의 「아브라함의 칼」은 괄목할 만한 미주 소설의 수작이다. 이 소설의 화자는 이소(Esau), 곧 성경의 에서다. 성경의 기록대로 그는 아브라함의 손자요 이삭의 아들이며, 동생 야콥 곧 야곱에게 장자권을 빼앗기고 가문의 수장이 되지 못한 채 살아야 했던 비운의 인물이다. 소설은 바로 그 이소의 시각으로 가족 간의 관계와 그에 결부된 기쁨 또는 슬픔을 요령 있게 서술해 나간다. 성경의 예화를 차용해 왔으되 그 위세에 침몰되지 않고, 인간적인 생각의 흐름을 보여 주되 속되지 않은 글쓰기의 품격이 이 작품의 문면을 채웠다.

미상불 성경의 논리는 우리가 상식으로 받아들이는 인간사의 논리와 다르다. 실제적인 장자이며 모든 능력이 더 뛰어난 에서가 아니라 야곱에게 여호와의 의지가 주어지는 것을 어떻게 해석해야 할까. 종교적 믿음이란 모름지기 그것이 납득되지 않는 인본주의적 태도를 버리고 순종이 곧 축복이라는 신본주의적 태도를 따라가는 것이 아닐까. 우등생의 모범 답안과도 같은 이 주의 주장을 하나의 신념으로 밀고 나간다면 거기에 대적할 자는 아무도 없다. 그것이 종교적 신실함의 세계다. 하지만 문학의 시각은 다르다. '모든 예술은 자연에 대한 반역'이라는 언표가 있거니와, 그렇게 선험적으로 주어진 명제에 인간중심주의의 반론을 들고 나오는 것이 문학이기 때문이다.

그런 점에서 에서의 항변을 앞세운 이 작가의 상식과 객관론은 좋은 소설적 구도를 견인한다. 만약 그 항변이 조리 정연하지 못하거나 문학적 향취를 결여하고 있다면, 이 소설은 그저 그런 하나의 소출에 그치고 말았을 것이다. 공들여 정독하며 읽은 소설의 세항들은, 담화 주변의 조사와 그것을 작품으로 치환하는 기량을 돋보이게 했다. 아무리 좋은 재료를 가지고 작품을 만든다고 해도 그것을 다루는 장인의 손길이 허약하면 그다지 볼품이 없을 터. 이 소설은 그러한 우려를 씻어 주었다. 또 있다. 만약 에서와 야곱의 대립 및 갈등으로 끝났다면 그다지 감응이 없을 이야기를 한층 다른 차원으로 끌어올린 공력이 있었다.

할아버지의 마이켈렛은 그렇게 야콥의 손으로 건네졌습니다. 저는 홀가분해진 마음으로 동생과 부둥켜안고 작별을 했습니다. 헤어지면서 쳐다보는 야콥의 뺨에 흐르는 눈물에 달이 흐르고 있었습니다. 언젠가는 꼭 다시 봐야 할 텐데……. 그렇게 저희는 헤어졌습니다. 할아버지 가슴에 흐르던 물소리를 가슴에 나누어 담은 채.

— 문인귀, 「아브라함의 칼」에서

반목과 투쟁을 반복해 온 인류의 역사를 화해와 관용으로 치환할 모범으로서 획기적인 장면이다. "할아버지 가슴에 흐르던 물소리"와 같은 감각적 표현은 오래 시를 써 온 문필이 아니면 형용하기 어려운 수사이기도 하다. 이 소설을 읽고 필자는 이러한 작품을 이러한 방식으로 계속 써 달라고 작가에게 권유하고 싶었다.

문화 공감과 소통의 글쓰기

—《미주문학》 2017년 겨울호를 중심으로

문학이 이끄는 깊고 은근한 힘

2017년에서 2018년으로 시대의 경점(更點)이 바뀌는 기간은, 한국 국민에게는 매우 힘든 국면의 연속이었다. 이는 한반도에 삶터를 두고 있는 이들은 물론 재외국민의 경우에도 마찬가지였고, 그동안 본 적 없었던 역사의 격랑을 충격적으로 목도해야 하는 상황에 침윤할 수밖에 없었다. 문학이 삶의 고통을 넘어서 인간의 정신과 영혼의 영역에 이르기까지 그 치유의 능력을 발휘하는 것이라면, 이러한 때일수록 예술의 한 분야로서 문학이 가진 효용성이 빛난다. 문학은 한 번의 처방으로 문제를 해결하는 특효약은 아니지만, 우리 삶의 바닥에서부터 천천히 극복의 의지를 이끌어내는 깊고 은근한 힘이다.

특히 8만 리 태평양 건너 미국에서 모국어로 글을 쓰는 문인들과 그 작품에 대한 탐색은, 작품이 가진 액면 이상의 가치와 효용성을 가진다. 이중 문화와 이중 언어의 곤고함 속에서 꽃피운 운문과 산문의 문학작품들은, 예술적 성취를 가늠해 보기 이전에 그 소출 자체로서 하나의 미덕이 되는 형국이다. 민족 문화의 보배와 같은 텃밭이 거기 있는데, 그동안 한국문학은 그 생장을 잘 돌보지도 못했고 그 수확을 잘 거두지도 못했다. 이들이 보여 준 삶과 의식의 기록들은 어쩌면 흙 속에 묻힌 옥석과도 같다. 동시에 글로벌 시대 한민족 디아스포라 문학의 구체적 자산이기도 하다.

이들의 글을 공들여 읽으면서 떠오른 핵심어는 '문화 공감'이다. 이 어휘에는 문화의 시각으로 세상을 읽는 방식과 이에 근거한 소통의 글쓰기에 대한 인식이 함께 결부된다. 우리는 이를 창의적인 인문학이라 호명할 수 있다. 2017년 겨울호 계간《미주문학》에는 동화 1편, 수필 14편, 소설 4편의 산문이 수록되었다. 이 작품들이 각기의 관점과 음색, 각기의 빛깔과 문양으로 드러내는 다층적 사유들은 쉽게 공감할 수 있는 대목도 있고 오래 숙고해야 하는 부분도 있다. 그러나 그와 같은 글쓰기와 글 읽기의 소통이 지속적으로 이루어진다면, 그 문화 공동체는 건강한 것이다. 그리고 그에 동참하는 행위는 기쁜 일이다.

지적 사유와 성찰의 표현
— 김학천, 박하영, 주숙녀의 수필

김학천의 「가시나무 새」는 새에 관한 하나의 예화를 서두에 풀어놓고 그로써 인생을 기울여 집중할 만한 일의 의미를 천착한 글이다. 종신형을 받은 죄수가 평생을 독방에서 살면서 카나리아 새 한 마리를 만나고, 마침내 '새 박사'가 되기까지의 과정을 가감 없이 보여 준다. 연이어 그보다 더 감동적이고 슬픈 사연을 가진 가시나무 새의 담화를 가져오면서

'필요치 않은 것 꼭 쥐고 사는' 우리 삶에 대한 탄식을 덧붙였다. 객관적 자료와 글쓴이의 생각이 조화롭게 만난 사례다.

박하영의 「호르몬의 정의」는 인터넷 검색을 통해 습득한 호르몬에 관한 연구들을 먼저 펼쳐 보인다. 특히 남녀가 서로 사랑하는 일조차 호르몬의 작용에 지배받는다는 논리를 통해, 인체의 자연적 현상과 인간의 이지적 판단 사이의 거리를 가늠해 본다. 그런데 이 숱한 생각들 가운데서 이 글의 저자는 명료한 자신의 주관, 인생에 있어서의 '책임과 의무'를 붙들고 있다. 세상을 살면서 이성적 세계관이 미더울 때는 바로 이러한 때다.

주숙녀의 「박수 소리이고 싶다」는 '박수의 인문학'이라 할 만한 박수론이다. 웃음을 두고도 파안대소, 앙천대소, 포복절도, 요절복통 등 온갖 형용이 있거니와 박수에 있어서도 여러 모양과 소리가 분분하다. 이 글의 저자는 자신이 "그 누구에게 보내지는 우렁찬 박수 소리"이고 싶다고 술회한다. 그는 "갈채를 보냈다는 것은 실제적으로나 심리적으로나 이상적인 미의 실현을 보는 혜안을 가졌다는 것"이라고 정의한다. 다른 사람의 작은 일에도 박수를 쳐 주면서 넉넉한 마음으로 살고 싶다는 그 마음가짐은, 기실 거꾸로 모든 이에게서 박수를 받을 만한 태도가 아닐까한다.

삶이 우리에게 가르치는 것들
— 노기제, 이신우, 이재수, 이효섭의 수필

노기제의 「생각 없이 뿌린 씨」는 나이 50이 된 조카에게 오래전에 헤어진 아들을 찾아주는 이야기다. 헤어지기까지의 형편이 별반 좋지 않았듯이 찾기와 찾은 후의 사정도 그다지 수월하지 않다. 인생사의 여러 곡절이 함께 등장하면서 마침내 글쓴이의 생각이 하나의 귀결점에 이른다. 자신이 20대 후반의 한순간에 만났던, "무너지고 변하고 사라질 수 있는 그런 믿지 못할 존재가 아닌, 확실한 존재. 믿어도 되는 존재. 변하지 않는 존재. 내가 마음 놓고 조카 녀석에게 소개할 수 있는 나의 하느님"이다. 이와 같은 우등생의 모범 답안으로 밀고 나간다면 세상에 당할 자가 없다. 동시에 그 생각의 주체에게는, 비록 그것이 주관적이라 할지라도 세상에 다시없는 행복론의 표현일 것이다.

이신우의 「붓(筆) 가는 대로 마음 가는 대로」는 어린 시절부터 편지를 써 온 저자의 체험을 내놓으면서 시작한다. 그렇게 편지 곧 글을 쓰며 살아온 삶의 이력이 거기에 있다. 읽기와 쓰기의 의의, 그리고 그것이 글쓴이의 삶에 미친 영향이 다양하게 검토된 다음, 어떤 글을 써야 할지에 대한 반성적 성찰이 뒤따라온다. 그리고 글의 말미를 "그냥, 붓 가는 대로, 마음 가는 대로 쓰고 세월 가는 대로 따라갈까 보다."라는 진술로 열어 두었다. 그런데 이 "붓 가는 대로" 쓰기가 문학의 한 장르로서 수필이 가진 성격적 특성임을 염두에 두고 보면 이 글은 결국 좋은 글쓰기를 위해 심도 있는 고민을 동반한 셈이다.

이재수의 「덤으로 살아가는 인생」은 먼저 38세에 거의 무일푼으로 이민 와서 온갖 노력 끝에 모텔을 운영해 본 저자의 경험을 서술한다. 이민자의 적응과 그 세상살이는 결코 손쉽지 않았고, 그 생애의 이력을 증거하듯이 몸에 생긴 병도 만만치 않았다. 다행히 고비를 넘기고 보니 그야말로 '덤으로 사는 인생'인 터이다. 이 글은 무엇보다도 이렇게 진솔하게 자기 고백을 할 수 있는 용기가 앞서야 하고 그 용기는 또한 스스로의 운명을 감당할 수 있는 자기 확립이 수반되어야 가능하다. 그 인생의 여로에 마음을 다해 힘껏 응원을 보낸다.

이효섭의 「비석(묘비)」은 매일 출근하는 도로 옆의 천주교 묘지공원을 바라보며, 삶과 죽음의 공존에 대해 생각하는 글이다. 저자 자신이 이 일의 언저리를 잘 아는 일을 해 온 탓이겠지만, 묘비와 죽음의 문제를 관찰하는 시선에 남다른 깊이가 있어 보인다. 지금 자신이 바라보는 묘지와 비석에 대한 느낌, 그리고 백년 후 아직 이 세상에 오지 않은 후손들이 우리의 묘지를 찾아올 때 갖게 될 느낌을 견주어 보는 일은 그냥 스쳐 지나가 버릴 수 있는 가벼운 감상이 아니다. 그러기에 저자는 묘비들에서 인생을 만나고, 인생을 배운다고 적었다.

눈을 들면 어디에나 진경
— 민원식, 이정길, 정정인의 수필

민원식의 「구아바 향기 예찬」은 이른 아침 집안을 채운 구아바 과일의 향기를 설명하면서, 그 향기에 대한 과거의 기억을 떠올린다. 과일이나 꽃의 향기가 그 색상마다 어떻게 다른 유형을 보여 주는가를 말하면서, 동시에 인간 개개인이 가진 고유의 개성 또한 그와 같다는 논의를 이끌어 온다. 더 나아가 티브이 시사 뉴스에서 본 한 할머니의 생애가 아름다운 사랑으로, 고귀한 향기로 전해진 그 목격담에 이른다. 결국은 '사람'이다. 소박한 자연의 경물에서 시작하여 진진한 인생의 깨우침을 발굴하는 것이 이와 같은 글의 묘미다.

이정길의 「겨울-눈」은 겨울의 추위와 그것을 넘어서는 상징으로서의 나무들, 그리고 눈 덮인 풍경의 예찬에까지 그야말로 계절론이다. 저자는 함박눈을 가장 좋아한다고 말하는데, 그 간소한 언술의 뒤편에는 눈에 연관된 숱한 추억들이 잠복해 있다. 그리고 문득 지리산 천왕봉의 설경을 불러 온다. 이역만리 먼 곳에서 이 글을 쓰면서 두고 온 산하의 눈 풍경 가운데서도 지리산의 겨울을 잊지 않았다면 그는 정이 깊고 따뜻한 사람이다. 눈이 드문 곳에서 사는 형편이기에 이 대비는 더욱 선명하다.

정정인의 「GG길의 한국 식품 마켓」은 한국인들이 마음 풀고 북적이는 곳, 갓 이민 와 타국이 설은 저자에게 조국과도 같았던 한국 식품점에 관한 글이다. 이 글은 가든 그로브 길(GG)에 있는 A 마켓에 대해 매우 상세하게 그 실황을 서술하고 있다. 그리고 실제로 식품을 고르는 자신의 경험담이 그 가운데 있기도 하다. 한국 식품점과 비교하여 베트남인들의 장사 습성도 함께 보여 준다. 우리 주변의 평범한 일상 속 어디에나 그 바탕을 채운 진경이 숨어 있다 할 것이다.

생각의 깊이를 더하는 여로
— 김재동, 조형숙, 지희선, 최미자의 수필

김재동의 「별이 숨어 버린 세상」은 북유럽 여행을 다녀온 후감의 기록이다. 40년간의 내과 개업을 접고 은퇴한 기념 여행이었다. 북극 가까이 위치한 곳이라서 "밤하늘에 무수히 반짝일 별들의 잔치"를 기대했으나, 그 기대는 산산조각이었다. 어린 시절 고향에서 올려다보던 밤하늘의 그 별들은 찾을 길이 없다. 그러기에 더욱 "자연은 분명 우리에게 행복을 가져다주는 좋은 친구요 축복"이다. 이 엄중한 인식에 도달할 수 있는 사유의 깊이는, 어쩌면 각박하고 삭막한 세상을 이기는 힘이 될지도 모른다.

조형숙의 「사계절을 만난 하루 이야기」는 LA에서 맘모스로 여행을 다녀온, 하루 동안 여러 계절을 만난 체험의 글이다. 한 지역의 여행에서

사계절을 함께 만날 수 있다면 이는 축복에 해당하는 일이겠으나, 막상 그 계절들을 가로질러 다니는 일은 쉬울 리가 없다. 저자는 여기에서 비, 눈, 바람, 공기, 온도를 변화시키는 창조주의 전능을 감각한다. 그 계절과 기후의 풍요로움, 찬바람에 제자리를 지키는 나무들의 참을성, 그렇게 짧은 여행에서 많은 것을 배운 하루다.

지희선의 「산길」은 마치 시와 같은 산문이다. 서사는 산길에 대한 생각의 전개인데, 그 형식은 시행의 배열을 따랐다. 등산로의 산길과 인생길의 병렬은 이런 경우 빠질 수 없는 재료에 해당한다. 글 가운데 이준관 시인의 시 「구부러진 길」이 매설되어 있기도 하다. 인생의 여로를 산길에 비유하는 오랜 습속을 따라 여기 이 짧은 시와 같은 산문에서 또 하나의 인생길이 얼굴을 내밀었다.

최미자의 「무서운 아이들」은 미국 공휴일인 노동절에 컬럼비아강 협곡의 폭포 근처 숲속에서 일어난 큰 산불에 대한 이야기로 시작된다. 열다섯 살 소년이 폭죽놀이로 산불을 일으킨 사건이다. 저자는 이러한 아이들을 '무서운 아이들'로 지칭한다. 행위는 사소한 것이나 그 사회적 여파가 너무 엄청나기 때문이다. 그와 더불어 정의롭고 책임 있는 젊은이들에 대한 생각을 함께 해 본다. 뒤이어 그 지역으로 다녀온 여행 이야기와 함께 '시민 정신'에 대한 자각으로 글을 맺는다. 여행길마다 생각이 있는 것이 아니고, 생각이 깊은 곳에 여행의 교훈이 있다.

기억력의 퇴색과 마주서기
— 김영강의 소설

연륜이 늘어 갈수록 쇠퇴해지는 인지 능력 또는 기억력의 문제는 모든 사람이 겪는 보편적 형벌이다. 더 나아가 분별력 자체가 와해되기 시작하는 치매 현상은 참으로 난감한 질병이 아닐 수 없다. 그래도 건망증과 치매는 다르다. 김영강의 소설「사라지는 별들」은 바로 그 건망증이 어느 부부의 일상적인 삶에 나타나기 시작하면서 전개되는 소소한 갈등의 이야기다. '남편'은 '경자'가 열쇠를 잃어버린 걸 두고 70이 넘은 나이에 급기야 이혼까지 들먹인다. 안경도 잃어버리고, 냄비도 태워 먹고, 다른 사람의 핸드백을 들고 오기도 하고, 아무튼 전과가 화려하다.

친구들이 모여 "이게 치매니? 건망증이니?" 하고 쏟아 놓는 이야기들에 비하면 경자는 그리 중증은 아니었다. 한 친구는 마켓에서 계산까지 다 끝내 놓고 야채, 과일 등 물건이 잔뜩 담긴 카트를 남겨 놓은 채 빈손으로 집에 온 적도 있었다.

열쇠를 어디에 놓았는지를 몰라 헤매면 그건 건망증이고, 열쇠를 손에 쥐고 "이게 뭐하는 것이지?" 하고 요리조리 살피면 그건 치매란다.

— 김영강, 「사라지는 별들」에서

경자의 열쇠는 곧 찾을 수 있었다. 경자의 잘못이 아니었다. 남편이 그 키로 문을 열고 창고 정리를 한 다음 자신의 작업복 바지 주머니에 넣어 둔 것이었다. 세월 앞에 장사가 없다는 말도 있지만, 70년 연륜을 넘긴 이 부부는 결국 같은 건망증의 주인공이 되고 있었던 것이다. 그 소설의 이야기에 공감하는 세대가 어디까지인가는 개인적 편차가 작용하겠으나, 최소한 필자의 경우에는 그리 멀지도 낯설지도 않은 형편이다. 더불어 동병상련의 안도감조차 없지 않으니, 소설이 공감을 촉발하고 독자를 위무하는 방식도 참 여러 가지인 셈이다.

지나온 풍경 속 공동체의 기억
— 손용상의 소설

　손용상의 소설 「꼬레비의 병촌(兵村)」은 미국 이민 사회에서 쓰였으나, 그 창작 환경의 구도는 한국 사회가 산업화 시대를 관통하며 감당한 해외 건설 현장의 이야기를 되살려 내는 데 있다. 작가는 소설의 서두에 주를 달아, 사우디아라비아 북부 지역 공사 현장에서의 에피소드 한 토막을 잘라 픽션을 섞어 형상화했다고 밝혀 두었다. 다음은 도입부에 프롤로그라는 이름으로 제시된 글의 한 부분이다.

　　돌아보면, 당시 공사 규모가 1억 달러가 훨씬 넘은 만큼 모든 시설 장비의 출입, 사람들의 먹고 자는 일 등등 모든 것이 장난이 아니었다. 그래서인지 매일 1천여 명 이상이 들끓는 현장과 숙소를 지휘하고 통제하는 현장 소장은 가히 군대로 치면 실제로 군대 연대장 이상의 파워를 가지고 있었다. 그리고 그곳에서 일하는 임직원들은 장교(將校) 내지 하사관이었으며 기능직 인력들도 각각 전문 기능을 가진, 말하자면 잘 훈련된 병사(兵士)들과 같았다. 매일매일 새벽부터 일과를 진행하는 것도 실제 전투와 다름이 없었다. 그래서 나는 이 소설을 풍자화하여 〈'꼬레비의 병촌(兵村)'의 새벽〉으로 제호(題號)를 달았다.

　　　　　　　　　　　— 손용상, 「꼬레비의 병촌」 프롤로그에서

　소설의 제목은 작가의 설명보다 축약되었지만, 건설 현장이 왜 병촌이 되는가를 잘 일러 준다. 현장 지휘자인 소장을 비롯하여 목공 반장, 일반 노무직, 서양인 감독관들 등 여러 인물이 등장하여 그 현장의 복잡다단한 면모들을 드러내 보인다. 고국에서 온 편지에서부터 감독관들과의 충돌에 이르기까지 다양한 풍경들이 현장의 실상을 매우 사실적으로 전달하고 있다. 다만 그 충실한 리얼리티를 재미있고 질서 있게 통어하면서 소설적 긴박감을 형성할 이야기 구조의 부재가 아쉽다면 아쉬운 느낌이다.

시공을 넘어서는 모성의 힘
— 연규호의 소설

퇴근길의 길가에서 '고향화원'이라고 한국말로 쓴 글자를 발견하면, 무조건 차를 멈출 수밖에 없을지도 모르겠다. 연규호의 소설 「어머니의 냄새, 그리고 맛」의 화자는 그렇다. 여기 리버사이드의 가을, 고향의 가을, 시골집, 그리고 어머니와 같은 상념들이 한꺼번에 다가서는 경험이 화자에게 일어난다. 이럴 때의 소설은 생활기록문과 체험적 범주 자체가 잘 분간이 가지 않는다. '나'는 그 화원에서 석류 두 개를 얻었다. 아내, 그리고 어머니의 느낌이 거기 있다. 그런데 알고 보니, 그 화원의 주인은 '나'의 오랜 지인이었다. 26년 전 강원도 원통에서 군의관으로 근무하고 있을 때 돌보았던 '김시습 이병'이었던 것이다.

소년, 김시습은 남들보다 감정이 순수하고 상상력이 있었다. 어머니가 해 준 된장, 청국장과 상치, 오이, 가지 등에 대한 아련하고 즐거운 추억이 그의 대뇌에 차곡차곡 기억으로 저장돼 있었다.

된장 냄새를 맡으면서 기억 속에 있던 그 추억들을 하나하나 꺼내어 즐기는 것이 그의 행복이었다. 그러기에 그는 시(詩)를 쓸 수 있었다.

된장국, 청국장, 오이, 가지, 상치 나물들은 그가 시를 쓰거나 수필을 쓰는 데 아주 충분한 소재들이었다. 그는 이 글 속에서 어머니의 사랑을 마치 터질 듯한 석류처럼 표현했는데, 이토록 글을 쓰는 동안 어머니를 잃고 난 우울증에서 치료가 됐었다.

— 연규호, 「어머니의 냄새, 그리고 맛」에서

그 원통의 P 사단에서 김시습 이병이 만난 은인 강 중위가 곧 이 소설의 화자다. 오랜 세월을 건너뛰어 미국에서 강 중위를 다시 만난 김시습의 고질병은 점차 가라앉는다. 중요한 것은 그 어머니와 고향의 맛 또는 냄새는 김시습에게만 삶의 치유제가 되는 것이 아니라, '나'에게도 마찬가지의 효험이 있다는 사실이다. 이러한 사실을 일깨움으로써 '나'와 김시습이 동일하게 새로운 삶의 활력을 회복할 수 있다면 이는 복된 일이다. '나'는 어느 결에 '병만 고치는 의사가 아니고 사람을 만드는 의사'로 격상되어 있다. 작가는 자신이 가진 의사로서의 전문성을 통하여 '뇌 속의 해마(海馬, hippocampus)'라는 의학적 해명도 함께 결부해 두었다.

이토록 곤고한 '남자의 일생'
— 최문항의 소설

최문항의 「마침표」는 미국 이민 사회에서 온갖 험악한 일을 당하며 살아가는 한 남자의 이야기다. 남자의 이름은 '인수'이고, 먼저 함께 어울려서 장사하러 다니던 한국 사람들 가운데 제일 나이 어린 '영수'가 멕시칸들에게 강도를 당하는 일의 목격자가 되면서 이야기가 시작된다. 이들이 사는 곳은 LA에서 좀 떨어져 있는 노갤러스 스왑밋이라는 지역이었고, 사건 이후에는 그로부터 한참 동쪽에 있는 엘파소에 자리를 잡았다. 이들의 사업이 궤도에 오르게 되고 영수는 '민영'이라는 여자와 결혼도 한다. 그러나 다시 강도를 당하여 재물을 약탈당하고 영수는 신체 기능이 마비된 불구자가 된다.

어느덧 겨울이 지나가고 꼬박 한 해를 병상에 누워 있던 영수가 만물이 소생하는 이른 봄에 퇴원했다. 영수는 긴 한숨을 내쉬었다. 이제 나는 민영에게 무슨 가치가 있는 사람인가? 그냥 참고 살아가기에는 너무 젊지 않은가? 그냥 모든 것에 화가 날 따름인데 어디서부터 이 말을 시작해야 하나?
— 최문항, 「마침표」에서

영수의 이 광폭한 분노는 일찍이 최인호가 쓴 「깊고 푸른 밤」의 관념적 분노와 닮아 있지만, 그 생성 과정과 반영 양상은 전혀 다르다. 이 분노는 생활의 실제적인 현장에서 피해자로서 발현된 것이고, 그 해결의 방책도 결국은 살상에 이르는 처절한 복수극으로 귀결된다. 영수는 가해자 멕시칸의 집으로 찾아가 이를 초토화시키고 자신도 자동차 폭발의 화염 속으로 사라진다. 이 한 편의 영화 같은 복수극에는 조금도 인정의 기미나 관용의 여유가 없다. 그만큼 곤비한 한 남자의 일생을 다루고 있다는 의미다.

동물의 눈을 빌려 온 동심
— 김태영의 소설

김태영의 「할리우드 블러바드」는 할리우드 길거리에서 노숙자 '찰스'와 함께 살아가는 강아지의 눈으로 세상을 보는 이야기다. 작은 강아지

'나'가 목격하는 세상은 꼭 어린아이의 눈에 비친, 외형만 이해가 되고 내면은 잘 알 수 없는 정도에 이르러 있다. 동물의 눈으로, 동심으로 본다는 것은 바로 그 뜻이다. 영화 「라라랜드(La La Land)」의 촬영이 있던 날 찰스는 과로로 쓰러진 배우를 대신하여 역할을 수행하고, '나'도 함께 춤을 춘다. 결과는 성공적이어서 많은 이들의 칭찬을 얻는다. 어렵지 않고 복잡하지 않고 재미있는 이야기의 구성이다. 다만 이 표면적 이야기가 암시하거나 촉발하는, 보다 다른 차원의 담론이 잇대어져 있지 않을까 하고 두리번거리게 하는 아쉬움이 있다.

미주 산문 문학의 다기한 내면 풍경

— 《미주 문학》 2017년 가을호를 중심으로

동심이 우리에게 가르치는 소중한 것

중년의 피터팬이 네버랜드로 귀환하는 이야기를 담은 영화 「후크」는 스티븐 스필버그 감독의 작품이다. 지금은 세상에 없는 배우 로빈 윌리엄스를 비롯하여, 더스틴 호프만과 줄리아 로버츠 같은 월드 스타들이 출연한다. 세속의 일상에 침윤하여 나는 방법을 잊어버린 피터가 다시 창공으로 박차고 오르는 것은 아이들에 대한 행복한 생각을 붙들었을 때이다. 그렇게 동심의 아름다움과 가치를 새로운 방식으로 발굴할 수 있기에 그는 놀라운 감독이다. 동화가 단순히 어린아이들만의 몫이 아니라 어른들에게도 소중한 까닭이 거기 있다.

김태영의 동화 「괜찮아 걱정 마」는 '험피'와 '로지'라는 두 마리 거북이에 대한 이야기이다. 미국 캘리포니아 산타모니카의 바닷가에 사는 이한 쌍의 친구는 사소한 다툼으로 헤어지고 심지어 생명이 위험해지기까지 한다. 특이하게도 등 속에 돌을 집어넣는 자기 학대의 방식이 있다.

이 둘 사이를 말리는 화해의 중개자는 갈매기이다. "괜찮아 걱정 마."라는 따뜻한 목소리는 이해와 용서의 표식이다.

정해정의 동화 「재미있는 전쟁」은 개미 나라와 비둘기 나라, 바로 이웃에 있는 이 두 동물 나라의 전쟁에 관한 이야기이다. 이 이야기에 이르기까지 큰 느티나무, 목도령, 문명의 이기, 그리고 전쟁에 관한 담화들이 이어진다. 그런데 이들의 전쟁은 서로를 적대시하는 것이 아니라 결국은 서로의 생존을 돕는 것이라는 아주 재미있는 상황이 설정되어 있다. 동물 나라 전쟁에 관한 동화에서 우리가 무엇을 배워야 할지를 말한다.

인생의 극적인 국면에 대응하는 방식

이용우의 소설 「벽화」는 LA 흑인 폭동 사건을 배경으로, 이민 사회의 애환과 그 삶의 곤고함을 그렸다. 이 소설에 등장하는 인물들은 이중 문화 이민 사회의 구조적 상황이나 그 가운데 얽혀 있는 복잡한 가족사, 그리고 그렇게 살아온 지난 세월들로 인해 모두 세계와 불화하는 캐릭터를 보여 준다. 한인 타운에서 '델리 마켓'이라는 가게를 운영하는 '준우'와 동생 '명희', 낙천적 흑인 아가씨 세라, 준우의 아버지와 세라의 할아버지, 그리고 반려견 '진도' 등이 이 우울하고 그로테스크한 상황의 구성 분자들이다. 그러나 그들 가운데는 서로가 서로에게 의지하는 인정적 흐름이 있다.

폭동 사건을 거치면서 그것이 보다 명료하게 드러난다. 이 사태를 부양하는 객관적 상관물로서 은장도나 징과 같은 사물이 효율적으로 매설되어 있기도 하다. 척박한 땅에도 풀이 나고 꽃이 피듯, 그 애잔한 정황은 세라가 자기 집의 담 안쪽 벽에 그려 놓은 벽화로 상징화된다. 복잡다단한 감정과 관계성들을 뛰어넘어 소설적 시각의 고양된 단계를 시현해 보인 만만찮은 글쓰기의 솜씨다.

불이었다. 벽화였다. 형형색색의 불꽃이 어떤 대상을 감싸든가, 아니면 사물 위에 놓이기도 하고 또는 밑에서 떠받치며 타오르고 있었다. ……헌데 이상하게도 그 불은 섬뜩하거나 무섭다는 느낌이 들지 않았다. ……보고 있을수록 가슴이 따뜻해지고 머리가 맑아지는 불이었다.

— 이용우, 「벽화」에서

세상살이의 험난한 파고 속에서 이러한 불의 그림을 그리고 또 관찰할 수 있다면, 이들의 삶은 무너지지 않을 것이다. 그것은 세라만의 그림이 아니라 유사한 형국에 당착한 인물 모두가 가슴속에 숨겨 둔 위안이요 탈출구의 한 형용이다. 그처럼 이름 붙이기 어렵고 적시하기도 어려운 국면을 소설적 이야기로 치환한 것은 곧 이 작가의 기량에 해당한다.

이윤홍의 소설 「검은 뱀」은 인간의 내면에 도사린 악마적 존재를 일상적인 이야기로 풀어낸 보기 드문 작품이다. 마치 중세 수도사의 퇴마 전설에나 나올 법한 사건을 태연하게 현실 한복판으로 이끌어 낸 소설적 서사가 기괴하면서도 재미있는 글 읽기의 체험을 공여한다. 소설의 중심 인물 '카밀'은, 소설 속의 표현에 따르면 "돈 많고 유식한 푸줏간 양반"이다. 그는 성도착증 중에서도 소아 성애의 증세를 보이는 심각한 환자이지만 겉으로는 멀쩡한 이웃 사람이다. 어린 여자아이를 데려다 세 번째 아내라 불렀고, 그 아이가 죽자 네 번째 아내 '사냥'에 나선다.

내가 이 세상에 태어나는 순간 놈이 나를 사로잡았다. 아니다. 엄마가 나를 잉태한 그 순간부터 놈은 나를 사로잡은 것이다.

태초에 뱀이 이브를 유혹하고 사로잡았듯이 놈은 내가 엄마의 배 속에 들어서는 순간 롤리타적 본능으로 나에게 다가왔고 내 안에 똬리를 틀었다. 나와 한 몸이 되어 버렸다. 그러니 내가 어린 여자아이만 보면 어찌 미치지 않겠는가.

— 이윤홍, 「검은 뱀」에서

자신이 소아 성애 도착증 환자인 줄 자각하면서도 어쩌지 못하는 것은, 자기 속에 자리 잡고 있는 마성적인 힘 때문이라는 말이다. 성적 소수자의 비극이 그에게 당착했으며 그 천형과 같이 고통스러운 형편에 처했다 할지라도 사회적 통념은 용납의 손길을 내밀지 않는다. 네 번째 아이와의 결혼식을 거행하려는 자리에서 이 대목은 매우 상징적인 장면으로 서술된다. 소설의 화자는 거기서 종말을 맞지만 "내 속의 검은 뱀"은 또 다른 숙주를 찾아간다. 이 놀랍고 섬뜩한 독서 체험이 우리에게 촉발하는 후감은, 누구에게든 어떤 모양으로든 잠복해 있는 그 '검은 뱀'을 어떻게 응대할 것인가라는 매우 심각한 명제이다.

정종진의 소설 「하얀 머리 늘 흰빛」은 탈북과 제3국인 중국 체류, 그리고 서울에까지 이르는 탈북자의 이야기를 소설 형식으로 가공한 것이다. 소설의 주인공 '나'는 북한에서 무매독자로 태어난 '오물쇠' 또는 '신계훤'이라는 이름의 남자이다. 6·25전쟁 때 미군 포로 탈출을 도운 과거가 발각되어 수용소로 갔다가 죽은 아버지, 재혼한 어머니, 낯선 땅 나진 선봉에서 만난 게이 친구 '손두헌', 국경 지역에서 만난 '50대 아주마이 김행순' 등이 '나'가 북한에서 갖고 있던 삶의 기반이다.

'나'는 중국 송강에 있는 조선인 교회를 중심으로, 많은 탈북자들을 한국 땅으로 보내고 있다. 신학 공부를 하여 '주님 일'을 해 온 지도 3년이 지났다. 오늘날과 같이 동북아의 국제 정세가 요동을 치고 있는 판국에 비추어 보면, 이 소설은 동시대의 첨예한 문제 가운데서 힘겹게 살아가는 사람들의 내면을 구체적이고 사실적으로 그려 보이고 있다 할 것이다. 소설적 이야기가 그냥 소설로 끝나는 것이 아니라 우리 삶에 경종과 경각심을 부가하는 것으로 미덕이 되는 하나의 범례이다.

신앙 또는 공동체의 눈으로 보는 세상

김수영의 수필 「이웃사촌」은 LA에서 오렌지카운티로 많은 짐을 운반할 일이 생겼을 때 흔쾌히 도와준 옆집 청년을 표제의 의미로 했다. 그런데 알고 보니 그 청년은 마약 중독자의 전력을 갖고 있었고 또 다른 외국인 청년도 그랬다. 이웃 청년이 '나눔 선교회'에서 치유의 역사를 체험했다는 말을 듣고, 필자가 거기에 쓸 만한 물건들을 기증하며 감사하는 글이다.

김재동의 수필 「좁은 문」 또한 앙드레 지드의 동명 소설에서 시작하여, 표제의 개념에 대한 신앙적 고백을 담고 있다. 시골 고향의 좁은 길과 이에 대비된 넓은 길의 형태에서부터, 성서의 '좁은 문'이 말하는 공간적 의미에 이르기까지 사통팔달의 관찰력이 작동한다. 그에 잇대어 자신의 마음에 대한 산뜻한 성찰로 마감한 글이다.

조형숙의 수필 「삶 속에서 만난 항아리들」은 온갖 항아리를 싣고 이사한 이야기에서 시작한다. 필자에게는 시어머니의 시어머니가 물려준 항아리가 있다. 남편의 유해도 항아리에 모셨다. 이 항아리 이야기는 결국 성경의 가나 혼인 잔치의 항아리에까지 이른다. 마음을 비우고 가슴에 공간을 마련하여 기적을 담아낼 항아리를 준비하겠다는 필자에게, 이 글은 곧 그것을 말하는 기도문이기도 하다.

김학선의 「토끼는 공정하게 경기를 한 걸까?」는 한국 옛이야기들을 한데 모았다. 미국 이민 사회에서 살면서 그 이야기들은 이를테면 구비 전승의 담론으로 제 몫을 했다. 토끼와 거북이, 흥부와 놀부, 개미와 베짱이에 대한 새로운 해석이 등장하기도 한다. 이 우화들의 주인공이 사실은 우리 자신이었음을 깨닫고, 필자는 고전의 이야기가 그냥 이야깃거리에 그치지 않았음을 납득한다.

이원택의 수필 「지두 기면서」는 영문으로 작성되었다. 정신과 의사, 교통 체증, 한국 역사와 김구 선생 등에 관한 견식이 차례로 제시되고 있다. 말미에 이르러 "진실은 가까이 있는데 사람들은 멀리서만 찾는다. 일은 쉬운데 사람들이 어렵게 만든다. 흐르는 대로 따를 때 세상에 평화가 온다."라는 맹자의 가르침이 등장하고 보면, 삶의 온전하고 일반적인 원리를 되찾자는 청유를 포함하고 있는 글이다.

지희선의 수필 「K-POP 부르는 외국 학생들」은 미국에서 한국 노래를 배우며 또 부르고 있는 외국 학생들을 보면서 한국 문화와 그 자부심에 대해 다시 생각해 보는 글이다. 필자는 "작은 열쇠가 큰 문을 연다."라는 격언을 되새기며 교육원 정문 위에서 펄럭이고 있는 태극기를 자랑스럽게 생각한다. 이 필자가 어느덧 애국자가 된 것이 아니라, 우리 가슴속에 있는 그 돌올한 정서가 표출 방법을 얻지 못했던 것일 뿐이다.

최미자의 수필 「미국 현충일에 생각합니다」는 미국이라는 나라가 국가를 위해 희생한 이들에게 어떤 정성과 노력으로 존중을 다하는가를 실감 있게 보여 준다. 이것이야말로 "후손들이 배워야 할 생생한 교육"이라고 필자는 말한다. 그에 견주어 한국의 경우 그 역사 과정을 조선조까지 거슬러 올라가며 검증해 본다. 필자의 '조용한 추모'가 공명을 불러오는 글이다.

개별자의 시각에 떠오른 창의적 서사

노기제의 수필 「돈과 마음의 관계」는 정신과 물질의 문제에 관한 작은 인생론이다. "나는 돈을 사랑한다."라는 사뭇 선언적인 언표로 서두를 열지만, 이 글은 돈을 제대로 사랑하는 일에 대한 체험적 발화를 전제하고 있다. 특히 기부에 관한 생각, 그리고 자리를 맡고 있을 때 그 자리에 응분한 물질적 처신 등을 담백하면서도 실질적인 논의로 이끌어 간다. 대체로 가슴속에 묻어 두고 도출하기를 꺼려하는 글감이지만, 필자의 호방한 마음과 선의가 잘 감각되는 글이다.

민원식의 수필 「The journey is the reward」는 그 제목이 스티브 잡스가 남긴 말임을 명기하고 시작한다. 여정 또는 여행이 보상이라는 인식은, 기실 그 여정 이전의 삶이 어떠했는가를 뜻하는 포괄적 의미의 언어 방정식에 의거해 있다. 필자는 다른 이의 여행 경험, 그리고 자신과 남편의 여행 경험을 사례로 들어 첫머리의 언술을 보강해 나간다. 동시에 아직 진행 중인 스스로의 인생 여정을 되돌아보는 반성적 성찰을 보여 주는 글이다.

성민희의 수필 「도우미 아가씨와 I message」는 대화를 통한 인간관계의 소통과 그 성숙에 대해 생각해 보는 글이다. '딸네 가사 도우미'인 히스패닉 아가씨와의 소통에 문제가 생겨 필자는 이를 자신의 사려 부족으로 자책한다. 다행히 관계가 회복되었는데, 필자 자신의 마음속에 이 문제에 대한 검색의 단계가 시발된 것은 어쩌면 나쁘지 않은 후속의 일이다. 누구에게나 발생하고 또 적용되는 일을 무리 없이 풀어 보였다.

이성열의 수필 「잭업과 백업」 또한 이민 사회에서 언어를 어떻게 골라 사용해야 하는가, 그것이 잘못 쓰였을 때 어떤 오해와 난국이 유발될 수 있는가를 보여 주는 글이다. 주류 사회와 공유하는 영문의 시를 쓰는 시인답게, 그 언어 사용의 소재가 한결 수준이 있고 또한 문면으로 표현하기 어려운 부분은 절제하는 균형 감각이 있다. 재미와 교양이 함께 담겨 있는 호쾌한 작품이다.

이정길의 수필 「가을-단풍」은 가을의 계절감을 자랑하는 단풍 예찬론이다. 설악산 신흥사 주변, 지리산, '호남의 금강산'이라 불리는 강천산을 거쳐 필자가 사는 곳 인근의 계곡과 로키산맥의 아스펜에 이르기까지 가히 '단풍학 개론'이라 할 만하다. 그런데 그 단풍 이후의 덧없음에 대한 자연의 이치를 함께 바라보고 있으니, 이 또한 필자만의 독특한 인생 수련인지도 모른다.

정정인의 수필 「부부 공청회」는 아내와 남편의 개별적 존재가 합일하여 이루어지는 부부 관계를 두고 사랑론, 부부론을 마치 철학 입문서 소책자처럼 다기하게 펼쳐 보이는 글이다. "사랑한다는 말은 지상에 풍년이 들었는데 사랑이라는 말이 희귀하던 시대보다 이혼율이 증폭했고, 모든 인과관계와 사회 속에 배타와 독설의 탑이 선명하게 보인다."라고 적고 있는 필자는 종국에 이르러 "사랑은 인생의 재미를 찾는 사람이 아니라 인생의 가치를 찾는 사람만이 말할 수 있고 이룰 수 있는 것이다."라고 글을 맺는다. 구태여 불필요한 비평적 언설을 덧붙일 필요 없이, 그 글 자체로 명민하고 시원하다.

주숙녀의 수필 「진주여 안녕」은 보석 진주에 대한 깊이 있는 생각의 글이다. 진주를 보고 느낀 여러 빛깔의 감응이 자연스럽게 살아 있다. 그러기에 글 속에 "진주는 나에게 있어 보석이라기보다 인간의 원초적인 어떤 호소력을 지니고 있는 듯한 것이었다."라는 표현이 있다. 자신의 반지에 있던 진주를 잃어버리고, 그 잃어버린 진주를 의인화하여 안타까워하는 필자의 심성은 마치 진주처럼 단아하게 느껴진다. 사람과 사물이 교감하는 창의적인 방식이 이 글 가운데 있다.

문학, 영혼의 숨은 보화

─《미주문학》 2017년 여름호를 중심으로

필자의 산문집 『오독』(문학의숲, 2011)에 실려 있는 첫 글의 제목이 「영혼의 숨은 보화」이다. 이 글의 말미에 다음과 같은 문장이 있다.

문학은 늘 사소하고 무언가 모자라며, 수시로 갈팡질팡하거나 넌지시 도매금으로 넘어가려 할 때가 많다. 세상사 모든 데에 정확한 금을 놓아 셈하기를 원하는 이에게, 문학은 허황되고 못 믿을 품성을 지닌 자의 전유물이다. 그런데 어찌하겠는가, 그 불확실성의 자식인 문학에 명운을 걸고 문학으로부터 받은 소명에 일생을 투척하는 철부지들이 목전에 즐비한 사태를 어찌하겠는가 말이다.

뿐만 아니다. 가만히 귀를 기울여 들어 보면 그 문학의 눈먼 주의 주장이, 세상살이의 연륜이 깊어질수록, 각박하게 보낸 어려운 날들의 교훈이 은연중에 가슴을 압박할수록, 그다지 틀린 언사가 아니라는 속살거림이 자분자분하다. 그래서 문득 그간의 이로(理路) 정연한 쟁론을 던져 버리고 문학 쪽에 손을 드는 이들이 발생하는 것이다.

그런 연유로 문학은 봄날처럼 젊은 날의 꿈이기보다는, 쓸쓸한 가을빛의 조명 아래 더욱 그 열매가 잘 영그는 운명적 존재 양식에 입각해 있다. 그렇게 아프고 슬프고 외로운, 그러나 끝까지 판도라의 상자 맨 밑바닥에 남은 소망처럼 꺼지지 않는 불꽃이 곧 문학의 다른 이름이겠다.

이 대목은 문학이 인간의 정신과 영혼을 다루는 숨겨진 보화라는 생각에 잇대어져 있다. 세상의 많은 사람들이 부귀와 영화를 좇아 세속 풍물의 저잣거리를 향해 달려갈 때, 문학은 끝까지 곤고한 정신주의의 길에 남아 인간의 위의(威儀)를 지킨다는 뜻이다.

미주에서 모국어로 글을 쓰는 많은 한인 문인들은, 모두 이 판도라 상자의 소망과 같은 문학에의 꿈과 열정으로 자신의 삶을 진술하고 해명하고 위무한다. 글쓰기가 팍팍한 세상살이와 각박한 마음에 치유와 회복의 기능을 발양하는 범례이기도 하다. 이 계절의 《미주문학》에 발표된 산문 작품은 동화 두 편, 수필 열두 편, 소설 세 편 등 모두 열일곱 편이었다. 어떤 작품은 작가의 내면세계가 가진 내밀한 사유를 보여 주기도 하고, 또 어떤 작품은 작가가 마주하는 사회적 상황에 대한 견해를 드러내기도 한다. 중요한 사실은 그것이 내포적이거나 외형적이거나를 막론하고 글의 문면을 통해 표출된 심정적 토로가 그 가운데 잠복한 아픔을 상당 부분 희석한다는 점이다. 그것은 어쩌면 글쓰기의 숨은 행복인지도 모른다.

순정한 상상력의 두 가지 모형

김태영의 동화 「베스레이크의 기적」은, 캘리포니아의 베스레이크 낚시터를 매개로, 한 소년의 가족과 한 배스(농어) 가족이 공유한 기적의 이야기다. 아들은 아빠를 따라 낚시를 가고 막내 배스는 엄마를 졸라 물 밖의 세상 구경을 위해 물 위로 나온다. 막내 배스가 낚시에 걸려 소년의 손에 들어가지만 그만 죽고 만다. 두 생명체는 그동안 눈으로 교감을 하고, 마음의 소통을 공유한다. 죽은 막내 배스를 살리기 위한 소년의 눈물겨운 호소에 하늘의 별과 달, 그리고 페이스북을 통한 100만 명의 응원이 집중된다. 마침내 막내 배스는 다시 생명을 얻어 호수로 돌아가고 이들은 세상에서 가장 아름다운 방식으로 헤어진다. 가히 우주적인 규모의 생명 살리기 상황극이다. 그리고 사실주의의 범주를 훌쩍 넘어서는 그 정황은 매우 감동적이다.

정해정의 동화 「꼬마 마술사 비두리」는 서울 변두리에서 늙고 가난한 마술사 아저씨와 함께 살던 마술사 보조역인 비둘기 '비두리'의 미국행 체험기다. 비두리는 로스앤젤레스에서 버려지고 백인 아이와 멕시코인 거지의 손을 거치면서 험악한 세상의 여러 곡절을 목도한다. 이것이 궁극적으로는 미물인 비둘기만의 상황일 리 없다. 우리는 이와 같은 인생유전의 주인공들을 우리 주변에서 어렵지 않게 만난다. 비두리는 전깃줄 곡예를 익혀 다른 이들의 눈에 즐거움을 선사하려 한다. 역경을 넘어선 이타적 삶의 태도다. 비두리는 내내 서울 변두리의 마술사 아저씨가 그립지만, 그 시간과 공간으로부터 너무 멀리 있다. 이 또한 우리 삶의 엄혹하고 숙연한 한 모습이 아닐 수 없다.

일상의 삶을 이끄는 내면세계

김사빈의 수필 「우리들의 일상」은 하와이에 사는 막내가 텍사스의 큰딸 집으로 모인 가족 이야기에서 출발한다. 각기의 삶을 살다가 만난 혈육 간에 온갖 사연의 공유가 이어지고 개 '코다'의 사건까지 등장한다. 작가는 "누군가에게는 별게 아닌 것이 누군가에게는 사건일 수 있는 일상"을 끝막음의 언표로 내놓는다. 기실 이러한 일상의 축적 없이는 우리 생애의 기념비적 순간도 없다. 이는 단순히 일상의 의미를 뜻하는 것이 아니라, 그 일상을 아끼고 소중히 여기는 것이 곧 세상살이의 합법칙적 방향성임을 말하고 있다.

이재수의 수필 「화초는 나의 버팀목」은 미국 생활을 하는 동안 정원 가꾸기를 해 온 작가의 경험을 기반으로 한다. 화초와 난을 돌보며 그 속성과 삶의 여러 절목을 견주어 보기도 한다. 그런데 그 물아(物我) 비교론은 매우 설득력이 있다. 그 긴 논의 끝에 작가는 자신의 건강 적신호와 항암 치료에 대해 술회한다. 이 어려움을 넘어서는 좋은 방안이 곧 좋은 취미라는 결론에 이르렀다면, 그의 화초는 그야말로 좋은 '버팀목'에 해당할 것이다.

조형숙의 수필 「죽음의 계곡에서 부르는 산 자의 노래」는 데스밸리 여행길의 감상을 문면으로 옮겼다. 그 여행담의 중도에 박인희의 노래 「모닥불」의 기억이나 한국과 미국의 두 대통령에 대한 인식이 개재하기도 한다. 모든 여행은 장소를 바꾸는 것이 아니라 생각을 바꾸는 것이라는 수사에 비추어 보면, 이 데스밸리 여행은 그 어의가 지시하는 바와 같이 철학적 단상을 촉발하는 제재가 될 것이다.

예술 또는 학술적 자료의 판독

김학천의 수필 「여인의 향기, 삶의 향기」는 마틴 브레스트 감독, 알 파치노 주연의 영화 「여인의 향기」를 저본(底本)으로 하는 글이다. 작가는 먼저 이 영화의 줄거리를 요약해서 옮겨 놓고 그 연장선상에서 우리 삶이 만나는 여러 향기, 곧 '삶의 향기'를 설명한다. 그리고 그 종착점은 영혼의 향기, 믿음의 향기다.

최용완의 수필 「이집트 파라오는 고구려의 가족인가」는 이집트를 지배한 파라오의 무덤 가운데 '투탕카멘'의 것과 북한에 남아 있는 고구려 분묘를 비교 분석하는 글이다. 그 실제적 정황과 유사성을 역사, 수치, 모양, 도면을 응용하며 논리적으로 주장한다. 아울러 모든 문화의 어머니라 불리는 '아틀란티스'가 동아시아라는 과감한 단정을 보여 주기도 한다. 이러한 학술적 자료의 판독에 들인 공은 얼핏 한 편의 소논문 수준에 도달할 것으로 보인다.

가족사를 바라보는 세 개의 눈

노기제의 수필 「교묘히 피해 가는 홀부모 섬기기」는 그 이야기가 지난 호에 발표된 「집 한 채, 여사의 이름으로」와 겹쳐 있다. 다만 그것을 조금 다른 측면에서 바라보고, 자신이 그와 같은 위치에 있게 되면 어떻게 할 것인가를 되묻고 있다. 생로병사는 모든 사람이 반드시 겪는 인생의 큰 질곡이지만, 그 당사자가 누구인가 또는 자기 자신인가 아닌가에 따라 모양과 빛깔이 달라질 수밖에 없다.

박무일의 수필 「세찬이」에서 '세찬이'는 작가의 막내아들이 낳은 한 살 반짜리 손자의 이름이다. 그런데 이 손자를 보고 싶은 마음이 너무도 절박하다. 그러고 보니 40여 년 전 큰아들 지용이를 데리고 미국으로 떠나올 때, 아버지가 사랑하는 손자와의 이별을 안타까워하던 마음을 알 것 같다. 우리 모두에게 대체로 익숙한 이 가족사의 도돌이표는 세대를 넘어 지금도 계속되고 있다. 다만 그것이 법률적 용어를 차용해서 '미필 적고의'라고 할 수 있을지 아니면 그냥 '과실'인지를 구분하기까지, 자그 마치 우리 인생 전체의 기간이 소요될 수도 있다는 데 방점이 있다.

정정인의 수필 「마미, 좀 들어 봐요」는 일군의 사람들과 함께 여행사 버스를 타고 리노로 가는 노상의 담화로 시작한다. 창밖 풍광에 탄성을 발하는 동행자들의 모습을 바라보면서, 1.5세 혹은 2세인 한국 학생들의 교육 문제를 논의의 표면으로 이끌어 낸다. 한국의 마미, 부모들이 무엇 을 어떻게 해야 올곧은 교육적인 일이 될 것인가를 지속적으로 반추하는 데 이 글의 목표가 있다.

추억이 슬프고 아름다운 까닭

민원식의 수필 「Sycamore Canyon Park의 옹이」는 표제의 공원을 혼 자 찾은 작가의 가슴속 풍경을 담담하게 펼쳐 놓은 글이다. 먼저 먼 곳으 로 떠난 남편과 함께 왔던 추억이 되살아나는, 신비하도록 아름다운 공 간이다. 거기 내려오는 길에 발이 걸려 넘어졌던, 소나무 옹이처럼 솟은 돌을 어떤 중년 남자가 파내고 있다. 작가는 이를 보며 사람들끼리 악의 없이 주고받는 마음의 상처를 생각한다. 아량, 지혜, 인품의 성숙 등 순 방향의 여러 미덕이 이에 결부되어 있다.

이정길의 수필 「여름-비」는 자연 현상으로서의 비와 특히 여름에 내 리는 비, 그리고 비와 관련된 인문학적 지식 등 다양한 지적 탐색을 거치 는 글이다. 작가는 스스로 여름비를 좋아한다고 언명하고, 그 담화를 어 린 시절 어머니가 있던 옛 공간으로 이끌고 간다. 이 과거 회귀, 동심 회 귀는 어떤 담화보다 힘이 세고 반론도 어렵다. 그러기에 누구에게나 가슴에 절절히 사무치는 추억은 슬프고 아름답고 강하다.

곤고한 인생의 곡절과 그 극복

성민희의 수필 「7월, 그 여름의 기억」은 지체부자유아와 정신박약아가 있는 고아원 봉사에 관한 글이다. 망설임 끝에 봉사를 결심하고 아이들을 돌보는 동안 마음과 행동이 바뀌고, 마침내 해마다 그 계절 7월이 되면 두고 온 아이들이 생각나는 지경이 된다. 인간이 인간다운 것은 남을 먼저 생각하는 희생적 면모를 가질 때이다. 이렇게 어렵고 힘겨운 아이들을 돕는 것은 종국에 있어 나의 사람됨을 고양하는 형국이니, 이 글의 작가에게 망설임 없이 결곡한 존중의 뜻을 보낼 만하다.

지희선의 수필 「아몬드꽃 피고 지고」는 용기 있는 글이다. 눈물로 표현되지 않은 슬픔은 몸이 그 점수를 매긴다는 속언이 있거니와, 눈물이 든 글을 통한 자기 고백이든 밖으로 표현된 슬픔이나 아픔은 행위 그 자체로써 치유의 시발을 알리는 것이다. 작가는 사랑과 연애에 관한 일반적 견해로 서두를 열고, 연이어 자신의 부부 파경 곧 실패한 결혼 이야기를 솔직 담백하게 전개한다. 이러한 글쓰기의 표출에 어찌 주저함이 없었을까마는, 그 금지된 언어의 문을 열어젖히고 스스로를 개방하면서 아마도 위태로운 삶에 새로운 균형 감각을 복원할 수 있었을 것이다. 그에게 왠지 사랑을 고백하고 싶은 봄날이 찾아온 것은 바로 그 때문이 아닌가 한다.

기발한 세계관의 서사적 발현

연규호의 소설 「인공지능」은 세기의 주목을 이끈 인공지능 컴퓨터 알파고와 바둑 기사 이세돌의 대결을 소재로, 아주 재미있는 국면을 연출한다. 소설의 화자 '이 박사'는 물론, 수필에서와 같은 작가 자신도 실존 인물이 아니다. 이 박사는 미국에서 태어난 한국인 2세로 컴퓨터 공학을 전공했고 보스턴에 있는 MIT에서 박사 학위를 받았다. 전공 분야는 물론 바둑에 있어서도 전문가다. 그런 그에게 억만장자인 구글 회사 회장에게서 뜻밖의 전화가 걸려 온다. 이 두 사람의 대화를 통해 사람과 컴퓨터의 지능 싸움이 실현되었다는 이야기 구도다.

주지하는 바와 같이 이 싸움에서 사람은 컴퓨터에게 4 대 1로 패한다. 이러한 서사적 상황의 전개는 매우 활달하고 융통성 있는 상상력에 근거해 있고 그것이 소설을 읽어 나가는 독자의 행보에 가속을 더한다. 요약해서 말하면 대단히 재미있고 잘 읽히는 소설이란 말이다. 그런데 그 재미있게 읽기를 뛰어넘는 서사적 반전이 후미에 매설되어 있어 이 소설은 한결 더 부가가치를 높인다. 화자의 딸 앤이 컴퓨터가 도저히 따라잡거나 흉내 낼 수 없는 마음의 순수성과 정신적 차원의 행복을 쉬운 언어로 시연해 보였기 때문이다. 화자는 구글 회장에게 전화를 걸어 이 사실을 통보하고 소설은 흔연한 종결에 이른다.

이산해의 소설 「지구별 장터」는 미상불 듣도 보도 못한 박물지를 펼쳐 보이는 작품이다. 지구별 장터에 여러 유형의 난장이 벌어지고 전지적 작가의 시점으로 그 장사판을 훑으며 지나간다. 늙은 촌부의 나물 장사, 순대집, 야바위꾼 노름판, 꿀 떡집, 빙고 게임장, 국수집, 박하 분 장수, 지구별의 이름이 붙은 여러 잡화상, 골동품과 보신탕 가게, 예수 전도사, 주검의 영빈관, 시인 지망생 등 한꺼번에 나열하기도 힘든 항목들이 파노라마를 이룬다. 이와 같은 서사 구성의 장을 마련한 것만으로도 그 역량이 놀라운 일이다. 그러나 소설 원론의 근본에 서서 소설이 무엇을 위해 어떻게 그 발화를 작동해야 할 것인가에 대한 검토가 우선되었으면 좋겠다.

추리소설 기법과 어긋난 사랑

이언호의 소설 「설치미술 창작에 대한 시뮬레이션」은 그 서두에서부터 추리소설 기법을 도입하여, 이야기의 궁금증과 긴박감을 더하면서 진행된다. 한편으로는 요령부득의, 다른 한편으로는 기괴한 이야기가 아내의 실종이라는 사건과 더불어 전개되고 설치미술이라는 중점적인 소재 또한 이 이야기의 전개에 한껏 효용성을 더한다. 소설의 화자가 도입부에서 자기 친구 '황어당'에 관한 이야기라고 소개하고, 결말에서는 이 이야기가 황어당의 의식 속에서 명멸하는 퍼포먼스라고 규정함으로써 형식에 있어서는 액자소설의 모형을 취하고 있다.

결론적으로 황어당의 아내는 옛 남자를 찾아갔고 황어당을 찾아온 월간 정보지의 수사팀장이라는 여자는 그 옛 남자의 아내다. 두 남자와 두 여자 사이의 엇갈린 사랑과 운명의 관계성을, 이 작가는 설치미술이라는 매우 암시적인 예술 양식을 차용하여 기민하게 조직화했다. 소설의 마지막 문장으로, 황어당의 의식이 때 없이 작중 화자의 의식으로 병치되기도 한다고 발설함으로써 이 독특한 소설적 이야기와의 거리를 탄력적으로 조정하기도 한다. 소설의 내용과 형식이 조화롭게 악수한 하나의 사례이다.

좋은 글쓰기를 위한 구도의 도정

―《미주문학》 2017년 봄호를 중심으로

30년 글쓰기가 인도한 소박한 꿈

2017년 현재 한국에서 가장 많은 유료 입장객이 찾는 문학관은, 경기도 양평에 있는 '황순원문학촌 소나기마을'이다. 평일에도 하루 700명에 이르고 주말이면 쉽게 1000명을 넘어간다. 여름방학의 주말에는 하루 2000명이 넘는다고 하니 일반적인 문학관의 경우에 비추어 거의 '기적'에 가깝다. 그 문학관 2층 로비에 작가 황순원의 친필을 새긴 "문자구도지기야(文者求道之器也)"라는 글판이 걸려 있다. 문학은 도를 추구하는 그릇이라는 뜻이다. 비단 이 작가에게만 문학이 도를 닦듯 일생을 두고 지향할 과제일까? 물론 아니다. 우리 주변에는 그렇게 문학에 손을 든 구도자들이 너무도 많고 이 글을 쓰는 필자도 그러하며 지금 글을 읽고 있는 독자 또한 그럴 수 있다.

온 생애를 통하여 누구나 감동할 수 있는 글 한 편 남기기를 소망하는 소박한 목표는 아름답다. 일찍이 중국 당송팔대가 중의 한 사람인 구양

수는, 좋은 글을 쓰는 금과옥조로 '3다(三多)의 법칙'을 제시했다. 많이 읽고 많이 쓰고 많이 생각하라는 것이다. 그런가 하면 실존주의 철학자 쇼펜하우어도 그의 '문장론'에서 이와 꼭 같은 실행의 요소를 들었다. 다만 많이 읽기가 잘못 읽기가 될 수 있고 많이 쓰기 또한 무턱대고 쓰기가 될 수 있으니, 많이 생각하는 것이 가장 중요하다고 강조했다. 현실의 안팎을 함께 들여다보려는 철학자의 눈으로는 당연한 귀결인지도 모른다.

1988년 문학평론가로 문단에 나와 올해까지 햇수로 30년에 이른 내 글쓰기의 세월을 되돌아보면, 서로 다른 공간을 점유하면서도 좋은 글쓰기의 방향에 동일한 규범을 내놓은 이 두 문필가의 주장을 수긍할 수밖에 없다. 햇병아리 비평의 첫걸음에서부터 오늘에 이르기까지 내가 써온 비평문, 논문, 에세이, 칼럼이 모여 저자, 공저자, 편자 등으로 내 이름을 달고 상재된 책은 100권이 넘는다. 해마다 세 권 이상의 책을 묶은 셈인데, 그 기간을 반추하며 수습해야 하는 기억이나 회한 또한 만만치 않다. 그런데 3다의 법칙에 꼭 하나 덧붙이고 싶은 항목이 있다면, 쉽고 바른 문장으로 깊이 있게 쓰는 것! 이 대목에서 아직도 나는 습작생의 지경을 벗어나지 못했다.

역사적 사건과 개별적 삶의 거리
— 김수영, 김재동, 박무일의 수필

김수영의 수필 「영화 「Sully」를 보면서 만감이 교차」는 영화 감상문이다. 뉴욕 허드슨강에 불시착한 항공기의 기장 'Sully'를 그린 영화를 보고, 이를 한국의 세월호 선장과 기관장에 비추어 본 것이다. Sully는 모든 승객이 안전해질 때까지 항공기에 남아 최선을 다했고, 그의 책임 의식에 세월호의 경우를 비추어 보니 '비통'할 수밖에 없는 형편이다. 이 역사적 사건과 과거에 항공사 승무원 생활을 한 딸의 삶을 연계하여, 정성을 다하는 봉사의 정신이 우리 삶을 어떻게 바꾸는지를 보여 주는 글이다.

김재동의 수필 「씨 뿌리는 사람들」은, 중가주 지역의 광활한 들판에서 농사를 짓기 위해 씨를 뿌리던 사람들의 이야기에서 시작한다. 이제는 기계가 사람의 일을 대신하는 시대가 되기는 했으나, 그렇다고 해서 땀 흘리고 수고하는 노동의 정직성과 그 결실이 경시되는 것이 아니다. 작가는 여기에 최순실 국정 농단과 박근혜 탄핵 재판 사태를 대비해 본다. 그런데 이 인과의 법칙은 세상살이의 모든 부면에 동일하게 적용되는 터이어서, 이를테면 인간사의 확고한 규범 하나를 수필의 형식으로 발화한 셈이다.

박무일의 수필 「남수 생각」은 한국에서의 군 생활에 관한 이야기다. 화자인 '나'는 ROTC 소위였고, '남수'는 전방 부대에서 함께 근무하는, 제대를 몇 날 앞둔 병장이었다. 그는 가난하고 불우한 가정환경을 가졌고, 부대에서 절도 사건을 일으켜 헌병대로 이송되었다. 온 나라의 살림이 궁색하고 사람들의 마음도 궁벽하던 시절의 한 삽화인데, 많은 세월이 흐른 지금 그 시절의 남수를 애틋한 심정으로 반추해 보는 글이다. 여기서 함께 언급한 세 편의 수필은, 험난한 시대적 환경과 그것을 감당하는 개인의 삶이 어떤 모양으로 대립되거나 연동되어 있는가를 들추어 보였다.

인간사·인생사의 숨어 있는 교훈

— 김학천, 노기제, 오영방의 수필

김학천의 수필 「골프와 예의」는, 오랜 인간의 꿈을 반영하는 새의 이름들을 골프의 '타수'에 따라 설명한다. 동시에 골프 문화, 골프 규칙에 관해 그것이 인간이 지켜야 할 예의와 위의에 어떻게 연관되어 있는가를 말한다. 그의 시각에 따르면 '우리 속에 내재하고 있는 자신의 고귀함'을 성숙시켜 나가는 일이 곧 그것이다. 상식을 지키는 사회는 건강하다. 비단 골프뿐이랴. 지켜야 할 예의를 지키지 않는 데서 인간사의 온갖 문제들이 발생하는 터이다.

노기제의 수필 「집 한 채, 여사의 이름으로」는, 작가가 '60중반에 미국 이민길에 오른 김 여사'의 기막힌 인생사를 대신 해명해 주는 글이다. 여러 좋은 조건들로 삶을 꾸려 오던 김 여사가 어떻게 어려운 형편으로 접어들었으며, 어떻게 미국으로 이민 오게 되었고, 또 어떻게 20년 가까이 나이 차이가 나는 노인과 재혼하게 되었는가를 그 당사자의 편에서 조목조목 일러 준다. 그런데 결혼 후에 사전의 약속은 지켜지지 않고 남편이 된 노인과 그의 두 딸이 가하는 구박 속에 '신임 가정부'가 된 형편이니, 남은 것은 탄식뿐이다. 이 속수무책의 상황이 야박한 인생사의 한 국면이라면, 독자인 우리 또한 언제 밟을지 모르는 지뢰밭을 걷기는 그와 매한가지다.

오영방의 수필 「손을 꽉 잡으면」은, 연말 파티에서 만난, 아흔이 넘어 보이는 한 노인의 인생사를 앞의 작품과 같이 작가가 대신 풀어 보이는 형식을 가졌다. 일본 관동군으로 징집되었다가 해방 후 천신만고 끝에 고향으로 돌아와 잘 살았으나, 5년 전 아내와 사별하고 이제는 아무 의미 없이 연명만 하고 있는 노인이다. 죽음의 문턱에 선 인생의 적막한 모습을 목도하며 작가는 인간이 지키고 또 누리는 관계성에 대한 교훈을 새삼스럽게 깊이 받아들인다. 글을 쓰는 일은, 궁극에 있어서는 내밀한 자기 성찰의 지경으로 귀환하는 일이다.

마음의 안과 밖, 두 눈이 보는 세상
— 민원식, 이성열, 이정길의 수필

민원식의 수필 「마음에 그리는 이미지」는, 구체적인 생활의 정보를 담은 글쓰기를 지양했다. 그리고 '마음의 캔버스'에 어떤 이미지를 그려 나가느냐는, 사뭇 내면적이고 형이상학적인 담론을 이끌어 낸다. 이와 같은 글쓰기의 방식은 자칫 그 중심이 모호한 언술로 되기 쉬운 법인데, 이 작가는 그로부터 자신의 삶이 어떤 궤적을 그리게 되는가를 무리 없이 펼쳐 보인다. '미셀러니'의 경향을 넘어 '에세이'의 영역을 탐색하는 그 도상의 중간쯤에 위치한 수필이다.

이성열의 수필 「나무의 영혼」은, 나무와의 대화에서 글을 시작한다. LA 근교 '데스칸소' 공원에서 커다란 유칼립투스 나무를 쳐다보며 말을 건네던 기억으로부터 자신의 집 부근 나무들에 이르기까지, '나무도 영혼을 가지고 있다는 생각'을 글쓰기에 도입했다. 마치 이청준의 단편소설 「노 거목과의 대화」가 그러했던 것처럼. 때로 인간의 삶에 불상사를 일으키는 경우도 없지 않으나, 나무는 이 땅의 생명들에게 없어서는 안 될 대단히 은혜로운 존재라는 것이 작가의 생각이다.

항차 나무는 시인들에게 시적 소재를 제공하지 않는가. 작가는 자신이 좋아하는 시 한 편을 불러오기도 했다. 그런데도 이 나무를 함부로 대하는 인간의 개발 행위에 한탄하면서, 나무야말로 지구의 주인이라는 언표를 내놓는다. 왜 나무 사랑이며 그것이 우리 삶의 뿌리에 어떻게 잇대어져 있는가를 잘 설파한 글이다.

이정길의 수필「봄-꽃」은 대지에 새로운 생명의 기운을 북돋우는 봄철의 꽃에서 꽃 예찬론을 시작한다. 그 봄꽃을 피워 대던 무등산과 섬진강이 글의 서두에 있다. 구례 산수유마을, 하동 화개장터와 쌍계사 벚꽃 터널은, 어느 곳에 있건 한국인에게 꽃길의 대명사가 되는 지명이다. 목련, 철쭉으로 그 담화가 이어지면 봄에서 여름으로 간다. 접시꽃, 박꽃, 호박꽃, 자운영 등의 이름은 그 호명만으로도 우리를 어린 시절의 꿈길 같은 화원으로 인도한다. 이렇게 순후하고 맑은 글은, 아무런 해석을 덧붙이지 않고 그냥 읽는 것만으로도 행복하다.

평이한 일상 속에서 만나는 글감
— 정정인, 지희선, 조형숙의 수필

정정인의 수필「정지와 속력의 지배자」는 예기치 않게 정전이 된 날에 자리에서 일어나면서 벌어진 일의 서술이다. 그런데 일상적인 정전에 대한 반응이 아니라, 매우 그로테스크한 환각의 체험을 동반한 채 이 정전에 대한 반응이 시작된다. 더불어 사소한 개인의 일상에서부터 인류 문명의 의미에 이르기까지 다채로운 반성적 인식이 작동한다. 이 글의 화자는 결국 "성냥을 사러 간다." 이와 같은 인식적 반응과 실제적 행위 사이에 이 작가가 숨겨 둔 글쓰기의 요체는 과연 무엇일까.

지희선의 수필「일요 새벽 달리기」는, 애너하임 지역으로 이사 와서 '포레스트 러너스 클럽'에 가입한 일로 서두를 연다. 그 달리기 현장에서 일어난 일들을 사실적으로 전달하면서, 사람들과의 대화나 그 관계에 대한 생각들을 여러 모양으로 보여 준다. 달릴 수 있다는 것이 구체적인 기쁨이라면 그 이야기를 글로 쓸 수 있는 것 또한 기쁨이 아닐 수 없다. 건강에 관한 문제를 건강하게 잘 열어 보인 산뜻한 글이다.

조형숙의 신인상 수상작인 수필 「일터에서」는, 가게에 도둑이 든 날의 이야기에서 출발하는데, 같은 날 친구의 가게에도 도둑이 들었다. 작가는 그것이 더 큰 손해나 비극으로 이어지지 않은 것에 감사한다. 말로는 쉬우나 결코 간단하지 않은 일이다. 그러나 이 삶의 지혜를 익히고 그것을 생활에 적용할 수 있다면, 그는 성숙하고 지혜로운 사람이다. 수필로서의 글쓰기가 하나의 주술처럼 그것을 견인할 수 있다면, 그 작가 또한 행복한 사람이다. 일상 속에서 문득 그 소재를 얻은 글쓰기의 묘미가 여기에 있다.

어른을 위해 제작된 세 편의 동화
— 김태영, 신정순, 주숙녀의 동화

김태영의 동화 「빨간 카메라」는 환상의 나라를 매설하고 짐짓 현실에서 멀리 떨어진 곳의 이야기를 풀어놓는 방식으로 서두를 연 작품이다. '곰쥐 섬'의 여러 쥐들, 그리고 귀뚜라미가 마치 인물처럼 등장하여 각기의 역할을 감당한다. 어린 귀뚜라미 '귀뚤이'가 가졌던 카메라, 그리고 잿빛 여왕 쥐는 어느 순간 한국의 대통령 탄핵 정국을 풍자하는 이야기의 한 방편으로 전화(轉化)한다. 물론 '정직한' 카메라와 '부당한' 여왕 쥐가 한국적 현실에 그대로 적용되는 것도 아니고, 또 이 동화의 지향점이 거기에 있지도 않을 것이다. 그러나 풍자의 칼끝은 매우 예리하다. 이 동화가 어린이보다 어른을 위한 것이라는 이유다.

신정순의 동화 「이의 요정」은, 이 작가의 동화가 늘 그러하듯이 미국의 어린이들이 활동하는 세계에 바탕을 두고 출발한다. 동시에 그 문화권 속에 동화되기 어려운 한국 어린이가 어떻게 서로 이질적인 문화 충격을 극복하고, 감동적인 화해의 악수를 나누게 되는가를 추적한다. 동서양의 아이 모두가 같이 겪는 어린 날의 이갈이와 그에 연관된 '이의 요정' 이야기가 모티프다.

이민자이며 소수자 가정 출신의 한국 아이 준이는, 된장국 냄새로 대표되는 할머니로부터 이의 문제를 해결하는 한국적인 방법을 배운다. 그리고 할머니는 형편상 한국으로 되돌아가며, 그 이별이 감성적 동화 작용을 촉발한다. 이와 같은 문제 제기와 갈등의 표출, 그리고 극적인 해소와 정동적 유대 회복은, 이제 이 작가의 전매특허가 된 듯하다.

주숙녀의 신인상 수상작인 동화 「친구」는, 아예 "어른과 함께 읽는 동화"라는 부제를 붙여 두었다. 어린 시절에 친구로 만난 유대인 하워드와 한국인 제이의 일생을 담았다. 초등학교와 중학교를 거치면서 경쟁 상대가 되었으나, 늘 우위에 있는 제이가 하워드를 돌보려 노력한다. 둘 다 '유명한' 대학을 가고 제이는 의사로, 하워드는 의료 기구 엔지니어로 각기의 길을 간다. 세월이 흘러 어른이 되어 서로를 찾게 되었으나, 하워드는 제이를 만나기 전에 병으로 죽고 만다.

이 동화에서 주목할 것은 어린 날의 우정을 그 빛깔의 변함조차 없이 끝까지 간직하고 또 실현하려 하는 제이의 마음가짐이다. 그의 우정과 작별 인사는 독자들의 마음을 움직일 만큼 진실한 울림이 있다. 어른들이 이 동심의 우정을 소중하게 여긴다면, 워즈워스의 시 한 구절처럼 '어린이는 어른의 아버지'가 맞다.

공간 이동과 인생 유전의 세 경우
— 곽설리, 김일홍, 손용상의 소설

　곽설리의 소설 「숲을 지나며」를 읽으며 처음에는 영문을 몰라 의아했다. 지난 호에서 읽었던 작품이기 때문이었다. 소설 말미의 덧붙인 글을 보니 당초 게재분에서 '작품 대부분이 누락'되었다는 기록이 있었다. 실제로 두 글을 비교해 보니 절반 가까이의 글이 누락되어 있었다. 소설이 진행되다가 중동에서 그친 형국이니, 완결된 형식과 내용을 보여 줄 수 없었다. 그러기에 필자는 지난 호 이 작품에 대한 평가에서, "이 여자가 패퇴한 정신의 형상을 보여 주기 위한 매개체라면 이 소설은 제값이 있다. 그러나 그것을 포괄하고 한차례 더 승급하는 주제의식을 요망하기로 하면, 조금 다른 서사 구조를 기대해 보는 것이 좋겠다."라고 적었던 것이다.

　누락되었던 소설의 이야기는 중심인물인 '여자'와 백인 남편이 밖에서 낳아 데려온 아이 '안젤라'의 이야기로부터, 한인타운이나 카지노의 여러 장면이 순차적으로 서술된다. 특히 카지노의 슬롯머신을 의인화하여 그와 지속적인 대화를 이어 간다든지, 300만 불짜리 잭 팟이 터진다든지 하는 기상천외한 장면이 이어진다. 그런데 이 엄청난 행운의 끝에 여자의 생명은 사위어 가고 소설은 끝난다. 우울한 시대와 우울한 삶의 모습에 결부된 엄청난 행운이, 여자 자신에게는 제값을 다하지 못한다. 어쩌면 그것이 이 곤고한 삶터를 지키고 있는 우리 모두의 자화상일 수도 있다.

　김일홍의 소설 「철새」는, 다른 사람의 파란만장한 인생 경험을 목격한 화자가 그 과정과 실상을 들려주는 이야기다. LA에 살다가 다른 지역으로 이주한 한인이 모처럼 LA에 나갔다가, 오래전 한국의 정보부에서 일할 때 만난 탈북자와 조우한다. 그의 이름은 최송식, 이 소설의 표제인 '철새'는 그의 인생사를 상징한다. 북한에서 우여곡절 끝에 예기치 않은 살인을 저지르고 탈출해 월남했으나, 그 가족의 남한 정착이 쉽지 않았다. 결국 브라질로 이민을 가게 되고, 브라질을 거쳐 미국으로 왔다. 아내를 사별한 최송식이 다시 북한으로 들어갔으니, 철새라도 이만저만한 철새가 아니다. 기구한 생애의 주인공인 최송식을 관찰하면서, 그 '철새'가 대언하는 삶의 진중한 의미를 되새겨 보는 것이 이 소설의 소임이다.

손용상의 소설 「노란 사람은 노랑끼리」는, 미국 이민 사회에서 그다지 흔치 않은 술집 풍경에서 서두를 연다. 그 이야기 또한 사뭇 엄숙한 이중 언어나 문화 충격 같은 것과는 거리가 멀다. 이를테면 시정 잡담의 편의한 분위기를 그 바탕에 깔고 있다. 이야기는 더 발전하여 깡패 곧 조직 폭력배와 연관된 사건으로 나아가고, 심지어는 생활 습관 또는 문화의 차이로 인해 삽시간에 흉악범이 될 뻔한 상황도 매설된다. 실제로 겪어 본다면 황당하기 이를 데 없을 이 일들을, 이 작가는 시종일관 유머 감각이 살아 있는 가벼운 발화법으로 진술한다. 그러나 어투가 가볍다고 사안의 심각성까지 가벼워지는 것은 아니다. 이 서로 방향이 다른 양자를 한 작품 속에서 잘 접속한 것이 이 소설의 성과이다.

두고 온 산하와 미완의 이야기들
— 이윤홍, 최문항, 이상해의 소설

이윤홍의 소설 「심부름센터 맨」에는 "죽으러 가는 여자"라는 부제가 붙어 있다. 이 소설은 미국에 사는 한인 작가가 쓴 작품이지만, 배경은 미국과는 전혀 상관 없는 한국에서의 이야기이다. 물론 소설이 인생의 진진한 여러 국면을 자유롭게 다루는 문학 장르이므로 굳이 토 달 일도 아니다. 그렇게 이 소설은 공간적 배경과 관계없는, 서로 사랑하는 사람들의 만남과 헤어짐 그리고 그 상거(相距)의 문제에 대해 말한다.

소설의 문이 열리고 대화를 시작하는 형제 가운데, 형이 화자인 '나'이다. 동생이 속으로 사랑하는 여자는 '담쟁이'란 술집의 주인이고, 그 사랑이 소통되지 않자 여자는 심부름센터 맨을 통해 죽으러 간다는 전언을 남기고 경주로 떠난다. 여자 역시 '나'의 동생을 사랑했던 터이다. 이처럼 답답하게 막혀 있던 마음의 통로가 급격히 열리고, 동생이 택시를 붙잡아 경주로 뒤쫓아 가는 사건의 배후에는 여자 '은지'의 전략이 숨어 있다. '나'에게는 포복절도의 통쾌한 웃음밖에 남을 것이 없다. 소설의 모양이나 때깔을 욕심내지 않고 그 이야기의 결을 호방하게 빚은 작품이다.

최문항의 소설 「외톨이 몽두」는, 화자가 한국 군대에서 800명의 급식을 담당하는 보급관으로 일할 때의 일을 그렸다. 부대에서 돼지를 키우게 되고 그 일을 맡은 병사는 '몽두'라는 별호를 가진 조종수 일병이다. 몽두는 부대 생활에 적응하지 못하고 결국은 죽음에 이른다. 그의 숨겨진 삶 가운데에는, 인천 변두리의 보육원에서 자란 사연과 미군과 결혼해서 미국으로 떠난 누이동생과의 생이별이 잠복해 있다.

그 누이는 몽두의 유일한 혈육이었다. 그에게는 아무것도 남은 것이 없고, 그에게 관심을 가진 이는 아무도 없다. 마치 체호프의 「비애」가 그러하듯이. 마침내 몽두는 근무지를 이탈하고 자살한다. 작가는 이 상황을 시종일관 담담하고 객관적 필치로 전달하며, 마지막 대목에서의 반응조차 생략해 버린다. 그렇게 시치미를 떼는 방식이 소설적 메시지를 전달하는 데는 오히려 더 유익해 보인다.

이상해의 신인상 수상작인 소설 「파열음」은, 한국의 산하와 한국적인 것의 미덕을 동심의 순수와 정신주의 지향의 복고적 취향으로 드러낸 작품이다. '하늘 아래 첫 동네'로 불리는 지리산 심원마을, 그 심산유곡으로 어린 소녀 '가을이'와 한학자인 외할아버지의 동행이 시작된다. 이 새로운 조합의 조손(祖孫) 동행은, 계속되는 질문과 답변의 대화를 통해 현대사회의 '파열음'을 구명(究明)하는 데까지 나아간다. 마치 무슨 문명 비평론과도 같다. 그런데 그것이 정말로 가능한 상황인지, 세대 격차가 심한 대화 당사자의 언사가 상황 논리에 따른 설득력을 갖는지 한번 점검해 볼 필요가 있겠다.

문학의 거울과 저울

— 《미주문학》 2016년 겨울호를 중심으로

인간의 내면을 가꾸는 문학의 사명

문학에도 일상적인 경제 활동처럼 공급자와 수요자가 구분되어 있다. 공급자로서의 문학인은 '왜 쓰느냐'라는 명제에 부합하는 표현 욕구와 기록 욕구의 원인 행위를 그 창작 현장에 내포한다. 수요자로서의 문학인은 공감의 자기만족과 당대 문화 현상에의 참여라는 계산법을 독서 시간에 대입한다. 이 양자 사이에 가로놓인 여러 가치 규범 가운데 실질적이면서 내밀한 각자의 '문학 서재'에 초점을 두기로 하면, 사회·역사적 가치나 윤리적 가치보다는 사적인 차원의 미적 가치에 더 무게가 실릴 수밖에 없다. 하지만 그것은 동시대 문화와 문학에 대한 동질감과 연대의식의 발현에 연접되어 있다.

21세기의 문학은 이미 지식인에게 핵심적 과제였던 지난 세기의 영광을 잃어버렸다. 활자 매체 문자 문화의 시대가 전자 매체 영상 문화의 시대로 이행되면서, 문학이 사회를 이끌어 가던 강력한 영향력은 불귀의 객이 되었다. 시대가 변하고 사회적 상황이 달라지면서 그나마 문학이 대중과 소통할 수 있는 구조는 주로 공유, 향유, 효용성, 영향 관계 등의 실용주의적 개념 속에 남아 있는 형국이다. 동시에 문화와 문학이 신분적·지적 상위 계층의 소유물이기를 지양하고, 일반 대중 누구나와 교유하는 광범위한 접촉 면적을 갖기 위해 그 방향성을 교정하기에 이르렀다. 시대의 성격 자체가 대중이 소수 지배의 헤게모니를 손쉽게 전복하는 지점에 도달했기 때문이기도 하다.

20세기 실존주의의 대표자로 불리는 독일의 철학자 하이데거가 나치 정권에 협력하고, 미국의 저명한 시인 에즈라 파운드가 파시즘을 열렬히 옹호하는 방송으로 미국 법원으로부터 종신형을 선고받은 위악적 사례도 더 이상 출현하기 어렵다. 역설적으로 그만큼 대중의 힘이 강화된 현실 앞에 우리가 서 있다. 문학의 대중적 향유는 이러한 시대 변화의 다층적 성격과 맞물린 문제이다. 문학이 고급한 수준이나 격조 있는 취향을 대변하던 고색창연한 전통은, 이제 여름날 맥고모자처럼 흔한 일반화 또는 하향 평준화의 물결에 묻혀 버렸다. 이와 같은 현상이 도저한 시대정신이 되고, 문학의 대중적 향유와 확장은 이 명징한 조류와 화해롭게 악수했다. 항차 문학을 통해 지고한 정신 영역을 탐색하는 기능은 그야말로 소수자로 전락한 마당이다.

한국문학에서 생활 속의 사례들을 찾아보면, 이 논의에 쉽게 찬동할 수 있다. 서울 시내를 종횡으로 가로지르는 전철 승강장에 부지기수로 게시된 시의 행렬을 본 분들이 있을 것이다. 모두가 다 그러한 것은 아니지만, 이들 가운데 대중의 '교사'가 될 만한 시는 매우 드물다. 이제 대중은 시를 통해 교훈을 얻기보다 시와 함께 즐거워하는, 곧 시적 향유에 중점을 두는 것을 당연시한다. 앞으로의 시는 대중과 함께 호흡하는 '가수'의 지위에 만족해야 할지도 모른다. 더욱이 시인과 독자의 경계 구분도 모호해져 SNS나 웹페이지 등에서 유행하는 시가 일종의 대세를 이룬 형편이다. 일견 안타까운 측면이 있으나 이를 반드시 나쁘다고만 할 수 없는 것이 현실이다.

언어학자들이 시대적 상황에 따른 언어의 변화를 언어의 타락이라고 간주해 온 것처럼, 정통적인 문학의 시각으로는 시의 형식과 내용이 변화하는 것을 부정적으로 평가할 수 있다. 하지만 그것으로 한 시대의 문학적 분수령을 넘은 흐름을 되돌리지는 못한다. 이 불가항력적 수긍에 맞서는 여러 저항의 논의가 있을 것이나, 그중 맨 오른쪽으로 나설 하나는 그렇게 변동하는 과정을 통해서도 문학이 지켜야 할 본연의 가치를 강조하는 것이 아닐까 한다. 곧 인간의 내면을 값있게 가꾸는 문학의 근원적인 사명이 유실되어서는 안 된다는 말이다. 이는 공급자로서의 시인·작가나 수요자로서의 독자 모두에게 수반되어야 할 경각심이다. 그것이 없다면 시대적 추세에 부응한 문학 또한 일정한 기능과 역할을 감당하기 어렵다.

문학 작품을 어떻게 읽어야 하는가

이와 같은 왜 쓰는가, 왜 읽는가라는 문제에 뒤따르는 것이 곧 '문학 작품을 어떻게 읽어야 하는가'라는 논의이다. 비평가, 곧 전문적인 독자로서 30년의 세월을 보낸 필자에게 여전히 화두처럼 남아 있는 명제이다. 길다면 길고 짧다면 짧은 그 세월의 뒤끝에서 가장 강한 힘으로 감각되는 것은 '관점(point of view)'이라는 개념이다. 이것이 없으면 문학 작품에 대한 일반적인 감상을 넘어 창의적이고 전문성 있는 의견을 제시할 수 없으며, 특히 비평가의 색깔이 드러나는 독창적 읽기와 쓰기가 불가능하다. 한 사람의 비평가로서 내가 가진 비평적 관점은 과연 온당하고 객관적이며 다음 단계의 독자에 대한 설득력을 갖고 있었는가. 내 비평으로 인해, 그것이 없었더라면 잘 알 수 없는 작품의 가치를 적시할 수 있었는가.

여기에서 제기한 한 묶음의 원론적 질문들은, 문학을 응대하는 근본적인 태도에 관해 자신에게 되묻는 일과 동일선상에 놓여 있다. 문학비평에서 문학을 바라보는 관점은 열거하기 어려울 만큼 많겠으나, M. H.에이브럼스가 지금은 고전이 된 『거울과 램프』에서 네 가지로 제시한 모방론, 표현론, 효용론, 존재론이 빈번하게 원용된다. 이 네 가지 문학이론은 각기 장황한 해명이 뒤따르기 마련이지만, 저자가 여기에서 주목하는 것은 그가 저서의 표제를 '거울과 램프'로 선택한 탁월한 상징적 의미에 관해서이다. 사물을 반사하는 거울은 모방적 반영을 수용하며, 스스로 빛을 발하는 램프는 주체적 표현을 발원한다. 좀 더 범주를 확장하면 이 논의는 수용미학과 창작심리학에도 연동되어 있다. 이렇게 서로 마주보고 서 있는 상황의 논리는 저자뿐 아니라 모든 비평과 연구의 현장에서 누구나 지속적으로 만나게 되는 문예이론의 모형이다.

그런가 하면 모방과 반영 그리고 주체적 표현의 논리와 함께 문학 작품에 대한 관찰, 분석, 비평이 어떻게 그 작품을 객관적으로 검증하고 계량할 수 있는가라는 명제를 지속적으로 추구하자면, 문학은 무형화된 하나의 거울이면서 동시에 저울이다. 거울과 저울은 한가지로 공평무사하며 삶과 문학에 두루 걸쳐 정신적 모본(模本)이 되는 도구이다. 예컨대 한 작가가 우리 현대사의 온갖 파고와 질곡을 밟아 본 경험의 소유자라면, 우리는 그의 문학을 통하여 그 공동체적 경험의 본질적 의미를 반사하고 또 반성적으로 성찰하는 유익한 '거울'을 얻을 수 있다. 그런가 하면 다양성과 다원주의가 미덕으로 통용되는 오늘의 시대상에 있어, 후기산업

사회나 포스트모더니즘 같은 사회의 성격이 시대정신과 악수할 때 이를 표현하고 판정하는 문학을 두고 그 사회를 계측하는 효율적인 '저울'이라 할 수 있다.

이제까지의 다소 장황한 논의는 읽고 쓰고 또 판단해야 하는 문학가로서 우리가, 어떤 기반 위에 서 있는가를 다시 한번 반추해 보기 위해서였다. 궁극에 있어서 문학이 우리 스스로의 삶을 비추어 보는 거울이 되고 우리 스스로의 정신적 가치를 재어 보는 저울이 되어야 옳다는 뜻이다. 《미주문학》의 여러 산문 작품들은, 결국 이러한 자기성찰이 문학의 형식을 입고 나타난 결과가 아닐까 하는 것이다. 《미주문학》이란 오랜 문학 광장은 미주 문학인에게 소중한 발표 지면인 한편, 다른 창작 주체의 사유 방식을 열람하는 소통의 매개체이다. 그것이 38년 세월에 86호에 도달했다는 사실은, 미상불 찬란한 세월의 이정표에 해당한다. 그 세월의 경과와 사유의 축적에 경의를 표하는 마음으로 작품들을 읽었다.

쇠락한 '몸'을 부양하는 정신의 풍경
— 고대진, 노기제, 오영방, 지희선의 수필

《미주문학》 작가들의 연령층은 대체로 장년 이후이며, 그런 연유로 그 일상에 있어 육신의 쇠약이나 병고의 체험이 확장되는 사례가 많다. 그리고 이는 자연스럽게 글쓰기의 소재로 떠오른다. 고대진의 「은퇴」는 대학에서의 은퇴를 앞둔 교수가 그 앞날의 삶에 대해 말하는 담담한 자전적 기록이다. 작년에 간암 수술로 한 학기를 쉬어야 했던 경험이 있다. 소설 쓰기에 대한 계획, 플루트 연주에 대한 계획을 비롯하여 꿈꾸는 것도 많다. 무엇보다도 이러한 내면을 정돈하여 말하면서 자기 점검을 수

행할 수 있다는 데 이러한 글쓰기의 미덕이 빛난다. 미리 준비하여 자신을 다스리는 지혜와 더불어, 그의 은퇴는 새로운 축복이 될 수 있을 것이다.

노기제의 「내 시간의 끝은 지금이다」는, 한국에 사는 오빠의 발병으로 태평양을 건너 다녀온 작가의 체험을 바탕으로 한다. 췌장과 대장에 문제가 생겨 수술을 하고 항암 치료를 받아야 하는 상황. 그 오빠의 동생인 작가는 솔선하여 오빠를 돌보고, 가족의 마음을 하나로 모아 '추억 만들기'에도 나선다. "그래 이게 바로 가족이다. 무엇이든 나누고 싶고, 희망을 함께 노래하며 용기 주는 일에 인색하지 않고 끝을 알 수 없으니 오늘이 그날이라 가정하고 내 안의 숨겨진 사랑을 펼쳐 내자." 이러한 따뜻한 시간 뒤에 회복의 소식이 있으니, 이러한 '가족 사랑'의 고백은 어떤 글의 기교보다도 더 아름답다.

오영방의 「침묵, 그리고……」는, 치매로 오랫동안 고생하다 유명을 달리한 선배 부인의 장례식에 다녀온 이야기이다. 고인의 큰아들이 유족 인사를 하다 목이 메어 말을 못한다. 작가는 그 장면에서 '어머니의 사랑'에 대해 생각한다. 누구에게나 공평하게 있는 생명의 근원으로서의 어머니. 작가는 50대 중반의 시기에 여읜 자신의 어머니를 떠올리고, 지금의 슬픔이 당상(當喪)의 시기보다 더 깊다고 느낀다. 문득 작가는 이율곡 선생의 생활 수칙이었던 「자경문(自警文)」 중 한 구절을 떠올리며, 말로 다 표현할 수 없는 삶의 한 곡절을 체감한다.

지희선의 「급체, 천국 사다리를 타게 하다」는 1년에 한두 번 급체로 고생하는 작가의 고생담이다. 급체의 징후가 느껴지는 순간, '왔구나' 하는 상황이면 이를테면 일종의 지병이다. 그런데 평상시에 특별한 조처의 방법도 없는 모양. 지인에게 도움을 받아 익숙한 질곡을 빠져나오면서, 어린 시절의 가족사를 회상한다. 그 중심에는 언제나 어머니, 그리고 일찍 세상을 떠난 오빠. 이렇게 일시적인 육신의 동통은, 현실에서의 돕는 손길과 가족사의 기억을 선물처럼 불러왔다. 고통의 밤이 가고 평온의 밤이 오는데, 미라보 다리 아래 센강이 흐르듯 그렇게 세월이 흐른다.

인간의 자리를 말하는 두 가지 형식
— 김수영, 최미자, 이재수, 채영선의 수필

　인간은 유한한 존재이면서 영원한 가치를 추구하는 생명체이다. 그 유한함이 허망한 소멸에 이르지 않도록 하는 장치가 곧 인간애, 인본주의, 인간중심주의와 같은 개념들이다. 이 정신적 차원의 단계를 넘어선 곳에 종교적 인식이 있다. 그러기에 인본주의와 신앙심은, 인간의 자리를 성찰하게 하는 두 중심축에 해당한다. 김수영의 「야영지의 행운」은, 먼저 '행운'에 대한 견식을 피력하는 데서 출발하여 19세기 미국의 단편 작가 하트의 출세작 「법석대는 야영지의 행운」이란 작품을 소개한다. 100여 명의 광부가 모여 사는 탄광촌에서 한 여인이 열악한 환경 가운데 아이를 낳고 죽는다. 스텀피라는 광부가 행운(Luck)이라 이름 지은 아이의 양아버지가 되어 양육을 시작하는데, 그로부터 온 탄광촌이 개과천선의 모습을 보인다. 결국 자연재해로 야영지가 파괴되고 아이도 죽지만, 그 변모의 감동은 사라지지 않는다. 이는 금보다 귀한 행운, 축복의 경험이다.

　최미자의 「개고기는 제발 그만」은, 한국인의 보신탕 문제에 대한 비판의 글이다. 작가는 기본적으로 '말 못하는 착한 개들과 동물 같은 인간들의 악인연'이라는 선험적 인식에서부터 논의를 전개한다. 개나 소 같은 가축의 도살이 어떻게 생명 사랑과 역행의 길이며, 동시에 그것이 얼마나 인간다움을 방기하는 일인가를 확고한 어조로 설명한다. 미국에서 중국계 한 젊은이가 동물 구출 활동을 하는 것을 두고는 '천사'라 호명한다. 또 한국에서 동물을 돕는 사람들의 이야기도 한데 모았다. 이를테면 동물 사랑이 '수준 높은 국가'요 인간다움을 지킨다는 주장을 담았다.

이 세상에 편만한 삶의 현장을 넘어 절대자에 대한 경외를 실천하려는 이야기가 이재수의 「이런 기도 은혜 받나」이다. 교회에서 주일예배의 대표 기도를 할 때, 미리 준비한 문장을 읽는 방식에 대해 부정적 견해를 강력하게 내보이는 이 글은 일견 찬반의 논란을 불러올 수도 있을 것이다. 그러나 여기에서 작가의 의도는 "예수님을 닮아 가는 믿음을 심어 주기 위해서는 심장에서 우러나오는 감동의 산 기도가 되어야 하며 또한 참신하고 생산적인 기도가 되어야 한다."라는 신앙적 시각을 펼쳐 보이는 데 있다. 기도가 하나님과 소통하는 대화의 통로라고 할 때, 그 진정성의 모양이 어떠해야 하는가를 작가 자신의 문맥으로 기술한 글이다.

그와는 결이 좀 다른 신앙적 고백으로서 채영선의 「보통 사람」은, 그동안 이 작가의 글이 그러했듯이 30년 가까운 미국 생활에서 자연의 경관이나 사람의 행위 등 여러 국면에서 지속적으로 신앙적 가치를 발굴하는 글쓰기의 양식을 그대로 유지한다. 밤길의 자동차 운행, 집 주변의 작은 동물, 미국의 대통령 선거, 그리고 하나님의 말씀. 그의 곁에는 언제나 감사할 것과 기도할 때가 충일한데, 우등생의 모범 답안으로 말하자면 이 정공법의 '행복'에 대적할 자가 없을 것이다. 그의 글쓰기는 어쩌면 이 확고부동한 행복에의 다짐이요, 그것을 지탱하는 또 하나의 버팀목인지도 모른다.

자연의 경물과 사람이 모두 스승

— 민원식, 이정길, 정찬열, 조옥동의 수필

끊임없이 절대적 경지를 찾아 정진하는 불교를 '상향 종교'라 하고, 불가의 가르침에 "네가 부처다."라는 말이 있다.『논어』의「술이편(述而篇)」에도 "세 사람이 길을 가면 그 가운데 필시 나의 스승이 있다.(三人行必有我師)"라는 표현이 있다. 뤼시앵 골드만이 주창한 "숨은 신(The hidden God)"의 시대에 있어서, 하나님의 계시는 자연이나 사람과 같은 구체적 경물 또는 현상을 통해 우리 삶에 투영된다. 요약하여 말하면 세상살이의 처소 곳곳에 스승이 숨어 있다는 말이다. 만일 우리가 볼 눈과 들을 귀를 가지고 있기만 하다면.

민원식의「잔가시와 여자」는, 물색 좋은 새우를 사다가 요리를 하던 중에 잔가시에 찔려 고생한 이야기를 사실적으로 썼다. 이 생활 속의 작은 체험을 넘어 작가는 가시의 물성을 '여자'의 품성에 대비한다. 그 어원 또한 여자와 관련이 있다. 손가락 끝을 가시에 찔린 것은 사소한 경험이지만, 그 일침의 아픔은 '따뜻한 사랑과 넉넉한 배려'를 일깨우는 효력을 발양한다. 이정길의「새들의 계절」은 삶터 곁에서 만나는 여러 새들의 울음소리와 생태에 관한 박학한 지식에서 출발한다. 이러한 관찰력은 근본적으로 새에 대한, 그 생명 현상에 대한 따뜻한 관심이 없이 형성되기 어렵다. 때로는 참새 한 쌍이, 작가 내외와 닮은 모습을 보이기도 한다. 다가오는 겨울의 새들을 걱정하는 작가는, 거기에서 인생론을 배운다. 마치 한국의 고전적 수필의 대가 윤오영이 양잠가에게서 문장론을 배웠듯이.

그런가 하면 정찬열의「우리 집 매화나무」는, 뒤뜰에 양생(養生)하는 여러 나무들에 관한 기록이다. 고향 집 뒷마당에 있던 나무들이 여기 뒤

뜰에도 서 있다. 작가가 한 그루씩 심은 탓이다. 그 가운데서도 20년 세월 동안 정이 든 매화나무가 글감이다. 이병주라는 작가가 「매화나무의 인과」라는 제목으로 수발한 단편 한 편을 쓴 바 있거니와, 이 나무에는 주인 부부의 오랜 삶의 이야기들이 서려 있다. 이 작가에게 매화나 석류 같은 나무는, 그냥 정적을 유지하는 식물이 아니라 진중하게 들여다보는 삶의 거울이다. 조옥동의 「영원한 것을」은, 세상을 멋있고 아름답게 사는 방법에 대한 자기 성찰과 탐색의 글이다. 일본의 방사선 학자 나가이 다카시 교수의 자전적 소설 『영원한 것을』을 읽고, 그의 헌신적인 의학적 그리고 사회적 기여에 대한 감동을 들려준다. 작가의 일상적인 일과 관련이 있어 더욱 그 이해가 깊은 편이겠으나, '인생의 참다운 목적'에 대한 궁구(窮究)가 돋보인다.

글쓰기와 글 읽기, 우리 시대의 '문형'
— 이원택, 이윤홍, 이동휘, 박복수의 수필

이 계절의 산문 가운데 매우 의욕적인 작품 비평을 수필로 쓴 두 편의 글을 만났다. 그 가운데 이원택의 「우리 시대의 문형(文衡)」은, 한 시대를 풍미한 한국의 대표적인 작가들에게 '문형', 곧 벼슬을 매겼는데 문형은 조선 시대 대제학의 별칭이다. 수년 전에 『조선왕조실록』을 통독한 재야 사학자이자 드라마 작가인 신봉승이 『세종, 대한민국 대통령이 되다』라는 기막힌 책을 썼다. 조선조 500년을 관통하여 뛰어난 역사적 인물들에게 현재 대한민국 정부를 구성하는 직책을 부여함으로써, 이른바 시공을 초월하는 '드림팀'을 조각한 것이다. 대통령은 세종대왕이었고 국무총리는 오리 이원익이었다. 이원택의 '문형'에는 김주영, 조정래, 황석영,

이문열 등이 등장한다. 그와 같은 선별의 근거도 설득력이 있다. 중요한 것은 대하 장편의 작가인 이들의 작품을 해석하고 평가한 그 열정이다. 가장 좋은 독자가 곧 가장 좋은 비평가이다.

이윤홍의 「한강의 「채식주의자」와 프란츠 카프카의 「변신」」은, 수준 있는 문학적 견식을 한 편의 수필 속에 풀어놓았다. 두 소설 모두 작품의 해석이나 문학사적 계기에 있어서 간과할 수 없는 중요성과 성과를 지니고 있다. 그 비교와 대비에 대한 관점 또한 만만치 않다. 한강의 작품이 폭력에 저항하여 나무가 되고자 하는 한 여자를 통하여 인간이 저마다 숨기고 있는 내면의 상처를 드러냈다면, 카프카의 경우는 전혀 새로운 입지에서 새로운 방식으로 세계를 바라보는 시각의 구도를 형성함으로써 '소격 효과'라는 획기적인 차원의 문을 열었다. 기실 이 작품은 1964년 빌헬름 엠리히의 주도로 열린 체코의 '카프카 심포지엄'에서 죄르지 루카치와 베르톨트 브레히트가 맞선 세기의 논쟁을 이끌기도 했다. 엠리히의 결론은 '허무주의와 전통을 넘어선 성숙한 인간'이었는데, 이윤홍 또한 이 작품들의 인물에게서 '변신'의 운명에 맞선 인간의 참모습을 발견하고 있다.

이동휘의 「긴 항해의 끝자락에서」는, 삶을 항해에 비교하면서 그 항해의 여러 절목을 구체적으로 적시하여 삶에 대한 경계와 교훈을 일깨우는 글이다. 그 연장선상에서 자연스럽게 글쓰기라는 화두를 이끌어 내고, 항해가 그러한 것처럼 글쓰기 또한 '자기와의 끝없는 싸움'이라는 인식에 도달한다. 작가는 글의 제목에 '끝자락'이란 언표를 사용했지만, 이처럼 자아에 대한 관찰과 그 표현의 의지가 신실하다면 그 끝은 아직 끝이 아니요 덧없는 끝은 더욱 아닐 것이다. 박복수의 「세차게 흐르는 물소리같이」 또한, 여행과 사진에 남다른 애착 및 기량을 가진 작가가 생활 속에서 그 일들을 수행한 추억과 그에 관련된 교훈을 차분하게 토로하고 있다. 이렇게 되면 사진에 몰두하는 일이 단순한 취미에 그치지 않고 삶의 내면을 풍요롭게 장식하는 축복의 통로가 되는 셈이다. 작가는 이 사진 예술에 문자 예술로서 '시 한 자락'을 결부시키기를 원한다. 바라기로는 그의 시와 사진이 자신의 가슴 적시기를 넘어, 우리에게도 그 행복한 기운을 나눠 주길 바란다.

문화의 경계와 따뜻한 인본주의
— 신정순의 동화

신정순의 동화에는 눈에 보이지 않는 일정한 규율이 있다. 미국의 초등학교 교실이나 아이들의 공동체를 바탕으로, 현실 적응에 어려움이 있는 아이가 등장한다. 그 아이는 다른 아이들이나 주변 환경으로 인하여 허약한 면모를 보이거나 위악적인 측면을 나타낸다. 때로는 그 위악이 심각한 수준에 이른다. 하지만 이야기의 진행과 더불어 이 은닉된 요소들이 하나씩 드러나고, 아이 또는 주위의 아이들은 공감과 화해와 협력의 단계를 열어 나간다. 그 단계의 문열이가 매우 설득력 있게 그리고 감동적으로 제시되면서, 신정순의 동화는 이야기의 재미와 작품으로서의 예술성을 함께 추수한다. 이 패턴이 납득됨으로써, 작가는 그동안 한국과 미국 모두에서 뛰어난 소설가요 동화 작가로 기림을 받았다. 이 작가는 그렇게 해서 여러 차례 수상 경력이 있고, 김영사 문학 브랜드인 비채 출판사에서 2017년 소설집을 출간하기도 했다.

이번의 동화 「아빠는 청소부」도 그렇다. 중심인물 윤수는 졸지에 청소부의 아들이 되었다. 1년 전만 해도 서울에서 중학교 교장 선생님이었던 아빠가, 미국으로 이주한 뒤 교회의 관리인 일을 맡았기 때문이다. 그

교회 목사님의 아들인 '노랑머리 형' 데이비드가 앞서 말한 위악적 인물이다. 겨우 6학년이지만, 데이비드는 엄마의 죽음과 교인들의 냉대를 비롯한 인생의 쓴맛을 두루 맛본 '문제적 인물'이다. 종국에는 윤수와의 관계나 윤수 아빠의 직장 등의 문제가 순적하게 해소되어 예전에 보던 화해로운 결말에 이른다. 이렇게 이 작가의 작품에는 문화 충격의 경계 지대에 선 아이들이 어떻게 그 인간성을 회복해 가는가를 순차적으로 보여 준다. 굳이 명호를 붙여 보자면, '따뜻한 인본주의'가 아닐까.

병마와 맞선 내면 의식의 결기
— 곽설리와 연규호의 소설

이 계절의 수필들 가운데서도 목도한 바이지만, 소설 또한 병과 죽음의 문제에 대한 작가들의 관심이 많고 그에 대한 천착 역시 웅숭깊었다. 그것은 한 개인이 당착한 인생사이면서, 동시에 그 빈도와 비중에 비추어 볼 때 미주 문학 문인들이 공감하는 공통의 관심사, 공통의 사회사이기도 할 것이다. 생로병사로부터 자유로울 수 없는 인간의 숙명은 이처럼 우리 삶의 현실 도처에 지천으로 널려 있다. 우리가 주목해야 할 사실은 이 작가들이 그 병과 죽음을 어떻게 응대하며 어떻게 수긍하거나 극복하는가라는 태도 또는 방식이다. 문학은 여기에 각별한 존재 양식이 있다. 비록 물리적으로는 그 한계를 넘어설 수 없다 할지라도, 정신적 영역에 있어서는 강고한 내면 의식의 결기를 세우고 이를 감당하며 초극하는 의지를 확립할 수 있는 까닭에서이다. 이 어렵지만 싸워 볼 만한 쟁투를 부양하는 힘, 그것을 앞으로 밀고 나갈 수 있도록 추동하는 저력이 문학의 한 미덕이기에 그렇다.

곽설리의 「숲을 지나며」는 임파선 암 말기에 이른 한 여자의 내면세계, 그 우울한 풍경을 문면에 담았다. 백인 남편의 직장을 따라 사막 나라에 와서 살면서, 육신에 암이 자리 잡을 만큼 그 마음의 빛깔도 평온하지 못했다. 남편과 자신의 사이를 막막한 사막이 가로막고 있다고 느끼는 것은, 지난날이나 지금이나 별반 다를 바가 없다. 사막 나라의 카지노를 찾아간 여자의 심경도 매한가지이다. 이 여자가 패퇴한 정신의 형상을 보여 주기 위한 매개체라면 여기에까지 이른 이 소설은 제값이 있다. 그러나 그것을 포괄하고 한차례 더 승급하는 주제 의식을 요망하기로 하면, 조금 다른 서사 구조를 기대해 보는 것이 좋겠다.

연규호의 「해마」도 병마와의 대적을 다루고 있다. 이 소설의 중심인물인 '나'는 조 강(Joe Kang), 한국 이름은 강석호이며 뉴욕대학병원 교수로 있는 신경외과 의사이다. 병자는 그의 친구 빌, 한국 이름은 김정식이며 뉴욕 J 로펌에서 일하는 유력한 변호사의 어머니이다. 그 어머니의 대뇌 가운데 '해마'라 부르는 조직에 발생한 암이 통증을 유발함으로써 수술을 해야 하는 사태이다. 실제 의학적으로도 그러하겠지만, 작가가 이 소설에서 딜레마로 설정한 대목은, 수술하면 통증이 사라지겠으나 자칫 기억을 잃고 모성애를 잃는다는 것이다. 빌은 수술을 요구했고 수술 후의 어머니는 결국 아들을 알아보지 못한다. 우리가 빌이나 그 어머니의 자리에 놓이게 된다면 어떨까? 쉽게 답변할 수 없는 상황이고, 그 쉽지 않음만큼 이 소설의 값이 더 높이 평가될 터이다.

개인사로서의 과거와 그 기록

— 김영강과 김영문의 소설

소설에 있어서 과거는 작품 소재의 주요한 곳간이면서, 현재의 삶을 입체적으로 반사하는 거울이자 균형 있게 가늠하는 저울의 역할을 한다. 이 과거를 현실 속으로 이끌고 들어와 양자를 효율적으로 매만지고 가공하는 작가가 김영강이다. 그의 이번 소설 「이제 숙제는 끝났다」도 바로 그러한 도식의 바탕 위에 있다. 단편으로서는 좀 긴 이 소설의 중심인물은 '해주'란 이름을 가졌다. 어느 날 일간 신문 문예면에서 「침묵의 비밀」이라는 제목의 소설가 작가 강미경을 발견한다. 해주의 친구 강애경의 언니이자 옛 애인이었던 이민우를 앗아 가 결혼한 여자다. 작중 강미경의 소설은 이들 사이에 얽힌 실타래 같은 과거를 반영하면서 사실과 허구의 경계를 모호하게 타고 넘어간다. 급기야 해주는 강미경을 만나러 가고, 삶의 극단에까지 전락한 강미경을 목도한다. 「침묵의 비밀」은 이른바 액자소설로 등장하고, 그 모호한 경계로 인하여 오히려 소설 전체에 활력을 공여하는 매개체로 기능한다. 모호함이 오히려 소설적 이야기의 형성을 잘 부축한다. 다만 이야기의 완결성과 열린 결말의 두 다른 방향 가운데 어느 것이 더 소설적일지는 한번 고려해 볼 필요가 있다.

김영문의 「여름이 끝나는 계절」은 소설 속의 영화 「여름이 끝나는 계절」을 그대로 표제로 내세웠다. 과거에 본 그 영화와 영화의 히로인이었던 윤미란에게 매혹되었던 주인공의 이름은 김현성. 로스앤젤레스에서 컴퓨터 프로그램 회사를 운영하는 비즈니스맨이다. 그는 시카고로 출장 갔다가 미시간 호숫가에서 화상을 입고 세상을 등진 윤미란을 우연히 만난다. 이들의 교유는 그 길을 트기가 매우 어렵다. 처음에 장난처럼 시작했다가 진실성의 마음을 입게 되지만, 김현성은 궁극적으로 윤미란에게 근접하지 못한다. 음험한 상상, 화상의 얼굴, 단절과 열망 등의 과정을 거치면서 두 사람의 관계는 부수적인 여러 소설적 결실을 산출한다. 그 이야기의 과정이 곧 소설인 연유에서이다. 이들의 관계를 더욱 강렬하게 상징하는, 한 걸음 더 진척된 이야기 구조가 병렬될 수 없었을까 하는 생각이 남지만, 상투적이고 도식적인 결말을 탈피한 산뜻한 마무리의 소설이다.

낯선 곳에서 만난 운명의 표정
— 이용우의 소설

한국인으로서 8만 리 태평양을 넘어 이중 문화 이중 언어의 환경 속에서 살아야 하는 자신의 삶도 그러하지만, 한국계 미국인이 당착해야 하는 고민 중 하나가 다음 세대를 어떻게 양육하고 어떤 정체성을 갖게 하느냐의 문제가 아닐까. 참으로 쉽지 않은 이 문제는 한국에서도 마찬가지이고, 다른 어떤 나라의 부모라 할지라도 예외일 수 없다. 이용우의 「타로 카페」는 이 주제에 정면으로 마주 선 소설이다. 소설의 화자 '나'는 현우라는 이름을 가진 이혼 가정의 아버지이고, 전처가 새 남편과 함께 데리고 사는 딸 주리가 있다. 그런데 그 딸이 가출을 했다. 그것이 매우 심각한 사건이라고 알려 온 것은 전처 기숙이 아니고 그의 미국인 남편, '나'의 표현을 차용하면 아주 마땅치 않은 '사내'다.

이 시점을 계기로 작가는 시간의 과거와 현재를 오가며, 전처와 딸과 자신 사이의 삶을 조명해 보여 주고 자신이 지금 살아가는 형편에 대해서도 밝히 풀어 보인다. 사태의 핵심은 딸 주리를 찾는 일이고, 이 일에 미국에서의 고단하고 팍팍한 삶을 말하는 여러 가지 상징적 기제들이 함께 걸려 있다. 마침내 주리가 있을 곳이라고 찾아간 곳은 '보헤미안'이라는 상호의 타로 카페. 그런데 거기에서 본 주리일 듯싶은 아이가 과연 딸일지 확인도 되지 않는다. 하릴없이 타로점을 치는 여자와 마주 앉았다 나온 '나'에게는, 심호흡을 하며 눈을 드는 일밖에 남은 것이 없다. 매우 시니컬하게, 빌딩 숲에 몸을 빼앗긴 하늘이 매트리스만 한 조각으로 올려다보인다. 한 남자가 가진 멸실과 절망의 깊이를 격앙된 어투나 큰 충돌적인 행위 없이 이렇게 부각할 수 있다면, 이 작가의 필력에 신뢰와 기대를 보낼 수밖에 없다.

이중 문화 환경을 넘어서는 글쓰기

—《미주문학》2016년 가을호를 중심으로

미주 디아스포라 문학의 길과 만남

미주 한인 문학을 대표하는 문예지《미주문학》에 2년여에 걸쳐 계간 평을 쓴 것이 아마도 십수 년은 된 것 같다. 참으로 오랜만에 이 낯익은 책을 정독하면서 감회가 깊고 새롭다. 곳곳에 익숙한 이름들이 보이는가 하면, 이제는 먼 세계로 떠나 만날 수 없는 이름들의 빈자리가 보이기도 한다. 아하, 그러고 보니 그 세월은 한쪽에서만 흐르는 것이 아니었다. 마흔 중반의 힘찬 장년이었던 필자도 어느 결에 이순을 넘긴 중로(中老)의 반열로 들어섰다. 이 때늦은 세월론을 피력하고 있는 까닭은, 그야말로 이 글쓰기를 통해 재회하는 문필들이 반갑고 기꺼운 데 있다. 다시 만나는《미주문학》문우들의 글이 소중한 만큼, 그 평설에 있어서도 올곧은 소리만 할 참이다. 그래야만 '되돌아온 옛 벗'의 역할을 다할 수 있을 듯하기 때문이다.

언젠가《미주문학》여름캠프에서 어떤 분이 필자에 물었다. 이 먼 땅에 와서 사느라고 이렇게 나이가 들었는데, 이제 글을 써서 어디 소용에 닿겠는가라고. 필자는 마흔이 넘어 소설 쓰기를 시작한 작가 이병주와 박완서의 경우를 들어 늦지 않았다고 강변했다. 그러자 다음의 반문은, 그들이야 선천적으로 문학적 재능을 타고난 인물들이 아니냐는 것이었다. 진중한 정색이 필요한 순간이었다. 그렇다면 크게 욕심 내지 않고 평생을 걸고 가장 가까이 있는 한 사람을 감동시킬 수 있는 글 한 편을 쓸 수 있지 않겠는가? 여기에 그것은 가능할 것 같다는 답이 나왔다. 필자는 결연히 말했다. 지근거리의 독자가 공명하는 글이면 누구에게나 감응을 부를 수 있고, 그렇게 한 편을 쓸 수 있다면 다음 글들도 결코 멀리 있지 않을 것이라고.

이 논리는 기실 미국에서나 한국에서나를 막론하고, 글쓰기에 삶의 무게 중심을 두려는 사람 누구에게나 적용될 수 있는 창작 문법이다. 20년이 넘도록 한민족 디아스포라 문학을 탐색해 온 필자의 경험적 생각으로는, 해외에서 모국어로 글을 쓰는 한인 문인들에 꼭 따뜻한 손길처럼 건네고 싶은 말이다. 또 하나 더 있다. 곤고한 이중 언어 이중 문화의 환경 속에서 어렵게 쓰는 글인 만큼, 그 문화 충격을 회피하지 말고 창의적 소재로 활용할 수 없겠는가라는 점이다. 디아스포라 현장에서, 아니면 그와 관련된 여러 부면에서 필자는 이 소재가 오히려 독창성을 가질 수 있다고 주장했고, 실제로 그렇게 산출된 수작도 여러 편 목도했다. 중국 원대(元代)의 한 시인이 "국가불행시인행(國家不幸詩人幸)"이라 적었던 것도 바로 이와 같은 연유에서였다.

이야기 구조로 촉발하는 공감의 힘

　미주 현지에서 수발한 작품들을 생산하고 있는 문인이 즐비한 마당에, 앞에서 논거한 필자의 언사가 마땅치 않을 수도 있다. 그러나 정작 주요한 목표는 미주 문학 작품들에 대한 논의의 지평을 자유롭고 활달하게 개방하자는 것일 뿐 다른 뜻이 있을 리 없다. 2016년,《미주문학》가을호에 발표된 산문 작품은 소설 세 편, 동화 한 편, 수필 열일곱 편 등 모두 스물한 편이었다. 작가와 비평가의 눈은 때로 그 방향이 서로 다를 수도 있으나, 좋은 작품의 길을 각성하는 데는 그다지 큰 차이가 없을 터. 여러 편의 글을 한꺼번에 함께 살펴보는 비평의 방식에는, 어쩔 수 없이 주제론적 접근법이 유효한 길잡이가 되는 정황이다.

　김영강의 소설 「그 남자」는, 이 작가가 다른 작품에서도 익숙하게 시도한 바 있는 기억 속의 옛 사람 그리기, 그를 현실적인 삶 가운데로 이끌어 내기의 구도를 가졌다. 여학교 시절 혼자 좋아했던 남자, 그렇게 가슴을 태우던 남자와 20여 년 만에 마주 앉았으나 종내 옛 얘기를 풀어놓지 못한다. 두 사람의 얘기가 겉돌 수밖에 없는 것은, 그래야만 화자인 '나'의 시각이 소설적 국면으로 진입하는 형편이기에 그렇다. 소설적 상황의 반전은 그 남자 또한 그 시절에 표현을 못했을 뿐 같은 빛깔의 마음을 가졌었다는 사실에 머문다. 중년에 이르도록 세월을 보낸 삶 가운데 숨어 있는 추억의 한 갈피를, 욕심 내지 않고 깔끔하게 열어 보인 소설이다.

　　혹시 그 남자가 치료를 핑계 삼아 전화라도 걸면 어쩌나 하고 스산한 불안감이 강하게 밀어닥쳤다. 기록 카드에 주소와 전화번호를 남긴 것이 후회막심했다. 모든 사실을 남편이 알게 되면 어떡하나 하는 걱정이 온몸을 휩

싸며 운전대를 잡은 손이 벌벌 떨렸다.

— 김영강, 「그 남자」에서

이토록 지난날의 꿈은 쉽게 퇴색하고 엄중한 현실이 눈앞에 있다. 태평양의 동쪽이든 서쪽이든 그 사는 곳이 문제되지 않는, 보편적인 우리의 옛 사람 만나기 형식이다. 그런데 이와 같은 상식적인 감정의 흐름을 넘어서는 구조적 관계성이 매설될 때에는 김영강의 경우와 유사한 소설적 상쾌함을 맛보기 어렵다. 손용상의 「건너지 못하는 강」은, 법적인 오누이이지만 실제로는 피가 섞이지 않은 두 남녀의 관계에 대한 이야기다. '나'의 여동생 세진은 대학 3학년. 그 상대역인 오빠 '나'는 자연히 우울하고 내성적인 행동 양식을 보일 수밖에 없다. 동시에 거기에는 '나'의 어머니가 자살로 생을 마감했다는 비극적 가족사가 결부되어 있다.

그럼 어머니가 선천적 간질…… 그렇다면 내 핏속에도 그것이…… 아아, 그랬었구나. 그 어릿거리던 나무의 결이, 빙글거리던 전광판의 어지러움이 비틀어진 사람의 형상으로 보이던 것이 바로 피의 흐름이었구나. 아아, 그러면 나는…… 세진은…….

— 손용상, 「건너지 못하는 강」에서

어머니 죽음의 비밀을 습득하는 순간 '나'에게 찾아오는 것은 간질에 대한 자각과 그 증상의 시작이다. 법적 근친의 사랑과 난치 질병의 대물림이라는 두 극단적 서사의 줄기가 충돌하는 지점에 이 소설은 그 기반을 두었다. 그에 비하면 연규호의 「영정 사진」은 죽음의 문제를 소재로 하고 있으나 그 분위기는 맑고 가볍다. 학벌 좋고 돈 많은 부모 덕분에 미국 유수의 아이비리그 대학을 졸업한 부부가, 서로의 고집 때문에 이혼 직전까지 갔다가 다시 화해의 길로 접어드는 이야기이다. 그런데 그 심정적 변화의 한가운데, 남편인 '나'가 한국에 가서 만난 전직 외과의사 김 박사의 훈도(薰陶)가 잠복해 있다.

아담한 공원묘지에 도착한 것은 아침 9시나 됐을까? 배가 고팠으나 김 박사를 한시라도 빨리 만나고 싶었다.

안내원의 도움으로 김 박사가 묻힌 곳을 찾았다. 봉분이 없는 미국식 묘지에 만든 지 얼마 안 되는 묘비가 서 있었다.

'의학 박사 김성진의 묘'에 아주 만족한 듯이 살며시 웃고 있는 김 박사의 사진이 동판에 새겨 있었다.

에코랜드에서 찍은 그 사진, 해탈 후 느끼는 그 만족과 평화가 죽은 후에도 살아 있는 듯한 걸작품이었다.

— 연규호, 「영정 사진」에서

그런데 그 사진을 찍은 이가 곧 화자이자, 사이 나빴던 아내의 남편 '나'이다. 김 박사는 완당 김정희의 「세한도」가 증명하는 삶의 겸손을 '나'에게 가르쳤다. 일견 작위적인 후감이 없지 않으나, 선한 결말이 공여하는 감동은 늘 청신하다. 동화로서 그와 같은 감동을 깊이 있게 선사한 사례가 신정순의 「인기의 용기」이다. 인기는 메이플 초등학교 4학년 학생. 같은 학교에 장애인 여동생 인희가 다니고 있지만, 아이들의 놀림감이 될까 봐 동생이라는 사실을 숨기고 있다. 이러한 인기의 심리적 동향을 따뜻하게 주시하며 끝까지 기다려 주는 섀런 선생은, 선량한 미국인의 표본으로 보인다. 알고 보니 이 선생의 아들 브라이언이 교통사고로 다리를 다친 장애인이다. 이들은 인기의 내면에 잠자는 용기를 일깨운다.

인기는 인희의 들썩거리던 가슴이 고요해질 때까지 한참을 그렇게 인희를 감싸고 있었다. 그러다 문득 사방이 조용해진 것을 느꼈다. 인기네 반 아이들과 특수반 아이들 모두 한 몸이 된 오누이를 놀란 눈으로 바라보고 있었다. 조셉은 온몸이 마비된 사람처럼 입을 딱 벌린 채 한동안 입을 다물지 못했다.

— 신정순, 「인기의 용기」에서

특수반 방문을 마치고 교실로 돌아와서, 인기는 반 아이들 앞에서 왜 동생을 숨겼는지 고백한다. 아이들은 "인기! 인기!"를 연호하며 공감과 격려의 마음을 나눈다. 일찍이 윌리엄 워즈워스가 "어린이는 어른의 아버지"라고 그의 시 한 구절로 쓴 그 순수한 동심의 힘이 눈앞에 출현하는 광경이다. 미국 초등학교이기 때문에 펼쳐진 그림일 수도 있겠으나, 보다 엄밀하게는 자연스럽고 감동적으로 화해의 한 마당을 열어 보인 작가의 마음, 그 기량을 상찬해야 옳을 것이다. 실제로 우리의 심금을 울리는 힘은 이처럼 작고 진실한 이야기들 가운데 있다.

삶의 바닥에서 건져 올린 문학적 서사

수필은 모든 문학 장르 가운데 유일하게 작가와 작품 속의 발화자가 일치하는 글쓰기 형식이다. 그런 연유로 《미주문학》의 수필은 이국살이의 감회와 애환을 가장 잘 드러내는 '문학적 효자'의 기능을 감당해 왔다. 이 계절의 《미주문학》에 발표된 작품들 또한 그 의미 영역의 범주를 잘 보여 준다. 모두 열일곱 편에 달하는 수필을 통독해 보니, 대체로 창작 주체의 관심이 지향하는 바가 몇 개의 단락으로 요약됨을 알 수 있었다. 보다 엄밀하게 말하자면, 이처럼 여러 작품을 두고 구획된 범주화를 시도하는 일은 바람직하지 않고 과정상의 무리가 따를 수 있다. 하지만 한 지면에서 통할하여 살펴보아야 하는 독법의 성격에 비추어 보면, 피할 수 없는 방식이기도 하다.

인간의 생명이 유한한 한, 죽음과 건강에 대한 탐구는 문학적 글쓰기의 소재로 오랜 지속성을 가질 것이다. 고대진의 「버킷 리스트」는, 63세에 간암 수술을 받은 화자가 자신의 버킷 리스트에 대해 생각해 보는 글이다. 엄청난 생각의 활화산을 가슴에 감추고 있으면서도, 글의 문면은 침착하게 통제되어 있다. 이와 같은 고백이 가능하고 이와 같은 자기 개방과 통어가 가능하다면, 그로써 글쓴이의 사람됨과 그 품격에 경의를 표할 만하다. 김태영의 「다 부질없다 하더니」는, 글의 부제가 지시하는 대로 미주 문단의 알려진 시인 고 배정웅 선생의 마지막 7일에 대한 기록이다. 진진한 존경의 마음과 깊은 인간애가 배어 있는 글이다. 이재수의 「우울증」은, 표제가 된 병의 성향과 과정에 대한 기술로 글을 시작한다. 1971년부터 미국으로 이민 와서 사는 동안 여러 유형으로 목격한 우울증의 사례를 열거하면서, 그 치료 방법에 대한 의견도 덧붙이고 있다. 그런가 하면 최미자의 「어느 의사 선생님의 편지」는, '나쁜' 의사와 그렇지 않은 의사의 두 경우에 대한 대조 및 비교론이다. '좋은' 의사가 몸과 함께 마음까지 치유하는 범례를 보여 주는 글이다.

고향과 가족과 옛일을 그리워하는 것은 인류 문화사의 오랜 명제요 글감이다. 동양 문화권의 시성(詩聖) 두보는 이를 제재로 한 방랑 시편의 절창을 쓰며 일생을 객지로 떠돌았다. 김수영의 「안동 간고등어」는, 어린 시절 고향 안동의 풍광과 간고등어에 얽힌 기억의 서사를 이끌어 낸다. 거기 도산서원과 병산서원, 안동소주, 아버지의 밥상과 같은 여러 경물이 굴비 두름처럼 엮여 있다. 좋은 글은 작가 자신 외에도 독자를 그 기억의 세계로 견인한다. 민원식의 「내 고향의 가을」은, 지금 사는 곳과 60년 전 고향의 가을을 견주어 보면서 쓸쓸하고 허전한 감상을 달래는 글이다. 작가의 고향은 아득한 세월 저편에 남아 있는 것이기에 더 아름다울지도 모른다. 이 글의 공로는, 우리 모두가 거의 보편적으로 가슴 가운데 숨겨 두고 있는 각자의 고향을 그와 한가지로 일깨운 데 있다. 지희선의 「바람이 전하는 기별」은, 메모리얼데이 연휴를 맞아 대청소를 하면서 어머니의 유품 가운데 옛 노트를 발견하는 이야기이다. 아! 어머니! 이 대목은 옷감이 너무 좋아 마름질의 숙련 여부를 앞서서 먼저 옷이 잘 되도록 하는 형국이다. 노기제의 「추억으로 남겨진 두 표정」은, 지난날 오스트레일리아 여행의 추억을 산뜻한 감각으로 되새겨 보는 글이다. 지금도 책상 앞에 붙어 있는 그때의 사진, 사진을 찍은 중국 청년의 표정이 미소를 불러온다. 좋은 일이다. 좋은 추억을 많이 가진 이의 내면은 무너지는 법이 없다.

　그런데 꿈이 소중하고 옛날이 그립다 할지라도, 우리는 현실의 바닥에 발을 딛고 산다. 문학은 진실 법칙을 활용할 수 있으나 삶은 현실 법칙을 떠나지 못한다. 그러기에 문학적 진실은 결국 세상살이의 저변을 두드려 보는 가늠대이기도 하다. 그와 같은 삶의 실상을 담은 글 몇 편을 살펴보자. 박하영의 「한여름의 콘서트」는, 멕시코 국경 부근의 '티화나'라는 도시로 선교 봉사를 다녀온 이야기이다. 자칫 선교는 사라지고 봉사만 남아 힘들거나, 봉사가 사라지고 선교만 남아 대상과 괴리되기 쉬운 것이 선교 봉사인데, 이 글의 작가는 그 양자를 함께 잘 끌어안은 후일담을 우리에게 선사했다. 오영방의 「교통신호등에 감사」는, 미국에서 체험한 교통신호등의 원활한 작동을 글로 썼다. 그에 잇대어 한국의 신호등에 적용했으면 하는 바람을 피력한다. 건강한 상상력. 이 작은 바람에 견주어 보면 그의 조국애는 여전히 싱싱하다. 이정길의 「앨버커키」는 뉴멕시코주의 가장 큰 도시 앨버커키로 이민 와서 살면서 이 도시의 여러 모습을 관찰한 글이다. 도시의 세세한 절목을 애정 어린 눈길로 묘사한다. '내가 사는 곳이 내 집'이라는 속언을 떠올려 보면, 작가가 그러한 심사를 가꾸고 있기에 그곳이 친숙한 삶터가 된다 할 것이다. 채영선의 「아이오와에서 온 편지」는, 옥수수 자라는 소리가 들리는 듯한 땅 아이오와에서 소박하지만 귀한 일상, 큰 목소리 없이도 뜨거운 신앙의 소식을 담았다. 글이 말하는 깔끔하고 작은 행복들은, 오히려 강한 감응력과 전파력을 발양할 것으로 보인다.

인문적 상상력의 미덕을 살린 글쓰기

지금까지 살펴본 수필 작품들은 거의 신변적 소재로, 생활 주변에 있는 더불어 나눌 이야기들을 그렸다. 이와는 좀 다른 맥락으로 인문적 상상력이나 주의 주장을 담아 공동체의 문제를 환기하는 글 몇 편이 눈에 들어온다. 박복수의 「내게 특별한 우리말」은, 동생과 주고받은 이메일의 충격에서부터 괴테와 세르반테스를 등장시키며 말의 중요성과 위력에 관한 인식을 펼쳐 보인다. 유년 시절부터 익숙한 가훈도 한몫한다. 동생과의 관계를 회복하는 일을 비롯하여, 그의 말을 통한 세상 보기는 오래 계속될 듯하다. 이동휘의 「가을의 길목에서」는, 커피 잔을 들고 창가의 의자에 앉아 상념의 여행길을 떠나는 글이다. 창 밖에서 나무 위를 오르내리는 다람쥐를 보는 일도 작가의 인문학적 명상을 촉발하는 재료가 된다. 수필로 쓴 창변(窓邊) 인생론의 한 모형이다. 이원택의 「상선 약수」는, 물과 나무에 대한 직접적인 경험으로부터 치산치수의 방략에 이르기까지 사유의 폭이 넓은 글이다. 캘리포니아와 중국, 노자(老子)의 사상을 오가며 물과 나무에 관한 식견을 기술했다. 지식을 담은 수필이 유익을 나누는 사례에 해당한다.

인문학적 소양을 글쓰기로 치환한, 매우 인상적인 작품이 이성열의 「날아라 새여!」이다. "나는 새에 대한 추억이 많다."로 시작되는 이 글은, 말 그대로 작가 자신이 키웠던 이름도 모르는 새에 관한 이야기이다. 그 이야기를 이끌어 오기 위해 작가는 자신의 어린 시절 새에 대한 경험을 서두에 가져다 두고, 새에 대해 자신이 가졌던 마음의 경도(傾倒)를 토로한다. 수년 전 친구에게서 얻은 새 한 마리를 정성 들여 길렀다가 잠깐 실수로 날려 보낸다. 그 상실감과 그리움, 기다림 등의 감정적 굴곡을 겪으면서, 새를 통한 삶의 이치를 깨우친다. 작가는 그 심사를 이렇게 요약한다. "날아라, 새여!" 그는 이제 하늘에서, 숲속에서 새의 모습을 자연으로 만날 것이라고 술회한다. 이 수필은 그 서사의 순차적 전개나 인과관계, 그리고 일관된 메시지의 운반 등을 감안할 때 한 편의 소설로 읽어도 무방할 것으로 보였다. 이윤홍의 「상상을 상상하다」는, 우연히 「화피(畵皮)」라는 영화를 보고 요괴에 관한 이 특별한 이야기에 매료되는 작가의 심정적 동향을 고백하는 데서 출발한다. 이야기의 원전이 실린 『요재지이(聊齋志異)』를 찾아 거기에 실린 '화피' 이야기의 원문을 6쪽이 넘도록 영어로 옮겨 놓기도 한다. 환각과 상상력, 영화와 대중성, 요괴에 매료된 사랑 등 여러 유려한 이야기의 항목들이 길게 이어진 수필이다. 재미있고 풍성하고 화려하다. 다만 수필 원론에 입각한 절제의 글쓰기를 유의했으면 좋겠다.

3부

운문호일의 시와 언어

김현구, 또는 강진 시문학파의 시

시대적 환경과 시문학파의 위상

1930년대의 문학과 시문학파

우리 문학사에서 1920년대 후반기는 사회주의 세력이 주도하는 프로 문학이 성행했다. 때문에 이 시기를 프로 문학에 의한 이데올로기의 시대라고 한다면, 1930년대는 탈이데올로기 시대라고 할 수 있다. 1930년대로 접어들면서 일제 식민지 정책의 강압적인 상황 속에 작가들의 개인 및 사회에 대한 자각이 두드러지게 표출되기 시작했다. 여기서 특히 개인에 대한 자각은 순수문학을 이끈 토대가 된다고 할 수 있겠다. 일제의 식민 통치가 강화됨으로써 사회적 기능을 강조하고 현실 비판적인 프로문학보다 예술의 순수 기능을 강조하는 순수문학이 안전한 지대를 확보했다고 볼 수 있다.

물론 이와 같은 순수문학의 활성화는 전대의 프로문학이 지향한바 사회적 기능을 지나치게 강조하여 경직성을 벗어나지 못한 단점을 탈피하기 위한 방안으로 해석할 수도 있다. 이 시기의 특징은 특히 자연을 작품의 제재로 삼거나, 토속적 인간 생활을 배경으로 하여 거기에서 의미를 찾는 경향이 뚜렷한 특징의 하나로 등장하였다. 1930년대 초 동반자 작가들의 전향과 구인회 활동을 중심으로 이러한 경향은 특히 개인적 삶의 문제를 표면에 부각시키기도 하고 탐미주의적 성향을 드러내기도 했다. 그런가 하면 전통적 사유와 새로운 사조의 충돌에 의한 갈등 양상을 작품화하는 등 다양한 기법의 문제들이 시도되었다. 이른바 경향파 문학에서 벗어나 순수문학의 방향을 공고히 하고, 문학의 예술성을 표방하는 문학이 성행하게 된 것이다.

소설에 있어서 자연과 토속적인 일상, 인간 본연의 순수성을 제재로 소설적 형상화에 비교적 성공을 거둔 대표적인 작가로는 이효석과 김유정 등을 들 수 있다. 이효석은 「메밀꽃 필 무렵」, 「산」, 「들」 등에서 자연으로 회기하여 자연과 융합하는 인간의 본능적인 순수성을 세련된 기교와 시적 분위기로 전달했다. 김유정은 「봄봄」, 「동백꽃」, 「땡볕」 등에서 식민지 농촌 현실의 빈궁한 생활상과 따뜻한 인간미가 있는 주인공을 해학적인 수법으로 형상화했다.

시에 있어서 이와 같은 자연 친화의 사유와 문학적 표현의 성과를 이룬 시인군이 곧 시문학파이다. 탈이데올로기의 순수 서정을 지향하고, 시의 본령인 시어의 조탁에 각고의 노력을 기울였다. 노스럽 프라이의 분류와 같이 시의 언어가 일상어 및 공용어와 다르며 또 산문의 언어와도 다르다는 사실을 전제하고, 그 자각을 바탕으로 현대시·자유시의 새로운 경향을 추구한 것이 시문학파가 확장한 문학적 지평이다. 특히 시문학파가 공통의 특색을 보이는 '은유와 심상'은, 전대의 자연발생적인 표현을 넘어 이를 시의 주요한 자산으로 활용하려 한 의식적인 노력과 결부되어 있다. 또한 시문학파의 시인들은 자유시에 있어서 내용과 형식의 조화 및 균형을 유념했다. 이들의 시, 시적 경향, 그리고 시론 및 번역시 등은 한국 현대시의 발전에 기여했고 후대의 시인들에게도 큰 영향을 미쳤다.

시문학파의 시와 시인들

시문학파의 핵심 인물은 박용철과 김영랑이었다. 여기에 정인보, 변영로 이하윤, 정지용이 참여하여 《시문학》 창간호를 발간하면서 시문학파라는 이름이 형성되었다. 뒤이어 여기에서 중점적으로 살펴보려 하는 김현구와 신석정, 허보가 추가로 참여하였다. 정확하게는 《시문학》의 문학 활동에 동참한 이들만을 시문학파라 불러야 옳을 것이다. 그러나 이들과 문학적 경향을 같이하는 《문예월간》, 《문학》, 《시원》에 참여한 문인들을 포함하고 해외문학파의 연장선상에서 파악하려는 포괄적인 시각도 있다.

이들에게서 확고한 동인으로서의 결속이나 이념성의 유파 의식을 찾기는 어렵다. 앞선 세대를 거쳐 당대에까지 남아 있던 이념과 이데올로기로서의 문학적 잔재를 반대하고 각기의 자연 친화 및 순수 지향의 시 세계를 구성하기에 이른 것이므로, 그들 스스로 어떤 통합적 공유의 논리를 내세우지 않았고 또 그럴 게재도 아니었던 터이다. 시문학파가 국민문학파나 카프의 문학적 논의에 대한 반대, 그것도 '반대를 위한 반대'에 그치고 한국문학사의 흐름에 확고한 족적을 남길 만큼 크게 조명받지 못했다는 비판은 이러한 측면과 관련이 있다. 다만 각자의 작품이 가진 표현상의 수월성을 바탕으로 그 작품 개개의 광휘가 모여 하나의 특징적 성향, 특징적 유파의 형식을 축조했다고 할 수 있을 것이다.

그동안 한국문학사에 널리 알려진 시문학파 시인들의 작품은, 기실 그 시의 문면을 일별하는 것만으로도 감성적 공감과 미학적 가치에 대한 인식을 촉발할 만큼 좋은 성과를 이룬 것이 많다. 김영랑의 「모란이 피기까지는」이나 변영로의 「논개」 그리고 정지용의 「유리창」을 읽으며, 그 시들이 포괄하고 있는 은유와 심상을 향유하는 것은 한국 시를 읽어 온 독자들에게 오래도록 몸에 밴 관습과 같은 것이 되었다. 독자가 없이 시인의 존재가 소중할 리 없고 시의 창작이라고 하는 행위가 독자에게 미쳐야 비로소 완성되는 것이라는 수용성의 논리를 떠올려 보면, 시문학과 시인들과 그들의 문학적 기여가 어떤 위상을 점유하고 있는지 쉽사리 짐작할 만하다.

김현구, 잊혀진 시의 그루터기

시문학파에 참여하여 당대의 문학 활동에 그 면모를 드러내었으나, 오랜 세월의 풍화작용에 밀려 그 이름과 시가 잊혔던 시인이 김현구였다. 전라남도 강진에 시문학파 기념관이 설립되고, 이 시인들에 대한 문학적 조명이 다시 시작되면서, 김현구는 오랜 수면 아래의 침잠을 마감하고 동시대 문학 논의의 표면으로 떠올랐다. 기념관은 벌써 5년 전 개관하던 해에 그를 연구하는 세미나를 열고 향후의 김현구 탐색을 견인했다. 그런가 하면 김현구 선집, 김현구 시 전집이 잇달아 상재되고 '현구시인문예장학금'이 마련되는 등 관심과 연구의 기반이 쌓이게 되었다.

김현구는 일제강점의 시발인 을사늑약이 체결되기 한 해 전, 1904년 강진읍 서성리에서 태어났다. 1921년 약관의 나이 17세에 동향 출신의 한 살 위인 김영랑과 함께 《청구》동인을 결성해 활동했으며, 1930년 5월 《시문학》2호에 「임이여 강물이 몹시도 퍼렇습니다」 등 네 편의 작품을 발표하며 문단에 나왔다. 그러나 여러 가지 사정으로 인하여 1950년 46세의 나이로 타계하기까지 생전에 한 권의 시집도 내지 못한 비운의 시인이었다. 그러한 까닭으로 1930년대의 시문학파 동인으로 문명(文名)을 드높인 김영랑, 박용철, 정지용 등과 달리 세간의 주목을 받지 못했고 그 시대의 대표적 서정시인이었던 그의 문학적 족적이 사장(死藏)되어 있다시피 했던 것이다.

앞서 언급한 바와 같이 김현구의 시인 출정은 1930년 《시문학》 2호에 네 편의 시를 발표하면서부터이다. 그 네 편 가운데서도 일제강점기의 우울한 시대상을 암시한, 그리고 가장 널리 알려진 「임이여 강물이 몹시도 퍼렇습니다」를 먼저 살펴본다.

한숨에도 불려 갈 듯 보-야니 떠 있는
은빛 아지랑이 깨어 흐른 머언 산 둘레
굽이굽이 놓인 길은 하얗게 빛납니다
임이여 강물이 몹시도 퍼렇습니다

헤어진 성 돌에 떨던 햇살도 사라지고
밤빛이 어슴어슴 들 위에 깔리어 갑니다
훗훗 달은 이 얼굴 식혀 줄 바람도 없는 것을
임이여 가이없는 나의 마음을 알으십니까

— 「임이여 강물이 몹시도 퍼렇습니다」

시문학파의 문학이 기본적으로 사회 참여적이거나 비판적 인식을 드러내는 유형이 아니지만, 암울한 시대를 견뎌야 하는 청년 지식인의 가슴에 울혈이 없을 수 없다. 다만 그것이 저항과 투쟁의 길로 나아가지 아니하고, 자연의 풍광이나 경물에 기대어 시적 발화를 이어 간다는 것이다. 이 시에서 우리는 어렵지 않게 김영랑이나 신석정의 시적 체취를 감각할 수 있다. 그들의 시에 견주어 결코 태작이라 할 수 없는 수준이다. 그런데도 대다수의 독자들은 김현구의 시와 유리되어 있었다. 그의 다른 시들을 더 살펴보기로 한다.

> 맑은 밤하늘에 바람이 스쳐 가면
> 별나라 푸른 길은 멀리도 뵈오
> 내 마음 그리우니 아득한 어느 옛날
> 머얼리 떠나오던 넋이의 고향인가
>
> 온 누리 잠들어 끝없이 고요한
> 그 밤 위에 흐르며 손치며 속살거리는
> 별나라 그리워 우러르는 내 마음은
> 이 땅에 사로잡힌 외로운 넋이인가

— 「향수」

> 기다리다 못 다 가고
> 산에 걸린 새벽 달빛
> 이슬 맺힌 숲길 속에
> 은방울 벌레소리
> 아에 다칠까 봐
> 발길 조심 내딛노라

— 「숲길」

위에서 예로 든 두 시에서 우리는 한결같이 정지용이나 김영랑과 같은 시문학파의 시적 경향을 약여하게 읽을 수 있고, 이 시인이 자연과 인간 모두에 걸쳐 얼마나 섬세하고 결이 고운 감상을 펼쳐 보이는가를 선명하게 체득할 수 있다. 그에게 있어 하늘, 바람, 별나라 그리고 고향은 단순한 자연의 소재가 아니라 삶의 중심을 이루는 혼연일체의 객관적 상관물이다. 그 자연의 작은 존재를 귀하게 여기고 숲길의 발길조차 조심하여 내딛는다. 이렇게 자연을 알뜰하게 다루는 시인에게 있어, 항차 인간과 인생이 얼마나 값이 클지 미루어 짐작할 만하다.

> 뉘눈살에 시다끼여 그 맵시 쓸쓸히
> 외로운 넋 몰고오는 검정 비둘기
> 해늙은 느릅나무 가지에 앉아
> 구구꾸 목노아 슬피우노나
>
> 깨우면 꺼져 버릴 꿈같은 세상
> 사랑도 미움도 물우에 거품
> 그 서름 향수처럼 지워지련만
> 날마다 못 잊어 우는 비둘기
>
> —「검정 비둘기」에서

김현구의 호는 이름의 글자를 그대로 가져와 '현구(玄鳩)'이다. 그 뜻만 '검은 비둘기'로 바꾸었다. 그렇다면 이 시의 제목이 지시하는 비둘기의 은유와 심상은 곧 시인 자신을 향하는 눈길로 치환될 수 있을 것이다. 느릅나무 가지에 앉아 금방 꺼져 버릴 것 같은 꿈같은 세상을 향해 울음소리를 내는 비둘기는, 자연의 물상 가운데서 자신의 모습을 유추해 내는 그의 시적 특성을 확고하게 반영하고 있다. 그것은 시문학파의 여일한 문학적 태도 가운데서 자신의 시적 취향과 목소리를 발현하고 있는 시인의 초상이기도 하다.

김현구의 시에 대한 체계적이고 집중적인 탐색은 이 자리에서 시도하기 어렵다. 그래서 그의 주요한 시 몇 편을 골라 그 시적 외형과 의미망을 개괄적으로 검색해 보았을 뿐이다. 그의 시를 본격적으로 연구하고 그 결과를 도출하는 일은 차후의 과제로 남겨 두거나, 아니면 이미 깊이 있는 연구를 수행하고 있는 다른 이의 손길을 빌리는 것이 좋겠다. 다만 여기 몇 편의 시를 통해서도 그의 시가 자연의 아름다운 서정과 그 가운데 숨은 해맑은 감각을 적출하고, 이를 시문학파적 시의 노래로 부양했음을 확인하는 데는 어려움이 없다 하겠다.

시문학파 기념관의 새로운 내일

전남 강진의 시문학파 기념관은 시문학파 시인들을 기리고 현창하는 전국 유일의 '문파 문학관'이다. 2012년 3월 5일, 82년 전인 1930년 《시문학》 창간일이던 그날에 맞춰 개관했다. 강진읍 서성리 김영랑 시인의 생가 터 옆이 그 자리이다. 시문학파 시인들의 문학 정신을 담은 《시문학》은 비록 3호를 끝으로 더 이상 발간되지 않았지만, 당시의 척박한 문학 환경 속에서 순수문학을 뿌리내리게 한 모태가 되었으니 이 기념관은 문학사적으로도 충실한 가치가 있는 공간이다. 이들의 문학이 시대적 의미에 있어서 그리고 문학사적 의미에 있어서 하나의 분수령이 되었다면, 이 기념관이 곧 돌올한 기념비에 해당한다고 말할 수 있다.

우리가 지금까지 공들여 살펴본 김현구 시인의 경우 그의 육필 원고와 애장품, 유고 시집과 사진 자료 등 여러 종류의 유품이 소장되어 있기도 하다. 그동안 5년에 걸쳐 시문학파기념관은 여기에 소장된 시인들의 유품과 시 세계를 재조명하고 또 현양하는 사업에 있어 괄목할 만한 실적과 성과를 보였다. 이제는 많은 문학계의 구성원들이 이 기념관과 시문학파 시인들의 문학적 방향성 및 그 성취에 대한 인식을 갖고 있다. 이렇게 토양이 다져진 바탕 위에 다시 어떤 인식으로 어떤 사업을 추진해 나갈 것인가에 대한 탐색이 필요한 때이다. 이 글이 동시대 한국문학에 있어 하나의 봉우리를 이룬 시문학파 문학을 기리고 또 미래 지향적으로 인도해 나가는, 그리고 효용성 있는 생각을 한데 모으는 계기가 되었으면 한다.

왜 다시 조병화인가

시인 조병화

조병화 시인은 1921년 5월 2일 경기도 안성군 양성면 난실리에서 부친 조두원과 모친 진종 사이에서 5남 2녀 중 막내로 태어났다. 그는 미동공립보통학교를 거쳐 1943년 3월 경성사범학교 보통과 및 연습과를 졸업했다. 같은 해 4월 일본 동경고등사범학교 이과에 입학해 물리, 화학을 수학했으며, 이후 1945년 일본 동경고등사범학교 물리화학과 3학년 재학 도중 귀국했다.

1945년 9월부터 경성사범학교에서 물리를 가르치면서 교단생활을 시작해 인천중학교(6년제) 교사, 서울중학교(6년제) 교사로 재직했다. 1949년 제1시집 『버리고 싶은 유산』을 출간하며 시인의 길로 들어서게 된다. 이후 중앙대학교, 연세대학교 등에서 시론을 강의했으며, 1959년 서울고등학교를 사직하고 경희대학교 조교수를 시작으로 부교수, 교수를 지내게 된다. 1972년 경희대학교 문리대학장과 교육대학원장을 역임했고, 1981년 인하대학교 문과대학장, 1982년도엔 같은 대학의 대학원장과 부총장으로 재직했다.

1986년 8월 31일 정년퇴직을 하기 전까지 이와 같은 교육자로서의 공적과 문학사에 남긴 커다란 업적을 인정받아 중화학술원에서 명예 철학박사, 중앙대학교와 캐나다 빅토리아 대학교에서 명예 문학박사 학위를 받게 된다. 또한 아세아문학상(1957), 한국시인협회상(1974), 서울시문화상(1981), 대한민국예술원상(1985), 3·1문화상(1990), 대한민국문학대상(1992), 대한민국금관문화훈장(1996), 5·16민족상(1997) 그리고 세계시인대회에서 여러 상과 감사패를 받았다.

그는 이러한 상금과 원고료를 모아 후배 문인들의 창작 활동을 돕기 위해 1991년 편운문학상을 제정했다. 편운문학상은 매년 5월, 한국 시의 새 지평을 열었다고 평가되는 여러 시인, 평론가 그리고 시 문화 단체를 대상으로 시상되고 있다. 편운문학상은 상금보다는 그 상의 의미, 그리고 상을 받은 역대 수상자들의 면면으로 더욱 빛나고 그래서 모두가 받고 싶어 하는 문학상이다.

조병화 시인은 국내 문단에서 한국시인협회 회장, 한국문인협회 이사장, 대한민국예술원 회장을 역임하면서 국제적으로는 세계시인대회 국제이사, 제4차 세계시인대회 대회장을 역임했다. 또한 세계시인대회에 한국 대표 또는 단장으로서 수차례에 걸쳐 참석했으며, 이 대회에서 추대된 계관시인이기도 하다. 그런가 하면 국제 P. E. N. 이사로 1970년 국제 P. E. N. 서울대회에서 재정위원장을 맡기도 했다. 시뿐이 아니라 그림에도 조예가 깊어 유화전 8회, 시화전 5회, 시화·유화전 5회 등 여러 차례 초대전을 갖기도 했다.

그는 일생에 걸쳐 창작 시집 53권, 시 선집 28권, 시론집 5권, 화집 5권, 수필집 37권, 번역서 2권, 시 이론서 3권 등을 포함해 총 160여 권의 저서를 출간했다. 그의 시집은 국내에서뿐 아니라 일본, 중국, 독일, 프랑스, 영국, 스페인, 스웨덴, 이탈리아, 네덜란드 등 세계 여러 나라에서 총 25권이 번역, 출판되었다. 2003년 3월 8일 작고하기 전까지 경희대학교 이사, 한국문인협회 명예이사장, 인하대학교 명예교수를 역임했으며, 고향인 경기도 안성시 양성면 난실리에 그의 작품과 유품을 전시한 조병화 문학관이 있다.

조병화의 시 세계

조병화는 1949년 첫 번째 시집 『버리고 싶은 유산』을 통해 문단에 나왔고, 데뷔 이후 첫 시집에서 마지막 시집 『넘을 수 없는 세월』까지 무려 53권의 창작 시집을 내놓았다. 이는 국내 시인들 중 비교할 수 없이 많은 개인 창작 시집으로 기록되어 있다. 시집뿐 아니라 시론집, 시선집, 화집, 수필집, 번역서, 시 이론서 등 다양한 분야를 통해 자신의 문학 세계를 넓혀 나간 것으로도 잘 알려져 있다. 매우 특징적으로 그는 시단의 발표 기관을 통해 데뷔한 것이 아니라 순수한 개인 시집을 상재하며 문단에 나타났다.

여기에 비추어 볼 때 당시 시인이 시단의 외곽에 있었음을 짐작할 수 있으며, 또한 본격적으로 시문학을 전공하지 않았다는 말로 바꾸어 받아들일 수도 있다. 그럼에도 불구하고 그가 한국 시단의 중심부로 진입하여 남긴 자취를 살펴보면 시인 스스로 자신의 지성과 감성을 조화롭게 용해했으며, 이를 시화해 독자적인 세계를 구축했음을 알 수 있다. 훗날 "거부할 수 있는 자유가 곧 시심"이라는 말로 완성된 그의 시 세계는, 어쩌면 이미 그가 문단에 발을 들여놓는 순간부터 예견된 결과이기도 하다.

그에게 있어서 보고 듣고 느낀 모든 것은 곧 시였다. 그는 스스로의 말처럼 "살아 있는 시인으로 살아 있는 시를 쓰고 있어야 한다."라고 믿었으며, 평생 '말의 힘'을 찾기 위해 시를 읽고 썼다. 그의 시가 주목받는 이유 중 하나는 인생의 가장 근원적인 문제에 대한 탐구를 멈추지 않았다는 것이다. 첫 번째 시집부터 마지막 시집까지 수천 편이 넘는 시편들 속에서도 그는 줄기차게 생의 본질과 근원을 놓치지 않으려는 모습을 보였다.

그는 이 과정에서 철학적 사유에 의존하지 않으며 심각하고 근엄한 시적 분위기를 전면에 내세우지도 않았다. 반면에 난삽하지 않은 보편적인 정감을 통해 언어를 다루는 감각을 지니고 있었다. 만남, 헤어짐, 고독, 사랑, 죽음 의식, 어머니 등 감정의 주류를 이끌어 내고 있는 모든 것들을 자연스럽게 자신의 시 속에 끌어안는, 평범함 속의 비범함을 드러낸다. 이 평범한 '진리' 속에는 독자와의 공감을 촉발하는 절대적 원천으로서 '진실성'이라는 미립자가 가득 차 있다.

이것이야말로 그의 시가 비교적 읽기 쉽다는 일반적인 견해에 대한 대답이자 시인이 기다리던 독자 반응의 촉매제가 된다. 시인은 '개인의 존재 의식에 대한 기록'이자 '스스로의 역사'인 자신의 시를 통해 타인의 공감을 이끌어 낸다. 일찍부터 현대인의 허무와 고독을 민감한 감수성으로 직감하고 이를 세련된 감성적 언어와 지적 구성으로 표현할 줄 알았던 시인은, 다음과 같이 '말하듯이 쓰는 시'의 방식을 통해 자신의 시적 노력을 추동한다.

> 살아갈수록 당신이 나의 그리움이 되듯이
> 나도 그렇게 당신의 그리움이 되었으면
> 달이 가고 해가 가고 세월이 가고
> 당신이 내게 따뜻한 그리움이 되듯이

나도 당신의 아득한 그리움이 되었으면

그리움이 그리움으로 엉겨 꿈이 되어서
외로워도 외롭지 않은 긴 인생이 되듯이

인간사
나의 그리움 당신의 그리움이 서로 엉겨서
늙을 줄 모르는 달이 되고 해가 되고
쓸쓸해도 쓸쓸하지 않는 세월이 되었으면

아, 서로 그립다는 것은 이러한 것을

— 「서로 그립다는 것은」에서

그는 특정한 대상이 아닌 자신을 둘러싼 모든 존재들에게 말을 걸듯이, 때론 편지를 쓰듯이 시를 들려줌으로써 자생적인 생동감을 이끌어 낸다. 그러나 이 생동감은 특유의 친화적 호소력으로 인해 누구에게나 쉽게 접근할 수 있도록 해 주지만, 시인 자신은 외롭게 만들어 버리는 것이기도 하다. 모든 존재들에게 말을 건네기 위해 시인은 현실 속을 혼자 걸어야만 한다.

자신의 눈으로 바라본 세상을 나지막한 목소리로 들려줘야 하는 숙명을 지니고 있기 때문이다. 그는 외로움이라는 감정에 형식을 부여해 외로움을 묶어 두는 방식을 택했고, 그로 인해 자연스럽게 편지와 같은 방식의 시 쓰기가 이루어진 것이다. 이 때문에 전달되지 않는 난해한 시가 '현대의 시'로 인식되기 쉬운 추세 속에서, 어려운 시를 쓰기는 쉬워도 쉬운 시를 쓰기는 어려운 가운데서, 그는 우리의 시단에 외롭고도 고독한 독자적 기여를 해 올 수 있었다.

그는 '당신'이라는 말은 자신에게 꿈을 말하는 것이라고 말한 적이 있다. 또한 '당신'은 그리움을 말하는 것이며, 다는 잡을 수 없는 미지의 세계라고 말했다. 그 '당신'은 '당신'을 위해서 이루지 못한 사랑으로 흐르고 만다. 가장 많은 독자를 확보한 시인이자 '사랑받는 시'를 쓰고 있었지만, 정작 자신의 외로움은 그저 묶어 놓을 수밖에 없었다. 그러기에 스스로 "나의 사투리를 아는 사람은/ 다만 나의 고향 사람들뿐이옵니다// 아, 그와도 같이/ 나의 시를 아는 사람은, 오로지/ 나의 눈물의 고향을 아는 사람들뿐이옵니다"(「개구리의 명상·1」)라고 말할 수밖에 없었다.

시인은 외롭다. 그의 시를 읽어 주고 기다려 주는 사람들이 많지만 그는 여전히 고독하고 무언가를 기다린다. 위의 시를 통해 그가 사람들에게 쉽게 다가갈 수 있기에 능숙하게 공감을 이끌어 내지만, 정작 자신의 마음을 알아주는 이들은 많지 않음을 알 수 있다. 타자의 마음을 읽고 달래 줄 순 있어도 스스로의 감정을 달래기 위해선 자신을 묶어 둘 수밖에 없다. 그의 시편에서 드러나는 그리움과 기다림, 고독 역시 이와 무관하지 않으며, 이 시인에게 고독감은 모든 창작의 원천이 된다.

고독한 시인은 아무 때나 훌훌히 작별할 수 있는 삶의 태도를 단련한다. 인생을 나그네로 보는 듯한 이러한 관점은 시편에서 숱하게 등장하는 '나그네', '길', '여행'의 이미지로 그려진다. "헤어지는 연습을 하며 사세 떠나는 연습을 하며 사세"(「헤어지는 연습을 하며」)라고 언표하는 시인은 삶에 달관한 것으로 비춰지기도 한다. 마치 버리는 것이 소유하는 것이요, 비어 있는 것이 오히려 충만한 것이라는 도가적 역설처럼.

인생처럼 반짝이고 있는
물 건너 저 등불들,

등불은 먼 나그네의 그리움이런가

쉴 새 없이 달려온 나의 길은
머지않아 연락선이 와 있을
바다에 다다를 것이러니
아, 인생이 나그네

내가 찾는 것은 항상 먼 곳에
남아서
가도 가도 닿지 않는 곳에서
나를 부른다

아직도.

—「등불」

　　조병화 시인이 어느 누구보다 많은 독자층을 확보할 수 있었던 이유
가 바로 이와 같은 시에 있다. 그는 시를 통해 정직하게 살려는 자신의
삶과, 그 속에서 충분히 아픈 고독을 꾸밈없이 잔잔하게 그리고 진솔하
게 들려주려 한다. 시 전편에 흐르는 이러한 고독과 외로움, 그리고 사랑
의 목소리는 인간에게 가장 진실된 삶이란 과연 무엇인가에 대한 질문
으로 이어진다. 그는 인간이란 무엇이며, 살아간다는 것은 무엇이며, 인
간을 이루는 본질은 무엇인가에 대해 끊임없이 질문하고 탐색하는 시인
이다.
　　시인의 시 세계에서 드러나는 또 하나의 주된 의식은 바로 '죽음'이
다. 시인은 "살기 위해서 시를 쓴다/ 사랑하기 위해서 시를 쓴다/ 죽기

위해서 시를 쓴다"(「창 안에 창 밖에」)라고 말할 만큼 '죽음'에 대해 끊임없는 탐구를 시도한다. 왜 이토록 죽음에 집착하는가. 시인에게 죽음은 부정적 의미가 아니다. 그에게 시를 쓰는 이유가 "죽기 위해서"라면 시인은 죽음이 가진 가장 긍정적 가치를 찾고 있는 것이다.

시인에게 삶과 죽음은 하나의 실체이며, 이 실체에 활기를 주는 것은 자신의 상상력이다. 죽음은 일상에 지친 인간에게 안식을 주며, 한 인간의 일생을 하루로 보는 시인에게는 그야말로 영원한 안식이 된다. 시인이 추구하는 영원성을 완성시키기 위해서라도 죽음은 반드시 필요하며 그러기에 '헤어짐'이 영원하다고 믿는다. 그에게 죽음은 곧 생존이다.

그는 한때 '허무의 시인'으로 사람들에게 비췄던 시인이었다. 그의 시는 감상과 비애와 도피와 회의와 허무의 시라는 평을 받기도 했었다. 그러나 그에게 생존의 허무는 관념의 문제이지, 생존이란 항상 그저 한 자리에 있는 것이었다. 즉 허무의 극복을 생존에 두고 있던 것이다. 불안과 위기의 허망한 시대 속에서도 생존하는 자만이 죽음을 인식할 수 있고 죽을 수 있는 자만이 생존할 수 있다고 믿었다. 그렇기에 그의 시에는 삶과 죽음이 분리되지 않았다.

살아가면서 언제나
그리운 사람이 있다는 것은
내일이 어려서 기쁘리

살아가면서 언제나
그리운 사람이 있다는 것은
오늘이 지루하지 않아서 기쁘리

살아가면서, 언제나
그리운 사람이 있다는 것은
늙어 가는 것을 늦춰서 기쁘리

이러다가 언젠가는 내가 먼저 떠나
이 세상에서는 만나지 못하더라도
그것으로 얼마나 행복하리

아, 그리운 사람이 있다는 것은
날이 가고 날이 오는 먼 세월이
그리움으로 곱게 나를 이끌어 가면서
다하지 못한 외로움이 훈훈한 바람이 되려니
얼마나 허전한 고마운 사랑이런가.

—「그리운 사람이 있다는 것은」

　"사랑한다는 것은 사랑하는 사람에게 먼 훗날, 슬픔을 주는 것을" 시인은 안다. "사랑은 슬픔을 기르는 것을 사랑은 그 마지막 적막을 기를 것을"(「황홀한 모순」) 누구보다 먼저 느끼고 있다. 시인은 이 모든 것들을 알면서도 사랑을 하기 위해 고독해지고 누군가를 기다리고 무언가를 향해 그리움을 전한다. 삶의 여행을 통해 이것들을 잠시 묶어 두었다가도 문득 어머니를 떠올리며 죽음을 탐구하는 세계에 집착하기도 한다.

　시인은 대학 강단에서 오랫동안 시론을 강의했음에도 외국의 시론은 물론 한국의 어떠한 시론, 즉 자신이 아닌 타자의 시론에 전혀 흔들리지 않고 오로지 자기만의 독특한 시 세계를 구축했다. 그는 남의 생각, 정서, 형식, 즉 다른 이의 삶을 대신 살아 주는 것이 아니라, 자신의 그것을 확립해 스스로의 삶을 책임지며 살아왔다. 그런 연유로 시인이 지닌 자아와 세계와의 관계가 불편한 평행선이 아닌, 조화로운 관계의 끊임없는 모색을 통해 나타나고 있다.

이는 그의 시가 고독을 고독으로 받아들이면서도 쉽사리 쓸쓸함에 떨어지지 않고, 이별을 이별로 받아들이면서도 결코 아픔에만 머물지 않는 성숙한 인간의 모습을 보여 주는 것과도 관련된다. 대결이 아닌 화해로의 육성, 외침이 아닌 독백, 광기가 아닌 뜨거운 기다림의 견딤. 그의 시에서 나타나는 이러한 모습은 특정한 문예 사조나 사상, 또는 철학에서는 벗어나 인간이 지닌 보편적이고 진솔한 정신세계를 일관되게 펼칠 수 있도록 도와준다.

그가 추구해 온 것은 궁극적으로 인간에 대한 탐구이자 고독한 한 인간으로서의 자각과 그 자각 속에서 얻는 자기 확인의 여정이었다. 그런 만큼 조병화의 시는 느낌의 세계이다. 지성이나 오성의 세계가 아닌, 감성이 그 저변에서부터 생산해 내는 지성과 오성의 즐거움으로 가득한 느낌, 그 느낌으로 공감하는 장소이자 세계인 것이다.

내게 남은 편운

1970년대 중반, 경희대학교 문리과대학 학장실은 지금과 같은 2층 중앙에 있었고, 방문을 열고 들어서면 언제나 해묵은 책 냄새와 페인트의 기름 냄새가 함께 나곤 했다. 사방 벽을 채운 책들과 책상, 그 곁에 캔버스에 그리다 둔 유화가 이젤 위에 올려진 채로 한눈에 들어왔다. 한쪽 벽면의 옷걸이에는 겉옷과 베레모, 책상 위에는 모양 이쁜 재떨이에 파이프가 걸쳐져 있었다. 참 오래된 풍경인데 지금도 어제 그제의 일인 양 눈앞에 선명하다.

방의 주인은 지금은 고인이 되신 내 스승 편운 조병화 선생님. 참으로 부지런하셔서 매일 학생들이 학교에 나오기 전, 아침 8시부터 방에 불을 밝히고 계셨다. 약속을 정확하게 지키시는 만큼, 다른 이들에게도 그렇게 할 것을 당당하게 요구하셨다. 대학 1학년, 학보사 학생 기자 시절, 이 방에서 나는 편운 선생님께 선생님의 서명이 된 시집 『남남』과 『어머니』를 받았고 장학금 추천서를 받았으며, 나중에 방을 이사하실 때에는 책상 위에 두고 아끼시던 빨간색 루비가 박힌 물고기 모양의 재떨이를 선물로 받았다.

이제는 한국문화예술위원회로 이름이 바뀐 한국문예진흥원 강당에서 같이 학과에 계시던 황순원 선생님께서 대한민국문학상을 받으셨을 때의 일이다. 동료 교수로서 시상식에 참석하셨던 편운 선생님은 그때 대학원 학생이던 우리 일행에게, 선뜻 "마치고 내가 술 한잔 사 줄까?"라고 말씀하셨다. 참 멋있으셨다. 계단을 막은 난간에 비스듬히 기대어 서서 해맑은 얼굴과 음성으로 건네시던 그 말씀이 지금도 귓전에 남아 있는 듯하고, 선생님의 캐주얼 스타일 양복의 윗주머니에 살짝 얼굴을 가리고 있던 보라색 행커칩이 여전히 눈가에 살아 있는 듯하다.

선생님 말년에 경희의료원에 입원해 계실 때이다. 음료수 한 통을 사들고 뵈러 갔더니, 마침 아무도 없이 혼자 누워 계셨다. "선생님, 저 왔습니다." 하는 인사에, "바쁜데 뭐하러 왔냐." 하시며 어서 가라고 손사래를 치셨다. 내 생각에는 아마도 제자에게 약한 모습을 보이기 싫으셨던 것 같았다. 평소 선생님께 이런저런 말씀을 겁 없이 드리던 나는 그 뜻을 깨닫고 황급히 나왔는데, 지나고 보니 그것이 선생님을 뵌 마지막이어서 미처 여쭙지 못한 남은 말들이 아직도 가슴을 칠 때가 있다. 물론 그래봐야 이렇게 한마디 덧붙였을 것이다. "선생님, 제가 선생님 엄청 좋아하는 것 아시죠?"

세월이 흘러 선생님은 가시고 시원찮은 제자였던 나는 '조병화 시인 기념 사업회'의 말석에서 선생님을 그리워하고 또 기리는 일에 머릿수만 더하고 있다. 선생님의 삶과 문학이 어떻게 값이 있고 어떻게 오늘의 세대 속에 향유되어야 하며 또 어떻게 후세에 전해져야 할지를 두고 애써야 할 판인데, 나는 그저 멋있기 이를 데 없었던 시인 스승의 발자취에서 이제껏 다 배우지 못한 가르침을 찾아 허둥대고 있을 뿐이다. 선생님께서 남기신 꿈과 멋과 사랑의 정신, 내 생애 내내 그것을 배우기에 벅찰 것이라는 느낌이 여전히 강렬하다.

봄빛이 살아나는 혜화동 거리를 지나갈 때면 선생님을 모시고 앉았던 식당과 찻집이 눈에 들어와 가슴 한편이 쓰라리고, 가을이 깃드는 안성 편운재를 떠올릴 때면 선생님의 숨결과 손길이 마음속에 되살아나 문득 처연한 회상에 잠긴다. 그런데 그 어른이 생전에 베푸시고 사람 사랑하는 흔적을 남기신 곳이 세상 도처에 널려 있는 형편이고 보면, 나처럼 이러한 글을 쓸 사람은 차고도 넘칠 터이다.

편운 선생님은 단순히 내 스승이어서 소중한 분이 아니다. 일생을 따뜻한 마음으로 성실을 다하여 살다 간 자연인으로서, 한국문학에 '조병화 류'의 시적 랜드마크를 남긴 기념비적인 시인으로서, 그분의 삶은 누구에게나 멋이 있었고 누가 보기에도 감동적이었다. 다만 걱정이 앞서는 것은, 그분의 제자로 또 그분의 후예로 모교의 강단을 지키고 있으면서, 그분의 반만큼이라도 좋은 영향력을 발휘해야 한다는 강박감이 오래도록 사라지지 않을 것이라는 사실이다. 그래서 지금 여기에서 아직도, 그리고 언제나 편운 선생님인 것이다.

운문호일의 시와 언어의 통어력

— 이혜선의 시

　　이혜선은 경남 함안에서 출생하여, 1981년 문단에 나온 이래 시인이요 평론가요 문학 단체의 대표 또는 임원으로 다양한 활동을 보여 주었다. 지금껏 『새소리 택배』, 『신 한 마리』, 『바람 한 분 만나시거든』 등의 시집과 『문학과 꿈의 변용』, 『이혜선의 명시 산책』 등의 평론집, 그리고 『New sprouts within You』라는 제호의 영역 시집을 상재했다. 여러 문학상을 수상했고 지금도 활발하게 시를 쓰는 현역 시인으로서 글 쓰는 이의 복을 다각적으로 누리는 경우에 해당한다. 그가 다시 『운문호일(雲門好日)』이라는 새로운 시집을 세상에 내놓았다.

　　그의 시는 늘 그래 왔고 앞으로도 그러할 터이지만, 쉽고 정갈한 언어로 우리 내면의 깊이 있는 바닥을 두드려 보고 그로부터 뜻있는 정신의 힘을 발굴하는 특유의 발화법에 의거한다. 그처럼 겉으로 드러나 보이지 않으나 분명히 존재하는 힘의 파장은, 체험적 인생론의 깨우침을 넘어 자연 친화의 사상으로 그 영역을 넓혀 나간다. 이를테면 평범하고 소박한 것 가운데서 우주의 섭리를 감각하는 지점에 이르는 증폭의 시학이

형성되는 셈인데, 이는 세상살이의 연륜이 일정한 단계를 지나 원숙한
눈높이를 수득한 이에게서 비로소 볼 수 있는 지경이다.

> 코이라는 비단 잉어는
> 어항에서 키우면 8센티미터밖에 안 자란다
> 냇물에 풀어놓으면
> 무한정 커진다
>
> 너의 꿈나무처럼.
>
> —「코이법칙」

"8센티미터"와 "무한정" 사이의 상거는 기실 한 개인의 작은 가슴과
광활한 우주의 범주만큼 먼 것이지만, 그것은 모두 이 시인의 눈길이 도
달할 수 있는 곳에 있다. 물리력의 눈이 아니라 심경의 눈으로 보는 까닭
에서이다. 그리고 그와 유사한 거리 재기의 규범을 가진 삶의 양식이 무
슨 느낌표처럼 던져져 있다. 곧 "너의 꿈나무"다. 어느 누군가 그 마음 밭
에서 가꾸는 꿈을 나무의 형식으로, 이처럼 간결하고 압축적이며 명징하
게 언표하기란 실로 용이한 일이 아니다. '해돋이'와 '해넘이'의 형용을
남자의 눈짓이나 여자의 한숨에 결부하는 시어의 용법도 이러한 묘사의
기량과 닮아 있다.

> 그 인사동 포장마차 술자리의 화두는
> '흘린 술이 반이다'
>
> 연속극 보며 훌쩍이는 내 눈, 턱밑에 와서

"우리 애기 또 우네" 일삼아 놀리던 그이

요즘 들어 누가 슬픈 얘기만 해도 그이가 먼저 눈물 그렁그렁

오늘도 퇴근길에 라디오 들으며 한참 울다가 서둘러 왔다는 그이

새끼 제비 날아간 저녁밥상, 마주 앉은 희끗한 머리칼

둘이 서로 측은히 건네다 본다

흘린 술이 반이기 때문일까

함께 마셔야 할 술이

반쯤 남았다고 믿고 싶은 눈짓일까

안 보이는 술병 속에

— 「흘린 술이 반이다」

　　노년의 부부가 마주 앉은 식탁은 쓸쓸하다. 둘이 서로 측은히 건네다
본다. 그런데 그중 한 사람이 없고 보면 이와 같은 쓸쓸함은 더운 날 마
른 바다의 물기처럼 증발할 것이다. 그러한 정한의 감정이 응결한 여지
조차 증발하기 때문이다. 노년의 의지(依支)와 위로가 남아 있을 때 "흘린
술이 반이다"라는 시구는 그동안의 인생에 대한 성찰이요 위무다. 이러
한 삶의 경륜과 시적 표현은 그야말로 오랜 세월을 대가로 지불하고 얻
을 수 있는 수확이다. 이 시인의 세월이 그 연한을 이루었고, 동시에 원
활한 문필의 조력으로 그 소출을 함께 공유할 수 있게 되었다는 뜻이다.

찰진 아라가야 깊고 깊은 진흙 속에 내 몸을 묻고

그대 오실 날만 헤며 기다렸지요

그리 깊었던가요

내 속에 그댈 품고 잠든 날들이,

(……)

칠백 년 쉬임 없이 쇳물 피워 올린 아라가야 꽃불 속에 나 비로소
눈 뜨는 오늘
이 순간을 바라 캄캄 시린 어둠 밝히며
숨을 멈추었지요
하늘 품는 꿈 밖의 꿈을 꾸었지요.
　　　　　　　　　　　　　　　　　— 「아라홍련 꿈 밖의 꿈」에서

　세월과 세월의 중첩, 그 너머로 끝없이 펼쳐진 영겁의 시간을 시인은
모두 알지 못한다. 그러나 그 세월의 밖 세상의 밖에 또 다른 세월과 세
상이 잠복해 있음을 알기는 그다지 어렵지 않다. 지금 여기, 오늘의 현실
이 바로 그 연장선상에 있기에 그렇다. 항차 이를 증명할 물증 또한 시인
의 눈앞에 있다. 700년 전 고려 시대의 연씨가 발아하여 피운 연꽃, 아라
홍련이 시인의 향리 함안 성산산성의 연못에서 수습되었던 터이다. 여기
시인에게서 시 한 편이 없을 수 없었다. 그것은 "꿈 밖의 꿈"에 이르는 세
계이다. 지금껏 가꾸어 온 이 시인의 세계는 스스로의 사고를 우주적으
로 개방하고 창랑(滄浪)과 같은 노래로 이를 응대할 자격이 약여하다.
　시인에게 있어서 동서고금을 종횡하는 시간은 선형성의 개념을 넘어
비선형성의 차원으로 진입한다. 그렇게 규격화의 함정에서 일탈하고 또
복합적이며 중층적인 시간관과 세계관에 충일해 있을 때, 아라홍련은 저
고색창연한 고대사회의 꽃이 아니다. 시인은 시적 마법의 날개로 이 시
간적 공간적 격리를 넘어 각기 두 시대에 예속된 홍련의 의미를 통합하

여 바라본다. 마치 두 개의 렌즈가 하나의 초점을 응결하여 선명한 초상을 도출하는 형국이다. 그는 이를 "꿈 밖의 꿈"으로, "그대와 나, 우리 아이들이 달려갈 영원한 아라가야 새 하늘 새 땅"으로 호명했다.

이렇게 일탈과 통합을 함께 운용하는 시인의 통어력은 "웃녘 저수지에 해 머금은 명왕성이 뜬다"(「명왕성이 뜬다」)나 "길 없는 길 기어오르는 디오게네스달팽이"(「디오게네스달팽이」)와 같은 시편들에서도 동일한 시적 유형을 지속한다. 시인의 사유를 부양하는 불교적 사상과 상상력에 힘입은, "보이지 않는 흰 불꽃 한 송이가 피어나요"(「色을 먹고 空을 낳다」)와 같은 시어의 조합에서도 이 통어력의 언어 문법은 동일하게 적용된다. 그런가 하면 시인의 시 세계, 다른 시집들에서도 언제나 그 바탕에 잠복해 있는 '불이(不二)'의 수사가 곧 이 표현법의 도식을 말하는 것이기도 하다.

닭튀김을 먹고 남은 뼈를
뒷마당에 널어 말린다

맑은 가을볕 손가락이 뼈들을 바짝바짝 말린다
길고 짧은 뼈들을 속속들이 말린다

제자들과 길을 가던 석가모니는
길가의 마른 뼈 무더기를 보자 그 앞에 절했다지
몇 생 전 부모의 뼈인지도 모른다고
검은 뼈 흰 뼈 삭은 뼈 덜 삭은 뼈에 공손히 절했다지

나도 오늘
말라 가는 닭뼈에 마음으로 절한다

몇 생 전 부모님 뼈,
몇 생 후의 나의 뼈,

굽이굽이 휘어지는 강물의 흰 뼈가 보인다
산비탈 오르며 미끄러져 주저앉는 뒷모습
굽어진 구름의 등뼈가 보인다

바람 든 이승의 무릎 꿇고 다시금
마른 닭뼈에 절한다

—「운문호일, 마른 닭뼈」

"운문호일(雲門好日)"은 1135년경에 만들어진 고전적인 선학의 문답 공안집 『벽암록(碧巖綠)』의 제6칙에서 가져온 말이다. 운문 화상이 대중들에게 설법하기를 15일 이후의 일에 대해 묻고는, 스스로 "날마다 좋은 날(日日是好日)"이라고 말했다. 날마다 좋은 날이 되도록 해야 한다는 가르침을 담은 이 구절을 그대로 옮겨 오면 "운문일일호일(雲門日日好日)"이 될 것이나, 시인의 그 약어로 축약한 "운문호일"을 자신의 화두로 선택했다. 날마다 좋은 날이 되도록 해야 한다는 삶의 가르침은 올곧은 종교가 마땅히 개진할 중생 교화의 길일진대, 시인이 이를 시의 화두로 삼는 일은 종교적 사상성과 삶의 실상을 두루 연계하여 그 깨우침의 눈으로 세상을 관찰하려는 의도를 포괄한다.

이 사유와 표현의 방식은 지금까지 일관해 온 시인의 시적 행보, 깊이 있는 정신의 힘이나 우주의 시공을 넘나드는 통어력과 조화롭게 악수한다. 일찍이 석가모니가 마른 뼈 무더기 앞에서 절을 했다는 고사가 오랜 세월 저편 이야기의 갈피에 묻힌 과거사로 끝나지 않는다. 시인은 오늘에 이르러 여름날 맥고모자처럼 흔한 닭튀김 먹고 남은 뼈를 말리고 그 앞에 마음으로 절한다. 그 숙배의 의미가 무엇이든, 옛날과 닮은꼴이든 그렇지 않든, 시인은 '강물과 구름과 바람'의 뼈를 적시하는 눈을 얻었다. 그처럼 새롭고 경이로운 개안이 없고서, 날마다 좋은 날이기는 어려울 것이다.

정신과 영혼의 경지가 그렇게 지고한 수준으로 승급을 거듭할 때, 그것을 현현하는 수단은 극히 일상적이고 주변적인 것에 있다는 것이 시의 묘미이다. "내 영혼 갈피를 기어다니는 소리들"(『흰 눈 푸른 눈』)이나 "꽃이 진 자리마다 돋아나는 새싹"(『새싹이 돋는 이유』), 그리고 "연분홍 꽃등불 밝히고 서 있는 살구나무 한 그루"(『화음』) 등이 모두 그와 같은 매개의 형상으로 시 속에 살아 있다. 작은 것과 큰 것, 가까이 있는 것과 멀리 있는 것, 보이는 것과 보이지 않는 것이 하나로 일통하는 시적 감각이 이 시인의 것이다. 그의 시들은 그렇게 명민하고 또 넓은 시야로 천지간을 가로지르는 감성의 섬광을 발산한다.

너를 향한 내 마음이
새 전투복을 갈아입는다

연분홍 탄환 가지마다 장전하고
굳어 가는 너의 사랑 핏줄 향해 일제히
기총소사!

검버섯 핀 나이테 골골이
하얀 핏방울 낭자하다
핏방울 하얀 너울 속으로

쟁강쟁강

오색 별들이 뛰어내린다

연분홍 벚꽃 탄환, 모두 명중이다

「벚꽃 탄환」

　　시인은 가장 화사한 꽃무리에서 가장 날카로운 기관총의 사격을 이끌
어 낸다. 시의 서두에 "너를 향한 내 마음이/ 새 전투복을 갈아입는다"라
고 경고하고 "굳어 가는 너의 사랑 핏줄 향해" 사격의 정황을 연출한다.
그런데 그 "연분홍 벚꽃 탄환, 모두 명중"이다. 아름다운 풍광에 가장 엄
혹한 이미지를 덧입힘으로써 분분한 낙화의 경관에 도발적 이미지를 제
기하는 참신한 시각이 여기에 있다. '불가의 색즉시공 공즉시색(色卽是空
空卽是色)'에 익숙해 있는 시인의 세계관과, 그 장중한 의미망을 일상성의
시에 장착할 수 있는 언어 조형력이 합력하여 산출한 명편이다.

　　그런데 만일 이 시인의 세계가 세속으로부터의 일탈과 선경(仙境)의
소요를 통해 그 터전을 일구었다면, 시 읽는 이들이 경이로운 시적 장면
들을 목도할 수 있을지언정 흔연한 마음으로 시의 맥류에 침윤하기는 어
려웠을 것이다. 시인은 시종 세상살이의 숨결이 배어 있는 세속의 저잣
거리를 포기하지 않는다. 그의 시에서 산은 그 기슭에, 사타구니에 사람
들이 사는 동네를 품는다.(「사람의 마을」) "의좋은 형제들처럼 포개져 누워
있는 겨울 다랑논"이나 "어깨를 겯고 앉아 있는 마을의 지붕들"(「다랑논 식
구들」)은 그림처럼 정겨운 생명의 현장이다. 그러기에 그의 시는 "동학사
입구 미타전에 핀 단풍잎"이나 "새벽빛 머금고 불타는 노을"(「봉정만리」)
에서 사람 사는 일의 양양한 전도를 유추한다.

　　이러한 시적 인식과 상상력은 여일하게 불교 사상의 그림자를 그 저

변에 깔고 있다. 익히 아는 바와 같이 불교는 청빈 사상 종교이다. 가진 것을 나눔으로써 반대급부에 있어서는 오히려 마음이 부자가 되는 형이상의 법칙을 추구한다. 낙안 군수 류이주가 운조루에 설치한 뒤주에 '타인능해(他人能解)'라고 써 놓고 누구나 열어서 쌀을 가져가게 했다는 고사를 시로 쓴 것이 「타인능해」이다. 우리나라 창세 신화의 대모신(大母神) '마고할미'와 고대 시리아의 여신 '할라프 어머니'를 연대하여, 아들딸을 세상에 다 낳아 놓고서 "너희 양식은 걱정 말아라, 내 몸을 먹고 크기만 해라."라고 이르며 마지막 남은 자기 몸까지 다 바치는 신화를 재창조한 것이 「마고할미」이다.

그런가 하면 그의 시는 "불도저 삽날에 폭삭 내려앉을 정든 보금자리"를 두고 "새 보금자리 찾아 떠나는 철새"(「보름달의 이사」)와 같이 삶의 근거를 박탈당하는 철거 이주민의 아픔을 가슴으로 나눈다. 트리나 폴러스의 동화 「꽃들에게 희망을」에서 그 의미를 차용해 온 시 「불이, 트리나 폴러스의 애벌레 기둥」에서는 이 아프고 슬픈 이들의 나눔을 '곱추 사내와 난쟁이 여인'으로 형상화한다. 이 시인이 펼쳐 보이는 천의무봉(天衣無縫)의 시적 상상력은 이렇게 선량한 의지와 열린 마음을 견지하고 있기에 물량으로 견주지 못할 값이 있다. 지인을 화장하여 한 줌 재로 만들고 그를 작은 항아리의 벽 속에 혼자 두고 오는(「벽」) 화장터의 시인은, 이 마음의 소유자임과 동시에 웅숭깊은 감응력을 촉발하는 진혼곡 시의 주인이다.

아버지 산소 그늘
진달래꽃 그늘에 앉아
잘달래꽃 전을 부치고
진달래꽃 술을 마신다

은저휴래향만구(銀箸携來香滿口)

은수저로 집어서 입에 넣으니

입안이 가득 향기롭구나

아버지가 달필로 써 주시던 선인의 시를 읊어 본다

어느새 곁에 와 앉아 읊어 주시는 아버지 목소릴 듣는다

저기 남강물 푸르게 흘러가는 먼 훗날에도

이 언덕에 아이들 뛰놀고 꽃은 피어나리라

저 산에 저 강물에

봄풀의 이별 눈물도 넘치리라

— 「저 산에 저 강물에」

　문득 시인은 자신의 향리 인근에 있는 남강 언덕에 앉았다. 아버지 산소 그늘, 진달래꽃 그늘에서 꽃전을 부치고 꽃술을 마신다. 흥취로 말하면 이보다 더할 데가 없고 호사로 말해도 이보다 더하기 어렵다. 꽃 꺾어 산(算) 놓고 술잔을 기울이는 도저한 주도(酒道)는 옛 조선 선비들의 풍류였다. 시인은 그 자리에서 '먼 훗날의 아이들'을 내다본다. 아주 의고적인 방식으로 사뭇 미래 지향적인 시상을 담았다. 그 자신이 아버지로부터 왔기에 앞날의 강 언덕이 어떠해야 할지를 언술할 소임이 있다. 스승이었던 미당의 시를 빌려 와서 '질마재 신화마을' 구상에 반사해 보는 (「질마재 기다림─미당 서정주 풍으로」) 시인의 태도 또한 이 역사성의 중계자임을 자임하는 일이다.

　지금까지 공들여 살펴본 이혜선의 시는 과거와 미래, 우주 자연과 세속적인 인간의 삶, 일상의 경물과 깨달음의 세계, 대승적 승급과 구체적

서정의 자리를 대칭적으로 또는 포괄적으로 통합하여 보여 주고 있었다. 그의 이 시집을 관류하는 중심 줄기는 정신과 영혼의 조화로움을 지향하는 언어의 통어력으로 요약될 수 있겠다. 특히 불가의 법문에서 그 의미를 얻은 "운문호일"은 이와 같은 시정신이 한갓 도상(圖上)의 언어유희로 그치지 아니하고 실제적인 삶의 처소에 탄력적으로 작용하는 효율성을 꿈꾼다. 시가 삶의 힘이 되고 삶이 시로 풍요해지는 하나의 표본이기도 하다.

이제껏 여러 권의 시집과 평론집을 상재하고 또 여러 문학상을 섭렵한 현역 시인 이혜선의 시를 깊이 있게 읽는 것은, 그 자체로서 공감이요 동시대 문화의 성취를 면대하는 기쁨이었다. 각기의 시집들이 끌어안고 있는 토속성, 역사의식, 불교적 화두 등을 보다 체계적으로 면밀히 고찰하는 일은 다음 기회로 미루어 둘 수밖에 없겠다. 우선 이번의 시집에 넘치는 박람강기(博覽强記)한 시상들을 좇아가기에도 분주했기에 그러하다. 이 시집은 그의 세계를 한껏 더 유장하고 웅숭깊은 곳으로 밀고 나갔다. 이를 목도한 흔쾌한 즐거움으로, 이제 또 새롭게 만날 그의 시들을 주목하며 기다려 보기로 한다.

시인의 꿈길

— 권천학 시선집 『유명한 무명시인』

유명한 무명시인! 문학평론가로서 필자는 30년 가까이 비평문을 써 오면서 이처럼 상징적이고 압축적인 시집 제목을 본 적이 드물다. 유명한 무명시인이라니. 그런데 그 가운데는 이미 일정한 자기 세계를 이룬한 시인이, 스스로의 시를 어떤 자리에 둘 것인가에 대한 치열한 고민을 담아 두고 있다. 그 자리에는 겸양과 오연이 함께 있다. 자신의 인생살이에 대한 원론의 규정과 매일같이 면대하는 세상에 대해 풍자하는 시선도 함께 작동한다. 모름지기, 아니 시인은 마땅히 그래야 할지도 모른다.

필자가 이 시인의 이름을 처음 접한 것은 그 따님 김하나 씨를 거쳐서였다. 수년 전 필자가 한 일간지에 문화 칼럼을 쓰고 있을 때 당시 북미 동아시아 도서관협의회(CEAL) 한국분과위원회 회장이던 김 씨는, 미국 의회도서관이 '독도'를 '리앙쿠르 바위섬'으로 바꾸려는 시도를 앞장서서 저지했다. 그런데 글을 쓰면서 알고 보니 그 배면에 '행동하지 않으면 매국노'라고 질책하고 독려했던 어머니가 있었고 그 어머니가 바로권천학 시인이었다. 권 시인은 필자가 주관하던 경희해외동포문학상의

2010년도 대상 수상자였다. 시, 소설 등 여러 장르에 걸쳐 문필을 자랑하는 그는 '천마리학의날개'라는 이메일 필명을 쓴다.

『유명한 무명시인』은 권천학 시인의 시선집이다. 일찍이 「지게」와 「지게꾼의 노을」로 《현대문학》을 통해 문단에 나온 시인은, 2008년 캐나다로 이주했고 지금은 8만 리 태평양 너머 그곳에서 글을 쓴다. 그동안 백제를 테마로 한 『청동거울 속의 하늘』, 나무를 테마로 한 『나는 아직 사과씨 속에 있다』, 바다를 테마로 한 『초록비타민의 서러움 혹은』 등의 연작시집을 비롯하여 무려 열 권의 시집을 상재했고 영한시집과 일역시집에까지 범주를 넓힌 열정과 저력의 주인공이다. 하버드대학교 주최 세계번역대회에서 수상, 코리아타임스 주최 한국 현대문학 번역대회 시 부문 우승 등 수상 경력도 놀랍다.

그러니 '유명한 무명시인'이란 명호를 과감하게 내걸 만하다. 이 시선집은 모두 6부로 구성되어 있고 각기 항목마다 공통된 주제와 시적 방향성을 포괄하고 있다. 선집인 만큼 지금까지 내놓은 시집 가운데서 가장 자신의 모습과 빛깔이 잘 드러나는 작품을 선별했다고 보아야 옳다. 그런 까닭으로 이 한 권의 시집을 읽는 일은 그동안 적층된 이 시인의 시집 10여 권을 요약해서 감상하는 일인데, 문제는 그렇게 만나는 시들이 결코 가볍지도 만만하지도 않다는 데 있다. 그는 쉬운 말을 어렵게 하지 않는 대신, 쉽다는 느낌이 범상한 이해의 차원에 그치지 않고 그 뜻을 곱씹어 생각할 때 읽는 이의 가슴 밑바닥을 두드리는 시, 그와 같은 방식으로 감응력의 문양을 생산하는 시를 쓴다.

제1부에는 바다 테마 연작시집 『초록비타민의 서러움 혹은』에서 가져온 시 몇 편이 실려 있다. 왜 하필 초록비타민일까? 그 어의를 정확히 해독하기는 어려우나, 아마도 이 시인의 가슴속에 오래 잠복한 관념 또는 개념의 외형적 형상일 터이다. 그렇게 가져온 「먹이 사슬」에서 "바다

는 늘 피투성이"인데, 그렇다고 그의 세계관이 부정적이거나 비극적이
지는 않다. 나무 테마 연작시집 『나는 아직 사과씨 속에 있다』에서 가져
온 「널빤지와 기둥」에서는 "우리들 숲에서 서로 기대고 팔 뻗어 손잡는"
상호 보완의 방식을 매설한다. 이 엄정한 삶의 원리에 원망, 탄식, 변호,
위안을 덧대지 않고 "슬픔 한 올"로 넘어가는 태도는 언필칭 시인의 위의
(威儀)이다.

> 누구의 가슴에나 떠도는
> 그런 바다 말고
> 누구네 집에나 있는 그런 가재도구 말고
> 누구에게나 찾아와
> 몸살 앓게 하는 그런 계절도 말고
> 누구나 품어 안을 수 있는
> 그런 여자 말고
>
> 빛나고 싶어 출렁이는 물결이 아닌
> 날카롭고 싶어 스스로 베이는 칼이 아닌
>
> 보석 같은 꽃잎
> 초록비타민의 서러움 혹은
> 뿌리의 슬픔 한 올
>
> —「슬픔 한 올」

　누구에게나 허용되는 일상적 삶의 유형과 대립적으로 맞서는, 비본질
적인 삶의 형태를 벗어나 있는 '시인의 보석'이 있다. 그것이 서러움이

나 슬픔의 외양을 가졌다. 세속의 저잣거리에서 만날 수 있는 온갖 평이한 감각은 이미 시인에게 가치가 없다. 그러할 때 시인의 눈은 세상 바깥의 풍광을 뒤좇지 않고 자신의 내부로 향한다. 제2부의 시편 그 내면세계에서는 "찬란한 해후의 약속을 그는 내 뜨락에 묻어 두고"(「전설」) 간다. 이와 같은 내면의 성찰은 시와 사람을 함께 값있게 한다. 노자의 『도덕경』에서 한 절을 빌려 온 "바다가 넘치지 않음은 언제나 가장 낮은 곳에 몸을 두기 때문"(「넘치지 않음은」)도 그 하나의 증좌이다.

숲속의 나무와 풀 냇가의 바위들
돌아오지 않는 새들의 이름까지도
낱낱이 기억하고 계셨는데,
세 치 혀, 한 근도 못되는 심장
161cm의 짧은 키로 부대끼면서
애기똥풀 꽃대 분질러 받아낸 노란 즙으로
세상 때 지우는 나를 내려다보고 계셨는데,
온통 풀꽃 중에서도 가장 못생긴
나까지 내려다보고 계셨는데,
한마디 말씀도 없이
다만 서 계셨는데,
수천 수만 개도 넘는 가지들이
수천 수만 개도 넘는 회초리가 되어
나를 후려치는 것이었다.

—「용문사 은행나무」에서

아직도 여전히 많은 이들에게 추억을, 그리고 교훈을 남기는 경기도 양평의 용문사 은행나무를 활유하고 의인하여, 시인 자신을 훈도하는 깨우침의 시이다. 일찍이 작가 황순원도 이 나무에서 노년에 이른 자신의 삶에 하나의 각성을 얻었다. 이러한 깨우침의 발상은 내면의 성찰이 충일한 눈으로 사물을 볼 때 비로소 굴기한다. 다시 말하면 꼭 같은 은행나무를 보았다 할지라도 그 가슴속에 천변만화가 있는 사람은, 나무를 천 개 만 개의 회초리 든 '할배'로 변용할 수 있는 것이다. 매우 적절한 자연의 경물이 매우 성숙한 시인의 솜씨를 만났을 때 가능한 수사이다.

이 레토릭을 익힌 시인이면, 그리고 그의 시가 복잡다단하고 난마처럼 얽힌 한 시대의 중심을 흔들림 없이 통과해 가자면, 적어도 그는 세속의 명리에 현혹되지 않고 자기 세계의 굳건함을 믿는 균형 감각을 잃지 않아야 한다. 그래서 그가 소망하는 것은, 제3부의 시편에서 보듯 "허름하지만 믿음직한 모습으로 도드라지지 않으면서 분명히 존재하는 집 한 채"(「나무로 지은 집」)를 짓는 일이다. 그 집에서 "자라나는 어린 것들"도 떠올린다. 이 소박하고 조촐한 집과 어린 것들은 가장 일상적이고 가장 근본적인 삶의 형식을 지칭한다. 데모가 있는 날 아침 전경이 된 큰아들과 대학생인 작은아들을 배웅하는 어머니의 마음(「장작 패기」), 그 마음에서 쿵쿵 장작 패는 소리가 나는 것도 이 형식의 연장선상에 있다.

장바구니에 담긴 삶의 무게를
가늠해 내는 슬기로
야위어 가는 나날

허술한 골목마다 손을 내미는
가시로 사는 사람들과
흥정을 시작한다

형광등 불빛 같은 아이들 뒤에서
반짝이는 비늘을 벗겨 내다가
찢겨진 남루를 기워 나간다

밤마다
보채는 아이를 달래며
푸성귀밭에서 별을 따 담아도
소쿠리 사이로 흘러내리는
구멍 난 시간이여

—「빈처」

    ‘빈처’는 소설에 있어서 1920년대 초반 현진건이 다루었고 오늘의 작
가 은희경도 뒤이었다. 우리는 지금도 “왕후의 밥, 걸인의 찬, 이걸로 우
선 시장기만 속여 두오.”라고 적었던 빙허의 글 한 줄을 기억한다. 글만
빼어난 것이 아니라 그 바탕이 된 빈처의 상황이 가슴 저변을 두드리는
명문장의 기억이다. 장바구니와 흥정과 아이들과 남루, 그리고 푸성귀
밭의 별을 포괄하고 있는 이 시의 세계는 슬프고 아름답다. 가장 가까운
것 가운데 가장 소중한 것이 있고 그것이 세상의 영화와는 멀리 떨어진
상거를 가졌기에 슬프고 아름답다. 어쩌면 바로 그 지점이 이 시인의 집
인지도 모른다.
    이와 같은 추론에 응답하듯 제4부의 시편 중에는 “허공에 씨앗 하나
던지신 당신”(「연등」)이 출현하고, “숨어서도 곧은 고산죽 한 그루”(「고산
죽」)가 등장한다. 하나의 씨앗이나 한 그루의 작은 나무가 함축하는 의미
는, 앞서 살펴본 작고 단단한 것의 아름다움이다. 그것이 열어 갈 새롭고
도 알찬 세계에 대한 꿈이다. 누가 일러 시인을 두고 꿈꾸는 자라고 했던

가. 그 작은 씨앗의 꿈이 살아 있기에 겉보기의 화려함 또는 안일의 유혹에서 의연할 수 있을 것이다. 그 꿈의 길은 다른 사람이 잘 가지 않는 소로, 좁은 문으로 향한다. 그런 점에서 이 시인은 방향성에 있어 내면지향주의자요 성향에 있어 근본주의자다.

> 그토록 수많은 밤을
> 눈물로 지새웠어도
> 아직도 눈물로 지새워야 할
> 그토록 수많은 밤이 있어
> 나는 행복하다
>
> 그토록 수많은 등을 밝혀 가며
> 힘겹게 먼 길 굽돌아 왔어도
> 아직도 등을 밝혀야 할
> 그토록 먼 길이 있어
> 나는 행복하다
>
> ─「등나무 꽃 넝쿨 아래서」

인디언 속담에 빨리 가려거든 직선으로, 멀리 가려거든 곡선으로 가라고 했는데, 등나무꽃 넝쿨 아래의 시인은 "먼 길 굽돌아" 왔고 "아직도 등을 밝혀야 할 그토록 먼 길"이 남아 있다. 그것이 시인 또는 시적 자아의 행복이라고 언표한다. 상식적인 평가로는 별반 값이 없는 것이 시인에게는 장중의 보화이기도 하고 우주의 신비가 낳은 결정체일 수도 있다. 이 형이상학적이고 때로는 역사철학적인 분별이 그저 주어지는 것이 아니다. 거기에 "그토록 수많은 밤을 눈물로 지새웠어도/ 아직도 눈물로 지새워야 할" 시인의 행로가 있고 숙명이 있다. 이 정금 같은 단련과 오도의 과정을 거치지 않고서 어찌 제5부에 이르러 "유명한 무명시인"이라는 화두를 던질 수 있겠는가.

시인 초년병 시절, 한 선배 시인에게
'유명한 무명시인'이 되겠다고 말했었다.
'니가 뭘 몰라' 묘하게 웃던 선배는 그 후
세상 속으로 들어가 이름이 주렁주렁해졌다.

그 말이 씨가 되어
나는 지금도
'중견'이라는 수식어가 어색하게 붙여지는
은둔과 칩거의 무명시인이다. 그러나 나는 이제
무명으로 남는 일이 훨씬 더 힘들다는 것을 안다
'무명'은 이루었지만
아직 유명을 이루지는 못했다

— 「유명한 무명시인」에서

시인은 이어지는 시의 구절을 통해 "어떻게 해야 유명해지는지를 몰라" 헤매고 있다고 적었다. 그냥 유명한 것이 아니라 '유명한 무명'이 되는 길이다. 하지만 시인은 이미 그것을 체득하고 있고 또 시의 문면에 적었다. "주렁주렁한 이름 대신, 시가 주렁주렁해지는 일"이 그것이다. "더 어려운 그 일"은 "세상의 변두리에서 쌉쌀하게 살며 시의 눈을 뜨게 하고" 나의 눈을 닦아 내는 노력으로 인도되어 있다. 그러고 보니 생각이 난다. 필자가 만난 해외 한인 문단의 글 쓰는 분들이 어떤 글을 써야 하는가를 질문할 때, 필자의 답변은 한결같았다. 남은 글쓰기 기간을 통틀어 가장 가까이 있는 한 분이 감동할 수 있는 글을 쓰라고, 그러면 누가 읽어도 감동할 글일 것이라고.

무명이 유명해지는 것은 단계를 밟아 나가는 쉬운 일일 수 있으나, 무명인 채로 유명한 것은 인격적 고양과 득오의 승급을 동반해야 가능하다. 시적 성취는 그 부대조건에 해당한다. 이러한 정신적 차원을 지향하는 시인은 시 쓰는 일을 문필의 수련이 아니라 영혼의 탁마로 간주하는 겸손하면서도 오만한 품성의 소유자다. 제5부의 시편 가운데 "빈혈 앓는 잎"(「단풍」)의 창백함이 가을 산의 아름다움을 보여 주듯, 백혈병의 병증이 한 생애가 다 들여다보이게 하는 반어적 압축 또한 그러한 품성의 소산이다. 그의 시가 펼친 풍성한 언어의 잔치 마당이 불현듯 "빈 섬 집"(「빈 섬 집」)이 되어 이승의 살림을 가늠하고 탐색할 수 있게 하는 것도 그와 같다.

이처럼 곤고하고 곤고한 만큼 희열이 넘치는 시의 세계에서, 시인은 과연 무엇을 추수했을까. 누군가 조금 알면 질문하고 많이 알면 침묵하고 더 많이 알면 기도한다고 했다. 시인의 기도는 어떤 모양일까. 질문이나 침묵은 사람이 주인이지만 기도는 그 주인이 다르다. 시와 신은, 시인과 신은 어떤 방식으로 어떤 형용의 관계를 갖고 있을까. 이러한 의문은 이 시인과 시인이 드리는 기도의 주인에게만 결부된 것이 아니라, 우리 모두에게 공여된 존재론적 삶의 방정식에 관한 것이다. 제6부에 이르면, 시인은 이 시집에서 지금까지 없던 새로운 관계망의 형성을 선보인다.

사랑 하나에
목숨 내걸고
반짝이는 깃 펼쳐 들면

무성한 잎마다
엽록소 풍부한 바람 몰려와
뜨겁게 달구던 심장

(……)

말씀 하나에
온 생애 내걸고
땟국 흐르는 일상(日常)
남루한 목숨일지라도
늦가을 몇 개 익히고자
잎을 지우는 가을 나무가 되면
가지 끝마다 가물가물 매달리는
부활의 소식

—「가을 기도」에서

　　이 시인의 기도가 남다르게 힘 있는 것은, 그것이 삶의 근본 또는 본질에 육박해 있기 때문이다. 시적 상상력이나 시인 내면의 웅숭깊은 의식 세계로부터, 기도를 통해 "말씀 하나에/ 온 생애 내걸고" 새로운 교통의 영역으로 나가는 삶의 국면이 여기에 있다. 이는 시인의 영혼을 초절의 지경, 신성의 세계로 개방하는 지점이다. 그렇게 보면 이 중견을 넘긴 유명 시인, 통속적으로는 이미 오래전에 무명을 탈각한 이 시인의 꿈과 배포는 놀랍게도 크고 넓고 또 멀다. 그는 "키 작은 꿈들"(「야생화」)의 야생화를 그대 가슴에 수놓을 수도 있고, 2014년 4월의 팽목항에서 세월호의 아이들을 위해 용왕님께 기구(祈求)할(「용왕님전상서」) 수도 있는 것이다.

258

이 눈물의 진혼곡은 그 엄혹한 죽음만큼 아파 본 사람에게서 보람을 다한다. 그렇게 아파 본 사람이 그렇게 느낄 수 있고 그렇게 아파 본 사람이 그렇게 말할 수 있다. 이 시인의 아픔과 슬픔과 외로움은 어떤 것일까. 우리는 그 내막을 모두 알 방도가 없다. 그러나 그가 자신의 시 표면으로 밀어 올린 언어의 얼굴들을 통해 증언한바, 생애의 여러 풍상들이 결코 간략하지 않을 것임을 짐작한다. 그런데 그것이 '시인의 보석'이었을 것이다. 어느 이름 있는 비평가가 자신의 평론집 표제로 내건 그 이름처럼. 그래서 중국 원대(元代)의 시인은 "국가불행시인행(國家不幸詩人幸)"이라 노래했다.

기실 필자는 이 작고 단단하고 아름다운 시선집의 비평문을 쓰기에 적합하지 않은 자인지도 모른다. 왜냐하면 권천학의 시를 알기 전에 그 인물의 사람됨, 그 품격을 먼저 알아 버렸기에. 어쩌면 이는 시를 시 그 자체로 이해하고 해명하는 데 장애가 될 수도 있다. 그러나 그의 대표 시를 읽고 음미하고 향유하는 동안 한 사람의 독자로서 내내 행복했다. 이 시인이 공들여 마련하고 가꾸어 놓은 그 꿈길, 소박하고 조촐하지만 아름답고 품위 있는 꿈길을 초대 손님처럼 행보할 수 있었던 까닭에서이다. 길섶의 작은 풀꽃에서 우주 섭리자의 자리에까지 이르는 그의 시, 그 언어의 성찬이 앞으로도 더욱 백화난만하길 빈다.

지상의 양식

— 김미윤의 시

앙드레 지드, 오세영, 김미윤

앙드레 지드의 『좁은 문』은 젊은 시기의 문학 지망생들이 반드시 거쳐 가는 통과의례이자 관문이다. 실제로 외사촌 누이와 결혼했던 지드는 이 소설에서 외사촌 누이 알리사를 사랑하는 제롬에게 자신의 모습을 투영한다. 엄격한 종교적 윤리 때문에 고뇌하고 또 죽음에 이른 알리사를 통해 도덕적 굴레로부터의 탈출을 말한다. 여기에서 한 걸음 더 나간 역작이 『지상의 양식』이다. 도덕적, 종교적 구속에서의 해방을 기치로 내건 이 소설은 청교도적 억압에서 벗어나고자 했던 작가의 자전적 기록이다.

지드의 『지상의 양식』이 삶의 바닥에 뿌리내린 정신적 자유로움을 찾는 것이라면, 오세영 시 「지상의 양식」의 그것은 전혀 다른 방향성을 가졌다. 은빛 날개를 퍼덕이며 하늘의 자유를 찾아가는 새들에게 "너희가 꿈꾸는 양식"은 "낟알 몇 톨"의 존재 양식으로 지상에 있을 뿐이라고 언명한다. 그러므로 오세영에게 그 비상은 추락을 위해 있는 것이다. 지드가 억압과 탈출에 관해 제기한 언어 개념이, 오세영에게서는 이상과 현실의 대립을 보여 주는 가역반응으로 환기된다. 지드는 신의 영역으로부터 지상의 영역으로 내려오기를 지향하고, 오세영은 하늘로 비상한 존재의 근본이 지상에 둔 삶의 구체성을 비켜 갈 수 없다고 표방한다.

두 경우 모두 궁극의 해답은 지상에 있다. 살아 움직이는 육신과 매 순간의 실존을 증명하는 호흡, 함께 어울려 살아가는 사람들의 온기와 거기에서 체감하는 작고 소중한 행복의 자리가 곧 지상이다. 그런데 이 지상의 자리, 손끝이 쉽게 닿지만 영일이 없이 곤고한 자리에 시의 좌표를 내건 시인이 또 한 사람 있다. 김미윤이다. 그의 시는 당초 영혼의 고결함이나 정신적 이상을 좇아 하늘로 비상하는 포즈를 취하지 않는다. 처음부터 지상에 머물러, 지상의 꿈과 금도(襟度)를 모두 숙성함으로써, 시적 추구의 극점을 내다보는 자기 충일성에 입각해 있다. 자연의 경물, 삶의 현실에서 얻는 깨달음, 감성의 여러 모형들, 그리고 일상 속의 희망 등속이 모두 그에게는 지상의 양식이다.

계절의 그림자와 자연 친화의 시

우주의 경관과 자연의 경물을 바라보며 그것을 지상의 양식, 곧 스스로의 시로 치환할 수 있는 시인은 행복하다. 그 풍광들이 계절의 변환으로 다가오고 이를 표현할 수 있는 풍성한 모국어를 가진 시인은, 굳이 공중으로 날아오를 날개를 원하지 않았다. 그의 계절은 다양 다기한 얼굴의 주인이며 그 갈피마다 남도 산하의 서정을 끌어안고 있다. 그러기에 시각 이미지와 청각 이미지가 수시로 교통하고, 사소한 풍경의 동요가 순식간에 마음의 창을 넘기도 한다. 온몸의 감각이 언어 변용의 초입에 선, 천생 시인의 형용이다.

　　　　순후(順厚)한 종(鍾)소리
　　　　물오른
　　　　미루나무가지 흔들다
　　　　피아니시모로 쌓이고

　　　　햇빛 깨치며
　　　　까치 한 마리
　　　　스타카토로 갓 솟아올라
　　　　청아하게
　　　　아침을 우짖을 때

　　　　장지(障紙)문 안방 열어
　　　　부시시 눈 뜬
　　　　일력(日歷)의 정맥 속에서

　　　　언제부터인가
　　　　하늬바람
　　　　지평(地坪) 향해 파장(波長)하는
　　　　이른 봄 경이(驚異)를
　　　　팔분음표로 수놓고 있다.

　　　　　　　　　　　　　　　　— 「삼월(三月)의 음성(音域)은」

산뜻하게 눈에 들어오는 시다. 종소리가 미루나무에 피아니시모로 쌓이고, 까치 한 마리가 스타카토로 솟아오르는 광경, 하늬바람이 이른 봄의 경이를 팔분음표로 수놓는 광경을 목도하는 눈과 귀가 이 시편 가운데 잠복해 있다. 이목이 함께 열려 우주 자연의 조화로운 경색을 꿰뚫고 있으면, 거기 곧 지상의 양식이 풍요로운 지경(地境)이다.

> 고추밭엔 잠자리 떼가
> 물감을 나르고 있었다
> 풋풋이 익은 산과(山果) 위에
> 햇살 한 움큼 묻어나고
> 가슴 풀어헤친 강물이
> 홀로 머언 길을 떠날 때
> 닫혀 있는 마음의 창도
> 바람에 좋이 흔들렸다.
>
> ─「가을 소묘」

세상에서 가장 열기 힘든 것이 "닫혀 있는 마음의 창"이다. 시인은 그 창을 여는 비밀번호에 근접해 있다. 전혀 욕심내지 않고 한가롭게 펼쳐 놓은 가을 그림을 완상하고 있기에, 그 마음의 창이 "좋이" 흔들릴 수밖에 없다. 이처럼 평범한 일상 속에서 평이한 언어의 구성으로 가슴의 저변을 두드리는 감동을 생산할 수 없다면, 이 시인의 시에 '지상의 양식'이라는 호명을 공여하기 어렵다. 이와 같은 내면세계의 확장은 「병상일기」 시편들에서도 '잠언'이나 '제행무상'을 발굴한다. 표제시 「흑백에서」의 "흑백"은 클래식 다방 이름인데, 흑백 사진첩의 추억처럼 시인의 인생사가 깔끔한 삶의 소묘로 되살아난다.

슬픔에서 소망으로, 깨달음으로

"인간도처유청산(人間到處有靑山)"이라는 옛 시의 한 구절은, 인간 세상 어디에나 묘지가 될 장소가 있다는 뜻을 담았다. 곧 곤고한 삶의 도정, 질곡의 과정 가운데서도 희망을 붙들고 살아야 한다는 간곡한 권유가 숨어 있다. 미상불 김미윤의 이 시집 전반을 관통하고 있는 중심 사고는 바로 그 희망의 의식이다. 지상의 삶은 유한하고 마침내 끝자락을 짐작할 수 있는 것이지만, 그 한정적 시공간의 장벽을 넘어설 수 있는 의식의 자유로움을 붙들고 있기에 그의 시가 보다 더 값지다.

멀다 해도
한 사나흘쯤이면
그래, 사흘이면 오갈레라

떠나는 자(者)
훌훌 저어 떠나고
쉰 목소리의
남는 자(者)일 뿐

지친 가슴에
소리 없이 쌓이는
오, 바람이여
퐁토제(平土祭)
취한 걸음
섧도록 밟거니

앞서거니 뒤서거니
눈물로 젖은 산
바로 저 너머

작은 꽃의
씨앗 하나
손금에 와 묻힌다.

—「장지(葬地)에서」

"한 줌 흙이 뿌려진다. 그리고 영원히 지나간다." 파스칼의 말이다. 그
것이 누구도 회피할 수 없는 마지막 숙소의 모습이다. 그러나 이 시인은
그 마지막 자리에서 "손금"에 와 묻히는 "작은 꽃의/ 씨앗 하나"를 붙들
고 있다. 상징적 의미로서의 '손'이 아니고 그것이 의미화된 '손금'이다.
유난할 것 하나 없는 씨앗을 손금에 묻고서도, 시적 화자의 삶이 차후 어
떤 단계를 추동해 갈 것인지 비교적 선명하게 보인다. 그는 이미 지상에
서 일용할 양식을, 그 양식과 만나는 길을 익힌 시인이다.

사랑과 이별, 삶의 곤고에 대하여

지금까지 논거한 시인의 지상은 대체로 평온하고 아름다웠다. 그런
데 어느 강물인들 파도가 없을 리 없고, 어느 들판인들 폭풍우의 날이
없을 리 없다. 바로 이 지점이다. 시인의 고백과 사랑, 이별과 죽음의 여
러 절목이 소용돌이치는 자리 말이다. 만약 이 위태로운 외나무다리를
건너는 시적 화자를 시의 문면으로 밀어 올리지 못했다면, 그가 가진 지

상의 양식은 추동의 힘을 잃은 무기력이나 허위 또는 모조로 침윤할 뻔했다.

> 동백꽃 진 그늘에 우수가 몸을 풀면
> 멧새 떠난 허공 속 매달린 기인 정적
> 바람 불어 먼 언덕 못 다한 말 쌓이듯
> 이승과 저승 사이 그토록 가이없고
> 그대 묻힌 그 자리 홀로 섰는 해 질 녘
> 눈 감아도 못 뵈는 봄날의 미망이여.
>
> — 「이별 연습·1」

시집의 세 번째 단락에 이르면, 시적 화자가 그동안 감추어 두었던 아픈 상처들을 과감하게 드러낸다. 사람을 사랑하는 일, 그에 부수된 고백과 상실의 경과를 반추하는 일은 모두 자기 영혼과의 전면전이다. 그렇게 시인은 「이별 연습」과 「비가」를 노래하고, 언어의 표현으로 이를 다하지 못해 '앙포르멜'이나 '마티에르'와 같은 미술 기법까지 동원한다. 사랑이 기쁜 만큼 이별은 슬프다. 이 단순하고 명료한 사실과 정면으로 맞서면, 최소한 지상에 두 발을 둔 자의 정직성을 지키는 일이 된다. 슬픔과 아픔에 직면해서도, 여전히 정직은 최상의 무기다. 그 연장선상에, 그에게는 '공단(工團)'에 주목하고 '파업'에 합류한 여러 시편이 있다.

> 공감(共感)의 하늘 빛을
> 뜨겁게 확인합니다
> 서러운 시대(時代)를 지키는
> 작은 밥풀꽃

오지랖이 넓어
바람 잘 날 없어도
새벽 오기 전 한사코
화살 짓는 함성 앞에
깨어져 피 흘리지 아니하고
거듭 태어날 수 없음을
혼자 남아 손톱 깨물며
꼿꼿이 증언(證言)합니다.

—「파업 일지·3」

그가 살았고 살고 있는 마산은 "서러운 시대"를 지킨 증언의 땅이다.
이곳에서 저항의 불길이 일어 역사가 바뀐 사례들이 우리 눈앞에 있다.
시인은 그 역사의 현장을 날 선 시각으로 지켜본 증인이다. 깨어 있는 동
안 "힘"이 되고, 부딪치는 동안 "돌"이 되고, 흐느끼는 동안 "정"이 되고,
나아가는 동안 "빛"이 되는 "우리"(「파업 일지·1」)의 복합적인 모습은 시인
자신의 세계관과 역사관을 대변한다. 그의 지상은 음풍영월의 호사를 버
리고 풍찬노숙을 마다하지 않는 기개로 인하여 더욱 미덥다.

문학의 근본주의, 다시 일상으로

시집의 마무리 단락으로 나아가면서 시인은 자신의 다기한 여행 체험
을 시화하여 매설하고, 다시 일상으로 돌아와 삶과 문학에 대한 근본적
인 사유들을 점검한다. 여행은 장소를 바꾸는 것이 아니라 편견을 바꾸
는 것이라는 말이 있다. 현실 일탈의 새로운 차원에서 그 현실을 바라보

지 않으면 구태의연한 고정관념을 벗어나기 어렵다. 다만 그 장소 일탈의 여행에서 범상한 생각의 과실만 수거해 왔다면, 그는 범상한 시인이다. 이 언급은 그의 여행 시편들이 앞서 살펴본 지상의 시편들 못지않게 긴장감, 신축성, 의미의 깊이를 얻었다는 뜻이기도 하다.

실안개 걷힌 들판 가득
황망히 떠나가는 발자국 지우며
제남(濟南)의 아침은
말그레한 새소리로부터 열린다

빛보라 억수같이 쏟아져 내리는
남교호텔 미루나무 숲길엔
어느새 싱그러운 잎파랑치들
하나씩, 둘씩 초록 하모니를 이루고

등 휘도록 일구어 낸 결록(結錄)이
다투어 향(香)으로 묻어나듯
아무도 정죄하지 못할 질척인 역사를
산동반도 그 황사 속에 깡그리 묻어 버리면
은혜로워라, 살아 있음의 축복이여
함께 가는 길은 외롭지 않나니
한입 베어 문 선린의 장(帳) 너머
정녕 옥양목처럼 눈부신 평화가 오려는지

선잠을 깬 나그네의 어깨 툭툭 지며

휘이휘이 춤사위를 벌이는 바람이

어둠 뚫고 나와 저만치에

태깔 고운 계절을 줍는다.

— 「산동(山東) 가는 길」

"함께 가는 길이 외롭지 않다"는 길벗, 도반(道伴)의 방식은, 중국 산동
의 여행길이건 우리 삶의 여행길이건 매한가지다. 이 원리가 작동하면
"아무도 정죄하지 못할 질척인 역사"마저 새로운 길의 이정표가 될 수 있
다. 살아 있음의 축복이 은혜로운 것은, 이처럼 그것의 진진한 깊이를 올
곧게 깨우쳤을 때에 해당한다. 시집 말미의 시편들은, 대개 이러한 심정
적이고 정동적이며 시적인 깨달음이 오롯이 살아 있는 수작들이다. 이
땅에 태를 묻고 살아온 동시대의 사람들, 같은 모국어로 생각하고 글을
써 온 동류의 문인들이 그의 시 세계에 편만해 있다. 그들과 더불어 그
삶 의식을 정갈한 시편들로 재구성한 시인 김미윤은, 그에게 넘치는 지
상의 양식을 풍족하게 나누어 주며 살아온 축복받은 자의 이름이다.

존재론의 국경을 넘는 시와 시인

— 최명란 시집 『복합과거』

　문학은, 시는 과연 우리에게 무엇일까. 왜 우리는 우리 사회의 소수자인 문학 편에 손을 들고, 이를 통해 우리 내면의 절실한 무엇인가를 검증하고자 하는가. 종내 문학은, 또 시는 그러한 시인과 독자의 의도에 부응할 수 있는 것인가. 이와 같은 한 묶음의 원론적인 질문은 시와 삶이 불가분의 상관성을 가지고 있을 때 값있는 답변을 가능하게 한다. 이 글에서 만날 최명란은 삶을 시로 표현하고 시로 삶을 사는 천생 시인이다. 그것은 소중한 축복임에 틀림이 없겠으나 때로는 무거운 부담이기도 할 것이다.

　최명란 시집 『복합과거』를 읽다가, 문득 가와바타 야스나리의 『설국』을 떠올렸다. 그 줄거리나 분위기가 아니라 소설의 첫 문장, "국경의 긴 터널을 빠져나오자 눈의 고장이었다."를. 왜 눈에 덮인 온천 지방을 찾아가면서 국경을 넘는다고 했을까. 지역으로서의 국경이 아니라 생각의 국경이 더 맞는 답일 것으로 생각했다. 최명란의 시는 이 시집을 관통하면서 존재론적 인식의 국경을 넘고 있다.

이 시집은 모두 세 단락으로 구성되었다. 제1부는 주로 그의 세계관이 어떤 방향으로 작동하는가를 보여 준다. 제2부는 눈물겨운 아픔의 내면을 시의 형식으로 치환했다. 제3부는 아픔과 슬픔의 질곡을 넘어 새로운 생명력의 배태를 예시했다. 매우 거칠게 골자만 추려 발설했지만, 이 시적 전개의 격렬한 과정이 한 권의 시집 속에 용해되어 있다면 외형이 단정한 채로 의식의 혁명을 수행한 엄청난 사례에 해당한다.

제1부에서 볼 수 있는 시인의 세계는 대립적 질서를 판독하는 눈과 내포적 투시를 발양하는 힘으로 편만해 있다. 몇 편의 시를 예거해 보자. 여기서 만나는 이 시인의 시들은 그 하나하나가 모두 수발하여, 시의 진열을 앞세우고 소략한 감상으로 뒤쫓아도 별 무리가 없을 듯하다.

내 몸은 언제나 당신의 정반대 방향에서 뜨겁고
잠이 깨면 당신과 나는 등과 등을 맞대고 있다
왜 그런가를 어떻게 그럴 수 있는가 하고 묻는다면
그건 질문이 아니다

당신이 지구를 한 바퀴 돌아 별이 되는 동안
꽉 물리지 않은 나는 오늘도 혼자 고꾸라진다
당신은 정지되어 있고
나 혼자 늙어 가다가 어느 날 문득
당신이 내게 나이를 물어 온다면 나는
당신을 처음 만난 그날처럼 살짝 수줍어질까

아귀를 꽉 닫아야 이빨이 더 단단해지는
지퍼가 지퍼에게

—「지퍼에게」

지퍼의 평행선이 합쳐질 수도 있고 나뉠 수도 있다는 인식은, 곧 만나
고 헤어지며 소통하고 단절하는 인간관계의 숙명을 유추하게 한다. "아
귀를 꽉 닫아야 이빨이 더 단단해지는/ 지퍼"의 두 라인은, 지금 그렇게
함께 있지 못한 "당신"과 "나"를 환기한다.

죽는 순간 그 이전은 전생이다
무표정한 과거는 아득한 전생을 통과한 길
베개 옆 눈물에 젖은 자리
전생의 길이 가까울수록 아프다
천둥과 구급차와 신호 벨이 한꺼번에 울어 대는
과거는 장면을 바꿀 생각이 없으니
과거여 이제 그만 —
어제의 해와 오늘의 해가 모여 오늘의 달이 간다
배고픈 사람들에게 해 대신 달이 오면 안 되나
얇은 냄비 뚜껑이 끓는 물에 잠시도 가만 있질 않고 폴짝거리고
가난한 자는 애인도 여러 철 쓸 수밖에 없다
두 가슴이 볼록한 건
두 손이 오목하기 때문이란 다짐은 늘 어리석을 뿐
못 다한 사랑은 단풍보다 아름답고
향긋하고
달큰해

고독처럼 웃었다

—「복합과거」

"죽는 순간 그 이전은 전생"이므로 죽음이 가로막은 "못 다한 사랑"은 복합과거에 머물렀다. 죽음과 삶의 경계가 생각의 지평에 떠오르면 그 사랑이 "단풍보다 아름답고/ 향긋하고/ 달큰해", "고독처럼" 웃는다. 당신과 나. 전생과 이생. 이처럼 시인은 삶의 질곡을 대립적 세계 인식 가운데 방목한다. 그리고 그 내면의 심층을, 사람으로 말하자면 폐부를 꿰뚫어 보는 눈을 가꾸었다. 관찰과 판별의 대상이 시인 자신이든 아니든.

저기 냉동실에 있는 빵으로 주세요

그의 이빨은 송곳니만 가득해서요
무른 것은 씹기가 힘들답니다

눈물로 흐른 지 천년 동안 배부른 허기를 견뎠습니다
이제는 사자도 식사가 필요합니다
냉기와 온기가 만날 때
순간 쩍 달라붙는 습성이 있는 걸 보면
아무래도 가장 먼 거리가 가장 짧은 거리입니다

빵과 빵 사이에서 쩍쩍 얼음이 우는 소리를 듣습니다
그의 냉기와 나의 온기가 만나
다시 한번 쩍 달라붙어 볼 수 있다면

냉동실의 빵처럼 꺽꺽 씹어 볼 수 있다면

—「주문」

　냉기와 온기가 만나는 장면, 물리적인 현상을 내면적 인식의 차원으로 끌어올린 대목이다. 빵집에서 빵을 주문하면서 그 범상한 환경으로부터 그의 냉기와 나의 온기가 만나는 자리, 가장 먼 거리와 가장 짧은 거리가 만나는 대립적 세계관의 배열을 일구어 낸다.

　　모서리와 모서리에서 물이 만나면 오랫동안 머문다
　　그렇다면
　　모서리와 모서리가 만나는 자리에서 당신을 만나
　　마디를 맞대고 못 다한 긴 긴 이야기를 하고 싶어요
　　옷이 젖는 줄도 모르고
　　뿌리가 물에 비친 달을 찾아가는 달뿌리풀처럼
　　흐르는 물과 물이 되어
　　꼭지와 꼭지가 만나는 지점까지 찾아가고 싶어요
　　갈대도 억새도 아닌
　　마디마다 뿌리를 내리는
　　그리움 너무 쌓으니
　　어젯밤 꿈속에서 당신이 실컷 애를 먹이고 갔어요
　　졸다가 하마터면 물속의 달도 먹을 뻔했어요

—「달뿌리풀」

　모서리와 모서리가 만나는 자리 또한 그렇다. 화자는 그 자리에서 '당신'을 만나 못 다한 이야기를 나누고 싶다. 그의 대립적 세계 인식은 궁극에 있어 다시 만남과 교감의 갈망, 그 비의(秘義)의 다른 이름이다.

　　남쪽에는 꽃이 피고
　　북쪽에는 눈이 내리겠죠

　　기다리다 모가지 채 뚝 떨어져 더 애절한 동백
　　떨어져도 꽃이겠죠
　　꽃이 아니라 차라리 몸이겠죠

　　새빨간 꽃잎 속에 더욱 돋보이는 샛노란 꽃술
　　그걸 채도라 하겠지요

　　애상에 젖은 동백
　　못 다 핀 사람

　　가지 끝에 핀 꽃일수록 길 중심부에 떨어져
　　지상을 덮는 저 수많은 꽃모가지들
　　그중에
　　죽어서도 웃고 있는 얼굴 하나

　　　　　　　　　　　　　　　　　　　　　　　　　　　　─「동백」

　　남쪽의 꽃과 북쪽의 눈. 이 모두가 숨은 의미를 읽는 눈을 동반하고 탄
력적 대립의 운행 규범을 준수한다. 이 시적 요소들 양자의 관계가 예리
한 긴장을 동반하는 연유는, 단순한 나열이나 수평 비교가 아니라 변증
법적 조합의 의미망을 상정하고 있기 때문이다. 그러기에 그의 시에서는

짧은 분량의 말미에서도 일정한 결어가 도출된다. 이를테면 동백의 낙화 중에 "죽어서도 웃고 있는 얼굴 하나" 같은 것. 시인은 '무엇은 무엇이다' 라고 말하는 자기규정에 익숙하게 도달한다.

제2부에 편성된 시의 문면들은 그야말로 삶의 동통을 고스란히 감당해야 하는 시적 화자들의 쟁명(爭鳴)을 담았다. 인생 유전의 고비고비에 얼마나 많은 울음이 숨어 있는지 아는가. 그것이 밖으로 표현되지 못하면 그 울음이 마침내 주인의 생명을 위협한다. 울음을 가진 자를 울게 하는 것, 그 이상의 위로가 있기 어렵다. 시인의 울음은 곧 시다. 어떤 극점의 의미에 있어 울음의 시는 시인의 정신과 육신을 지키는 힘이다.

길 가던 사람이 갑자기 사라졌다
지하철 자리에 앉아 있던 사람이
갑자기 사라졌다

비상시에는 이 망치로 창문을 깨고 나오시오

꿈꾸던 사람이 갑자기 사라졌다

어두워졌다
좀 전에 잘 보이던 강이 갑자기 안 보이고
강이 우리를 바라본다
이 열차는 더 이상 가지 않습니다

그렇다면
전신주 가로등
서 있는 것들은 왜 저리 오래 서 있나
덕분에 위로 보는 버릇을 배운다

서 있던 사람이 갑자기 사라진다
밥 먹던 사람이 갑자기 사라진다

이 역은 이번 열차의 종착역입니다

—「블랙홀」

갑자기 사라진 사람들의 간 곳을 모를 때, 시인은 우주의 블랙홀을 불러온다. 물론 그 상황에서 지상의 열차는 운행을 멈춘다. 열차가 멈춘 종착역은 원래 예정되었던 종착역이 아니다. 종착역이 아닌 종착역, 어느 순간에 강제된 종착역은 우주의 미궁 블랙홀처럼 절망적이다.

복수를 빼기 위해 주사기로 배를 찌르면
내장이 주삿바늘을 피해 자리를 비킨다
절반을 넘어 절반에 못 미치는 변곡점
말하지 않아도 품을 넓히는 하늘
살은 없고 배만 볼록한 마네킹들이
하늘로 자리를 옮기면 긴 몸이 따각거린다
마네킹은 살이 없을수록 꼿꼿하다
보들보들한 볼살이 독해 봐야 얼마나 독할까
(……)

밀도 있는 살의 울음은 구름을 닮았다
구름의 넓적한 배를 가르면 주르르 물컹한 눈물
수평의 발화
나는 계획 없는 낮술을 마시고
낯 뜨거운 낮잠을 잤다 통제도 없이

―「변곡점에서」에서

　"절반을 넘어 절반에 못 미치는 변곡점"에서, 화자는 육신의 한계를 목격하면서 "계획 없는 낮술"을 마시고 "낯 뜨거운 낮잠"을 잔다. "통제도 없이"는 자기 통어의 절제력을 어느 순간 놓아 버렸다는 뜻이다. 통제해서 얻을 수 있는 효용성을 담보하지 못할 때, 통제는 외려 이를 데 없이 잔혹해진다. 여러 의미의 변곡점에 선 시인은 심성이 모질지 못하고, 그런 만큼 더 고통스러운 자기 방기(放棄)에 노출된다.

　북소리가 난다

　몸이 가려워 자다가 몸을 벅벅 긁는다
　몸이 텅텅 북소리를 낸다

　속은 다 비고 허물만 남아
　한 음 한 음씩 내려가다 내려가다
　못갖춘마디로 영영 남은 몸

　몸과 몸 사이 다 탄 듯 다 마른 듯
　울음도 웃음도 아닌 북소리

내 젖은 몸을 빠져나간 내 마른 몸이
못갖춘마디로 둥둥 북소리를 낸다
북채도 없는 밤

　　　　　　　　　　─「못갖춘마디로 부르는 나의 노래」

　"못갖춘마디로 영영 남은 몸"과 같은 시어들이 시인의 극명한 고통을
웅변으로 증거한다. 이 시적 화자는 왜 이러한 슬픔과 아픔 속으로 침윤
해야 했을까. 또 그 형편에 언어의 형식으로 대응하는 그 언어의 창발자
로서 시인은 왜 이와 같은 시련의 날들을 견디면서 시를 써야 했을까.

　잠시 시의 영역 밖으로 나와 말하자면, 인생에는 누구나 지불해야 하
는 수업료가 있다. 수업료가 비싼 인생이 꼭 가치 있는 인생은 아니겠지
만, 대가를 치른 만큼 생각도 행위도 사람됨도 성숙하는 것은 사실이다.
놀라운 것은, 미루어 짐작되는 여러 어려움들을 디딤돌로 하여 이 시인
이 일군 시적 성취다. 그 값비싼 수확은 시를 통해 바라보는 삶 의식의
깊이와 넓이, 그리고 이를 시라는 유형의 그릇에 적정하게 갈무리하는
시 쓰기의 기량에 두루 걸쳐져 있다. 우리는 그의 시를 통해 매우 편의하
게 인생의 진면목을 배운다.

　시인의 시정신과 시적 발화가 한껏 고양된 지점을 통과하는 것은 제3
부에 이르러서다. 시인은 여기서 인간의 존재론 또는 존재 철학의 한 국
경을 넘는다. 일찍이 한국의 어느 작가가 거대 담론 시대의 후일담으로
『슬픔도 힘이 된다』라는 소설을 썼고, 중국 원대(元代)의 시인은 "국가불
행시인행"이라 적었지만, 거친 들판과 험한 산길을 지나온 시인의 시는
이제 안돈의 숨 고르기와 소망의 꿈꾸기를 향해 발걸음을 가다듬는다.

시와 삶이 분리되기를 지향하는 것은 1930년대의 '모더니즘 시 운동' 이래 한국문학에서 연원이 오랜 것이지만, 최명란의 시는 그러한 기교적 유희에 눈 돌릴 겨를이 없다. 실존적 삶과 그것을 반영한 시정신이 절박해서, 그 광포한 흐름에 운율의 문맥만 부여해도 시가 될 판국이다. 짐작 건대 그의 삶에 부딪쳐 온 험난한 파고가 없었더라면, 대립적 세계 인식과 심정적 고통을 분화하는 과정을 거쳐 제3부와 같이 정신이 고양된 시세계에 이르기 어려웠을 것이다.

> 나 대신 흐르는 냇물이 재잘재잘 말한다
>
> 너 대신 새하얀 찔레꽃이 까르르 웃는다
>
> 가장 쓸쓸한 여름을 품은 너의 오월이 거기 있어
>
> 우리는 물 가장자리를 잊지 못하고
>
> 쓸쓸한 여름밤은 너무 쓸쓸해 쓸쓸하지 않다
>
> 나의 불면은 그대가 내게 준 아름다워 쓰린 선물
>
> 그대의 불면은 내가 그대에게 준 안타까워 아린 선물
>
> 윤기 흐르는 먹빛 물잠자리가 냇물 위에서
>
> 허니문 비행을 준비하며 분주히 움직인다
>
> 물에 반쯤 잠긴 가녀린 찔레꽃 가지 끝에서
>
> 곧 다가올 비상의 이륙과 착륙을 연습한다
>
> 그대의 눈을 끝까지 바라보기 위한
>
> 비행은 늘 내가 상상하는 그 이상으로 위태롭다
>
> 그러므로 이 저녁에도
>
> 석양이 빌딩의 유리창에 알을 낳는다
>
> —「비행」

"나 대신 흐르는 냇물이 재잘재잘 말한다"라는 언술은 이제까지의 시적 흐름에서 보이지 않던 풍경의 언어로 되어 있다. 냇물의 말과 웃음을 감각하는 것은 예민한 청각이나 시각이 아니라 부드럽게 완화된 마음이다. 그런데 여기에 이르도록 그 길이 간략하고 평탄했을 리 없다. 앞서의 시편들이 이를 준엄하게 증거한다. 언어도단(言語道斷)이면 심행처(心行處)라고 했던가. "쓸쓸한 여름밤은 너무 쓸쓸해 쓸쓸하지 않다"라거나, "나의 불면은 그대가 내게 준 아름다워 쓰린 선물" 같은 역설적 어법은 모진 역경을 넘어서 가꾸어 온 역설적 삶의 지혜와 경륜을 암시한다. 시인은 그렇게 그 곤고한 블랙홀의 지경을 넘어왔다.

> 찢어진 내 청바지에 꽃이 피었으면 좋겠다
> 그러면 내게도 꽃들이 활짝 피어날 것이다
> 활짝 핀 꽃대 위에 달콤한 비가 내릴 것이다
> 개구리는 지천에서 베이스 톤으로 울고
> 장대비는 꽃들을 흠뻑 적시고 짱짱히 일어설 것이다
> 돌담을 붙들고 일어서는 담쟁이처럼
> 나도 장대비를 붙들고 비를 따라 일어설 것이다
> 건조한 목구멍을 비에 촉촉 적시며
> 아직 눈 뜨지 않은 새끼들을 오글오글 키울 것이다
> 걸음 서툰 노인이 눈앞으로 지나가도
> 늙음에 대해 생각하지 않을 것이다
> 희미해져 가는 햇빛에 희망을 걸 것이다
> 사랑하는 우리 흐르는 강물을 함께 바라볼 것이다
> 결혼식 날의 소란 속에 열렬한 노래를 부를 것이다
>
> ─「달콤한 소유」

"사랑하는 우리 흐르는 강물을 함께 바라볼 것이다"라는 단언이 점차 익숙해질 무렵, 시적 화자는 꽃이 피고 달콤한 비가 내리는 희망의 언어를 찾아낸다. "희미해져 가는 햇빛"에 희망을 걸겠다고 언명한다. 이 전격적인 변화는 시와 삶이 한 동작으로 작동할 때 감응력을 얻는다. 마침내 "달콤한 소유"가 하나의 선언으로 체현되면 이 시들의 운동 범주는 앞서 살펴본 대립적 세계의 양극단을 두루 포괄하여 하나의 강역(彊域)을 형성한다. 그 지점을 조망하게 되면 시인은 시적 연륜의 원숙성을 얻는다.

수서우체국 앞을 지나는데
노란 수국 큰 화분……
거기 가을이 있었습니다
갑자기 밀어닥치는 그리움
아, 가을이 맞습니다

수서역으로 사푼사푼 걸음을 옮겼습니다
단단한 지하철이 꿈틀거리며 다가옵니다
좌우로 흐물흐물 몸을 흔들며 옵니다
어제
한 치 틈도 없이 몸을 포갠 뜨끈한 레일이 그리워
오늘 또 꿈틀꿈틀 다가오는 것입니다
어두운 터널 속에서 기척도 없이, 몸부림도 없이,
그리움은 어제 갔던 곳을 또 가는 여행입니다
몸과 몸을 포개는 일은 어제와 오늘이 만나는 일입니다
수없이 헤어져야 수없이 다시 만납니다

그래서 이별은 간혹 달가운 일입니다

미끄러지듯 다가와서는

뜨겁게 달궈진 몸 길게 눕혀 두고 지하철은 또 떠납니다

레일은 밤낮 길게 누워 지하철을 기다립니다

사라짐으로 다가오는 이 설렘

기다림에 사무쳐 나는 나를 잊을 때가 있습니다

아…… 가을이 맞습니다

— 「근접과거」

"갑자기 밀어닥치는 그리움/ 아, 가을이 맞습니다"와 같은 감수성의
회복이 결코 쉬울 수 없었을 것이다. 이는 그의 앞선 시집『자명한 연애
론』의 제목처럼 아주 자명하다. 하지만 사람들은 체험을 통해, 그 체험을
반영한 글쓰기를 통해, 학습하고 진척되고 승급된다. 이렇게 그의 시는
시인 자신의 삶을 꿰뚫고 지나온 통시적 기록이요, 그의 이목이 축적한
고급한 생명 현상의 다른 이름이기도 하다.

이 글에서 최명란 시의 구조나 언어미학적 측면을 미처 살피지 못한
까닭은 주제론적 차원의 메시지가 너무 강렬해서였다. 그의 시는 하나의
인생론적 교범이요, 정신적 성장사의 궤적을 밝히는 예인 등대의 불빛과
도 같다. 그런데 그 엄중한 현상이 결코 우연이 아니었다는 사실을 명시
하는 데, 그리고 그것을 그와 시로 만나는 이들에게 안내하는 데 이 글을
쓰는 남은 목적이 있다.

최명란은 시와 동시를 양수겸장으로 쓰고 있는 시인이다. 서로 다른
두 세계에서 각기 탁월한 수준을 자랑하고, 가끔 일간지 등의 지면에 기

고하는 산문 솜씨도 놀랍다. 그런가 하면 근자에 가장 명성 높은 전국구 수준의 인기 강연자다. 휴머니스트의 근본주의를 고수하며 특히 청소년들에게 힘을 주는 꿈의 조력자다. 아이들은 그를 두고 '동시 박사'나 동시집 제목을 가져와서 '수박씨 선생님'이라 부른다. 그는 함께 있는 주변 사람들을 즐겁게 하고 문제를 가진 사람에게는 명쾌한 처방을 내놓는 타고난 카운슬러. 콘서트와 강연을 본업으로 하는 'WeCanDo'의 대표다.

그의 세월도 벌써 지천명을 여러 해 넘어섰으나 그 정신은 여전히 꿈과 의욕과 창의력으로 빛나는 청춘이다. 호머가 "너를 보고 있으면 델로스섬에서 아크로폴리스 신전 곁에 하늘을 향하여 땅으로부터 치솟은 종려나무를 보는 것 같다."라고 노래했던 그 청춘의 마음. 바라기로는 그의 시가 앞으로 더 유암하고 화명한 경계를 열어 나갔으면 한다. 이것은 단순한 바람이 아니라, 시의 미학적 가치에 대한 평가와 창작 주체에 대한 신뢰를 함께 담아서 하는 말이다.

겹시각으로 읽는 동심과 동시의 깊이

— 송재진 동시조집 『아빠 무릎에 앉는 햇살』

송재진의 동시조집 『아빠 무릎에 앉는 햇살』을 2015년도 방정환문학상 동시 부문 수상작으로 선정했다. 마지막까지 경합을 벌인 여러 권의 동시집이 있었으나, 문학적 수준을 우선하여 송 시인의 작품을 수상작으로 결정하는 데 심사 위원 모두 의견을 모았다.

이 동시조집은 그의 동시집 『회초리도 아프대』가 나온 지 9년 만에 묶은 것이다. 축적된 세월의 중량만큼 시적 내공 또한 만만치 않다. 세월을 묵혔다고 해서 모든 시가 숙성할 리는 없겠으나, 지속적 시간과 함께 생각을 깊이 있게 가다듬은 시는 어떤 면모로든 그 값을 드러낸다. 말을 바꾸면 이러한 성취를 담아내지 못할 때 시인의 휴지 기간은 허송세월과 다르지 않다.

익히 아는 바와 같이 시조는 전통적으로 창작 시기의 시대적 상황을 반영하는 시절가조(時節歌調)였고, 그 내용에 있어서는 남녀노소의 다양다기한 감정을 담아낸 범민족적 문예 장르였다. 운율의 정형을 기본 바탕에 두고 여러 모습의 변형을 허락한 것을 보면, 형식 자체에 얽매이는 것을 크게 선호하지 않았던 듯하다.

이 시조를 현대적 삶 가운데, 그것도 동시조의 양식으로 가져오는 창작의 시도는 그 나름의 적층된 의미가 있다. 우선 일상의 주변에서 소재를 얻고, 절제되고 정형화된 운율로 이를 구성하며, 그것이 일관성 있는 주제의 산출로 귀결되는 금제를 지켜야 한다. 그런 연후에 다시 동시조다. 특히 '동(童)'시조의 개념이 지시하듯 "어린이가 받아들일 수 있는 언어로, 어린이의 감성을 살려" 쓰는 것이 그 방향성이고 또 송재진 시인의 언표다.

이미 일정한 규범에 따라 전제된 형식으로 출발하는 만큼, 외형적인 문제는 그렇게 중요해 보이지 않는다. 송 시인이 어떤 문장 부호를 글의 조절 기능으로 사용하는 것이 그다지 중요하지 않은 이유다. 이때의 형식 논리는 찻잔 속의 태풍에 지나지 않는다.

문맥의 흐름과 논지의 산출을 주어진 형식의 팻말에 묶어 두고, 그 제약의 부자유에 잇대어 내포적 자유를 추수하는 글쓰기의 묘미가 거기 있어야 한다. 형식적 절제의 엄혹함과 내면적 상상의 풍성함이 교차하는 지점, 그것을 빛나게 할 수 있다면 그가 곧 수발한 시인인 셈이다. 그러므로 여기까지의 언급은 이 글에서 송시인의 작품을 주제론적 측면에서 살펴보겠다는 의사의 표현이다.

"넌 키가 좀 작지만
참 야무지게 생겼구나!"

짝한테 들은 덕담을
채송화에게 건넸다.

"딱 하루

피었다 지면서도

어쩜 그리 활짝 웃니?"

—「덕담」

이 시집의 첫 장에 실려 있는, 산뜻하게 눈에 들어오는 시다. 시의 문면에서는 얼굴을 가리고 은근히 숨어 있는 화자가 짝한테 덕담을 듣고 채송화에게 그것을 그대로 건네는 중개자로 기능한다. 키가 좀 작지만 참 야무진 화자와 딱 하루의 개화에도 활짝 웃는 채송화는 표현의 방식은 다르지만 꼭 같이 단단하고 자기충족적인 존재다.

짝이 화자에게, 화자가 채송화에게 던지는 덕담의 매개를 통해 화자와 채송화의 동일시가 자연스럽게 이루어지고, 그 이본동종(異本同種) 덕담의 시안(試案)을 내놓은 짝의 그림자까지 훈훈해진다. 이와 같이 단순하면서도 강한 환기력을 가진 긴장과 감응의 구도는 시인의 오랜 시력(詩歷)을 말해 주는 것이기도 하다.

새 학기 시작하고

두 달이 넘었는데도

야, 너, 얘, 선생님은

그렇게 날 부르신다.

내가 뭐,

이름 없는 풀꽃인가?

나는 나야, 고은솔!

—「나」

이 시의 고은솔 또한 앞의 시 「덕담」의 화자처럼 작지만 단단한 자아를 가졌다. "고은솔"이란 호명은 "이름 없는 풀꽃"에 대비되는, 범상치 않은 작명의 함의가 있다. 두 시가 보여 주는 자존의 관점이나 세계관도 이미 순진한 어린아이의 것이 아니다. 동시와 동시조는 어린이를 위해 어린이의 눈으로 작성되는 글이지만, 그 어린이에는 어른 속에 침잠해 있는 어린이도 포함된다는 뜻이다.

가시내,
기척도 없이
내 마음에 들앉더니

숫제
깃발이다.
종일토록 펄럭이는.

풍속계
얌전한 날에도
나부낀다, 고 가시내!

—「두근두근」

어쩌면
똑 닮았다,
그 머시매 목소리.

일껏

불러 놓곤
돌아보면 시치미 뚝!

새도록
들랑대는 목소리,
내 귓바퀴가 다 닳는다.

―「귀뚜라미」

절묘하게 짝을 이루는 시다. 두 시에 넘치는 과장법 또한 그다지 무리가 없다. 내 마음에 펄럭이는 깃발 같은 '가시내'의 영상이나, 내 귓바퀴를 다 닳도록 하는 '머시매'의 음성은, 누구나 가슴 한 구석에 숨기고 있는 어린 날의 기억 속, 첫사랑의 잔영들이다. 아니다. 지금의 어린이들에게는 현재진행형이기도 하다. 송재진 시의 조숙한 화자는 이렇게 오늘의 정황을 매설하면서 곳곳에 회상의 시점을 숨겨 두었다.

용달차를
탄 조화가
빈소를 찾아간다.

아침나절만 해도
활짝 웃고
있었을 꽃,

조용히
눈물 삼키며

조문길에 나선

저 꽃.

—「슬픈 꽃」

조화는 조의를 표하는 사람의 마음을 운반하는 것이지만, 이 시의 화자는 그 조화에게서 물성의 족쇄를 벗겼다. 꽃이 조문길에 나서서, 아침나절의 밝은 웃음을 스스로 지웠다. 조용히 눈물 삼키는 것은 조화에 투영된 화자, 시적 페르소나의 마음이다. 웃음과 눈물을 대비하고 슬픔을 간접화함으로써, 이 시는 단조로운 상황 가운데서 단순한 시치미 떼기로 시적 성과를 수확했다.

지금까지 살펴본 시들은 송재진의 이 시집에 실린 동시조들 중에서도 그 형상력이 뛰어난 작품을 가려 온 것이다. 때로는 「벽걸이 지도」처럼 너무 의도적인 시들도 있고, 비유와 상징에 탄력이 결여된 시들도 있다. 그런가 하면 「쓸쓸하다」, 「노을」, 「밥」처럼 높은 평가를 받았지만, 자연 경물에의 감정이입이라는 편의성과 그 효과에 안이하게 기댄 시들도 있다.

하지만 그의 동시조들은 대체로 무게 있게 가라앉은 의미의 깊이를 동반한다. 그것은 그가 운용하는 어린이의 눈 속에 어른의 숨은 눈이 겹친 꼴 시각으로 잠복해 있다는 말이기도 하다. 어린이의 놀이마당과 어른을 위한 생각의 자리가 은밀하고 순적(順適)하게 결부된 중층 구조가 거기에 있다. 그런 점에서 이 시인의 동심은 순후하면서도 복합적이다. 아쉬운 점은, 여기서 이 시인이 공들여 운행하는 언어의 묘미를 미처 더 들어 보지 못한 것이다.

이 글은 송재진 시인의 방정환문학상 수상 시집을 두고 그 심사평을 내놓는 데 목표가 있었다. 그런데도 그만 그의 좋은 시들이 가진 매력에 이끌려 동시조 작품론을 쓰는 방향으로 흘러가고 말았다. 동시조를 대상으로 한 만큼, 어린이의 눈과 언어를 동원하는 일이 바람직할 터이지만, 문학상 심사평의 소임을 다해야 하는 연유로 그러하지 못했다.

방정환문학상은 오랜 명성과 역사를 가진, 가치 있는 작품 평가의 범례이다. 이제까지의 수상자들이 보여 준 작품 세계는, 한국 아동문학의 고양과 승급을 감당한 소중한 징검다리들이었다. 송 시인의 수상을 마음으로부터 축하드리며, 앞날의 정진을 기대해 마지않는다.

시공의 소통을 꿈꾸는 순정한 사랑 노래

— 이상훈 시집 『미인도』에 붙여

　시는 인류 역사상 가장 오래된 문학 장르다. 그것은 시가 인간의 보편적 생각에서 고도의 사상에 이르기까지, 다양한 정신적 내면을 반영한다는 사실과 관련이 있다. 오늘날과 같이 기술 문명이 발전하고 즉자적 상상력이 편만한 시대에 있어서도, 인간의 내면적 지형도에 관심이 있는 사람은 시를 찾을 수밖에 없다. 특히 그 내면의 형상이 거칠고 각박한 경우라면 더욱 그렇다.

　유구한 세월의 흐름은 시가 유통되는 환경을 바꾸어서, 이제 시 또는 문학이 대중의 '교사'였던 시절이 지나가고 있다. 사람들은 스스럼없이 시와 함께 즐거워하는, 곧 시를 통해 교훈을 얻기보다 시적 향유 자체에 중점을 두는 것을 당연시한다. 앞으로의 시는 대중과 함께 호흡하는 '가수'의 지위에 만족해야 할지도 모른다. 더욱이 시인과 독자의 경계 구분도 모호해져서 SNS, 웹 페이지 등에 유행하는 시가 일종의 대세를 이룬 형국이다.

　언어학자들이 시대적 상황에 따른 언어의 변화를 언어의 타락이라고 간주해 온 것처럼, 정통적인 문학의 시각으로는 시의 형식과 내용이 변화하는 것을 부정적으로 평가할 수 있다. 그러나 흐르는 강물을 되돌릴 수 없듯이 시대의 변화 또한 역류시킬 수 없다. 활자 매체·문자 문화 시대의 시와 전자 매체·영상 문화 시대의 시가 그 유형 및 발화의 방식을 달리하는 것은 당연하고 자연스럽다.

다만 그렇게 변동하는 과정을 통해 시가 지녀야 할 가장 본연적인 가치, 곧 인간의 내면을 값있게 가꾸는 '사명'이 유실되어서는 안 된다. 이는 시를 쓰는 시인이나 읽는 독자 모두에게 반드시 필요한 경각심이다. 그것이 없다면 변화하는 시대 풍조에 부응한 시가 제 기능과 역할을 상실하기 쉽다. 그러니 문제가 남는다. 오늘날과 같이 모든 것이 효율성과 속도에 의지하는 시대에 있어서 시는 무엇일까? 과연 시가 여기서 언급한 그러한 가치를 끌어안을 수 있기는 한 것인가?

기실 이는 문학적 정명주의(定名主義)의 입장에서 지속적으로 제기되는 질문이다. 중요한 것은 '교사'로서의 시에 너무 과도한 하중을 공여하거나, '가수'로서의 시에 너무 의도적인 비난을 부가하지 않는 것이 좋겠다는 생각이다. 그렇게 순문학의 엄숙주의를 완화하고 대중과 소통하며 동시대를 함께 호흡하는 시에 방점을 두기로 하면, 시가 우리 삶을 풍요하고 아름답게 하는 매개체로 살아남을 수 있다고 본다. 다만 한국적 상황에 있어서 과거의 시가 험난한 역사 과정을 헤쳐 온 우리 삶의 인도자요 동반자였음을 돌이켜 볼 때, 이와 같은 시대적 변화가 서글픈 현실임을 부인하기는 어렵다.

이상훈의 시를 살펴보기에 앞서 다소 장황하게 검토하고 있는 우리 시대 시의 정체성 논의는 한 시인의 시가 점유하고 있는 문학적 좌표의 확인을 위해 꼭 필요한 과정이다. 젊은 시인들을 중심으로 한 일군의 난해시 유행과 시인은 증가하고 독자는 감소하는 추세는 동시대 문학의 의

의를 거양하는 데 부응하지 못하고 시의 대중적 확산에도 도움이 되지 않는다. 이상훈의 시는 변화하는 시대 현실에 적극적으로 발을 들여놓지도 않지만, 그렇다고 시와 세상의 소통을 가로막는 악역에 가담하지도 않는다. 그의 시는 제3의 영역, 전통 사회의 시가 현대적 감성으로 발화의 강역을 넓혀 가는 그 도정에 자리한다.

이상훈은 발 빠르게 변화하는 당대의 문학 환경에서 '저만치' 떨어져 있다. 그것은 그의 세계 인식이 유달리 소극적이거나 퇴락해서가 아니다. 그가 바로 보는 시선의 표적, 그가 쏘아 보내는 언어의 화살이 독특하게 상정한 과녁이 따로 있기 때문이다. 그런 연유로 그의 시는 이 현란한 영상 문화 시대의 음영을 외면하고서도 당당한 보무를 잃지 않는다.

그렇다면 그가 일구월심한 눈길을 집중한 시의 영토는 어디일까. 그것은 시대를 거슬러 올라가는 저 먼 곳, 고대로의 회귀를 보여 주는 지점이다. 그 고색창연한 시간대로의 역류에 역점을 두고 그 시기의 역사적 사실과 모순의 현실을 함께 결부하려는 시적 의도가 그의 것이라면, 동시대의 경박한 문학적 발걸음은 그의 시와 거리가 멀다.

화구(畫具)를 들고 구릉지 언덕을 넘어 오는데 숨이 턱에 찼다

멀리서 수레를 끌고 마중 나온 시종이 공손히 절을 하였다
촛농이 흐르는 널길을 지나서 측실이 딸린 널방으로 따라갔다
점박이무늬 주름치마를 입은 무용수들이 긴 소매를
어깨 뒤로 늘어뜨리면서 비천군무를 춤추고 있었다
악사의 뿔나팔이 울리면서 새 깃털이 달린 모자를 쓴

남녀 혼성 합창단이 입을 모아 노래를 불렀다

귀족풍을 한 석실의 주인공이 휘장을 열고 나와 배례하였다
왕족의 한 갈래인 대대로라고 자신을 소개한 노인은
사후에 그가 묻힐 묘실 도면을 내게 보여 주면서
백회 칠을 한 서쪽 벽면에 수렵도를 그려 달라고 하였다

뽀얀 말 먼지를 일으키면서 달려오는 말 위에서
젊은 기마 무사가 호랑이를 사냥하는 밑그림을 그렸다
말이 달려가는 방향과 반대로 몸을 돌려 맥궁을 당기는 장면을
역동적으로 묘사하여 웅혼한 남아의 기상을 살렸다
해의 맞은편에 달을 그리고 주름진 산맥과 구름도 그려 넣어
생생한 현실을 더욱 사실감 있게 표현하였다
중앙에 오방색으로 채색한 산수화를 그리고
천정고임 밑면은 붉은 밤색으로 인동넝쿨무늬를 그려 벽화를 마감하였다
—「무용총」에서

역사의 정통을 발굴하는 시적 시간 여행이라 할 만한 이 시의 문면은 참으로 기상천외하고 인문적 상상력이 넘친다. 서둘러 말해 두자면 이러한 이상훈 시의 면모가, 그의 세계를 SNS 시스템이 범람하는 현실을 넘어 새로운 복고풍의 지경으로 인도하는 셈이다. 시 속의 스토리텔러는 고구려 무용총의 벽면 수렵도를 그린 화공이다. 그 화공이 수렵도를 그릴 수 있도록 인도하는 사람들, 그리고 그림 제작의 수순을 설득력 있게 담았다. 안견의 「몽유도원도」를 좋은 해설 없이 잘 보기 어렵듯, 우리는 저 이름 있는 고대의 명작에 감각적으로 접근할 해설의 안내 표지를 얻

었다.

「무용총」과 같은 수발한 복고통의 시편은 이 시집 가운데 여러 모양으로 수록되어 있다. 「여진족 자치구에서」, 「유배」, 「미인도」 같은 작품들이 그렇다. 「미인도」는 혜원 신윤복의 미인도 중 미인을 활인화하고 '세기의 공간을 뛰어넘어' 괄목할 만한 주석(酒席)을 매설한다. 그러니 그 탈시간 탈공간의 세상에서 사랑은 '천년의 사랑'이고 '정읍사' 또한 '신정읍사'인 터이다.

이렇게 시간과 공간을 전도하고 그 유별한 인식의 방식을 오늘의 눈으로 재해석하는 이상훈 시의 화자는, 어느 조류 어느 유파에도 속하지 않는 독특한 시 세계를 견인한다. 화가, 화상(畵商), 간송미술관 등이 자주 등장하는 것은 그 독자적 인식에 구체성을 부여하고 공간적 소통을 용이하게 하는 촉매의 기능을 위해서다. 이 소통의 바탕에 여러 유형의 사랑 노래들이 잠복해 있다. 그리고 그 시적 전략은 과거와 현재를 하나의 통로로 연계하는 데 매우 효용성이 있어 보인다.

이상훈의 시가 전통적 이야기의 세계와 친숙한 서정성의 바탕을 그대로 유지하면서, 마치 시간 여행을 체험하듯 고대로의 회귀를 보여 준 것은 앞서 살펴본바와 같다. 그와 같은 시적 구도를 비교적 호흡이 긴 서술형으로 이끌고 가는 동안, 우리는 오늘날 한국 시의 지평에서 찾기 어려운 이야기의 공간 형성을 목도할 수 있었다. 그렇다고 해서 그의 세계가 내내 복고적 과거 지향으로 일관하는 것은 아니다. 그의 시는 현실적 삶과 가까워지면서 외형의 새로움보다는 내면의 절박성에 충실하여 이별, 곧 떠남의 정조를 발현한다.

그의 이별은 참으로 여러 유형이고 또 그에 부수된 아픔의 빛깔도 다양 다기하다. 채낚기를 나간 어부의 아내와 몰래 통정을 하고 떠나는 이 별(「항구」)이 있는가 하면, 근대사의 한 획을 그은 역사의 공간에서 오직 자신의 내면으로 향하는 그리움에 지쳐 떠나는 이별(「하얼빈」)도 있다.

> 오랑캐꽃이라고 부르는 천한 이름으로
> 한평생을 살다가 가는 일이다
> 평소에 진중하던 뒤란의 백봉선화를 흠모하면서
> 무릇 소박하게 살아갈 일이다
> 키가 훤칠하고 귀티 나는 모과나무를 처음 보고서
> 왜 이렇게 추하고 못생긴 열매를 맺었는지
> 누구나 한 번쯤은 의아해했을 것이다
> 한 발자국 더 가까이 다가가서 자세히 보면
> 이내 파안대소하면서 모과나무가 왜 모과나무인지
> 그 이유를 알게 될 것이다
> 신생아로부터 산모 젖을 떼는 일은
> 포유류의 습성을 알면 참 손쉬운 일이다.
> 예리한 매의 발톱과 비호처럼 날랜 용맹으로
> 단번에 젖꼭지에서 입술을 떼는 일이다
> 이별이란 그런 것이다
> 이별이란 먼저 결기를 다진 사람이 먼저 결연히 떠나는 것이다
>
> —「이별이란 그런 것이다」

인용의 시에서 시인이 단호하게 언명하는 것처럼, 이별은 "먼저 결기를 다진 사람이 먼저 결연히 떠나는 것"이다. 오랑캐꽃이나 백봉선화, 그리고 여러 모습의 모과나무가 그 이별의 개념을 위해 앞서 등장하고 있

으나 모두 부질없는 일이다. 시인이 말하는 이별, 이별다운 이별은 단숨에 예리하고 날렵하게 감행하는 것이다. 왜 그럴까. 아마도 시인은 그렇게 맞이하지 않는 이별이 그 그림자로 몰고 올 숱한 아픔과 슬픔을 지레짐작하고 있는지도 모른다.

그런데 아직 시인은 이별이나 그것이 대변하는 삶의 여러 굴곡에서 가슴 저 밑바닥으로부터 차오르는 슬픔의 실상을 한꺼번에 펼쳐 보이지 않는다. 그는 우선 이별과 떠남이 배태하는 슬픔의 환경적 조건을 구축하는 데 머물러 있다. 물론 이 시집의 페이지가 넘어감에 따라 아픔과 슬픔의 맨 얼굴이 문면 위로 부상할 것이다. 그러므로 우리가 화급히 그 답안을 먼저 요구할 것은 없다. 시간의 이별에 동참하고 예비된 슬픔을 기다리는 것은, 시인에게 우호적인 좋은 독자로서의 미덕이라 할 수 있겠다.

이 지점에서도 "장성 외곽 성벽이 무너져 내린 옛 고구려 궁터에 들까마귀 떼가 날고"(「나루에서」) 있으며 그 길은 나루터 하구로 잇대어져 있다. 그런가 하면 "이른 아침 풋잠을 깨는 인기척에 일어나니 거적문 앞에서 서성이는 객귀"(「살구꽃 정령」)가 보이고, 이는 사별의 서러운 사연을 담고 있다. 이 모든 이별의 배면에는 "임"(「속(續) 속미인곡」)이 있고, 때로는 "아버지"(「아버지」)도 있다. 이러한 시적 내면 심상의 정체가 일견 사변적으로 보이기도 한다.

그러나 시간에 있어서의 역사 회귀, 공간에 있어서의 상식의 선을 넘어서기 그리고 시의 실상에 있어서 오래된 숨은 이야기의 발굴이 사랑, 이별, 아픔, 슬픔 등 여러 감성적 본질을 촉발하는 구조적 도식은 크게 변하지 않는다. 이상훈 시의 저변에 독특한 외형으로부터 일상적 삶의 감응을 불러오는 추동력이 없었더라면, 그 시 또한 범상한 수준을 벗어나지 못했을지도 모른다. 그런 경우 시적 사유가 창일(漲溢)한 자리에 하나의 존재 증명으로 응결되어 있는 슬픔은 곧 시의 힘이기도 하다.

　슬픔의 모양이 어떠하든 그것이 진정한 슬픔이 되기 위해서는, 다시 말해 슬픔이 시를 읽는 이들의 마음에 울림을 생산하고 정화의 순기능을 다하기 위해서는, 그 본래의 실상이 순정한 감성으로 일관해야 한다. 특히 이상훈의 시처럼 시간과 공간의 설정 범주가 강력하게 자기 개성을 환기하는 사례라면 더욱 그렇다. 서로 다른 시간과 공간이 정동적으로 소통되고, 그것이 마침내 사랑이나 슬픔과 같은 인간의 본질적인 정신 영역을 이끄는 상황에서는 더 말할 나위가 없다.

　　　설산(雪山)에서 십오 리를 더 가면
　　　고구려 옛 성터가 있다
　　　성곽 망루에는 발이 셋 달린 까마귀 문양을 수놓은
　　　검은 깃발이 높이 걸려 있다
　　　늙고 못생긴 청노새가 힘겨운 쇠 방울 소리를 내면서
　　　황혼 짙은 고개 마루턱을 넘는다
　　　발굽이 빠지고 편자가 닳아
　　　대장간에서 반나절을 소일했다
　　　눈발이 점점 굵어지는 설원에는
　　　진노란 복수초가 부지기수로 꽃을 피웠다
　　　길가에 서 있는 말라깽이 붉은 수수단이
　　　폭설을 이기지 못하고 옆으로 푹푹 쓰러진다
　　　49제를 하루 앞두고 길이 끊긴 암자는
　　　근심과 걱정으로 가득 찼다

떡과 과일과 건어물을 잔뜩 싣고

노새는 있는 힘을 다해 산길을 기어올랐다

마부는 노새가 늙어 병든 줄도 모르고

가죽 채찍으로 볼기짝을 후려 패면서

눈 내리는 준령 길을 재촉했다

― 「49제」

'49제(祭)' 또는 '49재(齋)'는 원래 불교의 의례로서 고인의 영혼이 극
락왕생하기를 비는 천도재의 일종이다. 유교 상례에서 꼭 필요한 제사는
아니지만, 우리의 습속으로는 오랜 역사를 가진 이별의 형식이다. 그런
데 이 시인의 "49제"에는 고구려 옛 성터와 그 상징으로서의 삼족오(三足
烏)가 숨어 있고, 고단하고 신산한 삶의 풍경이 결부되어 있다. 죽음 앞에
이른 이 시 세계의 순정한 슬픔에는 이 글의 초반에 언급하던 이야기의
흐름이 한결같은 기조를 이어 오고 있다. 이상훈 시에 있어 서사적 이야
기의 시적 발현은 언제 어디서나 전혀 새삼스러운 일이 아니다.

물길이 굽이굽이 백 구비를 휘도는 수변 가

도화나무 그늘 아래에서 천상의 화원을 보았다

늪지의 숲은 한창 중천에 있는데

폭포수 아래 동굴 속에는

또 하나의 붉은 태양이 떠 있었다

노를 저어 연분홍 물안개가 피어오르는

강안 어귀 뱃전을 대고 뭍에 오르는데

머리를 길게 땋아 내린 어린 동자가 달려와서

화원으로 통하는 동굴 문을 열어 주었다

성루 공중누각에서 흰옷을 입은 늙은 선인이

도화꽃 이파리를 한 조각씩 아래로 던지면서

낮고 그윽한 음성으로 내게 신원을 물었다

나는 강가에서 그물로 민물고기를 잡아서

시장에 내다 파는 가난한 어부의 아들이라고 하였다

주위에 사람들이 하나씩 둘씩 모여들었다

말투와 의상이 서로 다른 선남선녀들이

꽃송이를 흔들면서 반갑게 나를 맞이하여 주었다

—「시인의 나라」에서

매우 흥미로운 시다. "시인의 나라"에는 자유분방하여 거칠 것 없는 상상력이 작동하고 시인은 평소에 꿈꾸던 그 어느 누구든 불러낼 수 있다. 시가 행을 더해 가면서 유화 부인, 도미, 홍길동, 전봉준이 순차적으로 입장하고 또 퇴장한다. 시인은 스스로를 두고 "잃어버린 시간을 찾아서 지상의 시간에서 죄인의 세계로 가는 중"이라 말한다. "소우주와 일체감을 갖는 이상향의 나라를 향해서 끊임없이 걸어가고" 있다는 것이다. 이야기로서의 시, 시가 끌어안고 있는 이야기의 풍광이 이렇게 풍성하다면, 시인이 굳이 오늘날 발 빠르게 진보하고 변화하는 동시대 시의 경향에 귀 기울일 까닭이 없다.

시인이 자신의 영토를 역사 공간에 두고 천의무봉 광대무변의 상상력을 방목하기로 하면, 시의 묘사 또는 서술 분량이 확대될 수밖에 없다. 이 시집의 후반부로 가면서 시가 길어지고 또 산문시의 형태를 덧입게 되는 것은 바로 그 때문이다. 그러기에 선양 서탑의 명주호텔에서 쓴 시

(『명주호텔』)에, 후금을 세운 여진족 추장 누루하치가 서두를 연다. 조선총독부 시절 호환을 일으킨 조선 호랑이 이야기(『조선 호랑이』)는 그것대로 하나의 소설이 됨직하다. 「외가」, 「광부(狂夫)의 처」 같은 시편들이 모두 그렇다.

그렇다면 이 상상력의 진폭이 넓고 언어가 호활한 이상훈 시의 궁극적 지향점은 어디일까. 그 많은 시의 갈피마다 시인이 깊은 생각으로 숨겨 둔 비의의 실체는 과연 무엇일까. 고대로의 시간적 역행도, 당대 세속의 저잣거리를 지나는 발걸음도, 겉으로 드러난 언어의 몸짓이 전부일 리 없다. 시인은 그 가운데 이별과 아픔, 슬픔과 자기 통어를 매설한 채 고금을 두고 변하지 않는 인간적 지향의 의지, 곧 '사랑'을 담아 두었다.

그 사랑은 어제오늘에 생겨난 것이 아니다. 누구나 알고 있는 사실이지만 그 사랑이 가슴속에서 여물었다고 해도 그것을 드러내 놓고 말할 수 없는 그런 것이다. "결코 짧지 않은 수절 끝에 딴 남자의 여인으로 살아가고 있는 나는 천하의 모두가 이를 알고 있는 사실인지라 어디 가서 거짓말도 못해요"(『수절』)라는 고백 속에 숨은 것, 겉보기와 달리 순정하기 이를 데 없는 사랑의 정체성이다.

그대 알아보고
처음 그대를 만나던 날

그 만남이 첫 만남이었고
그 첫 만남이
곧 첫사랑이었습니다

어디 꽃 피고 잎 지는 날이 올해

한 해 한 철뿐일까요
내년 이맘때쯤이면
어디 꽃 피고 잎 지는 날이 또 오겠지요

그대를 멀리 떠나 보내고
힘겹게 돌아서는 발걸음만큼
내 마음도 천근만근 무겁습니다

그대를 사랑하는 날이 또 오겠지요
그대와 못 다한 사랑을 나누는 날이
언젠가 또 오겠지요

—「첫사랑」

　순정한 첫사랑의 정체를 선언하듯 공표하지 못하는 시적 자아가 이 시인의 몫이다. 그러나 그렇다고 해서 그 사랑의 빛이 흐리거나 강도가 약한 것이 아니다. 이 깊고 은근하고 오래가는 사랑은, 저 고대 고구려 시대로부터 지금 여기까지를 가로지르는 시적 이야기의 본류요, 그것이 발산하는 섬광의 형용을 가졌다. 우리가 이상훈의 시를 새롭게 읽는 것은, 그리고 시대의 흐름 속에 함께 있는 다른 시인들의 시와 구별하여 읽는 것은, 그 이야기 구조의 서정적 발화가 '사랑'이라는 견고한 뿌리를 자신의 시 세계에 내리고 있기 때문이다.

숨은 신의 시대, 시인(詩人)의 시인(是認)

— 이령 시집 『시인하다』에 덧붙여

이령의 첫 시집 『시인하다』는 온갖 비의와 비기로 가득 차 있다. 그 언어의 칼날은 날카롭고 적나라하다. 언어가 무기일 수 있다면, 시인은 이를 통해 동시대 일상의 불합리와 허위의식 그리고 안일과 비루를 가차없이 처단하려 한다. 이와 같이 힘 있고 표정이 선명한 시를 면대한 지가 얼마 만인가. 시를 읽는 일이 이렇게 호쾌 무비하여 팍팍한 세월의 갈피한 자락 밟고 갈 수 있다면, 누가 굳이 시집을 책상 한구석으로 밀쳐 두겠는가. 이령 시의 순수하고 정직한 힘, 거친 삶의 바닥을 단도직입으로 두드려 보는 과단성은 그동안 잊어버렸던 시 읽기의 매혹을 새롭게 일깨운다.

다만 시가 이토록 격렬하고 직설적인 마당에, 시인의 내면 풍경이 얼마나 곤고할 것인가는 미루어 짐작할 일이다. 한데 어쩌겠는가. 그 또한 붙들 수 있는 일상의 행락을 떨쳐 버리고 이 멀고 먼 구도의 길로 들어선 그의 운명인 것을. 역설적이게도 시인이 아픈 만큼 시가 상향하고 수용자는 더 절실하게 공명할 수 있다. 비단 시인 개인만이겠는가. 중국 원대의 시인은 "국가불행시인행"이라고도 했다. 시대적 삶의 풍광, 시인의 생애에 점철된 원체험의 문양, 그 머리와 가슴을 채우는 사유의 편린이 현현한 시의 문면은 그윽하고 깊다. 거기 웅숭깊은 자리에는 언제나 언어의 주인, 곧 시인이 있다. 그렇게 이 시인, 이령을 만나기로 한다.

이 시집은 모두 4부로 구성되어 있다. 그중 제1부는 시인이 선 자리, 품고 있는 생각, 자신의 존재에 대한 질문 등을 포괄한다. 이러한 한 묶음의 원초적인 관념들은 작위적으로 생산된 것이 아니요, 어떤 지향점을 갖고 있는 것도 아니다. 「시인의 말」에서 시인은 '하나의 형식'이나 '모든 절대성'을 포기한다고 언표했다. 본래의 나를 찾아가는 '황홀한 여행'으로 시를 쓰겠다는 것이 아닌가. 이 시집에서 처음으로 만나는 시 「덫」은 시적 자아의 눈앞에 놓여 있는 '사각의 틀'을 전제하고 이를 바라보는 심사를 여러 상징의 기호로 풀어 보였다. 그 덫은 과연 무엇이며 무엇을 가두거나 가두지 못했을까. 아마도 이 시집 전반에 걸쳐 이처럼 고단한 문답이 계속될 것 같은 예감이다.

> 난 말의 화랑에서 뼈아프게 사기 치는 책사다
> 바람벽에 기댄 무전취식 속수무책 말의 어성꾼이다
> 집요할수록 깊어지는 복화술의 늪에 빠진 허무맹랑한 방랑자다
>
> 자 지금부터 난 시인(是認)하자
>
> (……)
> 관중을 의식하지 않기에 원천 무죄지만
> 간혹 뜰에 핀 장미엔 미안하고

해와 달 따위가 따라붙어 민망하다

날마다 실패하는 자가 시인이라는 것이 원죄이며

사기를 시기하고 사랑하고 책망하다 결국 동경하는 것이 여죄다

사기꾼의 표정은 말의 바깥에 있지 않다

그러니 시인(詩人)의 시인(是認)은 속속들이 참에 가깝다

— 「시인하다」에서

시인이 스스로의 존재론에 대한 인식을 자신의 시적 언어로 진술한 매우 독특하고 호소력 있는 시다. '시인하다'라는 새로운 조어도 그러하려니와 시인이라는 어휘의 중의법, 거짓과 참의 대비, 그리고 시와 시인에 대한 망설임 없는 폄하의 표현 등이 모두 그렇다. 필자로서는 일찍이 박남철 시인이 선보였던 「시인 연습」이래 시인의 자의식을 이와 같이 제대로 해부한 시를 보기 어려웠다. 그 문면은 쉬운 듯 어렵고 어려운 듯 쉽다. 그의 언어적 주술에 공감하면 금방 가슴이 뜨거워지고, 거기에 거절의 방어막을 세우면 어느새 먼 나라의 얘기가 되기 때문이다. 그런데 시인은 타자의 해석 여부는 아랑곳하지 않을 기세인 데다, 이미 개념적 결어를 확정했다. 시인(詩人)의 시인(是認)! 그 시인(是認)의 가닥은 획일성의 지평을 넘어 여럿으로, 중층적인 것으로 목격된다.

사정이 이와 같으니, 그의 시어들은 직설적이고 강렬하며 자기 확신에 충일해 있다. 동시에 그 구체적 세부를 기술하는 데 있어서도 문학적 감성의 영역을 넘어 철학, 법학, 인문학, 생물학의 지식들을 종횡무진으로 매설한다. 언뜻 그의 시가 주지주의적 경향을 가진 것으로 보이는 이유다. 「심야의 마스터베이션」은 궁극적으로 시와 시인의 존재에 관한 사유를 부려 놓은 것이지만, 이를 묘사하는 언어의 기교와 방법은 기상천외하다. 그런 점에서 시인의 담론은 언제나 "수륙양용"(「손바닥으로 읽는 태

초의 아침」)의 개방된 구조를 가졌다. 삶의 언어인 시, 그리고 시의 근원인 삶의 의식이 그러하다면 이 시인의 일상은 아마도 시적 특성과 멀어지기 어려울 터.

　　지금 내 손가락은 꽃의 위험한 확증적 가설이다
　　너는 불손한 마고할미의 굽은 손가락을 기다린 적 없으나
　　우리가 꿰뚫어 볼 수 없는 비린 생의 마디는
　　모두 향기로 돋을 것이니 꺾이는 것을 두려워 말자

　　(……)

　　우리가 놓인 시간은 자명한 내일과
　　불확정한 오늘의 노래로 비명횡사하는 것이니
　　사랑과 이별과 거부할 수 없는 어느 가설을 몰고 와서
　　꽃은 지금 선연한 안녕을 뚝뚝 고하는 것이다
　　　　　　　　　　　　　　　　　　　　　　　　　　　　—「자명한 오늘」에서

　"꺾꽂이를 하다가"라는 부제가 붙어 있는 시다. 그에게 있어 맨 얼굴로 부딪치는 생은 언제나 비리고 불완전하고 허위의식에 가득 차 있다. 이 마땅치 않고 값도 없어 보이는 일상을 꺾꽂이하듯이 분절한 다음에는 거기에 새로운 '향기로 돋을' 심층적 단계가 숨어 있을 가능성이 있다. 불확정한 오늘의 허위가 자명한 내일의 확증으로 다시 태어나는 길을 여는 데 시인의 꺾꽂이, 곧 시의 정화(精華)가 제 몫을 지켰다. 그의 시적 자아는 "나의 진화는 지금 반음에 걸려 있다"(「아주 현실적인 L 씨가 오제의 죽음을 이해하는 방법」)라고 진술한다. 모든 시인은 알게 모르게 이처럼 자신이

선 자리에 대한 강박감을 가진다. 그것이 스스로의 시에 정체성을 부여하고 또 시를 다음 단계로 추동하는 힘이기에 그렇다. 이령의 시 또한 예외가 아니다.

이 시집의 제2부는 이 시인의 시적 세계관이 어떤 표현법을 활용하며 어떻게 그 요체를 발양하는가를 잘 드러낸다. 그는 결코 평서법의 말하기 방식이나 순차적인 의미 구현의 시적 전개를 선호하지 않는다. 원개념을 바꾸거나 비틀어서 쓰기, 위트와 아이러니와 패러독스의 어법, 그리고 눈에 보이지 않는 언어의 장막 뒤편에 숨겨 둔 본심의 내밀한 발화 등의 그의 시에 잠복한 레토릭들이다. 그는 여행을 말하면서 성적 교합의 포즈를 불러오고(「여행」), 머리와 모자의 상관성 및 이질성을 강력한 대위법으로 서술(「모자 찾아 떠나는 호모루덴스」)한다.

그런가 하면 죽음과 요리를 함께 엮어 극단적인 상상력의 시어를 생산(「에바리스트 갈루아가 죽기 전날의 풍경」)하기도 한다. 이 시인의 도발적 상상력은 자동차 접촉사고 처리를 하면서 역사학자 E. H. 카를 호명(「무늬와 무늬 사이가 멀다」)하고, 어느 아침에는 "창밖, 비조차 기립박살"(「부작위」)이 나는 형국이 된다. 하지만 그렇게 도발적이고 도착적인 상상력으로 일관하고 있다면 그의 시는 너무 단조롭고 단선적일지도 모른다. 시인은 명민하게 이 사태의 전후 문맥을 알아차리고 있다.

> 노련하게 차갑다, 우린
> 불을 길들이며 지배자가 된 사람
> 칼을 차면서 지배자를 꿈꾸는 사람
> 글을 쓰면서 지배에 익숙해진 사람, 우린
> 무딘 척 따뜻하다

　　　　(……)

무디지만 따뜻하게 서로를 밀어내고
차갑고 노련하게 서로를 밀어주며

—「그렇게 우린」에서

　바로 이러한 대목이다. 이렁 시의 외면적 기세에 침윤하여 이렇게 숨
어 있는 보화를 발굴하지 못한다면, 우리는 그의 시를 제대로 이해하는
길목에 들어서지 못한다. "무디지만 따뜻하게"나 "차갑고 노련하게 서로
를 밀어주며"는, 어쩌면 이렁 시가 궁극의 표적으로 시의 문면 아래 잠복
시킨 단수 높은 전략일 가능성이 많다. 찾아보자면 그와 같은 언어의 표
징이 곳곳에 널려 있다. "죽음 너머 삶을 생각하며 난 네게로 간다"(「李미
자를 듣다가」)나, "미움과 사랑이 동숙(同宿)이듯"(「웅브르」)이나, "내가 아는
대부분의 우물들은 속으로만 흐르기에 깊다"(「추억, 꽃 일다」)와 같은 수사
들이 모두 그렇다. 그의 시는 이렇게 대립적이며 대칭적인 의미 구조 위
에 서 있다. 시인의 시는 이들 양자 간의 간극을 메워 보이지는 않으나
"그에 대한 생각"(「기름장을 만들다가」)을 결코 방기하지 않는다.

　이 시집의 제3부에 수록된 시들에서 특히 주목할 대목은 세상의 물
정을 판독하고 세상 사람들의 평판을 감당하는 일, 곧 삶의 현실에 대한
시적 탐색의 방법에 관한 것이다. 이러한 언어의 구도를 매우 예리하게
요약하면 '혀'와 '독'이라는 언사가 도출된다. 오랜 역사 과정을 지켜보
아도 그렇지 않던가. 세상과 더불어 살아가는 일에 가장 깊은 상처를 남
기는 것은 혀가 산출한 말이요, 그것이 독이 된 미움의 감정이 아니었을
까. 그러기에 아마존 밀림의 데사나족에는 "혀가 짧아 착한 여인들"이

살기도 한다. 그들에겐 그들만의 경전이 있고 "독을 중화시킬 숲"이 있다. 시인이 탐색한 '착한' 세상은 이렇게 열대 원시림의 숲속에 있다. 그것은 곧 지금 여기의 삶이 그와는 대칭적인 지위에 있다는 인식을 반증한다.

사과 독에 죽었단 건 오해야 도넛으로 말린 양말, 맥주 거품이 삼킨 거실, 게우다 넘친 변기통, 이런 정황증거엔 무슨 생각해야 하니? 속병은 머리에서 시작되지 마녀가 팔려 온 건 책일거야 책장이 넓어질수록 입에 축적되는 독은 넘쳐 나지 마력이 속도를 불리면 저주가 된다는 걸 거울은 일러 주었을까 거울아거울아 누가누가 나쁘니 세상에서 말이 말을 등에 지면 독이 된다는 걸 모르는 난쟁이들이야 사생아를 버려 두고 궁전을 뛰쳐나온 그녀, 길을 잃었다는 자책, 말 탄 왕잔 없어 모든 입은 무기가 될 수 있어 흰색은 물들기 쉽지 흑빛의 그녀를 보면 알 수 있잖아 난쟁이들아난쟁이들아 네 키들을 다 엮으면 중독된 혀들을 중화할 수 있겠니? 하얗게 죽을 수 있다면 우린 걸리버가 되어도 좋아 목젖이 붓도록 불러 보지만 삶의 변방엔 늘 그림자가 자릴 잡지 키가 작을수록 그림자는 늘어져 늘어진 혀를 밟고 까치발로 서야 해 계단마다 구두를 벗어 두지만 결국 우린 소리만 요란한 속 빈 유리구두일지 몰라 자살은 많은 경우 타살이 아니겠니? 모자이크로 편집된 현장, 우린 지금 누구를 죽이고 있을까

—「모자이크 동화」에서

두 단락으로 된 산문시의 둘째 단락이다. 이 시에는 "형법 제33장 제307조~제311조 관련 규정과 위법성 조각 사유"라는 사뭇 긴 부제가 붙어 있다. 첫째 단락이 아마존 데사나족의 이야기를 바탕에 깔고 있다면 이 둘째 단락은 백설 공주 이야기를 그렇게 깔았다. 시인의 전복적 상상

력과 도발적 언어 운용은 그 백설 공주를 원본 그대로 차용해 올 리가 없
다. 공주는 "사생아를 버려 두고" 궁전을 뛰쳐나왔으며 당연히 "말 탄 왕
자"는 없고 난쟁이들은 "세상에서 말이 말을 등에 지면 독이 된다는 걸"
모른다. 이렇게 전혀 새롭게 각색된 동화의 모자이크는 오직 혀와 독의
존립이 어떤 기반 위에 서 있는가를 증거하는, 하나의 목적론적 논점에
충실한 '형법'의 문면과도 같다.

　세상을 선과 악의 이분법으로 논리화하는 방식은 매우 위험한 것이긴
하나, 기실 그처럼 선명한 분별의 더듬이를 작동시킬 수 있는 탐구의 도
구를 찾기는 힘들다. 시인은 이 위험한 방식을 두려워하지 않는다. 분갈
이를 하다가 꽃을 두고 "나의 꽃이었다 꽃일 것이다 꽃이다, 넌/ 사악하
게 살다 단 한 번 선을 위해 죽는 시간의 어릿광대"(「분갈이를 하다가」)와 같
은 과감한 원색적 사고를 서슴지 않는다. 그러기에 눈 내리는 새벽에 시
적 화자는 문득 "몽상의 미학자"이자 "말의 회랑을 돌아 오늘을 닦고 있
는 청소부"(「몽상가와 청소부」)이기도 하다. 전혀 다른 두 개념의 층위가 하
나로 소통될 수 있는 것은 일도양단의 구분법이 있을 때 성립될 수 있는
대립과 길항, 상관과 통어의 언어적 형식이 아니겠는가.

　　내 수호신은 아르테미스
　　길을 떠나온 밤이 오면
　　나는 아폴론 신전에 드는 귀머거리 제사장
　　아르테미스 당신을 믿어요
　　진작부터 자전하는 중이죠
　　막힌 귀를 달고는 신전에 들 수 없어요
　　지상에서 표정을 담지 않으면
　　살아날 수 없다는 걸 믿는 동안

길을 헤맸답니다

— 「귀 열어 주세요」에서

이 시의 제사장은 귀머거리다. 완벽한 인간의 표상이어야 할 제사장
이 청각장애인이다. 그는 태양의 신 아폴론의 신전에 들면서, 자신의 수
호신이 새벽과 사냥의 여신 아르테미스라 말한다. 이는 모두 우리가 보
아 오던 이분법적 구도에 입각해 있다. 그런데 이 시인의 시가 숨겨 둔
또 다른 영역을 암시하는 구절이 있다. "막힌 귀를 달고는 신전에 들 수
없어요"라는 거두절미한 선언의 자리다. 이 암시의 숨은 얼굴은 앞서 언
급한 "무디지만 따뜻하게"와 같은 전략, 말을 바꾸면 '대립적이며 대칭적
인 의미 구조'를 융합하는 새로운 전망과 같은 것이다. 이는 이 모든 단
절과 억압의 상황을 넘어 시인이 몰래 마련해 둔 출구 전략일 수도 있다.
그의 언어 행보가 "해고자 복직 사수"(「손바닥 유전」)에까지 이르는 것은 이
와 무관하지 않아 보인다.

제4부에 실린 시들에선 이러한 현실적 상황에 대한 대항력, 응전력이
보다 구체적으로 나타난다. 문학에 있어서 악의 묘사가 그 치유를 위해
있다면, 이령 시에 있어서 시적 화자들이 보여 주는 이질적이고 모반적
이며 그로테스크한 발화법들 또한 그렇지 않을까. 마침내 그 장벽 너머
에 웅크리고 있는 인간 본연의 순수한 감각, 다른 이들과의 조화로운 소
통을 회복하기 위한 수고나 몸부림을 담고 있는 것이 아닐까. 저 옛날 식
구들의 불평을 달래며 구워 내던 "엄마의 구름빵"(「여름밤, 평상 위에서」)에
서처럼, 그렇게 과거로 달려갈 수 있는 추억의 근저가 그렇다. 그렇게 감
각적인 과거의 기억을 가진 자의 영혼은 쉽게 시들지 않는다.

플라타너스를 보았다

물구나무선 나무 그림자

수몰된 달의 내력, 그 오래된 기억을 깁고 있을까

바람이 호수를 밀어내면

분산된 시간들이 퀼트처럼 하나가 된다

한 번도 자신인 적 없던

숲에 가린 생을 떠올리며

플라타너스, 알몸으로 그 바람을 다 맞고 서 있다

오래전 품어 온 달무리

바람의 힘으로 나무를 따라 흐른다

물결은 달의 힘을 신봉하지만

달은 소리를 만든 적 없기에

명상에 잠긴 나무 그 아래. 나도

회향(廻向)의 맘. 머리 숙여 가져 보는 것이다

달은 어느새 나무 그림자 속에

나를 베끼고 있다

—「토르소」

시의 결과 흐름이 유순하고 온정적이다. 거친 사념의 굴곡과 충돌하며 파열음을 내던 서두 부분 시들의 잔영이 거의 남아 있지 않다. 그렇다. 강한 것을 이기는 부드러운 힘의 존재를 자각하고 있다면, 이 시인의 시가 함부로 무너지는 국면을 향해 내딛지 않을 것이다. 그렇게 밝은 것과 어두운 것, 강한 것과 유한 것의 양면을 함께 갈무리할 수 있다면 거기 이령 시의 새로운 기력이 생성할 것이다. "물구나무선 나무 그림자"의 발견은, 이를테면 그러한 양면성의 힘에 대한 발견일 수도 있다. "회향의 맘"을 "머리 숙여 가져 보는 것"은 그의 시에서는 드물게 보이는 풍경이지만, 그러할 때에 "달은 어느새 나무 그림자 속에 나를 베끼고" 있는 터이다.

"세화(世和), 마시고 보고 느끼는 바로 이 순간이 내게 가장 간절한 신(神)"(「곤돈(困敦)」)이라는 고백은, 일상의 삶을 그 모습대로 거느린 채 세상과의 화해를 위해 진지하게 내민 악수의 손길과도 같다. 이렇게 공들여 또 조심스럽게 신을 말하지만, 이 시인의 시적 화자들이 신에 대한 경모의 제스처를 보이거나 신앙의 작은 발걸음을 담보하는 경우는 없다. 그래서 "오병이어(五餠二魚)는 전설 속의 이적(異蹟)일 뿐"이며, "말씀에 입 맞추던 자들마저 당신을 신봉하지 않아요"(「살아남은 자들의 기도」)라고 단언하는 것이다. 그가 신앙인이라면 참람하기 이를 데 없는 말이고, 그가 무신론자라면 자신의 입지점을 공고히 선포하는 어투에 해당한다. 더 나아가서 "인간 사이에서만 신이 태어난다는 확신 같은 것"(「모티브」)에 이르면, 이 구분의 도식은 돌이킬 수 없는 것이 된다.

이 지점에서 다시금 시집의 얼개 전체를 돌이켜 보면, 이토록 엄혹하게 시인 자신을 형벌의 땅에 세우는 처사를 간곡히 만류하고 싶다. 모든 문학이 인본주의를 모태로 하고 인간 중심주의를 구현하는 데 방향성을 두고 있지만, 굳이 인간과 신이 대결의 창을 겨누고 있을 일은 아니다. 말을 바꾸면 긍정 가능한 것과 부정할 수밖에 없는 것 사이의 간극 및 괴리를 불가역적인 것으로 치부하지 말고, 보다 확장된 간섭과 교통의 여지를 남겨 둘 수 없겠는가 하는 것이다. 이는 무신론을 강조하여 무신론이라고 공표하는 유형의 자기규정 이후에 예상되는, 시적 영역이 제한되고 축소될지도 모르는 궁벽한 결과에 대한 우려다. 동시에 이령의 시가 가진 직립과 전방 주시와 돌진의 상상력이, 그 가운데 보석처럼 내장한 세계와의 화해 또는 갈등 해소의 글쓰기와 함께 더 나은 결실을 거둘 수 있지 않을까 하는 기대감이기도 하다.

우리가 확인한 바와 같이 그에게는 시 세계의 내면으로 흐르는 '수륙양용'의 유연성이 있다. 그러기에 일찍이 뤼시앵 골드만이 지칭한 '숨은 신'의 시대에 유형 무형의 여러 '덫'을 넘어설 시적 기량이 있다고 믿는다. 어쩌면 가혹한 자기 학대나 자아비판으로도 보이는 시적 엄정성과 염결성을 고수한 시인, 언어의 조탁과 발현에 조금도 머뭇거리지 않고 모든 열정을 쏟아부은 시인, 자아와 세계 모두에 걸쳐 마음껏 올곧은 목소리를 높인 시인이 이령이다. 비록 이 시인(詩人)의 시인(是認)이 우리의 독법과는 다른 시작(詩作)의 문법을 가졌다 할지라도 그의 지속적인 창작 행보와 더불어 그 다음 시편들을 주목하며 기다리는 이유다.

전복적 상상력과 초극에의 꿈

— 강봉덕의 시

몰감각의 시대에 맞서는 시의 힘

강봉덕의 시는 맑고 카랑카랑하다. 그의 시에는 뒷면에 음습한 그림
이 있는 법이 없고 애써 숨기려는 복면의 시어도 없다. 하지만 그의 시가
쉽게 읽히는 평면적인 언어의 조합으로 이루어져 있는 것은 아니다. 듣
고 보면 알 듯한데 알고 보면 그 의미망의 깊이를 곱씹어 보아야 하는 내
면 지향성이 그의 시 가운데 잠복해 있다. 쉬운 시의 문면에 뜻의 중첩을
담고 그 내면을 평이한 언사로 드러내는 글쓰기의 묘미가 그의 것이고
보면, 이 시집을 통해 우리는 참으로 좋은 시인 한 사람을 만나는 형국이
된다. 원래 비유와 상징의 기법을 함축하는 시의 장르적 성격이 그러한
것이었다.

이 시집의 제1부에 실린 시들은 시인의 시적 입지점이 어디이며 왜,
어떻게 시의 행로를 따라가고 있는가를 선명하게 드러낸다. 물질문명의
한복판에서 외형화와 작위적 조작과 물량 공세가 팽배한 현실을 정신주

의의 힘으로 넘어서려는 몸짓이 그의 시다. 그 몰감각의 실제적 상황을 헤치고 시의 길이 확보할 수 있는 영혼의 보람이 무엇인가를 지속적으로 탐색하는 데 그의 영역이 있다. 시집 서두의 시 「그 여자, 마네킹」을 보면 "경기 불황이 몰려오면 그녀는 더 화려하고 빠르게 변신한다"라는 표현이 있고 그 시의 말미에는 "그 여자, 화려한 변신을 시작한다"라는 끝막음의 서술이 있다. 이러한 언술을 통해 시인은 사물과 정신의 서로 다른 공간을 한달음에 가로지른다.

허공이 열려 창백하다
빠져드는 부드러운 것들은 반항하지 않는다

문이 열리면 문은 창을 만들고 창은 구멍을 낳고 낳으며 자라나는 블랙홀 손바닥 안에서 책상 위에서 버스 안에서 만들어졌다가 사라지는 구멍, 휘어지는 그림자도 어둠도 비명도 구멍의 반대편 깊을수록 환하나 뒷면이 밝아 보이지 않는다 손가락을 잡고 눈알을 발목을 가슴을 몸을 당긴다

―「블랙홀 1」에서

시인이 목도하는 공간의 블랙홀은 "입구만 있고 출구가 없는 구멍"이다. 그런데 이 블랙홀은 꼭 공간에만 적용되는 것이 아니다. 시간도 존재도 운명도 모두 블랙홀의 상황 논리로 설명될 수 있고 그렇게 설명할 수 있을 때 비로소 시인은 견자(見者)로서의 균형 감각과 주체적 사유의 자기 자리를 확보한다. 요컨대 블랙홀의 논리로만 검증될 수 있는 세계 인식의 방법, 일반적인 삶의 원리로는 작동하지 않는 시적 세계관의 체계가 시인의 것이다. 자신이 두 발을 두고 있는 세상의 와해와 블랙홀의 출몰이 기정사실화된 마당에, 그가 그 부정적 세계로부터의 탈출구로 선택

한 것이 곧 시 쓰기이다.

　여기에 이르는 도정은 숱한 회오와 번민을 동반했을 터이나, 그렇게 새로운 삶의 원리를 발굴한 다음에는 기실 거칠 것이 없을지도 모른다. "기억의 블랙홀"이라 호명하는 "아파트"를 "아름다운 감옥"으로 만들겠다는 언표는, 그와 같은 과단성을 하나의 표징으로 보여 준다. 더 나아가 그 "사각의 블랙홀 공간"을 두고 "수천 년 후 박물관"이나 "한 가족 감옥이나 무덤" 또는 "고장난 비행접시"(「블랙홀 2」)라 지칭하자는 권유는 시인의 전복적 상상력이 설득력 있고 묘미 있는 진술의 형식을 획득한 경우이다. 그 바탕에는 자유롭고 확장된 상상력의 축적이 있다. "태양의 둥근 등이나 얼굴"(「홀쭉한 등」), "닫힌 문에 생기는 벽"(「더 깊은 바깥」), "일상의 기울기가 만드는 그림자"(「감은사」) 같은 사례는 그 상상력이 산뜻한 비유법의 날개를 얻은 모습이다.

　시인은 물화된 세상의 구태의연한 외양을 타파하고 마치 한 번도 가지 않은 길을 가듯 전인미답의 방식으로, 경이로운 말하기와 글쓰기의 방식으로 시의 형상을 축조하기로 한 셈이다. 그래서 그의 고양이는 "난간에 쪼그려 앉아 두꺼운 골목을 읽는"(「고양이가 골목을 읽다」) 투시력이 있고 "저녁 식탁에 암술과 수술이 꽂혀"(「꽃의 침묵」) 있는 풍경이 가능하다. 그런가 하면 "잠시 고래였다가 다시 슬몃 고래가 되었다가 내가 고래가 되기도 하는"(「고래의 일몰」) 가역적 변신도 연출할 수 있다. 이렇게 보면 시인의 자유로운 생각과 몸의 운용이 무소불위의 경지에 이른 것으로 유추해 볼 수 있는데, 실상에 있어서 그 운신 폭의 확대는 견고한 시적 조직성을 수반하지 않으면 안 된다. 그렇지 않다면 그것이 허황한 시적 유희에 그치고 말 터이기 때문이다.

일상의 주박(呪縛)과 내면 지향성

만약 이 시인이 앞서 살펴본 바와 같이 현실 일탈의 초월적 행보만을 고집했다면 그의 시가 우리의 가슴과 삶에 고졸(古拙)한 울림을 선사하기 어려웠을 것이다. 그는 현실을 뛰어넘는 상상력의 소유자이되 그와 꼭 같은 강도로 현실의 주박을 감당해야 하는 육신의 주인이었다. 그러기에 제2부에 등장하는 시편들은 삶의 적나라한 실상과 그에 따른 우울, 불면, 우화적 풍광 등을 순차적으로 보여 준다. 그 우화는 냉엄한 현실의 다른 모습이자 마침내 딛고 일어서야 할 삶의 그루터기요, 어쩌면 시적 상상력의 모태로 기능하는 재료에 해당한다. 그와 같은 일상으로부터의 얽매임에서 내면적 자기 충일을 이끌어 내고 또 한 단계 높은 곳으로 승급을 지향하는 데 그의 시가 있다.

세상으로 향한 회전문 열고 들어오는
구부정한 허리의 윤씨는 건축 일용직공이다
아침부터 비가 내리는 날
지하 단칸방 벗어나려
희망으로 향하는 복도의 길 더듬어 온 것이다

(......)

이제, 집은 마무리가 되고
다시 건축 일용직공의 항해가 시작된다
용마루 올리자 바람이 분다
설계도 위의 꿈이 와르르 무너진다

윤씨는 꿈을 접어 봉투에 밀어 넣는다
언제 다시 개봉할지 모르는 어두운 가슴 한편으로

긴 미로 끝 윤씨의 낙인이 그려지고
세상을 향해 나서는 순간
처마 끝 풍경이 하늘의 현 건드리자
겨울비 내린다
멀리서 풍경 소리가 내린다

— 「풍경 소리」에서

　　건축 일용직공 윤씨의 집을 짓는 대장정은 마무리되었지만 윤씨에게
는 남은 것이 없다. 윤씨는 "꿈을 접어 봉투에 밀어 넣는다." "처마 끝 풍
경이 하늘의 현 건드리자" 겨울비가 내리고 멀리서 풍경 소리도 내린다.
이 대목이다. 강봉덕을 시인이게 하는 예민한 감각과 여린 감성의 촉수
가 작동하는 가장 볼품 있는 지점이 바로 여기다. 이는 절박한 난관의 땅
에서 꿈의 행방을 추적하고, 그것을 한 차원 다른 의미의 강역(疆域)으로
추동하는 열린 의식의 체계를 말한다. 비록 그 꿈의 빛깔이 붉은 빛이라
할지라도(「꿈은 붉은 빛이다」), 아니 애초부터 그렇다 할지라도, 꿈이 있기
에 생각이 있고 길이 있고 현실의 한계를 넘어설 매개자의 존재도 있다.

　　나를 허공으로 던진다 날카로운 모서리가 곡선으로 구겨지며 날개가 돋
아난 것이다 쓸모없다고 생각한 순간 새가 되기로 한 것이다 얇은 마음을
펼쳐 순백의 하늘을 닮아 간 것이 날개의 기억을 더듬는다 멀리 날기 위해
스스로 구겨져야 한다

(……)

난, 날아오를 준비를 끝내고 기다린다 반듯하지 않을수록 탄력 있는 날 개, 아직 돋지 않는 날개를 생각하는지 옆구리를 긁으며 허공을 빠져나오는 얼굴 보인다

— 「새」에서

물론 새가, 아니 시적 자아가 날아오를 공간이 "얇은 마음을 펼쳐 순 백의 하늘을 닮아 간" 기억에 상응하기 어려울 것이다. 그러기에 그 시적 자아는 바람의 길목에서 "납작 엎드리는 법을 먼저 배운다."(「바람의 길목」) "내 몸에 비밀의 문"(「비밀의 방」)이 있는 것도 알고 있다. 때로는 요령부득 의, 모두 해독하기 어려운 일들이 줄지어 있는 곳이 인생사의 굴곡이다. 매우 독특한 예를 들면, "세상의 높이를 지우는 방식으로 눈은 평면으로" (「눈 내리는 방식」) 내리기도 한다. 하지만 그 모든 부조리와 불합리의 끝이 허망한 멸절의 궁극을 보이지는 않을 것이다. 모르는 것은 모르는 대로, 할 수 없는 것은 할 수 없는 대로 남겨 두는 것이 어쩌면 견자의 도리일 지도 모른다. 그래서 시인은 "가난한 내 영혼이 돌아가는 시간 당신의 뜨 락에 뿌리내린다"(「신불산」)라고 했다.

반역의 언어와 초절주의로의 길

제1부와 제2부에 수록된 시편들이 시인의 창의적인 세계 인식과 그 것을 시화(詩化)하는 내면의 형상을 보여 주었다면, 제3부의 시편들은 거 기서 한 걸음 더 나아간다. 그의 시어들이 보다 강고해지고 반역의 행보를

마다하지 않으며 그 전방에 초탈 또는 초절주의의 길을 예견하는 시적 담론에 이르고 있기 때문이다. 중요한 것은 그의 그 초절주의가 단순한 언어의 발양에 머무르지 않고 지금껏 일관한 시 세계의 행로에서 스스로 찾아낸 하나의 탈출구라는 사실이다. 항차 시를 쓰는 일 자체가 해명이 어려운 인생사에서 유효한 탈출구였거니와, 시작(詩作)의 길을 통해 궁벽한 상황을 초탈할 수 있는 길을 찾아낸 것은 또 하나의 가치요 보람이 아닐 수 없다.

> 창을 연다는 것은 창으로 뛰어내리는 일입니다
> 문을 열면 안으로 문을 닫으면 밖으로 향하는 일입니다
> 안과 밖의 구분이 없어 죽음과 삶이 있는 곳입니다
> 당신은 오늘부터 출근 도장 찍는 겁니다
>
> (......)
>
> 창을 열고 창을 닫는 일은 출근하는 일입니다
> 내가 왼편에서 출근하면 오른편에서 신문을 읽습니다
> 발자국 찍힌 엑소디움 창은 언제나 열리고 닫힙니다
> 난 한 번도 방문한 적 없는 나라에 관해 이야기합니다
>
> ─「WINDOWS 10」에서

　벽의 창이든 컴퓨터의 창이든 "창을 연다는 것"은 일상의 규율에 가장 근접해 있는 상식적 행위다. 그러나 이 시인의 겹친 꼴 눈길에 의지해서 보면 그것은 안과 밖, 삶과 죽음, 존재와 운명을 분할하고 또 통합하는 상징적 담론을 견인한다. 창을 여는 것이 "출근 도장을 찍는" 것처럼 평상의 일이지만 "창에 커튼을 내리고 초인종을 누르면 우주보다 어두운"

존재론의 설정이 이루어진다. 이는 어쩌면 이 글의 서두에서 언급한 블랙홀의 형용과 닮아 있다. 그리고 보면 우리가 잠깐 시선을 다른 곳에 둔 사이에도 이 시인의 시적 내면화는 여전히 동일한 의미의 길목을 점유하고 있었던 것인지도 모른다. 꼭 같은 방식으로 그의 "소금엔 그림자 없고"(「소금의 #N세대」) "고래의 발이 사라지고 흔적만 남았다."(「고래의 발」)

> 우리가 살아오면서 잊어버린 것 천천히 가슴으로부터 멀어진 것
> 눈알이 캄캄해 놓쳐 버린 것 움켜쥐다 빠져나간 것
> 가령, 이런 것들이 다시 돌아온다면
> 돌아오는 것들은 어디에 숨어 있었을까
> 차가운 암각화나 눈물 같은 별자리 속이거나 아니면,
> 당신이나 나의 가슴 저 깊숙한 자리에 있었을지도 모른다
> 아름다운 고래의 발
>
> ─「고래의 발」에서

사라진 고래의 발은 이 시인의 세계에서 결코 사라진 것이 아니다. 사라진 것은 돌아올 수 있고 그렇게 되면 그동안의 행적을 유추하던 온갖 생각이 모두 노래가 되고 시가 된다. 이 반복적이고 반역적인 언어의 문법을 효율적으로 활용하고 있기에 그에게는 "금요일의 꼬리"(「금요일의 꼬리들」)가 있고, 그의 기차는 "안착하고 싶은 욕망 때문에"(「달려라 기차」) 발이 없다. 시인의 발화 방식, 담론 전개의 방식은 제3부에 와서 한껏 탈우주적인 개방과 확대의 논리를 열어 둔다. 그런데 그 무한대로의 개방은 곧 자신의 시 세계가 가진 무저갱 지향의 내면과 일종의 균형성을 획득하려는 것일 수도 있다. 그래서 "달리는 종족"인 기차의 "안착하고 싶은 욕망"을 말했을 것이다. 「별」과 「사막 건너기」, 「구름 외판원」 같은 시들

은 모두 이 양가적 측면이 배태하는 초절주의의 기호들이다.

이 시집 말미의 시 「원형감옥」은 그의 시가 당착한 현실과 초절주의의 길을 매우 압축적으로 예시한다. 시적 화자는 글자와 숫자로 이루어진 그 원형감옥 속의 비밀번호를 모르지만 "형체가 없어 구속이 아니라"고 믿고 싶어 한다. 그러나 "감옥 속엔 속도와 길이가 무한대로 달리는" 형이상학적 구조가 있다. 동시에 일상의 안일과 습속, 일반적인 감각과 욕망의 저변을 과감하게 초극해 버린 시정신의 정화(精華)가 있다. 마치 그가 일상 속에서 발견한 "사각 수박"과 같이, "속도는 평면으로 시간은 모서리로"(「사각 수박」) 수렴되는 탈일상의 존재는 우리 삶의 길섶 어디에나 숨어 있다. 이렇게 보면 강봉덕의 시는 일상과 초극, 현실적인 삶과 존재론의 우주를 잇는 뫼비우스의 띠와 같은 호소력을 지녔다. 그의 전복적 상상력과 초극에의 꿈이 더 활달하고 설득력 있는 경계를 열어 갈 수 있기를 기대한다.

깨달음과 원융의 사모곡

— 박재홍 시집 『모성의 만다라』에 붙여

　『모성의 만다라』는 박재홍 시인의 아홉 번째 시집이다. 그 표제가 언표하는 바와 같이 이 시집은 '모성'이라는 절대적 명제와 '만다라'라는 불교적 함의가 함께 결부되어 있는 만만찮은 의미망을 갖고 있다. 주지하는 바와 같이 모성은 인본주의 및 인간 중심주의의 정수요, 만다라는 종교가 지향하는 신본주의의 근본을 말하는 불화(佛畵)다. 다만 여기에서의 신본주의, 곧 불교의 신본주의는 기독교의 경우와 달라서 배타적이지 않고 보편타당성을 지향한다. 교리의 엄정성에 있어 기독교가 절대 타당성의 기반에서 촌보도 후퇴하지 않는 상황과는 그 결이 좀 다르다. 이러한 측면은 박재홍의 이 시편들이 표제어 양자를 조화롭게 만나게 하고 동반 상승의 효과를 발양하는 데 유익한 환경을 조성한다.

　모성에서 만다라의 세계를 보고 만다라를 통해 모성의 깊이를 체현할 수 있다면 이 양자의 화해로운 악수는 시인에게 행복한 시 쓰기를 약속할지도 모른다. 모성은 인류 역사의 기록이 남은 이래 구원(久遠)한 과제였다. 생명의 탄생과 더불어 이 포승에 묶인 인간에게, 그것은 피할 수 없는 운명인 동시에 인간을 가장 인간답게 규정할 수 있는 실효적 개념이었다. 문학적 반영에 있어서도 마찬가지다. 헤르만 헤세가『나르치스와 골드문트』을 통해서, 조병화가 그의 시편 전반을 통해서, 윤홍길이『에미』를 통해서, 그리고 신경숙이『엄마를 부탁해』를 통해서 지속적으로 탐색한 것이 바로 이 모성의 문제였다. 그뿐만 아니라 참으로 많은 문인들이 '사모곡(思母曲)'을 노래하며 자신의 삶을 성찰하고 위무했다.

박재홍은 그 노래를 우주 법계의 온갖 덕을 망라한 진수의 그림 만다라에 실었다. 만다라는 1000개의 손발과 얼굴을 가진 불화다. 하나의 원리 아래 지배되면서도 다양한 사유의 전개를 상징적으로 나타낸다. 석가모니가 깨달음의 경지에서 바라본 세상살이의 근원적 도리를 우리 같은 필부필부들이 익히 체득하기는 어려운 일이나, 이를 구체적 실상을 통해 감각하기로 하면 그 각성의 길이 한결 용이해질 것이다. 이는 다시 말하면 삼라만상에 인격을 부여하는 길의 첫걸음이요 본질과 현상의 상관성을 납득하는 세계 인식의 시발이며, 시를 쓰는 시인에게 있어서는 스스로의 세계관을 호활한 사상 체계에 연접하는 계기로 작동할 수 있다. 박재홍에게 있어 그 구체적 실상의 이름이 모성이다.

이 시집의 시편들은 시인이 어머니를 그리고 추모하는 애달픈 정서를 끌어안고 있으니, 그 아픔과 슬픔이 먼저일 수밖에 없다. 어머니의 아들로서 시인은 어쩌면 힘겨운 생애의 길목을 지나고 있는지도 모른다. 그러나 시인으로서의 그는 그렇게 불행하지 않다. 일찍이 옛 시의 구절에 "국가불행시인행"이라는 역설적 대목이 있거니와, 그렇게 어머니를 여의었기 때문에 시인은 시적 발화의 필력을 얻었다. "눈물로 표현되지 않은 슬픔은 몸이 그 점수를 매긴다"라는 속언이 있다. 이 눈물의 사모곡이 있기에 시인은 내면적 균형 감각을 유지할 수 있을 것이며, 어머니의 부재가 일원론적 상실에 머무는 것이 아니라 더 크고 넓은 원융(圓融)의 세계로 진입하는 관문이 되었을 것이다.

　이 시집에는 모두 62편의 시가 실려 있고 각기의 시는 표제와 같은 제목으로 1에서 62까지 번호가 매겨져 있다. 시집 한 권이 하나의 주제로 일관하는 연작시집, 또는 시 전체가 하나로 통합되는 장시집이라고도 할 수 있겠다. 시인은 모친 음순엽 여사를 다른 세상으로 보내고 49재 기간 동안 자복하면서 이 시집을 구성했다고 머리말에서 밝혔다. 시집 문열이의 첫 시에서 유명을 달리한 어머니의 상황을 시인은 이렇게 노래했다.

　　정월 대보름 달무리처럼 웃으시며
　　'내 더위' 사 주시더니 우리 엄니 나비 되셨네

　　힘겨운 허물 벗은 중천에 비 한소끔 내릴 즈음에
　　차오른 눈물이 되고는 할 텐데 어쩔거나
　　걱정되셔서

　　헛헛한 삼칠일 견디기 못하고, 막막한 49재 참아 내지 못하고
　　뭉개지는 마음이 보이시겠다, 아비도 모르게
　　가시덤불 너머 나비처럼
　　숨으신 우리 엄니

　　　　　　　　　　　　　　　　　　　　　　　　—「모성의 만다라 1」

　　삼칠일도 견디지 못하고 49재도 참아 내지 못하고 불귀의 객이 된 어머니는, 종내 시인의 곁을 떠났다. 생사의 경계가 다르니 한번 가면 돌아올 수 없는 명부의 길로 간 것이다. 그런데 육신은 떠나갔으나 영혼마저 따라가지는 않았다. 아들 곁에, 아들 눈에 여전히 남아 있는 어머니는 그

형상을 바꾼다. 나비다. 가시덤불 너머, 숨어 있지만 형상이 그대로 남아 있는, 나비의 형용을 한 어머니다. 이 세상에서 육신의 수명이 다할 때까지, 그 어머니를 어떻게 안고 갈 것인가는 온전히 남은 아들, 곧 시인의 몫이다.

> 달이 바다의 결처럼 후광처럼 빛날 때,
> 봄은 엄니처럼 한숨짓다 갔어요
> 감꽃 진 마당에 폭풍주의보
> 전신주 파도처럼 넌출댈 때야
> 천둥, 비
>
> 마루에 걸터앉아
> 서럽게
> 마중물처럼 짓쳐드는 비바람
> 엄마 품처럼 안는데, 안는데
>
> ─「모성의 만다라 6」

시인의 어머니는 그가 눈길을 두고 살아가는 세상 어디에도 없다. 이것이 생사로(生死路)의 이치다. 그러나 잠시 안력의 차원을 바꾸고 보면 어머니는 어디에나 존재한다. 언어도단(言語道斷)이면 심행처(心行處)라고 했는데, 마음의 창을 밝히 열면 삼라만상이 모두 어머니의 자리다. "봄은 엄니처럼 한숨짓다" 가고, "마루에 걸터앉아 서럽게" 비바람 맞을 때도 "엄마 품처럼" 처연하고 결곡한 서정이 있다. 그런데 그 숨은 바탕에는 부귀도 공명도 아닌, 소박하고 조촐하지만 소중하고 아름다운 기억들의 전사(前史)가 있다. 아마도 시인은 이 작고 단단한 삶의 재료들을 그 무엇

과도 바꿀 수 없을 것이다. 거기에 고비마다 곡절마다 어머니의 그림자가 스며 있는 까닭에서다.

정제의 문 앞에는 늘 바람의 발자국이 있었습니다

수돗물을 틀고 쌀을 씻을 때도
뜨물에 부유물처럼 흔들리는
불안한 일상들이, 당신의
한숨에 방향성을 잡을 때 모두들
내일이 불안해지고는 했습니다

날이 지나면 이웃집 문턱을 넘는
당신의 금 간 발바닥은
돈 앞에 서럽게 웃고 있었던 기억이 납니다

조금은 외롭지 않았으면 합니다
형이 가고 당신이 지나치는 그 길이라면
조금은 외롭지 않았으면 합니다

머잖아 누군가는 걸어야 하는
허공에 구름 같은
날수가 흐를수록 걸어온 만큼
'사랑, 한 첩' 깊게 배도록
살아가는 바람을 갖습니다

―「모성의 만다라 24」

바람의 발자국, 불안한 일상, 금 간 발바닥, 허공의 구름 같은 날수가 모두 한 지점으로 수렴되는 곳, 거기 "사랑 한 첩"이 있다. 기쁘고 행복한 사랑보다 슬프고 아픈 사랑이 훨씬 더 깊은 '한 첩'에 이를 것이다. 이 시인의 가족사에 있어서 그것은 어머니보다 1년 먼저 타계한 형의 부고다. 어머니는 그것을 몰랐다. 그러기에 종국에 이렇게 말할 형국이다. "어째 이곳에 나보다 먼저 온 것이냐."(「모성의 만다라 12」) 사람을 감동하게 하는 힘은 크고 강한 것이 아니다. 오히려 작고 섬약하지만 우리 가슴 밑바닥을 강고하게 두드리는 어떤 것. 시인은 이 인생사의 문맥을 명민하게 알아차리고 있다. 이때의 '명민'은 어머니의 차생(此生)과 내생(來生)을 함께 바라본다.

소화다리 아래 피의 역사는
고향 떠난 실치가 몸을 풀러
찾아오는 것처럼

중천에 있을 우리 엄니
접시꽃처럼 바람처럼
웃으시네

까닭없이 기른 그리움
부처웃음으로 녹아
개펄에 누웠는데

사랑, 변함없네

— 「모성의 만다라 37」

실치는 뱅어의 다른 이름이다. 고향 회귀의 어종이 다시 찾아오듯 그렇게 다시 올 어머니를 기다리는 시인은 "접시꽃처럼 바람처럼" 웃으시는 어머니를 만난다. 그리움의 궁극이 실치처럼 개펄에 누웠는데 문득 실감으로 다가오는 개안(開眼)은 "사랑, 변함없네"이다. 어머니의 사랑이 변함없는 것은 자식이 품은 육친의 정이 애틋하고 간절해서가 아니다. 그 무슨 이름으로도, 그 무슨 셈을 하고서도 환치할 수 없는 어머니의 자리, 거기서 발양된 사랑인 연유에서다. 아무리 아들의 정성이 지극하다 한들, 그 사랑이 내리사랑만 할까. 유사 이래 모든 어머니의 사랑이 그러했고 시인의 어머니 또한 그렇다. 그것이 햇수를 더하면 곧 "한 가족사"(「모성의 만다라 39」)다.

　　부고에 상주를 내었다
　　3년 전 의절한 형 이름으로 낸 것이다

　　어머니 상을 치르고자 떠난 자리에 형의 부고를 받았다
　　작년 겨울 49일을 병원서 살다가 소천한 사실을 알게 되었다

　　장례는 3일을 채우지 못하고 고인의 유언에 따라 2일장으로
　　메릴랜드에 장남의 장지 옆에 위리안치 되었다

　　죽음은 익명일 수밖에 없다 피카소 그림의 질감처럼
　　청색 시대를 사는 것처럼 현대를 사는 사람들은 부지불식간에 염화미소로 잠이 들었다
　　　　　　　　　　　　　　　　　　　　　　　　　　　　—「모성의 만다라 46」

어머니를 에워싼 가족사라고 해서 어디 순정하고 편안하기만 하겠는가. 그리고 형제가 서로 소외된 공간이 8만 리 바다 물결 시퍼런 태평양을 넘는 상거이고 보면, 그 간극을 좁히기가 지난했을 것이다. 이 땅의 모든 가족들은 모두 그만한 괴리와 상처를 안고 사는지도 모른다. 연로한 어머니에게 형의 부고를 숨겨야 했던 가족들의 속내는, 그것이 어머니가 겪을 가장 아프고 시린 상처인 줄 아는 형편이기에 그렇다. 악상(惡喪)은 곧 천형이라 하지 않던가. 그렇게 어머니는 이 세상의 모든 원(怨)과 한(恨)을 뒤로하고 돌아오지 않을 먼 길을 떠났다. 그러기에 이 시집은 그렇게 어머니를 떠나보낸 한 효성스러운 아들의 끊이지 않는 진혼곡이다.

어머니가 밝힌 촛불이 이제는 제 불을 밝히고 의지해 생의 곁을 붙들고
먼 나라를 향해 충만함으로 이르고자 합니다

그사이 제가 밝힌 불도 '함께'라는 숙명,

본질의 것이었다가 소유하게 된 생명을 지키기 위해
사위의 모든 어둠을 향해 깨닫고자
오체투지하였습니다

'윤원구족(輪圓具足)' 어머니의 기도가
그러하였습니다

—「모성의 만다라 61」

하나의 죽음이 자연현상으로서의 생명 소멸에 그치지 않고 육탈을 뒤

이은 영혼의 승급이 되기 위해서는, 그 명제에 걸맞는 깨달음의 단계가 있어야 마땅하다. 시인은 그 동력을 "어머니가 밝힌 촛불"로 형상화한다. 그에 뒤이어 "제가 밝힌 생명의 불"도 있다. 오체투지는 이 차원이 다른 인식의 확장과 깨달음의 정황에 마음과 몸을 모두 승복한 시인의 몸짓이다. "윤원구족"의 기도는 어머니의 기도이자 시인의 기도이며, 생명의 연원과 끝없는 신뢰와 웅숭깊은 공감을 나누어 가진 이 세상 모든 모자들의 기도다. 그 기도의 힘은 이 시집을 세상에 태어나게 한 근원적인 힘이요 남은 내일을 밀고 나갈 추동력이다. 바라건대 이 시집을 통해 우리가 흔연한 마음으로 이 가족애 인류애의 행보에 동참할 수 있었으면 한다. 그리고 이 시집이 시인의 생애와 시작(詩作)에 새로운 기력을 공여할 수 있었으면 한다.

북평원, 그 먼 땅을 그리는 간원

— 한주량 시집 『북평원의 꿈』에 붙여

　　한주량 시인은 세 개의 신분을 함께 가졌다. 일찍이 군문에 투신하여 조국의 안위를 지키는 간성(干城)으로서의 역할을 다했고, 신학대학에서 기독교의 교리와 목회학을 공부하여 신학 교수의 지위를 이루었으며, 마침내 세월의 경륜을 담아 시집을 출간한 시인의 반열에 이르렀다. 그의 시집 『북평원의 꿈』은 그 세 번째 신분을 증명하는 확증이며, 동시에 그 인생의 총체적 형상에 대한 사유의 결정이기도 하다. 여기서 예거한 세 항목을 비교 고찰하는 데 있어 '시'는 매우 많은 포괄적 장점을 갖고 있다. 시의 고유한 비유 및 상징의 기능을 통하여, 모두 말하지 않고서도 내밀한 생각을 전달하고 소통할 수 있는 특권을 소유한 까닭이다.

　　이 시집은 원래 20여 년 전에 초판이 발행되었고, 그로부터 결코 짧지 않은 기간이 경과하는 동안 시인의 감각과 인식이 상당 부분 달라졌을 가능성이 있다. 그러나 그 초판을 다시 상재하는 중도에 이 글을 쓰기 위하여 시집의 문면을 면밀히 상고해 보니, 시인의 삶과 문필이 표방하는 근본적인 가치는 거의 변화할 형국이 아니었다. 그만큼 그의 시 내면에 잠복해 있는 인생사와 세상사에 대한 관찰과 판단과 평가는 확고한 지향점을 갖고 있었고, 그것은 시를 읽는 독자에게 쉽사리 공감을 촉발하는 것이었다. 그런데 이는 시를 통해 인생을 말하거나 인생의 굴곡을 거쳐 시를 발양하는 이에게 하나의 미덕이 되는 항목이었다.

그가 시집의 표제로 내세운 "북평원"이 구체적으로 어떤 지역, 지명, 개념을 말하는가에 대한 정확한 정보는 없다. 그러나 조국의 영토를 지키는 군문의 책임을 오래 감당한 그의 이력을 살펴볼 때, 이는 우리와 대척적인 지점에 있는 북한이나 북방, 더 나아가 고구려의 옛 땅이었던 중국 동북삼성의 넓은 벌판까지 거슬러 올라갈 수도 있을 것이다. 그의 북평원은 그처럼 실증적인 대지의 형용일 수 있으며, 보다 내면적인 시각을 작동하여 운위하자면 대륙을 향해 활달한 기상을 펼쳐 보이려는 민족적 의지와 소망의 또 다른 모습일 수도 있다. 시집에 수록된 그의 시 면면들은 기실 이러한 측면을 여러 모양으로 드러낸다.

제1부에 실린 시들은 이 외면과 내면, 곧 군인으로서 바라보는 "극한의 전선"과 그에 못지않게 강고한 내포를 발양하는 "극대화된 사랑"의 모습을 보여 준다. 그의 시가 말하는 "극한의 전선"은 북녘을 향한 증오나 적대감의 표출이 아니다. 이 초보적인 단계를 애당초에 넘어서지 않고서 시작이 가능할 리 없다. 그러기에 『논어』에서 공자는 시 300수의 의미를 사무사(思無邪)라고 했던 것이다. 이념과 이데올로기, 체제와 제도가 대립적인 구도 아래 맞서 있지만, 그가 바라보는 전선은 그 구도를 감싸고 있는 슬픔과 아픔을 노래하고 화해와 관용의 어휘를 도출한다. 이러한 상황의 전환을 두고 극한의 변모라고 호명할 수 있는 것은, 이를테면 묵시의 언어로서 시가 베풀 수 있고 또 누릴 수 있는 예술적 향유에 해당한다. 시인은 이 지경에 이름으로써 시적 기량과 품성의 승급을 함께 도모한다.

어둠은 백설마저 억누르고
길은 흰옷으로 단장한 채
별빛을 베고 가로누웠다

공간과 시간의 십자로에서
무수히 점을 찍는 귀로 잃은 생명들

쪼개진 달이 대우산에 걸리고
별은 얼어붙은 듯
유성조차 없다

서화고개
돌산령은 우뚝 서
태고를 그리는 밤

간간이 대기의 마찰 소리만이
허공을 울릴 뿐
얼음처럼 찬 정숙이 고원을 덮고 만다

장끼와 까투리가 초록꿈을 꾸고
토끼 노루도 곤히 잠든 밤

어미 품 잃은
잠 못 이룬 백조(白鳥)들

파리한 웃음 짓는
조각달이 지고 별이 지네

            —「전선(戰線)의 밤」

    전선(戰線)은 전선(前線)이다. 더욱이 남북이 대치하고 있는 상황에서 전선에서 북녘을 바라보고 선 군문의 화자는 대체로 획일적인 대립과 대결의 의식으로 충일해 있기 마련이다. 하지만 이 시의 화자는 그 군문의 시각과 시인의 시각을 이분법으로 분리하여 운용할 줄 하는 입체적인 존재다. 그것은 언필칭 그를 시인일 수 있도록 추동하는 힘이요, 우리가 그의 시를 복합적 관점 아래 값있는 독서 체험으로 읽을 수 있게 하는 저력이다. 이 시에서와 마찬가지로 제1부에 수록된 그의 시들은 모두 이와 같은 대립적 정황을 내면의 응시와 화합의 몸짓으로 전화(轉化)한다. 동시에 끊임없이 사랑과 평화의 시어를 반복해서 보여 준다. 이러한 시적 발상과 태도를 두고, 환경 조건을 초극하는 "극대화된 사랑"이란 명호를 부여할 수 있는 것이다.

    누구를 사랑하고 싶으냐고?
    아직도 사랑을 모르는 이
    사랑이 싹터 오른 일 없는 이

    어떻게 사랑하고 싶으냐고요?
    사랑의 시인이 표현할 수 없는 사랑
    영롱한 구슬과 같이 맑게

    어떤 사랑을 하고 싶으냐고요?

길이 푸른 사랑

영혼이 마주치는 곳에서

사랑이 무엇인가요?

그저 사랑하고 싶은 것

그것은 아무도 몰라요

일(日)·월(月)이 수없이 지난 후면

아주 시들어진 사랑을 만져 본 이들도 몰라요

아롱아롱 방울진 영원한 수수께끼

백두산 천지(天地) 속 꿈으로

선경의 꽃이 피어요

— 「사랑의 질문」

이 시의 마지막 구절 "백두산 천지 속 꿈으로"가 없었다면, 우리는 시인의 사랑 노래가 어디서 무엇 때문에 그 언사를 나타낸 것인지 알 수 없을 뻔했다. 군문의 다져진 인식과 시인의 열린 인식이 함께 악수함으로써 그의 시는 범박한 일반화의 차원을 넘어선다. 제2부에 수록된 시편들은 이러한 열린 인식의 차원으로 시야를 채우는 경물을 바라보고, 스스로의 발로 밟아 본 이 땅의 여러 지역을 시적 감성으로 재현해 보인다. 인간의 지경을 넘어 자연경으로 진입하는 것은 미상불 동양 문화권에 있어 구원(久遠)한 숙제이지만, 이를 굳이 노장(老莊)의 사상이나 선현의 훈도에서 배워야 할 일은 아닌 듯하다. 지극히 작은 것 속에 세상살이의 원리가 숨어 있듯이 범상한 삶 속의 작은 깨우침에도 초극의 미학이 개재할 수 있을 터이다.

잠자듯 고요한 전선(戰線)
백색 표시판(表示板)이 푸른 숲을 어지럽히고
저 건너 산맥만이 애꿎은 상처를 입어
이국 아닌 이국 땅을 바라보며
석양빛이 서운하다

문명의 그림자도 볼 수 없는 골짜기와 산등성
무인 지대로 화한 폐허의 옛 터전
벌레 소리만이 들려오는 저녁
산 너머로 떨어지는 석양의 애처로움

양민의 고향 뼈저린 비극의 골짜기들
코와 코를 맞대고 있는 뭇 봉우리들
멀리 은은히 들려오는 뻐꾸기 소리
산 넘어 저녁노을에 벌레 소리 커만 간다

—「휴전선」

휴전선은 곧 전선의 최전방 지점인데, 시적 화자의 심상은 자연의 풍광과 그 여운 또는 아름다움으로 넘친다. 가장 엄혹한 자리에서 가장 순후한 감성을 발굴할 수 있기에, 그는 천생 시인이다. 우리는 이 시가 그가 정말 휴전선을 응시하고 있는 시기에 쓴 것인지 아니면 그 이후에 회상 시점으로 쓴 것인지 알지 못한다. 그런데 그것은 그렇게 중요하지 않다. 하나의 가슴에 두 가지 극단의 정황을 함께 담을 수 있는 내면의 공간을 확보하고 있기에, 그 문필이 미더움을 더하고 그 시에 후한 평점을 낼 수 있다. 그가 사랑하는 자연, 그러한 사태로 미루어 짐작할 수 있는 인격적 품성은 초춘, 눈, 초승달, 기다리는 봄, 새싹, 가을 달밤 등 여러 유형으로 현현하고 꽃의 모양으로는 진달래, 할미꽃, 오랑캐꽃 등 여러 유형으로 현시화한다. 또 있다. 이 나라 여러 지역의 기억에 이르면 무등산, 진해, 진주 남강 등을 문면 위에 떠올리고 사람의 기억으로 방향을 바꾸면 「고인들을 위하여」 같은 시를 생산하기에 이른다.

> 이 세상을 떠난 이들을 위해
> 공기가 겨우 닿을 만한 구석구석에서
> 그들의 이름이 적혀져 있는
> 서적의 책장을 넘기고
>
> 보고 싶은 이도 있었겠지
> 지금 없는 이들의 이름들을 외고
> 그들과 같은 시대의 사람은 없는데
> 능통한 말솜씨로 그들을 이야기해도
> 누구 하나 과오를 지적하는 이는 없다
>
> 죽은 이들을 위하여 사는 것 같다
> 그들의 이름을 모조리 암기하고
> 이루어 놓은 일들을 칭찬하는 것이다
>
> ─「고인들을 위하여」

자연과 지역과 사람을 한 호흡으로 거명하고 관조하고 시로써 노래할 수 있다면 그 내공의 공력이 만만할 리 없다. 제3부에서 이 시인이 보여주는 '탈일상성의 우주론적 신비주의'는 바로 그 후일담을 말하는 것과 다르지 않다. 이 삶의 신비, 생명의 신비, 우주의 신비는 항차 어느 누구도 익히 알 수 없는 것이다. 모르는 것을 모르는 채로 남겨 두는 것이 유한한 범주 안에 살고 있는 인간의 덕목이라 할 수 있겠으나, 그 '모름'을 시의 논리로 제기하는 것은 시인의 고유한 권한이기도 하겠다. 인류의 지식과 지성은 언제나 이와 같은 알고 모름, 숙지와 미지, 도달 가능한 것과 성취 불가능한 것 사이를 외나무다리를 타고 가로지르는 탐색의 도정이었는지도 모른다.

하늘은 우주를 꿰뚫고
바다와 하늘
땅과 바다
하늘과 땅 모두 붙어 있네

하늘 땅 바다
어느 것인지 알 수 없어요

눈을 지그시 감으면
거기에도 한 개의 새 우주가 있고
그러나 아름다운 것
그것을 알 수 없어요

보는 것
듣는 것
느끼는 것
나는 알 수 없어요

시간과 중간의 약속인가 봐요

─「알 수 없어요」

만해 한용운의 「알 수 없어요」와 같은 제명을 가진 이 시는, 시인이 자신이 선 자리와 가야 할 길을 선명하게 체감하는 존재론적, 운명론적 자기 확인의 자리를 언표한다. 그런데 정녕 이 지점에서 시는 빛을 발한다. 소설 또는 다른 산문이라면 이 발화법을 용납하지 않는다. 구체적 서술과 묘사를 통해 풀어서 말해야 하기 때문이다. 시가 가진 재바른 기동력, 압축적인 표현의 방식, 그리고 순간적인 정직성으로 독자와 교감하는 통로 등이 문학사의 누대에 걸쳐 시가 가진 특장이었다. 이 시적 통찰력 또는 감응력으로 시인이 발굴한 언어의 통로는 당연히 넓은 길이 아니라 '좁은 길'이다.

열 길 불 속으로 굴러드는 주옥(珠玉)
아련히 타오르는 눈동자들

넓은 길
눈시울이 뜨거워지는 거리도 보았지만
좁은 길을 택한 자들

모진 대열은 전진한다
좁은 길을 타고
헐벗은 내 고장
낭자한 강산을
향해 북을 울려라

고독한 서러움에도
이 투명한 얼은
좁은 길 저편으로
화려(華麗)한 내 조국을 본다

　　　　　　　　　　　　　　　　—「좁은 길」

　좁은 길은 여러 곳에 있다. 그러나 결코 쉽게 듣는 말처럼 쉽지도 않고
흔하지도 않다. 성경의 '좁은 문'이나 앙드레 지드의 '좁은 문'이 모두 그
렇다. 여기 이 시인이 마침내 당도한 좁은 길 또한 그와 마찬가지다. 그
런데 참으로 흥미로운 것은, 이 시 「좁은 길」에서 목도할 수 있는 그 내면
풍경이 이제까지 우리가 상고해 온 그의 시 세계 전반을 모두 함축성 있
게 아우르고 있다는 점이다. 그곳에는 군문의 산하도 있고 순정한 자연
친화의 사상도 있고 신앙의 편린도 있고 현실을 벗어난 초절주의 지향도
있다. 한 사람의 생각이, 한 시인의 시 세계가 이렇게 원환의 회귀를 보
이는 것은 엄중한 자기완성의 시도요 그 길을 말하는 셈이다.
　그것은 어쩌면 그가 꿈에도 그리던 '북평원'으로 가는 길이요 그에 대
한 간절한 염원이었다고 할 수도 있겠다. 그러기에 하는 말이다. 시와 더
불어 오랜 인생길을 동행한 시인의 꿈, 멀리 넓고 장대한 평원을 내다보
며 그 꿈을 가꾸던 시인의 날들이 풍요롭고 보람 있는 시간들로 채워졌
으리라 믿어 마지않는다. 시인이 공들여 시를 창작하고 시가 다시 시인
을 힘 있게 부양하는 아름다운 동행의 방정식, 그 기꺼운 언어의 문법이
이 시인에게 있었던 것이다. 그러한데도 참으로 안타깝게 그는 이제 우
리 곁에 있지 않고 그의 시가 남아 기억을 새롭게 한다. 이 자리를 빌려
삼가 옷깃을 여미며 시인의 명복을 빈다.

세계 무대로 진출하는 디카시

— 경남 고성에서 미국 시카고, 뉴욕으로

시카고와 뉴욕으로 진출한 한국의 디카시

시카고는 '호수와 바람의 도시'로 불리는, 미국에서 세 번째로 큰 인구 밀집 지역이다. 지난 5월 12일 오후 6시 이곳 한인 문화회관에서 한국에서 발원한 문예 장르인 디카시에 관한 강연회가 열렸다. 강사는 이 글을 쓰고 있는 필자였다. 시카고 예지문학회와 시카고 문인회 회원 150여 명이 참석한 이날 강연회는, 모국어 문학에 대한 뜨거운 관심과 호응 속에 2개의 주제로 진행되었다. 하나는 '통일 시대, 한민족 문학의 내일'이었고 다른 하나는 '디카시, 디지털 시대의 새로운 시 운동'이었다. 두 주제는 논의 영역과 방향이 전혀 다르지만, 문학의 새로운 시대적 조류를 조명한다는 점에 있어서는 공통점이 있었다.

디카시 강의는 PPT 화면 자료와 더불어 왜 디카시가 동시대의 첨예한 화두가 될 수 있는가, 그 발원과 전개는 어떠한가, 현재 어떻게 그 창작과 수용이 확산되고 있는가, 그리고 대표적인 디카시의 면모가 어떠한가 등의 내용으로 이루어졌다. 중요한 것은 단순히 한국에서 시작된 하나의 시 운동, 문예 장르 운동에 대한 설명으로 그친 것이 아니라 청중들의 놀랄 만한 반응이요, 이 시 장르에 대한 이해였다. 알고 보니 이미 거의 디카시의 개념에 가까운 시 활동을 하고 있는 문인이 여러 분 있었고, 이는 디카시가 가진 보편적인 욕구와 시대정신과의 정합성, 세계적 확산 가능성을 말하는 것이었다.

이 강연회 이전에 사전 논의에 따라 시카고의 문인들은 '시카고 디카시연구회'를 결성했다. 시카고 지역에서 문학 활동의 연조가 오랜 배미순 시인과 소설가이자 동화 작가인 신정순 박사가 공동 회장을 맡고 함께 추진해 나갈 다수의 임원들을 선임했다. 시카고 디카시연구회는 발빠르게 회원 성유나 씨를 등록인으로 하여 주 정부에 단체 등록을 마치고 공식적인 문화 예술 기구로 출범했다. 강연회 당일 오전 한국 디카시연구소와 시카고 디카시연구회는 '디카시 글로벌화 및 창작 활동 지원을 위한 업무협약서'에 서명, MOU를 체결했다. 한국의 디카시연구소 상임 고문을 맡고 있는 필자가, 그리고 시카고의 배미순, 신정순 공동 회장이 서명했다.

이 협약서의 문면에 따르면 양 기관은 디카시 프로그램의 개발과 실행을 통하여 상호 발전을 도모하고, 이를 위해 긴밀한 업무 협조가 필요하다는 데 이해를 함께했다. 또한 양 기관은 전문화된 인적, 물적 자원을 활용하여 디카시 국제 페스티벌, 디카시 공모전, 창작 활동 세미나 외 다양한 문학 예술 활동을 위한 프로그램을 상호 지원하기로 했다. 물론 이와 같은 협약서가 법적 구속력을 가지고 있지는 않다. 그러나 한국과 미국의 문학 단체가 새로운 문예 활동에 관한 공동의 목표를 전제하고 이를 문건을 통해 명문화하며 향후 적극적인 협력을 펼쳐 나가기로 한 것은 미상불 놀라운 일이다.

이는 비단 디카시의 영역에 국한되는 것이 아니라 모국어 문학과 해외 한민족 디아스포라 문학이 새로운 연대와 성과를 함께 축적해 나가는 수범 사례가 될 것이다. 그런가 하면 그로부터 이틀 후 세계 최대의 도시 뉴욕에서 이에 버금가는 문학 모임이 또 있었다. 5월 14일 오후 7시부터 뉴욕 플러싱의 금강산연회장에서 미동부 한인문인협회 주최로, 그리고 회장 황미광 시인의 사회로 필자의 강연회가 시카고에서와 거의 동일한 주제로 개최되었다. 여기에는 100여 명의 뉴욕과 뉴저지 일대의 문인, 평통 관계자, 언론인들이 참석하여 성황을 이루었다.

필자는 이 자리에서도 디카시의 발아 및 성립 과정과 그 동시대적이고 운명론적인 존재 양식에 관해 설명했다. 뉴욕 문인들의 반응은 아주 좋았다. 한국에 그 문명(文名)이 알려져 있는 곽상희 시인은 시를 공부하는 문하생들과 더불어 디카시 창작을 수행해 보겠다고 했다. 필자의 제자이자 한국시인협회에도 소속이 있는 복영미 시인은 함께 시 창작을 하고 있는 문학 모임에서 디카시 학습과 실제 창작을 적극적으로 펼쳐 보겠다고 약속했다. 미동부 한인문인협회 황미광 회장은 협회 차원의 추진 방안을 연구해 보기로 했다. 이러한 분위기는 그냥 생성되는 것이 아니다. 오랜 시일을 두고 다진 인간적 우의와 문학적 유대가 그 가운데 있었다.

왜 디카시인가, 왜 새로운 문예 장르인가?

시는 동서를 막론하고 아리스토텔레스 이래 가장 연원이 오래된 문학 장르다. 시가 그 장구한 역사 과정을 통해 축적한 고급한 수준과 미학적 가치를 폄훼할 수 있는 이는 어디에도 존재할 수 없다. 시는 시이고 문학이고 예술이며, 항차 후대에 발현된 소설 같은 문학이 넘볼 수 없는 어떤 위의와 저력을 가졌다. 디카시는 이처럼 강고하고 창연한 성채에 도전장을 내밀지 않는다. 운동선수들에게 있어서 가장 원대한 꿈은 올림픽에 국가 대표로 출전하는 것인지도 모른다. 그러나 그것만이 운동이 아니며 그것만이 체육이 아니다. 내 삶터와 가까운 근린공원에서 평행봉을 하고 배드민턴을 치는 것도 운동이며 체육이다. 디카시는 이런 '생활체육'과도 같다.

생활체육이라는 어휘에서 그 어의(語義)를 빌려 오자면, 디카시는 일종의 '생활문학'이다. 누구나 접근할 수 있고 누구나 쉽게 즐거워할 수 있는 시, 누구나 창작할 수 있고 누구와도 나눌 수 있는 행복한 시 운동이 디카시의 꿈이다. 남녀노소를 막론하고 시(時)의 고금과 양(洋)의 동서를 넘어서 자유롭게 소통할 수 있는 새로운 시의 장르를 제안하는 것이 디카시의 손짓이요 몸짓이다. 꼭 어느 누군가가 따라와야 한다고 강요하지 않으며 동시에 어느 누군가는 안 된다고 저지하지도 않는다. 그러나 디카시는 하나의 시대사적 운명이다. 우리가 사는 세상이 활자 매체 문자 문화의 시대에서 전자 매체 영상 문화의 시대로 현저히 이동해 있는 지금, 디카시와 같은 문예 장르의 출현은 어쩌면 이미 예견되어 있던 것이라 할 수도 있다.

어린아이에게서 노인까지 누구나 손에 스마트폰을 들고 있는 시대다. 이들은 언제 어디서나 이 '손 안의 보물'로 사진을 찍고 좋은 사진은 오래 들여다보곤 한다. 바로 이 지점이다. 아주 극적인 광경이나 장면, 아주 뜻있고 보람 있는 영상을 순간적으로 포착하고 여기에 몇 줄의 상징적이고 압축적인 시적 문장을 덧붙인다. 이 짧은 시행이 촌철살인의 표현과 기개를 가졌으면 그 묘미 또한 더할 나위가 없다. 디카시 카페를 중심으로 SNS를 통하여 많은 동호인들이 이렇게 창작된 디카시를 실시간으로 소통한다. 이는 오늘날과 같은 디지털 시대의 도래를 내다보지 못했던 지난날에는 꿈에서도 그리기 어려웠던 시의 모양이다. 디카시를 새로운 문예 장르라고 호명하는 근거가 여기에 있다.

짧고 한정적인 분량의 시가 그 성가(聲價)를 자랑하는 경우는 문학사에서 드물지 않다. 한국 시조는 디카시에 비해서는 긴 편이지만, 아주 길지는 않다. 일본의 하이쿠는 17자의 문안에 담긴 시 문학으로 세계에서 가장 짧은 시였다. 그러나 하이쿠의 '가장 짧다'는 특징은 이제 디카시와 엇비슷하여 크게 변별력이 없어질 형국이다. 하이쿠는 그 17자 안에 반드시 하나 이상의 계어(季語), 곧 계절을 나타내는 용어를 사용해야 하고, 기레지(切字), 곧 감탄 어미를 사용해야 한다. 이러한 규제 조건은 하이쿠를 고급한 시로 추동하고 많은 수발한 하이쿠 시를 생산하게 한 요체가 되었다. 디카시는 이와 같은 수준 있는 욕심을 내지 않는다. 본격문학이 아니라 생활문학이라는 신조를 문전에 내걸었기 때문이다. 그래서 편의하고 자유로울 것은 분명하나 그에 따른 경각심도 필요하다.

생활문학으로서의 공감과 감동, 재치와 유머, 평범하면서도 예사롭지 않은 '한칼'이 살아 있어야 하는 것이다. 그러한 측면에서 디카시와 친숙하고 디카시를 즐거워하는, 그야말로 동호인 그룹과 디카시를 통해 영상과 문자의 '천의무봉(天衣無縫)'한 결합을 시도하며 형식적 특성에 준하여 시적 미학을 추수하려는 전문 창작자 그룹의 구분이 필요해 보인다. 그래야 디카시가 그 가치를 제대로 인정받고 내일의 길을 열어 갈 동력을 얻을 것이다. 그리고 이 두 그룹은 반목하고 외면할 것이 아니라, 서로를 존중하고 격의 없이 교통해야 할 것이다.

특히 주의할 것은 영상에 따른 시적 문장이 중언부언 길어지는 경향에 대한 경계다. 어쩌면 영상에 덧붙인 시행은 다섯 줄도 많은 편이다. 이 대목은 이론가가 창작자에게 언표하기에는 매우 예민하고 조심스러운 국면이다. 하지만 이러한 가이드라인은 이 문예 장르의 형식적 특성에 대한 공감대가 일반화되기까지는 어쩌면 일종의 필요악일 수도 있다. 또한 지금까지는 주로 정지된 사진과 시적 문장을 결합하는 방식이 사용되고 있지만, 앞으로는 창작자의 성향과 기호에 따라 동영상과의 결합이 등장하고 빈번해질지도 모른다. 이를 유념하여 필자는 '사진' 대신 '영상'이란 용어를 사용하고 있다.

디카시의 활성화와 글로벌화로 가는 도정

디카시는 해독이 어려운 시, 시인들만의 전유물로 독자와 불통하는 시를 버리고 공감과 소통의 시, 누구나 창작하고 향유할 수 있는 시로 탈바꿈해 보자는 '야무진 꿈'을 안고 있다. 그런데 이러한 꿈이 그 발원의 땅인 경남 고성을 넘어 삼남 지방을 휘돌아 한국 전역으로 그 무대를 넓혔다. 그리고 이제 국경을 넘어 해외로 확장되어 가고 있으니 문학의 활성화, 대중화, 글로벌화에 있어 기꺼운 일이 아닐 수 없다. 처음에는 소수의 디카시 동호인과 이론가들이 동참했으나, 이제는 불특정 다수의 독자들은 물론 한국 문단에 그 이름을 가진 저명 시인들도 디카시 창작의 한 축이 되고 있다.

발원지 지자체인 고성군 그리고 고성 문화원과의 인식 공유 및 행정 지원이 날로 확장되고 있는가 하면 10회를 넘긴 '경남 고성 국제 디카시 페스티벌'이 이 시 운동의 선도적 역할을 맡고 있다. 한편 디카시 공모전이 여러 문학제에서 다양 다기하게 열리고 있다. 고성 인근 하동의 이병주 국제 문학제와 토지 문학제, 진주의 형평 문학제, 충북 보은의 오장환 문학제, 경기 양평의 황순원 문학제 등의 문학제가 그렇다. 디카시는 이

제 중고등학교 교과서에 수록되는 공적 인증을 받기에 이르렀고, 한국 현대문학사 기술에도 등장한다. 국립국어원 우리말사전에 새 문학 용어로 등재되는가 하면, 한국문학 평론가협회 편 『인문학 용어 대사전』에 문학비평 용어로도 수록되었다. 교보문고의 디카시 낭독회, 국립중앙도서관의 디카시 기획전, 창원 중앙여고의 디카시 제작하기 학습 등은 SNS 전성시대에 최적화된 문예 장르로서의 흥왕한 미래를 예고한다.

또 있다. 충남 홍성의 결성 향교와 디카시의 연대는 소외된 전통문화의 부양을, 그리고 노숙인 희망아카데미에서의 디카시를 통한 치유 및 재활 프로그램은 불우한 사회 구성원들을 위무하는 공익의 역할을 감당한 사례다. 디카시연구소는 고성군 교육위원회와의 MOU를 통해 디카시의 긍정적 측면을 실제 학습 현장에 적용하는 방안을 모색하고 있으며, 계간지 《디카시》의 발간을 통해 이러한 정보를 독자들과 나누고 있다. 언론사들 가운데 《머니투데이》나 《오마이뉴스》, 《고성신문》 같은 매체에서는 디카시의 연재 또는 해설을 통해 그 저변 확대와 디카시 창작에 대한 관심을 견인하고 있다. 이러한 여러 유형의 노력이 많은 유력한 문인들의 디카시 창작과 함께 동시다발적으로 일어나고 있으니, 이 새로운 문예 장르의 앞날에 혁혁한 청신호가 켜졌다고 보는 이유다.

차제에 디카시의 활성화를 위한 '고난의 행군'이 국내에서만 시행되지 않고 해외로 확대되고 있는 것은 매우 바람직한 일이 아닐 수 없다. 앞서 언급한 미국에서의 새로운 시작은 물론 그보다 앞서 중국 하남성을 중심으로 시작된 '중국 대학생 한글 디카시 공모전'은 벌써 그 성과를 보이기 시작한 국제적 확산의 시범적인 경우에 해당한다. 어느 누구도 이렇게 막이 오른 디카시가 어디까지 나아갈지, 그 국제적 행보의 내일을 장담하여 말할 수 없다. 하지만 시대적 조류의 형용과 이에 대한 시인 및 독자들의 대응을 유념할 때, 이 문예 장르가 번성했으면 했지 위축되는 일은 없을 것으로 확신한다. 디카시의 창작자들, 이를 공명하며 누리는 동호인과 독자들, 그리고 그 발원지인 경남 고성은 이의 문화적, 역사적 의의에 대해 자긍심을 가져야 옳을 것이다.

한반도 남녘의 작은 고장에서 출범하여 온 나라를 적시고 이제 세계를 향해 흐름을 이어 가는 이 소중한 물결을 잘 부양하고 양성할 책임이 우리 모두에게 있다. 디카시 연구소에서도 기관의 조직을 효율적으로 정비하고 창의적인 사업을 구상하며 국내 유관 문학 단체나 문예지 및 문학관과의 MOU를 확대해 나가야 할 것이다. 그리고 정작 깊이 명념해야 할 일은, 디카시를 통한 문학 운동에 '운동'만 남고 '문학'이 희석되는 사태가 있어서는 안 된다는 것이다. 디카시로 인하여 창작자와 수용자가 서로 즐겁고 행복하지 않으면, 이 모든 세설은 그야말로 별반 가치 없는 것이 될 터이다.

4부

부드러움의 더 강한 힘

수필의 정론주의, 정공법의 수필

— 윤오영의 수필

한국 수필 문학사에 있어 윤오영만큼 이론의 정론주의를 지향하고 또 그 이론에 부합하는 정공법의 수필을 쓴 문인을 찾아보기는 어려울 것이다. 그는 비록 제도권의 수학 절차를 따라 고등교육 과정을 거치지는 않았지만, 전래의 한학에 능통했다. 동시에 전통적 삶의 정서를 체득하고 올곧은 품성의 도야에 존중할 만한 경지를 이루었다고 평가받았다. 교사 자격증이 없었지만 보성고등학교에서 오래 교편을 잡을 수 있었던 것도, 그의 이러한 사람됨을 교육 현장에서 인정받았기 때문이었다. 하지만 5·16군사정변 이후로는 정직으로 있을 수 없어 강사 생활을 하면서 수필의 창작과 이론의 정립에 매진했다. 이는 그의 문학을 위해서는 오히려 전화위복인 셈이었다.

2012년 3월 '한국수필작가회 심포지엄'에서 문학평론가 김우종은, 윤오영의 인격과 작품의 성향을 대비하여 비평하였다. 그 발표에 따르면, 윤오영은 한국 수필 문학사에서 그 누구보다 찬연한 '봉우리'로 기록될 인물이지만 작가 스스로의 모습과 세상에 비친 모습 모두 남에게 가려 잘 보이지 않는 '동산'이라는 것이다. 그는 화려하지 않더라도 많은 매력을 지닌 '조약돌'같이 정겨운 존재이며, 공작이나 학같이 고귀하지 않고 검소하면서 조촐한 '참새'와 같은 사람이라는 것이다. 작가의 이러한 성격적 특성은 작품에 고스란히 반영되어, 그의 수필은 우리 주변에 가까이 있는 사물을 다양한 각도로 바라보고 그것이 숨기고 있는 존재론적 의미를 재조명하는 데 능숙하다는 말이다.

그의 세계에서는 강하고 힘 있는 것이 전혀 장점으로 기능하지 못한다. 물고기 가운데서도 새끼 붕어, 가축 가운데서도 작은 염소, 여성의 아름다움에 있어서도 농촌 아주머니나 수줍은 소녀가 서술의 대상이다. 그는 세상의 저잣거리를 지향하는 속물근성을 배격하고, 순수한 정신적 가치와 소박한 실천의 경지를 추구했다. 그러면서도 다양 다기한 관찰력과 이를 작품으로 형상화하는 상상력, 그리고 그 표현을 얻기에 충분한 문장력 등을 고루 갖춘 작가였다. 동시대의 수필가 피천득이 윤오영의 수필에 대해 논거한 다음 예문은, 이를 명료하게 보여 주는 한편 그 작품들이 가진 미학적 가치가 어떤 것인지를 잘 드러낸다.

그의 수필의 소재는 다양하다. 그는 무슨 제목을 주어도 글다운 글을 단시간 내에 써낼 수 있다. 이런 것을 작자의 역량이라고 하나, 보다 평범한 생활에서 얻는 신기한 발견, 특히 독서에서 오는 풍부하고 심각한 체험이 그에게 많은 이야깃거리를 제공한다. 그리고 이 소득은 그가 타고난 예민한 정서, 예리한 관찰력, 놀랄 만한 상상력, 그리고 그 기억력의 산물이다.

— 피천득, 「치옹」에서

이와 같은 문학적 견식과 기량 위에 구축되어 있는 그의 작품 세계를 개관해 보면, 그야말로 백화난만한 화원처럼 풍요롭게 펼쳐진 담론의 잔치를 목도할 수 있다. 자연과 합일하는 삶의 풍정을 그린「달밤」,「까치」,「산」,「화정소화」,「봄」등의 작품이 있다. 우리의 전통문화가 가진 아름다움과 그 상실의 문제를 그린「방망이 깎던 노인」,「마고자」,「온돌의 정」,「농촌」등의 작품이 있다. 부정적 현실에 대해 날선 비판 의식을 보여 준「미제 껌」,「슬픈 체취」,「촌가의 사랑방」등의 작품이 있다. 그와는 달리 인간 내면의 보편적 감정과 고독감에 대해 그린「조약돌」,「행화」,「성냥개비 놀음」등의 작품도 있다.

   이러한 주제들을 작품의 문면 위로 밀어 올리는 그의 문체는 매우 간결하고 정확하고 서정적이며 아련하고 웅숭깊은 이미지를 형상화한다. 그는 언제나 말할 수 있다고 해서 다 말해 버리는 작가가 아니다. 그의 작품 속에는 어디서나 한꺼번에 모두 표현하지 않은 빈 곳이 남아 있다. 이것을 '여백의 미학'이라 호명할 수 있을 터이나, 이 내면 풍경 속의 빈 곳은 작가가 독자와 함께 나누기를 원하는 땅이다. 그것은 대상이 어떤 유형이어도 자유롭게 접근할 수 있는 문학적 상상력을 말한다. 이 흔쾌한 지점을 사이에 두고 작가와 독자는 조화롭게 악수할 수 있다. 그런데 그 빈 곳을 찾아내는 수고는 독자의 몫이다. 이 여백의 형식이 곧 윤오영 수필의 미덕이요 매력이다.

   윤오영은 "지성을 기반으로 한 신비적 이미지로 되어진 문학이 곧 수필이니, 수필이란 가장 오래된 문학 형태인 동시에 가장 새로운 문학 형태요, 아직도 미래의 문학 형태"라고 술회했다. 이는 그가 대 문장가로 존경해 마지않는 연암 박지원의 글 "옛것에서 배워 왔으되 시대에 맞게 변화시켰고, 전에 없던 새것을 만들어 냈지만 능히 법도에서 어긋남이 없었다.〔法古而知變 創新而能典〕"에서 배워 온 것으로 여겨진다. 또한 마찬가지로 그가 존경하던 중국 당송 8대가 중의 한 사람 한유의「답유정부서(答劉正夫書)」가운데 한 구절, "배울 것은 옛 사람의 정신이지 말투나 표현이 아니다.〔師其意 不師其辭〕"와도 가까워 보인다.

　여기서 예로 든 문헌 자료를 통해 짐작할 수 있듯이, 윤오영의 수필은 그 논리적 배경이 호학과 박학의 근저에 연접해 있고 그 이론을 바탕으로 실제적인 창작의 실과를 값있게 추수한 수범 사례다. 그의 수필은 이를테면 수필의 고전적 정론주의를 끝까지 강고하게 추동한 경우이며, 그 정공법과 더불어 문학의 미적 가치를 확장한 교과서적 기록이다. 윤오영의 수필 또는 수필론과 함께 한국문학은 하나의 유다른 성과를 거두어들인 셈이다. 그가 남긴 이론서 『수필 문학 입문』은 보기 드문 수필 창작의 길잡이다. 특히 그가 독특하게 사용하는 문세(文勢), 문정(文情), 설리(說理), 사경(寫景) 등의 어의는 다른 수필론에서 찾아볼 수 없는 창작과 해석을 덧입은 문장론이다.

　윤오영의 수필을 읽는 시간은 독자 스스로 문학의 향취에 침잠하는 동시에 인생의 도리와 경륜을 배우는 자아 수련의 기회이기도 하다. 그와 같은 겸허하고 우호적인 심경으로 그의 대표작 몇 편을 그 일부나마 진중한 감상의 눈으로 살펴보려 한다. 기실 윤오영의 그 많은 수필 가운데 젊은 날의 필자를 가장 강하게 흔들었던 작품은 「양잠설」이었다. "나는 양잠가에게서 문장론을 배웠다."라는 그 마지막 문장이, 다른 여러 글을 읽거나 또 스스로 글을 쓰는 현장에 늘 그림자처럼 따라다녔다. 이러한 경험은 소중한 것이다. 사람은 한 인물이나 하나의 서책에서 결정적인 영향을 받기도 하지만, 한 줄의 문장에서 '천지간을 가로지르는 감성의 섬광'을 보기도 한다.

　우리는 남의 글을 읽으며 다음과 같이 논평하는 수가 가끔 있다.
　"그 사람 재주는 비상한데, 밑천이 없어서." 뽕을 덜 먹었다는 말이다. 독서의 부족을 말함이다.

"그 사람 아는 것은 많은데, 재주가 모자라." 잠을 덜 잤다는 말이다. 사색의 부족과 비판 정리가 안 된 것을 말한다.

"그 사람 읽기는 많이 읽었는데, 어딘가 부족해." 뽕을 한 번만 먹었다는 말이다. 독서기(讀書期)가 일회에 그쳤다는 이야기다.

"그 사람 아직 글 때를 못 벗은 것 같아." 오령기(五齡期)를 못 채웠다는 말이다. 자기를 세우지 못한 것이다.

"그 사람 참 꾸준한 노력이야, 대원로지. 그런데 별수 없을 것 같다." 병든 누에다. 집 못 짓는 쭈그렁 밤송이다.

"그 사람이야 대가(大家)지. 훌륭한 문장인데, 경지가 높지 못해." 고치를 못 지었다는 말이다. 일가를 완성하지 못한 것이다.

나는 양잠가(養蠶家)에게서 문장론을 배웠다.

— 「양잠설」에서

「양잠설」의 끝막음 부분이다. 누에치기와 세상살이와 글쓰기를 겹친 꼴 눈길로 바라보면서, 글을 쓰는 사람이 마땅히 알고 지켜야 할 수련의 방식을 명쾌하게 해명했다. 고치를 얻기 위해 누에를 치는 양잠 농가의 어느 한 칸 작은 방에서 인생과 문학의 상통하는 이치를 발굴할 수 있다면, 그 문필의 감각과 재능은 크게 상찬해도 지나치지 않다. 항차 수필의 문학적 형용이 크고 훌륭한 것이 아니라 작고 사소하지만 버릴 수 없이 귀한 것을 추구하는 데 있다면, 이러한 문학적 태도는 좋은 수필 문학을 양생하는 데 미리 주어진 선물과도 같은 것이다. 문학의 본령인 인간애와 인본주의도 그 가운데 있지 않겠는가.

부드럽고 매끈하다. 옥(玉)도 아닌 것을, 구슬도 아닌 것을. 그러나 옥이면 별것이요 구슬이면 별것이냐. 곱고 깨끗한 것이 내 손에 쥐어지면 그것이 옥이요 구슬이지. 그윽하고 맑은 것이 내 가슴에 울어 주면 그것이 또 거문고다. 빛도 없는 이 옥이, 소리도 없는 이 거문고가 더욱 정겨웁고 아늑하다. 길에 버리면 주워 갈 이도 없을 이 옥이기에, 발에 채면 돌아볼 이도 없을, 이 거문고이기에 더욱 안타까이 어루만져 본다.

—「조약돌」에서

일상적인 삶의 길가에서, 매일같이 걸어 다니는 그 길목에서 흔하게 마주치는 조약돌을 두고 이러한 감상을 발굴하였으니 참으로 좋은 수필가의 눈이다. 그는 한국의 당대 수필가 중에서 정상의 경지에 있었지만, 어디서도 자신을 내세우지 않았다. 필자의 기억을 돌이켜 보면, 스승 황순원 작가께서 윤오영 수필과 수필론을 최상의 수식어를 달아 치하하던 여러 장면이 지금도 또렷하다. 윤오영에게는 그가 수필로 쓴 조약돌의 성정을 닮은 면모가 약여했으며, 동시대에 그 조약돌이 왜, 어떻게 가치가 있었는지를 판독하는 눈들이 함께 있었다는 뜻이다. 이러한 삶과 글의 지경, 그 진진한 밑바닥을 두드려 볼 수 있는 식견이야말로 수필을 감응력을 가진 문학으로 추동하는 힘이다.

참새는 공작같이 화려하지도 학같이 고귀하지도 않다. 꾀꼬리의 아름다운 노래도 접동새의 구슬픈 노래도 모른다. 시인의 입에 오르내리지도 완상가(玩賞家)에게 팔리지도 않는 새다. 그러나 그 조그만 몸매는 귀엽고도 매끈하고, 색깔은 검소하면서도 조촐하다. 어린 소녀들처럼 모이면 조잘댄다. 아무 기교도 없이 가벼운 음성으로 재깔재깔 조잘댄다. 쫓으면 후후훅 날아갔다가 금방 다시 온다.

—「참새」에서

앞서 살펴본 조약돌을 살아 움직이는 생명체, 곧 새의 형상으로 치환하면 참새일 수밖에 없다. 화려하고 고귀한 자태를 자랑하는 다른 새들과 대비해 보면 초라하고 기가 죽어야 마땅할 터인데, 윤오영 수필의 참새는 그렇지 않다. 이렇게 낮고 질박한 자리에서 패퇴하지도 위축되지도 않는 정신적 개가(凱歌)를 도출하는 것이 수필 문학의 장르적 특장이며, 더 나아가서는 윤오영 수필이 도달한 빛나는 경지다. 그런데 오늘날과 같이 겉으로 보이는 치장과 이익을 먼저 계산하고 효율성을 따지는 실용주의 그리고 세태 풍조를 수용한 속도감 위주의 시대에 있어서, 이러한 문학적 근본주의를 경외할 안목이 얼마나 남아 있을지 걱정이다.

앞의 예문에서 볼 수 있듯이, 윤오영의 글은 간결체의 문장으로 일관한다. 꾸미는 말을 아끼면서도 사람과 사물, 여러 생명현상을 정확하게 묘사한다. 그러니 자연스럽게 그의 글에는 압축성이 살아 있고 긴장감이 동반된다. 가다가 멈추거나 풀어지는 느낌이 없고 처음부터 끝까지 경쾌한 보폭을 유지한다. 글의 흐름 가운데 잠복해 있는 관찰력은 예리하고 상상력은 풍성하다. 이렇게 자기만의 양식, 자기만의 빛깔로 그는 특히 사라져 가는 전통적인 삶의 모습을 그려 보이는 데 정성을 기울였다. 그 '전통'을 귀하게 여기는 마음 없이 좋은 문학의 계승은 무망하다. 글쓰기에 있어서의 온고이지신(溫故而知新)은 참으로 이 작가에게 어울리는 말이다.

산문으로 쓴 인생론, 그 경륜의 깊이

—『이병주 수필 선집』을 중심으로

　　나림 이병주 선생은 1921년 경남 하동에서 태어나 1992년 서울에서 세상을 떠났다. 마흔이 넘은 나이에 문단에 나와 30년 가까운 세월에 88권의 소설과 23권의 산문집을 남겼다. 일본 메이지 대학 문예과에 유학했고 재학 중에 중국 소주로 학병을 나가야 했으며 광복이 되자 상해를 거쳐 귀환했다. 부산《국제신보》주필로 있다가 5·16군사정변 이후 필화 사건으로 복역했으며, 출옥 후 소설을 쓰기 시작했다. 공식적으로 기록된 그의 첫 소설은 1965년《세대》에 발표한 중편「소설·알렉산드리아」이지만, 그 이전에 이미《부산일보》에「내일 없는 그날」이라는 장편을 연재한 경력이 있다.「소설·알렉산드리아」는 작가로서의 출현을 알리는 작품인 동시에, 그 소설가로서의 기량과 가능성에 많은 사람들을 놀라게 한 역작이었다.

　　작가의 생애가 격동기의 우리 역사를 바탕으로 하고 있고, 작품 세계가 파란만장한 굴곡의 생애를 반영하고 있는 만큼, 그의 소설을 읽는 일은 곧 근대 이래 한국 역사의 현장을 탐사하는 일과 다르지 않다. 특히 그가 활달하게 개방된 상상력과 역동적인 이야기의 재미, 그리고 유려한 문장을 구사하는 작가인 까닭으로 당대에 보기 드문 문학적 형상력을 집적한 작가로 평가되었다. 뿐만 아니라 활발하게 소설을 쓰는 동안, 가장 많은 대중적 수용성을 보인 작가였다. 그런 연유로 당시에 그를 설명하는 작품의 안내문에는 '우리 시대의 정신적 대부'라는 레토릭이 등장하기도 한다. 세월이 유수와 같다는 말은 어디에나 적용되는 것이어서, 그렇게 많은 독자를 이끌고 있던 이 작가도 마침내 한 시대가 축조한 기억의 언덕을 넘어가기에 이르렀다.

하지만 그는 결코 잊혀서는 안 될 작가다. 그처럼 역사와 문학의 상관성을 도저한 문필로 확립해 놓은 경우를 발견할 수 없으며, 문학을 통해 우리 근현대사에 대한 지적 토론을 가능하게 한 경우를 만날 수 없기에 그렇다. 한국 문학에 좌익과 우익의 사상을 모두 망라한 작가, 더 나아가 문·사·철을 아우르는 탁발한 교양의 세계를 작품으로 수렴한 작가, 소설의 이야기가 작가의 박람강기(博覽强記)와 더불어 진진한 글 읽기의 재미를 발굴하는 작가가 바로 이병주다. 그의 문학에는 우리 삶의 일상에 육박하는 교훈이 잠복해 있고, 그것은 우리가 어떤 관점과 경륜으로 세상을 살아가야 할 것인가에 대해 유력한 조력자로 기능한다. 때로는 그것이 어두운 먼바다에서 뭍으로 돌아오게 하는 예인 등대의 불빛이 되기도 한다.

그동안 숱한 이들의 주목을 받았고 또 학술적 연구가 이루어진 그의 소설들은, 대체로 역사 소재의 작품들과 현대사회에 있어서 삶의 논리 또는 윤리에 관한 작품들로 구성되어 있다. 우리가 익히 아는 『관부연락선』, 『지리산』, 『산하』의 근현대사 3부작을 비롯하여, 조선조 말기를 무대로 중인 계급 혁명가를 설정한 『바람과 구름과 비』, 그리고 동시대 고등 룸펜이 노정하는 일탈의 사상을 그린 『행복어 사전』 등 그 면면이 화려하기 이를 데 없다. 그런데 스무 권이 넘는 그의 수필 문학, 곧 산문에 대해서는 보다 진중한 접근이 덜한 편이었다. 어떤 측면에서는 그의 산문이야말로 소설보다 훨씬 더 사실적이고 진솔하여, 글을 읽는 사람이 스스로 손바닥을 들어 무릎을 치게 하는 흡인력과 설득력을 담보한다.

이병주의 수필은 그 소재적 차원에서 바라볼 때 역사, 사상과 철학, 문학, 성, 작가의 체험 등 인생사와 세상사의 여러 부면에 걸쳐져 있다. 마침 한국문학평론가협회와 지만지(지식을만드는지식) 출판사에서 공동으로 기획한 한국 수필 선집 시리즈 50선에 포함된 『이병주 수필선집』은, 가능한 한 그 다양하고 다채로운 산문의 세계를 잘 보여 주려고 노력했다. 그런데 이러한 편자의 노력이라는 것도 이 책을 손에 든 독자가 글의 행간에 몸을 숨기고 있는 작가를 만나고 그와 대화하며 현실적인 삶의 문제를 함께 나누는 시공 초월의 교감에 비하면 단순한 길잡이의 역할밖에 더할 것이 없다. 그만큼 이 작가에게는 광대한 부피의 지적 저장과 이를 수발한 문장으로 풀어내는 형상력이 잠재해 있다 할 것이다.

모두 3부로 엮인 이 책은 각 부별로 일정한 주제에 따라 분류된 작품들로 묶여 있다. 1부의 다섯 편의 글은 인문학적 소양을 바탕으로 독서를 통해, 또 그렇게 만나는 문학과 역사와 법률 등의 요목을 통해 인간다운 삶이 지향하는 가치에 대해 다루고 있다. 2부로 분할된 다섯 편의 글은 사상과 이데올로기와 문학에 대한 심층적인 논의를 전개한다. 그 어의의 개념과 역사적 학문적 전개 그리고 독자적인 해석에 이르기까지, '인문의 향연'이라 할 만한 재기가 넘치는 글들이다. 그리고 3부의 두 편은 모두 문학 속에 담긴 인간, 삶 가운데 잠복한 사상에 대해 담담하지만 확고한 어조로 써 내려간 글이다. 그토록 많은 이 작가의 산문 중에서 이 열두 편을 설정하기가 쉽지 않았거니와, 또 이렇게 선정된 작품이 명실 공히 그의 산문을 대표한다고 하기도 어렵다.

하지만 여기에 수록된 글들을 통하여 그가 문학, 역사, 사상, 인간에 대해 무슨 생각을 가지고 있었으며 그것을 어떻게 표현했는가를 유추하기는 그렇게 어렵지 않을 것이다. 궁극적으로 그는 인간의 모든 정신적 활동, 그것을 반영하는 것으로서 문학이 인간 또는 인간다움과 어떤 상관성을 갖고 있는가에 대한 추구 및 천착으로 일관한 작가다. 비단 문학뿐 아니라 인간의 상대역으로 만나는 학문이나 예술의 분야가 무엇이든 간에, 인간이 도외시된 주의나 주장은 그의 세계에서 효용성을 인정받기 어렵다. 역사도 사상도 법률도 다 그렇다. 그런데 중요한 사실은 그가 이와 같은 주장의 전개를 딱딱하게 굳은 학구적인 자세로 일관하지 아니하고 자신의 파란만장한 삶의 굴절, 박학다식한 독서 체험과 더불어 매우 부드럽고 친숙하게 들려준다는 데 있다. 그 또한 이병주 산문이 가진 또 다른 매혹이다.

1부로 구성된 다섯 편의 글 가운데 가장 앞에 있는 「지적 생활의 즐거움」은 작가 이병주가 어떤 성향의 사람인지, 왜 그가 작가가 될 수밖에 없었는지를 웅변으로 보여 준다. 그가 지적 생활, 곧 인간다운 생활이라고 언표하는 그 바탕에는 자신에게 선물처럼 주어진 독서의 욕망이 있다. 실제로 이 작가는 여러 언어에 걸친 치열하고 광범위한 독서, 그리고 그렇게 독파한 서적들을 진열한 서재의 명성도 크게 가지고 있었다. 거기에다가 장년의 나이에 경험한 영어(囹圄)의 극적 체험이 있고, 이 체험의 기간이 그의 독서를 웅숭깊게 한 것 또한 사실이다. 감옥살이 중에 옥외 운동을 하다가 담벼락 너머로 산을 오르는 사람을 보고 그 '자유'를 부러워하면서도, 사색과 독서로 다진 자신의 '비자유'와 바꾸지 않겠다고 한다. 말이 쉽지 이러한 각성은 기실 한 인간의 생애에 있어 보석처럼 빛나는 대목이다.

그다음의 「백장미와 2월 22일」 역시 독서를 통해 체득한 세계 인식의 기록이다. 「역사를 위한 변명」, 「법률과 알레르기」, 「도스토예프스키의 범죄 사실」은 각기 순서대로 역사, 법률, 문학이 거울처럼 반사하는 인간론이다. 그 가운데서 "역사는 절실한 교훈으로 가득 차 있는 보고(宝庫)"라는 수사가 보이는데, 이는 왜 그가 한국 근현대사를 망라하는 역사 소재의 소설을 썼는가, 그 소설들을 통해 무엇을 발화하려 했는가를 엿볼 수 있게 한다. 법률적 판단에 대해 그야말로 알레르기성 반응을 보이는 것은, 직접적으로 면대해 본 법 집행의 실상이 얼마나 비인도적이고 비인간적으로 흐를 수 있는가를 체득했기 때문일 것이다. 그가 살아온 시대는 '막연한 전체'를 위해 '구체적인 개인'을 얼마든지 희생시킬 수 있는 형국에 있었다. 어쩌면 그의 문학 전반이 이 시대적 성격에 대한 저항일 수도 있다.

2부의 「사상과 이데올로기」에서 작가는 '지혜'에 이르는 정신의 단계를 지식 ― 교양 ― 사상으로 구분하여 설명한다. 그 문면을 따라가 보면 참으로 설득력 있는 탁견이다. 이 논리의 형성을 위해 작가는 동서고금의 현자들을 종회무진으로 동원한다. 톨스토이와 링컨, 공자와 기독교, 마르크시즘과 헤겔이 무슨 여름날의 맥고모자처럼 그의 글 가운데 행렬을 이루고 있다. 사정은 그다음 글인 「이데올로기와 문학」에서도 별반 다르지 않다. 두 글은 그 주제의 특성상 다소 중복되는 부분이 없지 않으나, 각자가 간과하기 어려운 수준 있는 식견을 포괄하고 있는 까닭으로 함께 실었다. 「문학이란 무엇인가」는 한 작가가 스스로의 눈으로 확립한 수발한 문학론이다. 문학적 인식과 철학, 과학, 종교, 역사적 인식을 이토록 쉽게 그리고 명료하게 대비하여 보여 주기는 결코 만만한 일이 아니다.

다음 글 「유머론 서설」은 실상 그렇게 재미있는 글이 아니다. 왜냐하면 사람들의 눈을 즐겁게 하는 '유머'를 보여 주는 것이 아니라 그 개념의 전개와 사회적 적용에 관한 학구적 구명을 목표로 하고 있기 때문이다. 그런 연유로 이 글을 신중하게 읽으면 우리 생각의 바닥을 두드리는 고급한 흥취를 일깨울 수 있다. 과문인지는 몰라도, 한국의 유수한 문학가가 이 주제를 이렇게 정성 들여 탐색한 사례는 없는 것 같다.『'죄와 벌'에 관해서』는, 이 작가가 그의 문학 인생 전체에 걸쳐 끊임없는 화두로 삼고 있는 도스토예프스키에 관한 글이다. 일문(日文)의 번역, 탐정소설로 처음 접한 시기로부터 초인 사상을 비롯한 그 문학적 금자탑에 이르기까지, 왜 도스토예프스키이며 왜『죄와 벌』인가를 술회한다. 한국의 작가들에게 동토의 땅 러시아의 이 작가가 미친 영향력은 부지기수로 발견되지만, 그 생애와 사상과 문학열과 감옥 체험에 대한 인식의 저변을 작가 이병주의 안내로 깊이 있게 관찰할 수 있다.

3부에 수록된「긴 밤을 어떻게 새울까」는 윌리엄 사로얀의 소설『인간 희극』을 해명하는 데서 출발한다. 소설의 줄거리를 들려준 다음, '문학이란 좋은 것'이라고 영탄케 하는 그 무엇을 사로얀이 가지고 있다고, 세상을 각박하다 저주하는 사람에게 사로얀을 권한다고 적었다. 독서 체험, 곧 삶의 체험에 대한 이병주만의 활달한 기세를 감각할 수 있는 지점이다. 그런가 하면 돈을 빌려 달라고 부탁해 온 친구에게, 미국 현직 대통령으로서 남북전쟁에 휘말려 밤잠도 제대로 자지 못할 정도로 격무에 시달리던 링컨의 답신을 소개하고, 그것을 처음 읽었을 때의 감격을 토로한다. 그가 공감하고 감동한 것은 역시 '인간'으로서의 링컨이었다. 이 인본주의는 그의 소설을 80여 권 관통하는 모티프이기도 하다. 그가『지리산』에서 가장 방점을 두었던 부분 또한, 인간으로서의 좌익 파르티잔이었다.

작가는 링컨에 대해 이렇게 기술한다. "나는 링컨을, 정치가로서 위대하기 전에, 인간으로서 위대했고, 그 위대함이 바탕에 있었기 때문에 불세출의 정치가로서 빛났으며, 천고에 메아리치는 대웅변가가 되었다고 믿는다." 마지막 글 「오욕의 호사」에서도 이 인본주의적 인물론은 그대로 이어진다. 사르트르와 사마천, 이광수와 최남선, 다산과 연암 등이 자신의 처한 역사적 자리에서 어떤 인간적 형상을 보였는가에 대한 검증이야말로 '언관'이자 '사관'이기를 자처했던 이 작가의 지속적인 관심이었다. 그와 같은 사유와 인식, 관찰과 평가의 안목을 작동하고 있었기 때문에 그는 "오욕의 호사"라는 역설적인 수식어를 사용할 수 있었던 것이다. 한 시대를 풍미한 소설과 수필의 창작자, 그 도저하고 수려한 문학정신의 주인, 작가 이병주의 산문을 다시 공들여 읽는 이유다.

한 재야 역사학자의 수발한 통찰

— 『신봉승 수필선집』을 중심으로

4·19혁명 56주년이 되던 2016년 4월 19일, 그 역사적인 날에 그야말로 '역사적'인 한 인물이 유명을 달리했다. 초당 신봉승 선생. 향년 83세. '국민 사극 작가'로 불리는 극작가요 시, 소설, 평론, 시나리오에 두루 걸쳐 150여 권의 저술을 남긴 광폭의 문인이었다. 그 가운데서도 많은 사람들이 기억하는 작품은 8년간 지속한 티브이 드라마 「조선왕조 500년」이다. 1983년 3월부터 1990년 12월까지 매주 2회씩, MBC TV에서 조선조 519년을 시대별 쟁점을 내세우며 관류(貫流)했다. 폭발적이라고는 할 수 없었으나 꾸준하게 높은 시청률을 기록하면서 경향의 화제를 모았던 것은, 우리 근대사를 해석하는 새로운 시각에 힘입은 결과였다.

모두 열한 개의 시즌으로 구성된 이 대하 사극의 첫 이야기는 "추동궁 마마"라는 제목이었고, 이성계의 계비 신덕왕후 강씨의 시각으로 조선왕조의 개국을 바라보는 것이었다. 조카의 왕위를 찬탈한 세조대로 넘어가면, 그동안 간신의 표본으로 타매당하던 한명회를 중심인물로 내세운다. 그의 붓끝에서 한명회는 만고역적이라는 너울을 벗고 시대의 경략

가로 다시 태어난다. 말미의 이야기 "대원군"에 이르면, 홍선군 이하응의 인간적인 면모와 쇄국정책에 대한 재해석이 제기된다. 대원군 개인의 정치적 성향을 압도한 시대의 소명이 대원군을 불러 쇄국을 단행하게 했다는 것이다.

이와 같은 역사에 대한 새로운 시각, 이미 오랜 세월이 흘러 그 성격이 확정된 역사에 대한 관점의 '반란'은 작위적인 의지만으로 가능할 리가 없다. 오랜 사료의 검토와 연구, 그리고 역사관에 대한 자기 확신이 선행되지 않고서는 어려운 일이다. 그런데 선생은 이 곤고한 역사 학습의 과정을 초인적인 인내와 근면으로 넘겼다. 그는 언필칭 '재야의 역사학자'다. 『조선왕조실록』이 국문으로 번역되기 전에 9년에 걸쳐 통독하고 그 500년 역사를 통시적으로 관통하는 눈을 길렀다. 경제에 '실물경제'가 있다면, 그의 역사는 '실물역사'다.

여러 곳의 말과 글에서 확인되는 선생의 문학관은 자신의 역사관과 면밀히 결부되어 있다. 그는 역사라는 사실적 골격에 문학이라는 상상력의 치장을 덧입힌 것이 역사문학이라는 명쾌한 논리를 가졌다. 치장의 아름다움도 중요하지만 골격을 사실과 다르게 설정하면 가치가 없다는 뜻이다. 그 논리로 그는 춘원 이광수와 월탄 박종화의 역사소설들, 역사적 사실성의 고증을 위반한 작품들을 신랄하게 비판했다. 동시에 오늘날의 티브이 사극들이 얼마나 자주 그리고 심하게 이 사실과 상상력의 균형을 훼손하고 있으며, 그에 대한 반성적 성찰을 멀리하고 있는가를 탄식했다.

선생은 이를 두고 사극을 쓰는 이들의 기본, 곧 자격의 문제를 지적했다. 이것이 비단 극본을 쓰는 문화적 1차 생산에만 그치는 일일까. 선생이 보는 현실 정치도 그와 같았다. 자격이 모자라는 사람들이 정치 일선에 서 있기 때문에 나라의 모양이 이토록 무질서하다는 것인데, 그의 비유에 따르면 조선 시대에는 퇴계 이황, 율곡 이이, 정암 조광조와 같은 선비 정치의 모범이 있었다는 말이다. 600년의 우리 근대사를 한눈에 꿰뚫는 식견이 없이는 내놓기가 쉽지 않은 말하기 방식이다. 바로 이 식견으로 선생은 2012년에 매우 기발하고 뜻있는 책 한 권을 냈다. 『세종, 대한민국 대통령이 되다』라는 책이다.

조선조 500년에 명멸한 역사 인물 가운데서, 그 품성과 역량에 비추어 현재 한국 정부를 구성할 '드림팀'을 선발한 것이다. 이를테면 대통령에 세종대왕, 국무총리에 이원익, 기획재정부 장관에 이황, 법무부 장관에 최익현, 행정자치부 장관에 이이, 문화체육관광부 장관에 박지원, 지식경제부 장관에 정약용, 검찰총장에 조광조, 감사원장에 조식과 같은 인재의 선정이다. 그리고 그 이유와 가능성까지 정밀한 사실(史實)과 더불어 제시했다. 단순히 발상이 재미있고 독창적이라는 데 그치는 저술이 아니다. 이 또한 우리 근대사의 흐름과 그 경로를 따라 부침한 인물들에 대한 확고한 평가, 또 그에 따른 논증에 자신감이 없으면 당초부터 불가능한 글쓰기다.

오늘의 한국 정치인들이 꼭 읽어야 할 필독서다. 그런데 기실 선생의 수발한 이력과 업적보다 필자를 더 감동시킨 대목은, 늘 따라 배워야 할 그 사람됨이었고, 임종에 이르기까지 조금도 요동하지 않았던 삶의 길에 대한 신념이었다. 80세가 넘도록 10여 년을 일관한 저술과 강연도 놀라워서, 해마다 몇 권의 책을 상재하고 150회 이상의 강연을 소화했으니 가위 철인(鐵人)의 면모가 없지 않았다. 한 걸음 더 나아가 선생은 내면의 질적 수준, 곧 철인(哲人)의 풍도를 지닌 지성인이었다. 늘 무엇이 되느냐보다 어떻게 사느냐가 중요하다고 다짐했고, 후진들에게도 부모로부터 물려받은 이름 석 자에 때 묻히지 말라고 가르쳤다.

그렇게 마음껏 높은 정신적 지경을 거닐고 또 아낌없이 자신의 예술과 학문의 재능을 현실 속에서 구현하던 생애의 줄을 놓고, 선생은 영면에 들었다. 우리 역사의 행간을 탁월하게 읽어 내던 그 눈길을 선물처럼 남겨 두고 스스로 역사의 행간 속으로 떠났다. 그런데 하나 더 놀라운 일은, 평소 그 철인의 금도대로 마지막 길이 너무 고요하고 순적했다는 것이다. 그 당일도 일상처럼 음식을 취하고 잠시 누웠다 떠났다니, 종교에서 말하는 소천이나 선종이 따로 없다. 하긴 여러 해 폐암 투병을 해 오는 중에도 '건전한 일상생활'이 비결이라며 태연히 목전의 일을 감당한 전례가 있고 보면, 한 시대를 가로지른 불세출의 인물임에 틀림이 없다.

선생은 자신의 마지막 무렵에 '나는 행복한 사람'이라고 가족들에게 술회했다고 한다. 그 행복은 어떤 의미였을까. 이 세상 나들이 길에서 여러 목표에 도전하고 성취한 이의 고백이었을까. 아마도 아닐 것이다. 성실한 삶의 여정에서 올곧은 정신의 행보를 찾아, 그 첫 마음을 허물지 않고 완주한 이의 완결어가 아니었을까. 선생을 잃은 것이 특히 슬픈 것은, 그 창대한 경험과 지식 그리고 창의적 사유의 자산을 함께 잃는 것이기에 그렇다. 그렇게 선생을 영결하면서 필자는, 마침내 후대의 역사가 될 오늘의 삶을 어떻게 살아야 할지 진중한 마음으로 되돌아보았다.

지만지 출판사에서 한국 수필 선집 50선의 일환으로 간행하는 『신봉승 수필선집』은 모두 3부로 구성되어 있다. 역사 이야기를 중심으로 한 신봉승의 수필은 이미 방대한 분량과 탁월한 통찰력을 보여 주고 있어 그 자체로 서울 장안의 지가(紙價)를 올려 온 것이 사실이다. 그러한 작품 세계 가운데 작은 단행본 한 권 분량으로 대표적인 작품을 추리는 일은, 한편으로 매우 보람되고 즐거우나 다른 한편으로는 난감하기 이를 데 없는 상황이었다. 우선 다시 한번 그 작품들을 정독하는 순서를 따라가야 했다. 선생께서 이 땅에 계실 때 책이 나오면 늘 내게까지 서증의 영광을 나눠 준 터라, 그 저술들이 내 서재 한쪽에 줄지어 있었고 따라서 자료를 찾는 수고는 덜해도 되었다.

그런데 선생의 역사 에세이들을 중독하면서, 다시금 눈을 크게 뜨고 놀라거나 무릎을 치면서 감탄할 수밖에 없는 대목이 즐비했고 왜 처음 읽을 때는 이 지경을 잘 판독하지 못했는지 자책하기가 여러 차례였다. 우리 역사에 대한 해박하고 정치한 식견, 그에 대한 균형성 있는 해석과 동시대 현실에의 적용 등 여러 덕목이 처처에서 모래밭의 사금처럼 번쩍거리고 있었다. 여기에까지 이르도록 이른바 '재야의 역사학자'라는 명호를 가진 선생은, 얼마나 치열하게 면학에 침잠했을 것이며 또 얼마나 깊이 통시적 사상성의 발굴에 열중했을 것인가. 우리 시대에 있어서, 아니 이 시대를 넘어서도 우리가 이만한 역사적 학습과 견고한 지성을 용이하게 만날 수 있을 것 같지 않다. 그의 이 산문들을 공들여 읽는 까닭이 거기에 있다.

이 책의 1부는 문학의 여러 장르에 걸쳐 예술 활동을 한 선생이 생전에 진심갈력(盡心竭力)하여 섬기던 스승 두 분과 한 친구, 그리고 일본 규슈에 사는 조선 도공(陶工)의 후예 심수관에 관한 글이다. 사람을 지성으로 섬기고 최선을 다해 보살피는 것은, 어쩌면 선생이 오랜 역사 공부의 과정에서 그 역사의 말 없는 교훈을 체득하고 실천한 일이 아닌가 싶다. 편운 조병화 선생은 대학을 옮겨 따라다닐 만큼 존경하던 스승이었다. 그 스승은 늘 선생에게 '나의 청춘 봉숭아'라는 기막힌 레토릭을 사용했다. 노년의 세월을 더해 가는 스승을 아픈 눈길로 바라보던 선생 자신도 그 세월의 연차를 따라야 했고 마침내 사제 모두 종막의 언덕을 넘어갔다. 필자는 이 글을 스스로에 대한 반성과 격려의 마음으로 읽었다.

그가 못내 잊지 못하던 또 한 분의 스승은 시인 황금찬 선생이다. 황 선생은 올해 상수연(上壽宴)을 치르도록 장수의 복을 누리고 있는데, 15년 연하의 제자인 선생은 이미 먼 곳으로 떠났으니 안타깝기 그지없다. 그런데 이 글의 곳곳에는 고등학교 시절의 은사였던 황 선생에 대해, 그 품성과 시 세계를 논거하면서 필설을 다한 외경의 마음을 보여 주고 있다. 이런 스승, 이런 제자가 있는 인생 교실은 참으로 아름답고 감동적이다. 그런가 하면 그다음에 있는 친구 천상병에 대한 추모의 글에 보이는 이 두 사람의 우정이 얼마나 순수하고 소중한 울림을 주는지 모른다. 모두가 기인이라 칭하면서 그 곁을 피했던 '귀천'의 시인을, 선생과 그 가족들은 그야말로 정성을 다해 돌보았다.

　일본의 심수관은 한 개인의 이름이 아니라, 조선 도공 후예의 가문이 대를 이어 부르는 후계의 이름이다. 당대 심수관과의 친분이나 티브이 드라마「타국」의 제작, 한일 관계사와 일본 문화의 저류에 대한 통찰은 언필칭 이 작가에게 부하된 하나의 운명일 수도 있다. 그가 아니면 불가능한, 그가 아니면 그러한 인식의 존재조차 발굴하기 어려운 과제이기 때문이다. 그런 연유로 이 글을 읽고 있으면 선생이야말로 생각뿐 아니라 실행으로 나라를 사랑한 선각이었음을 명료하게 알아차릴 수 있다. 일본 문화의 접촉과 관련하여, 선생은 일본의 대표적인 역사소설가 시바 료타로가 얼마나 왜곡된 대한관(對韓觀)을 가지고 있었으며 그 폐해가 얼마나 극심한가를 설파한다. 시바에 대한 보다 구체적인 비판은 이 책의 마지막 글에서도 볼 수 있다. 2부는 시대와 역사를 바라보는 선생의 시각과 내면세계를 포괄하는 글을 묶었다. 맨 앞에 있는「내 인생 초록물 들이면서」는 조병화 선생에게서 이어받은 초록색 잉크로 글쓰기에서부터 시작한다. 티브이 드라마를 쓰면서 20만여 장의 원고지와 다섯 자루의 몽블랑 만년필 그리고 200개의 초록색 잉크병을 소모한 자신의 문학 여정을 되돌아본다. 1년에 장편소설 10권의 분량이니 질적 수준은 차치하고 우선 분량의 집적이 경이롭다. 이는 타고난 신실과 지속적인 열정이 없이는 당초 가능한 부피가 아니다. 이어서 고향 강릉의 대관령을 넘어가는 길의 그 초록색 산야에 대한 감상을 잇대어 놓았다. 일찍이 신사임당이 어린 율곡의 손을 잡고 넘던 그 산마루 고개다. 지금 그 너머 강릉 초당동에 '초당 신봉승 예술기념관'은 의연히 남아 있는데, 기념관의 주인은 행적이 묘연하다.

그다음의 글들에서는 순환의 고리로 다가온 인연들, 희곡작가 이근삼 교수, 『이동인의 나라』를 비롯한 자신의 회심작, 그리고 일생에 걸쳐 150여 권의 책을 내면서 조우한 탁월하고 명민한 편집자들의 이야기가 이어진다. 사뭇 흥미진진하면서도 삶의 경륜을 배울 수 있을 만큼 교훈적이다. 여기에 신봉승 수필의 묘미와 매혹이 있다. 그가 말년에 이르기까지 최고 횟수에 최고 보수의 전국구 강연자였음은 결코 우연한 일이 아니다. 그런가 하면 2009년에 폐암 선고를 받고 의사로부터 1년의 시한부 선고를 받았는데, 선생은 태연히 7년의 정상적인 활동을 하고 떠났으니 아연실색, 가히 초인의 면모를 보여 준 것이 아니고 무엇이랴. 범인이 뒤따를 수 없는 정신력의 경지이지만, 따라 배우려는 노력은 후학의 몫이다.

역사를 통시적인 눈으로 바라보고 이를 관통하는 삶의 규범을 적출하는 역량은, 어느 날 하늘에서 선물처럼 떨어진 것이 아니다. 건실한 호학의 문필이었던 그의 서재에는 『역사의 연구』를 쓴 아널드 토인비가 있고 『사기』를 쓴 사마천이 있다. 이와 같은 동서양의 석학들이 그를 의식 있는 역사 연구자, 국적 있는 역사의 해설자로 추동했다. 역사의 행간을 읽는 눈도 그와 같은 경로 위에 있다. 이 각성된 눈, 역사에서 지혜를 얻은 눈으로, 선생은 식민 사관의 잔재와 국사 교육 홀대의 문제를 가차 없이 질책한다. 참으로 들을 귀가 있는 자는 귀 기울여 들어야 할 죽비 소리다. 그런데도 이 두 문제는 우리 사회에서 왜 여전히 몽매한 과거와 매한 가지일까. 사람은 자기가 아는 것만큼 이해한다는 옛말이 여기에도 부합하는 것일까.

3부에 수록된 두 글 중에 앞에 실린 「성군 세종의 실천 궁행」은 이 글의 앞에서 언급한 불세출의 저술 『세종, 대한민국 대통령이 되다』의 일부, 곧 세종대왕을 대통령으로 할 수밖에 없는 근거 자료를 밝힌 기록이요 주장이다. 우리가 피상적으로 알고 있기 십상인 세종의 구체적인 행장과 그 사유의 바탕을 이렇게 구명하여 보여 줄 수 있는 역사 연구자가 또 있을까. 세종의 성정과 치적이 훌륭한 데서 출발하지만, 그 훌륭함의 요목을 적시하는 일 또한 한 시대 글쓰기의 수범에 해당한다. 마지막 「일본 땅에 뿌리 내린 조선인들의 숨결」은 앞서도 언급한바 신봉승 산문의 표일하고 값있게 빛나는 지점이다. 특히 요즈음처럼 대일(對日) 인식에 비상한 경각심이 긴요한 시기에 있어서는 두말할 나위가 없다.

한 시대를 풍미하고 미련 없이 떠난 백년래의 논객, 신봉승 선생이 그리운 이유는 이렇게 그의 산문들을 읽으면서 여러 모양으로 더욱 웅숭깊게 펼쳐진다. 필자로서는 같은 대학 같은 학과의 대선배이자 대학 4학년 때 「현대극론」을 배운 스승이다. 대학원 입학은 필자가 1년 먼저였으나 문단 등단을 넘어 세상살이의 길에 있어서는 먼발치에서도 바라보기 어려운 선진이었다. 그런데 이러한 피상적 가늠에 비할 것 없이 정녕 중요한 것은, 그 문학과 인생의 형상을 심복할 수 있는 몇 분 안 되는 '어른'이었다는 데 있다. 이 글은 그와 같은 주관적 감상을 객관적으로 고증하는 일과 다르지 않다.

세월이 남긴 문필의 보화

— 주숙녀 수필『추억을 주우러 간 시계』에 붙여

8만 리 태평양을 건너 미국 땅에서, 그리고 내륙 깊이 바람의 도시 시카고에서 모국어로 글을 쓴다는 것은 무엇을 말할까. 그렇게 살아온 연륜이 수십 년을 넘어, 세상을 보는 눈과 세상살이에 대한 생각이 스스로 일정한 규범을 얻은 이의 글은 어떤 가치를 가지는 것일까. 주숙녀의 수필은 이런 몇 개의 근본적인 의문을 동반한 채 나를 새로운 독자의 반열에 세웠다. 올곧은 세계 인식과 깔끔하게 정제된 문장, 그리고 이중 문화의 어려움 속에서도 굳건히 지키고 있는 토속적 감수성은, 그가 참으로 좋은 문필가임을 증명하는 요소들이다.

영어 문화권에서 미국인으로 살면서 끊임없이 자신이 한국인임을 환기하는 의식 체계는, 이중 언어 사용자가 오히려 글쓰기의 강자일 수 있다는 개연성의 한 언표다. 그럴 경우 그는 주제 또는 소재적 차원에서 오히려 행복한 글감의 소유자이다. 그런가 하면 그와 같이 글을 쓰는 사람들의 범주를 한껏 확장된 시각으로 살펴볼 때, 어렵지 않게 한민족 디아스포라 문학의 존재 양식을 구명하는 데까지 나아갈 수 있다. 기실 이 국제화 시대에 있어 한글로 된 디아스포라 글쓰기는 미국의 큰 도시는 물론 일본, 중국, 중앙아시아에 이르기까지 광대하게 펼쳐져 있다.

주숙녀의 수필은 단순히 한 작가의 심정적 소회를 드러내거나 자기 삶의 숨은 면모를 표출하는 개별적 등급에 그치지 않는다. 따라서 재미 한인 문학 또는 해외 한글문학의 포괄적 토대 위에서 보다 주의 깊게 살펴보고 그것이 가진 심층적 의미망을 검색하는 지평으로 진전되어야 한다. 무엇보다도 그의 글이 지속적으로 한민족 문화의 근본과 그 내면에 잠복해 있는 민족 정체성의 구체적 실상을 들추어 보이기에 더욱 그러하다. 민족적 근본 그리고 그와 더불어 명멸한 과거의 기억들을 되살려 내는 일이 단순히 과거 회귀의 복고주의에 머물지 않고, 새로운 시대적 삶의 감동이나 서정성의 회복에 당도하는 것은 그의 글이 가진 또 다른 장점이다.

모두 4부로 구성되어 있는 그의 수필을 통독하면서 내게 남은 감상은 우선 사람됨에 대한 신뢰요, 그것을 밝혀 준 글에 대한 미더움이었다. 동시에 한 편 한 편의 글이 끌어안고 있는 작고 소박한 감동과 조촐하고 품위 있는 감응력에 대한 기꺼움이었다. 그런 연유로 그의 글을 읽는 일이 내내 즐거웠다. "글은 곧 그 사람이다."라는 규정은 역사주의 비평의 초입을 장식하는 명언이지만, 이 작가의 경우는 그 레토릭이 몸에 잘 맞는 옷처럼 아주 흔쾌했다. 오죽하면 그 이름이 '숙녀'일까. 하지만 이런 외형적 언사보다 더 바람직한 것은, 실제로 그의 글 내부에서 구체적 증빙을 도출하는 객관적 과정이라 할 터이다.

1부의 첫 글 「안과 겉」에는 매우 산뜻하고 인상적인 비유가 등장한다. 하얀 무명 겹저고리 안감이 갈매 옥색 명주로 되어 있다. 겉감보다 안감이 더 고급인 경우다. 이는 우리의 전통적 복식이 가진 독특한 측면을 보는 일이며, 더불어 옷감이 예시하는 인간적 품성의 중층적 측면을 예리하게 투사하는 일이다. 이 작가의 눈에 비치는 모든 사물은 모두 인생사의 굴절과 그에 대한 삶의 교훈을 발화한다. 어느 택시 기사가 무명베 옷의 비단 안감 같은 삶을 산 이야기를 듣고, 그에 경의를 표하는 작가의 태도는 그 안감만큼 값있어 보인다.

'겉볼안'이라는 말이 없지 않으나, 더욱 소중하기로는 겉이 다 말하지 못하는 안의 진면목을 명징하게 관찰할 수 있는 눈이다. 「나더러 진달래꽃을」에서는 진달래, 곧 고향 산천을 분홍빛으로 물들이던 꽃을 미국의 집 현관에서 면대하는 소회를 기록했다. 붉게 피지도 오래 피지도 못하는 그 꽃을 귀하게 여기는 심사가, 꽃이 없어진 후에도 상상 속에서 동일한 애정으로 추억할 수 있는 항상심을 불러 왔다. 이를 비유하여 결혼식 날의 신부는 천사처럼 아름답지만 평일이 되면 평상의 생활인으로 튼실하고 믿음직한 가족이 된다고 적었다. 참 좋은 수사적 표현이다.

이 작가의 내면 풍경이 이런 모습이라면, 미상불 다른 글들도 그러한 자연 친화의 인본주의를 바탕에 깔고 있을 것이 틀림없다. 「내가 사랑하고 싶은 여자」는 마치 안톤 슈나크의 「우리를 슬프게 하는 것들」처럼 기발한 아이디어를 열거하면서, 여자가 평가하는 여자론을 내놓았다. 그런데 거기에 편견이나 질시 같은 것이 없다. 그 눈이 놓인 자리 또한 겸손의 미덕을 발양한 좀 낮은 곳이다. 이를테면 떫은 풋사과 같은 미숙함을 보이면서도 남을 위하여 손해를 볼 줄도 아는 여자를 사랑한다면, 그 사랑론의 주체인 자신의 품성을 대변하는 것과 다르지 않다. 이 작가에게 있어 글은 곧 그 사람이라는 말이 진실이다.

2부의 첫 글 「꽃그늘」에는, 수십 년을 시카고에서 사는 동안 처음 보는 계절과 기후의 변화를 말하고 있다. 3월인데 벌써 목련화가 피었다지는 것이 작가의 눈에 결코 범상하지 않다. 꼭 와야 할 때도 구별 못 하는 봄꽃을 두고, 약속 날짜를 어기고 미리 찾아온 손님처럼 뜬금없어 하는 작가의 표정은, 그러나 그다지 냉담하지 않다. 그는 곧 원래의 부드럽고 따뜻한 시선을 되찾고 때 이른 봄과 그 꽃그늘을 자기 삶의 새로운 동력으로 수긍한다. 시카고에서 살아가는 경계인으로서 태생적으로 습득한 삶의 근본주의를 잊거나 잃지 않는 것은 어쩌면 그의 마음자리가 크게 복받은 형국인지도 모르겠다.

민요 아리랑에 대한 여러 국면을 논의한 「우리 혼의 노래」는 이 작가의 정신적 성향을 단적으로 보여 주는 글쓰기의 사례다. 몸과 마음이 성장한 이후에 해외로 이주한 문필가 중에 어느 누가 그렇지 않겠는가만, 각자는 아리랑이라는 노래를 자신의 삶 속에 각양각색의 모습과 빛깔로 수용하기 마련이다. 미국 영화에서 흘러나온 아리랑 연주에 놀라기도 하고, 운전 중에 잠이 오면 「진도아리랑」을 부르며 스스로를 각성하게 하는 작가의 아리랑 접촉 방식은, 그것이 이미 제척할 수 없는 삶의 일부가 되었음을 의미한다. 습관에도 좋은 습관과 그렇지 않은 것이 있다. 습관이 다져지면 그 주체자의 내면에서 적층된 의식이 되고 그것은 더욱 강력한 힘으로 행위 규범을 지배한다.

그런 점에서 이 작가에게 아리랑은 민족적 유전자이며, 그로 하여금 민족어 모국어를 제1언어로 유지하게 하는 추동력인지도 모른다. 이러한 주제론적 경향에 작가의 글쓰기 체험으로 습득된 수필론을 결부하면 거기에 만만찮은 주숙녀론이 생성한다. 작가의 수필에 대한 논의는 「반원으로 돌아라」에 도입되어 있다. 그에 따르면 수필가는 진실을 캐는 고단한 노동자다. 또한 수필은 가슴으로 읽는 것이다. 사소하게 보이는 것이 결코 사소한 것이 아니라는 그의 주장은, 작은 수필 한 편이 그보다 훨씬 크고 깊은 것을 담보할 수 있다는 깨달음과 같다. 이는 수필이라는 문학 형식이 가진 고유의 기능이기도 하다. 그렇다면 수필 장르에 담은 주숙녀의 글쓰기는 체험적 민족주의, 온정적 인본주의, 인문적 근본주의 등의 개념들 사이에 가로놓여 있다.

　3부의 첫 글 「풍년두부」는, 인고의 삶과 희망의 소재를 말하는 수작이다. '풍년두부'는 작가의 시누님 별호다. 손수 음식을 만들고 거기에다 그 맛이 일품인 데는 눈물겨운 사연이 있다. 춤바람이 난 남편에게 강짜를 부리지 않고 정성 어린 밥상을 차리는 데 집중한 결과라는 것이다. 마침내 그 남편이 본 궤도로 돌아왔다는 결말인데, 이 전통적이고 보수적인 방식의 승리는 이제 고색창연한 과거의 풍경이 되었다. 작가는 이를 두고 바위같이 아둔해 보이면서도 꽃같이 예쁜 이야기라고 최상의 평점을 냈다. 평범 속에는 너무 평범하기에 더 귀한 것이 있다고 발설할 수 있다면, 이 작가는 수필의 문학적 특장에 정통하다 할 만하다.

　「오이도 아닌 것이 호박도 아닌 것이」는 채소 모종을 사다 심고 돌보기를 잊어버렸다가 늦게 생각나서 안절부절못하는 작가의 여린 마음을 담았다. 푸른 싹의 흔적이 고스란히 말라 버려 그 때문에 내내 죄책감에 시달렸다. 그러던 어느 날 그 싹들이 싱싱하게 자라나, 온통 땅을 덮은 넝쿨 속에 오이인지 호박인지 모를 풍성한 결실을 목도하는 일화다. 그것이 그냥 생명력에의 외경으로 그쳤다면 평범한 글에 머물렀을 것이다. 작가는 그로부터 얻은 감동에 자신의 인간관계를 반사해 보는 거울을 덧입혔다.

　이처럼 삶의 과정을 참고 견디며 그 깊은 바닥에 묻힌 진실과 지혜로움을 발굴하는 글쓰기는, 기교나 치장에 이르기 전의 그 본질만으로 상찬할 만하다. 인생을 진지하게 성찰하고 고난 속에서 새 길을 발견하며 어두움을 희망으로 바꾸는 성실한 자세는 얼핏 우등생의 모범 답안 같은 인생론일지도 모른다. 하지만 수필이 작가 자신의 내면을 가감 없이 드러내는 문학 형식임에 비추어 보면, 이처럼 건실한 사고방식과 행동 유형을 갖추지 못한 사람에게서 누구나 납득할 수 있는 건실한 공감의 글쓰기를 기대하는 어렵다. 한편으로는 교과서적 문장과 논리의 행렬처럼 보일 수 있어도, 주숙녀 수필이 가장 강력한 힘을 발산하는 대목이 바로 여기다.

「희망을 읽는 법」은 그에 대한 명료한 예증이다. 작가는 연약하지만 강인한 눈으로 볼 때 희망이 보일 것이라고 단언한다. 사랑하고 싶은 것을 찾고 이웃을 챙기는 마음의 여유를 버리지 않는다면, 희망을 읽고 있는 사람이라고 주장한다. 그 예화로 「바람과 함께 사라지다」에 캐스팅되어 일약 은막의 히로인이 된 비비안 리의 전설 같은 실화를 가져다 두었다. 작가는 나의 희망 찾기를 넘어 남의 희망 읽기에까지 눈을 넓혀야 한다고 말한다. 그것이 내 삶을 위한 보람찬 비밀이라고 권유한다. 모범 답안은 언제나 좀 답답하지만, 시종일관 그것으로 밀고 나가면 거기에 대적할 자가 없다. 주숙녀 수필은 끝까지 이 고답적 방식을 허물지 않고 또 숨기려 하지도 않는다.

그런데 이 모든 세상살이의 인식과 안목, 삶의 태도와 방향이 하나의 물길을 이루어 이른 곳이 이 작가의 문학이요 문학으로 표현된 세계관이다. 물길에도 만조가 있는 법이어서, 이 지점에까지 도달한 그의 수필 세계는 사람에 대한 여유 있는 관조와 인생에 대한 깊은 사유의 단계를 보인다. 그것은 글과 삶을 한가지로 치열하게 감당해 온 이의 행적에서 비로소 생산되는, 오랜 세월의 열매임이 분명하다. 4부의 첫 글 「함박웃음」은 미국에 살면서 다음 세대의 자손에게 한국식 예절을 가르치고 그 풍속을 가르쳐 주기로 한 결심을 적은 글이다. 그런가 하면 「진정 행복한 얼굴」은 신병(身病)중에서도 웃음을 찾아내는 작가의 선한 성품을 표현한 글이다.

이 열심과 선량은 「커피 잔도 나름의 언어가 있다」에서 실로 어떻게 살아야 잘 사는 사람인가라는 '사람론'을 이끌어 내기도 하고, 「해가 숨어버린 아침」에서 어떤 외양과 어떤 목적을 가지고 살아야 하는가라는 '인생론'을 성숙시키기도 한다. 태양처럼 젊고 빛나던 과거의 시간 가운데서는 잘 알 수 없었던, 빛바랜 세월과 연륜의 갈피 아래에서만 감각할 수 있는 이 깨달음과 순적한 해석의 차원은 권력으로도 금전으로도 살 수 없는 것이다. 「어찌 하오리까」에서 다시 볼 수 있는바, 언어와 강역(疆域)의 경계를 넘어서 지혜롭고 보람 있게 살아갈 방향성의 탐색은 여전히 이 작가의 몫이다.

그런 점에서 그는 아직도 활발하게 움직이고 있는 현역 문필가다. 지나간 세월이 남긴 사연이 그의 삶에 어떤 족적을 남겼든지, 그것을 개인사의 창고에 묻어 두지 않고 자기 자신을 경성(警醒)하고 자신의 주변을 경성(警省)하는 데 긴요한 도구로 활용하고 있다. 그렇다면 그의 문학 또한 시간과 세월의 늪 속으로 침잠하지 않고 살아 숨 쉬는 현실의 오브제요 나날이 새로운 삶의 길잡이다. 글쓰기를 교훈으로 전제하자면 이보다 더 엄혹한 기준은 없을지도 모른다.

한 사람의 인간으로서 또 한 사람의 문필가로서, 그 의지의 개가와 실행의 실과가 주숙녀 수필에 서려 있다. 돌아보면 삶이나 글이나 매한가지로 참 만만치 않은 세월이었을 것이다. 하지만 초발심을 잊지 않는 성실함으로 그는 많은 것을 이루었다. 모국에서 그리고 미국에서 공히 통용된 따뜻한 인간애와 엄정한 정신주의의 글쓰기, 그 복된 성취의 날이 오래가길 간곡한 마음으로 빌어 마지않는다.

삶과 글과 믿음의 합주

— 채영선 수필집 『영혼의 닻』

    채영선은 미국 중서부 아이오와에서 글을 쓴다. 한국에서 익힌 모국어와 문학에의 열정을 안고 8만 리 태평양의 푸른 물결을 건너간 이민자다. 아이오와에서 부군을 도와 영혼 구원의 목회를 감당하며 쓴 글이니, 그 바탕에 절대자를 향한 신앙의 결정들이 응축되어 있을 수밖에 없다. 그런 연유로 그의 산문들은 맑고 싱그럽고, 또 가슴을 울리는 감동이 있다. 사람의 일생이 유한하고 우리가 붙들고 있는 일상이 한정적인 까닭에, 그와 같이 따로 매설된 정신과 영혼의 영역을 가진 이의 세상은 뭔가 좀 다를 것이 분명하다.

    채영선의 수필집 『영혼의 닻』은 모두 6부로 구성되어 있다. 이 책을 통독하고 되돌아보니, 그의 작품 세계는 삶과 글과 신앙이 같은 동선 위에 병렬되어 있고, 그 세계를 부양하는 힘은 절대자를 향한 순적한 방향성에 있었다. 그런데 그 방향이 단순히 심중에 충일한 신앙 고백으로 그쳤다면, 그의 문학은 별반 의미가 없다. 오랜 글쓰기의 경험을 가진 작가는 이 창작의 문법을 잘 알아차리고 있는 듯하다. 다양하고 세미한 삶의 경험, 이를 솜씨 있게 가다듬고 표현의 묘미를 더하여 작품으로 변환하는 글쓰기, 그리고 그 잘 보이지 않는 내면에 명료하게 저장하고 있는 믿음의 세 요소가 조화롭게 손을 맞잡고 있는 형국이다.

1부는 그의 삶이 오랜 터전을 마련한 아이오와의 풍광과, 거기서 만나고 대화하고 동행하는 하나님의 이야기로 시작된다. 이 지역의 환경 조건에 대한 작가의 불평은 전혀 보이지 않는다. 어쩌면 제2의 고향이라 할 그 땅의 이름을 부드럽고 고운 말로 인식하고, 원래 주인이던 인디언의 말로 '아름다운 땅'이란 뜻이라고 해명하는 작가는, 자연적이든 작위적이든 이곳에 대한 호의를 익혔다. 언젠가 미국 서부 캘리포니아로 강연을 갔을 때, 그곳 작가 한 분이 그 사막 지역의 경물을 사랑하고 친숙해지기 위해 노력하지 않으면 살기 어렵다고 하던 말이 생각난다.

이 작가는 그런 자기 강박의 수고를 하지 않아도 충분할 것 같다. 아이오와의 자연이 당초에 사막을 안고 있는 캘리포니아와 다르기도 하겠지만 더 중요하게는 이 책의 전반을 관류하는, 다음과 같은 작가의 생각에서 말미암는다. 오랜 옛날 신앙의 자유가 어렵던 시절에 믿음의 선배들이 마음속에 묻어 두고 잘 표출하지 못하던 '숨겨진 보화' 같은 것이다.

살아 있기에 감사하고, 찬양하고 있기에 감사하고, 또 이렇게 감사의 말을 나눌 수 있기에 감사한 것 아닐까요. 사도 바울은 전하지 않으면 자신에게 화가 있을 것이라 말했습니다. 이제 남은 삶의 소중한 시간을 내게 주신 은혜를 나누는 것이야말로 아버지 하나님께 영광을 돌리는 길이며 가장 귀한 일이 아닌가 싶습니다.

— 「아름다운 땅 아이오와에서」에서

이민 생활과 정착, 목회와 글쓰기, 그리고 머리 수술을 받아야 했던 절

체절명의 순간들을 모두 포괄하여, 만만치 않은 인생행로를 걸어온 작가
다. 그리고 이제 원숙한 세계관의 노경을 바라보는 연륜에, 사유의 깊이
가 없을 수 없다. 그런데 그 유의미한 시기에 작가가 끌어안고 있는 것이
문학과 신앙이며, 그 결과로 이와 같은 수필집을 상재할 수 있다면 그는
복 받은 자다. 그러기에 집 주변에 출몰하는 토끼나, 오래전에 천국으로
보낸 강아지 잭크나, 특별한 모양의 새 카디널이나, 새로운 세대를 이어
갈 손자까지, 모두 '함께' 영원한 세계를 향해 걸어가는 길벗이 되는 터
이다.

2부는 그처럼 삶과 신앙의 화해로운 악수가 어떻게 구체적 형용을 보
이고 있는가를 발화하는 글들로 채워져 있다. 교회의 개척, 미국의 영어
권 문화 가운데서 이중 언어로 살기와 같은 큰 범주의 일들이 있는가 하
면, 뒷마당의 나무와 꽃과 풀, 그리고 눈에 보이지 않으나 언제나 그곳에
있는 소망과 같은 내밀한 자리의 일들도 있다.

눈을 감으면 보이지 않겠지 해도 내일을 향한 길과 그 길 끝에 자리 잡고
있는 지워지지 않는 소망이 있습니다. 소망의 이름으로 이른 아침 커튼을
열고 소망의 이름으로 창가에 따뜻한 황금빛 등불을 켭니다. 그 등불이 햇
빛을 대신할 수 없는 작은 빛이라 할지라도 노을이 잠드는 저녁마다 소망의
등불을 켜겠습니다.

—「재가 된다 할지라도」에서

채영선 수필을 관통하는 주요한 키워드는 이 인용문에 등장하는 '소
망'이 아닐까 한다. 소망은 희망과 다르다. 성경에서는 굳이 소망이라는
말을 쓴다. 바라는 바, 곧 목표가 분명한 희망이 소망이기 때문이다. 현
실적인 삶의 울타리를 넘어 언젠가 돌아갈 저 높고 먼 곳을 향하는 마음

이 이 작가의 소망이다. 그것이 있기에 그의 글에 펼쳐지는 현실은, 비록 고달프고 신산한 것이라 할지라도 하나의 경과 과정으로 존재할 뿐 불가역적 장벽이 아니다. 기실 이것은 신앙적 삶의 모범 답안인지도 모른다. 겉으로 답답하고 융통성이 덜하게 느껴지더라도, 결과에 있어서는 이 우등생의 답안을 믿고 나아가는 자를 당할 길이 없는 것이다.

그러기에 이 작가에 있어서는 모든 것이 하나님의 계획 속에 있고 모든 상황의 귀결은 감사이며, 이 내포적 충일과 대결하여 극심한 병마나 '신은 죽었다.'라는 극단적 논리조차도 위력을 발휘하지 못한다. 그런데 참으로 재미있게도, 작가는 저 고색창연한 니체의 철학적 발언을 매우 간단한 몇 마디의 수사로 제압했다. 신이 죽었다는 것은, 말씀이 육신의 몸을 입고 와 이 땅에서 죽음으로써 부활과 구원을 예비한 그 죽음으로 치환되어야 한다는 것이다. 거기에 덧붙여 "죽으실 수 있는 하나님이시기에 사실 수도 있는 것"이라고 언표했다.

3부의 첫 글에서 작가는 아주 의미심장한 개념 하나를 던졌다. '사람은 무엇으로 사는가'라는 화두다. 일찍이 이 화두를 제목으로 걸고 러시아의 문호 톨스토이가 단편소설을 썼으며, 모든 문학가와 사상가들이 끊임없이 탐색하고 또 답변한 질문이다. 그렇게 3부에 수록된 글들은 지상에 발을 딛고 살아가는 사람들의 다양 다기한 면모에 중점을 두었다. 그런데 그 여러 사례들의 종착점은 역시 신앙 원론이다. 이 수필집 전체를 신앙 에세이라 호명할 수 있는 이유다.

자기가 죽으면 두 손을 관 밖으로 내놓게 하라고 한 알렉산더대왕처럼 서른셋의 혈기 왕성한 나이에, 제자들을 키우시고 허물이 많은 그들에게 사명을 맡기시고 '다 이루었다'는 말씀을 남기셨습니다. 3년 동안 생활을 함께하며 보고 배운 제자들로 인하여 로마는 기독교 국가로 정복이 되었습니다. 그리고 이제까지 말도 많은 현재 교회의 모습으로 「사도행전」은 계속 이어지고 있는 것입니다.

—「가장 큰 선물」에서

알렉산더대왕의 두 손, 곧 죽음 앞의 빈손은 인간의 유한함을 상징한다. 인간들의 교회는 '말도 많은 현재'로 이어져 왔다. 이 세상의 모습과 인간의 근본에 대한 성찰이 없이 참다운 신앙을 얻기는 어려울 것이다. 순례자의 여정처럼 그렇게 멀고도 곤고한 길 찾기가 이 작가의 글이라면, 순례길 위의 작가는 심정적으로 많이 행복한 사람이다. 교통사고 현장을 증언해 준 고마운 백인, 시간의 순환을 따라 찾아오는 성탄의 계절, 심지어 사람과 사람을 갈라놓는 문명의 이기까지, 그 행복한 신앙의 눈으로 보면 감당하지 못할 바가 없다. 4부로 이어지는 글들에서도 작가는 삶의 다채로운 환경과 신앙에 대해, 그 바탕의 견고함에 대해 말한다. 그 중에는 성경의 한 페이지를 장식하는 새, 까마귀도 있다.

어느 곳에서는 불길한 새인데 미국의 까마귀는 길조라고 여겨지고 있습니다. 왜 그렇게 극심한 생각의 대조를 보여 줄까요. 서부극을 좋아하는 저는 생각을 해 봅니다. 개척자 시대의 미국 땅에서는 사람의 모습이 귀했을 것입니다. 말 타고 길을 떠나면 살아 돌아온다는 보장이 없었던 곳이 바로 미국 땅이었지요. 집을 나간 가족에게서 소식이 없을 때 막막한 넓은 황야에서 사람이 있는 곳을 가르쳐 주는 것은 오직 까마귀 아니었을까요. 더구나 강도를 만나 몸이 상한 경우가 많은 그 시대에 애절한 가족의 마음을 달래 주는 귀한 새였으리라 생각해 봅니다. 골목에서 이리저리 비켜서면서도 물러나지 않고 텃세를 하며 동네를 지키는 길조가 있음도 감사할 뿐입니다.

—「왜 길조인가」에서

한국에서 까마귀는 흉조로 알려져 있지만 다른 나라에서는 대개 길조로 통한다. 문화적 전통에서도 그러하거니와, 실제로 생태계의 먹이 사슬에 있어서도 그렇다고 한다. 그런데 여기서 눈여겨 살펴보고자 하는 것은, 까마귀야말로 도망 중에 생명이 경각에 놓인 선지자 엘리야에게 '숯불에 구운 떡과 한 병 물'을 공급한 하나님의 전령사다. 은유적 대비의 구도에 있어 미네르바의 부엉이가 인본주의를 대변한다면, 엘리야의 까마귀는 신본주의를 대변한다. 광막한 이민자들의 나라에서 이 성경적 의미의 새는, 신본주의를 푯대로 살아가려는 작가에게 소중한 '객관적 상관물'이 될 수 있을 것이다.

5부에 이르면 작가의 언술들이 다시 하나님을 향해 웅숭깊은 고백과 토로의 외형을 나타낸다. 필자의 경험에 의한 것이지만, 하나님을 모르는 영혼에게 하나님을 설명하기에 가장 어려운 대목이 있다. 네가 믿고 있는 하나님을 내가 감각할 수 있도록 보여 달라고 할 때다. 「히브리서」 11장, '믿음장'의 문면으로 설득하기도 어렵다. 논리의 신앙과 체험의 신앙이 노정하고 있는 간극이 너무 넓고 크기 때문이다. 다만 정말 소중하고 귀한 것은 눈에 보이지 않는다고 말할 수는 있을 것이다.

눈에 보이는 것은 하나님의 나라에 속한 것이 아닙니다.
오직 성도가 바라보아야 하는 것은 우리의 주 예수 그리스도입니다. 자기의 십자가를 지고 가는 사람만 하나님 나라에 합당한 사람이라고 말씀하셨습니다. 십자가는 '포기와 순종'의 삶의 모습입니다. 예수님께서 죽기까지 복종하신 것처럼 자기에게 주어진 사명을 감당하고 나아가는 사람만이 하나님 나라에 합당한 사람인 것입니다.

— 「작아서 좋아요」에서

하나님 중심으로 살고 글을 쓴다는 것이 이 작가에게 어떤 상황인가를 표현한 부분이다. 이는 어쩌면 다른 사람이 알 수 없는, 다른 사람이 볼 수 없는 세계를 만난 사람의 기록일지도 모른다. 실존주의 철학자는 신 앞에 일대일의 단독자로 서지만, 하나님 앞에 순복한 신앙인은 그 대립적 지위 자체에 중점을 두지 않는다. 그런 점에서 이 작가 또한 자신의 실존을 염두에 둔 주체적 글쓰기보다, 영혼의 소유주에게 귀환한 '포기와 순종'의 미덕을 더 높이 사고 있다. 마지막 6부로 가면 그와 같은 정신적 승급의 단계가 일상의 여러 영역에 두루 편만하여, 보편적인 삶의 형식 가운데서 발현되는 신앙인의 모습에 도달한다.

대학생 시절 기독학생회에서 주관한 '종교가 아닌 사실'이라는 주제의 세미나에서 큰 은혜를 받은 사실이 있습니다. 당시 서울대학교 기독학생회 임원의 대부분은 목회자 또는 선교사가 되었습니다. 여학생들도 대부분 목회자나 목회자의 아내가 되었습니다. 부활하신 예수를 만난 사람들은 누구나 잠잠할 수 없게 됩니다. 상상할 수 없는 사실이 사실로서 자신에게만 다가온 특별한 은혜를 다른 사람에게 전하지 않을 수 없기 때문입니다.

—「종교가 아닌 사실」에서

참 오래전의 이야기이지만, 그것은 이 작가의 태생적 근원, 발생론적 구조를 집약적으로 보여 주는 지점이다. 비단 특별한 은혜를 다른 사람에게 나누는 것만이 아니라, 삼라만상을 그처럼 특정한 눈으로 바라보는 전인격적인 세계관의 형성이 거기에 결부되어 있다. 어린아이와 같이 순진한 마음, 긴 겨울을 지낸 뜰의 식물들이 짓는 표정, 피아노 위의 작은 정원인 화분들, 작가 마크 트웨인의 예화, 미국 역대 대통령들에 대한 생각 등, 이 모든 것이 하나님을 지향하고 있다. 그러므로 세상에 이 작가

만큼 복받은 문필가도 드물 것이다. 삶과 글과 신앙이 하나로 연합한 작은 축제의 자리에 이 수필집이 놓여 있다. 앞으로 그의 생애가 글과 믿음과 더불어 더욱 귀하고 아름답게 빛났으면 한다.

위무와 치유의 보석 같은 이야기들

— 임상심리학자 최현술의 에세이

계절이여 마을이여,
상처 없는 영혼이 어디 있는가
—— A. 랭보

아직 편집 중에 있는 최현술 박사의 에세이 『축복의 노래로 그대 보내 오리라』를 읽고, 나는 한동안 깊은 생각에 잠겼다. 세상에! 인간을 이해 하고 사랑하는 방식으로 이와 같은 경우도 있는 것이로구나. 치유 사역 에 관한 여러 전례를 모르는 바 아니나, 오랜 임상 현장에서 마음을 다해 사역한 세세하고 실증적인 이야기를 전해 듣는 것은 전혀 다른 경험이었 다. 그것은 눈물겨운 감동이요 생생한 인간사의 드라마였으며 영혼을 위 무하는 유순한 음성이었다. 거기에는 낮은 자리에 잠복해 있는 신앙의 힘이 개재되어 있었고, 그보다 앞서 어렵고 고단한 이에게 따뜻한 손길 을 내미는 인간애의 충정이 실려 있었다.

오랜 세월을 두고 몸과 마음의 치유가 필요한 이들을 위해 '최현술 베 아트리체'는 준비된 사람이었다. '사람은 자기가 아는 만큼 이해한다.'라 는 속언이 있거니와, 그의 오늘에 이르기까지 얼마나 많은 삶의 굴곡을 거쳐 왔을까. 그러지 않고서는 이 책에 기술된 소통과 설득의 기량이 발 양될 수 없었을 것이 아닌가. 삶의 웅숭깊은 고통에 대한 상담자로서 내담자에게 힘이 되기 위해서는 먼저 예비된 자리에 있지 않고서는 효율을 얻기 어려울 터이다. 그런데 그 예비는 학습과 경력에 방점이 있는 것이 아니라 내담자의 편에 서서 생각하는 열린 마음가짐이 먼저가 아닐까. 최 박사의 길은 시종일관 이 대목을 가리키고 있었고 나는 그 방식의 근본주의에 공감했다.

최 박사는 '진심은 통한다고 믿는다.'라는 수사를 썼다. 그렇다. 진심이야말로 사람을 움직일 수 있는 힘일 것이다. 그 진심을 만날 때 은밀한 마음이 열리고 그로 인해 열린 말과 행동을 보여 주게 되지 않을까. 그러나 진심을 진심이라고 한들 누가 쉽사리 그렇다고 확증해 주느냐가 문제다. 이를 드러내고 전달하고 감각되도록 하는 기지와 순발력, 적절한 때를 분별하는 융통성, 정성 어린 어투와 표정 등이 함께 작용하는 '종합예술'의 소유자여야 가능하지 않을까 싶다. '나'를 중심에 두지 않는 '섬기는 자'의 겸손과 오래 참고 견디는 실행이 함께해야 비로소 이루어질 일이라 여겨진다. 이를테면 그 마음과 행위가 가히 '성인군자'의 포즈여야 할 것 같다.

다시 표현을 바꾸자면 평범한 인식과 대응력으로는 어려운 사역이라는 뜻이다. 그런데 그 곤고한 일을 감당한 보상은 실로 만만치 않아 보인다. '사람들이 살아가는 삶 이야기를 귀담아 듣는 일, 그 가슴 떨리는 일 속에 숨겨져 있는 보석들'이 아침 이슬처럼 영롱하게 반짝이고 있었으니 말이다. 누구에겐들 말 못할 애절한 사연이 없겠는가. 다만 그것을 대화의 자리로 이끌어 내는 것이 그것을 숨기는 것만큼이나 어려운 형국이니, 이 진중한 대화의 형식은 준비되고 훈련된 전문가가 아니고는 수행하기 어렵다. 어느 누구도 상대방이 살아온 인생의 국면을 함부로 면대할 수 없기에 더욱 그렇다.

최 박사의 이 저술은 모두 5부로 나뉘어 구성되었다. 각기의 단락에는 임상심리학자로서의 직접적 체험이 여러 감동적인 예화와 함께 수록되어 있다. 인내와 관용, 우호적인 대화와 적극성, 문제 해결에의 지혜와 관계성의 유지 등 어느 하나도 소홀할 수 있는 것이 없다. 그런데 그는 참으로 놀랍게도 시종일관 사람을 소중하게 대하는 인간사의 문법, 그 불문율을 지켰다. 글이 곧 그 사람이라면, 그에게 공여하는 존경과 상찬을 아낄 이유가 없다. 사정이 그러할 때, 내담자가 아프면 상담자도 아프고 내담자가 슬프면 상담자도 슬플 수밖에 없을 터. 그가 여기까지 그 심리적 중압을 감당하면서 반듯하게 자기 관리를 해 온 데 대해서도 따뜻한 박수를 보내고 싶다.

최 박사가 신앙인이라는 전제는 이 사역의 정체성을 한결 선명하게 부양한다. 그의 믿음이 그 자신과 주변의 다른 사람들에게 실제적인 힘이 되는 사례, 현실의 어려움을 딛고 가치 지향적 소망을 갖도록 권면하고 부축하는 사례, 그와 같은 모든 조건들이 합력하여 선을 이루고 사랑을 이루는 사례들이 그의 글 처처에 부지기수로 널려 있다. 곧 '믿음과 소망과 사랑'이 담긴 글이다. 이처럼 선한 일들의 행진은 삶의 동반자들을 행복하게 한다. 이 물질 만능의 시대에 정신적 가치의 소중함을 일깨우면서, 우리의 일상 가운데 작고 소박하지만 귀하고 기적 같은 일들을 목도하게 한다. 그의 에세이, 이 위무와 치유의 사역에 관한 이야기를 먼저 읽고 간곡하게 일독을 권하는 이유다.

그대 아시는가, 부드러운 힘이 더 강한 것을

— 한국여성문학인회의 새 길에 덧붙여

여성 문학의 정체성과 방향성

'여성'은 인간을 성(性)에 따라 나눌 때 '남성'에 대응하는 개념이다. 여성과 남성의 차이가 특징적으로 나타나는 것은 생리적 해부학적 측면이지만, 겉으로 드러나지 않는 정신적 차원에 있어서는 훨씬 더 복잡하고 미묘한 구분이 작용한다. 우리 역사에 있어 전근대적 사회의 법도와 규범은 여성에게 남성의 그림자 수준에 머무는 인격을 허여한 형국이었다. 그러나 조선 중기 이후 실학사상의 대두 및 서민 의식의 성장과 더불어 여성 인격에 대한 인식은 점진적으로 변화하기 시작했고, 문학작품에 있어서도 그러한 변화가 반영되어 점차 새로운 여성 인물의 형상이 부각되었다.

그 오래고도 곤고한 과정을 거치고 또 여성이라는 사회적 약자의 아픔들을 징검다리로 하여 오늘에까지 이른 한국의 여성 문학은 그렇게 그 내부에 미처 다 발화하지 못한 숱한 사연과 이야기를 끌어안고 있는 셈이다. 그러기에 오늘 이처럼 흥왕한 자리에 이른 여성 문학은 그 전대의 역사로부터 빚지고 있는 바가 크고 동시에 부채를 갚아야 한다는 경각심이 필요하다 하겠다. 이와 더불어 새롭고도 진취적인 방향성을 갖고 추구해야 할 미래와 그러한 역할을 감당할 후진을 양성하는 데도 보다 발상이 전환된 의욕이 있어야 한다고 본다. 과거의 역사에서 경계를 얻고 그로써 미래의 길을 예비해야 옳다는 뜻이다.

필자가 검색해 본 한국여성문학인회는 1965년 박화성 초대 회장으로 첫발을 내딛고 지금 26대 김선주 회장에 도달하도록 무려 반세기가 넘는 세월을 여성 문학 활동의 중심에 서 있었다. 그 임원들의 면면을 살펴보는 일은 한국의 여성 문학, 더 나아가 한국문학 주류의 맥락을 검증하는 일과 크게 다르지 않다. 과거에도 그러했고 앞으로도 그러하겠지만 더 중요하고 본질적인 일은 이 모임의 규모나 명성이 아니다. 이 모임에 소속된 문인들이 얼마나 치열하게 글을 쓰고 또 어떻게 문학적 성과를 고양하느냐 하는 점이다. 그리고 그와 같은 성취를 도모하는 데 있어서 문학 공동체로서 이 모임이 어떤 추동력을 발양하여 기여했으며 또 할 수 있을 것인가 하는 것이다.

'여성 콤플렉스'의 발현과 활용

문예비평 용어에 있어 '여성 콤플렉스(Female Complex)'란 말은 상대적 약자로서 여성이 가진 약점에 바탕을 둔 열등의식을 의미하는 것이 아니다. 시나 소설에 있어 여성을 중심 화자로 했을 때 발현되는 서정적이고 감성적이며 부드러운 분위기, 그리고 그것이 작품의 미학적 가치를 증진하는 경우를 일컫는 것이다. 이를테면 김소월의 「진달래꽃」에서 여성 화자의 발화 방식이 아니면 그 시적 정감을 잘 표현하기 어렵다고 할 때, 그와 같은 여성적 말하기의 정황을 뜻한다. 이러한 화자의 지위와 그것의 효용성은, 여성이 문학작품을 창작할 때 작가 또는 화자의 입지를 강화하고 작품성을 향상할 수 있는 기반을 공여한다.

이 '여성 콤플렉스'란 용어에 기대어 한 비평가는 '누이 콤플렉스(Sister Complex)'란 조어를 사용했다. 그 예화로 임화의 시 「우리 오빠와 화로」, 「네거리의 순이」 등을 설득력 있게 해명했다. 그러나 이 용어의 다양한 층위에도 불구하고 그 기능과 역할에 있어 천정을 치는 지점은 결국 '어머니'를 소재로 했을 때다. 헤르만 헤세는 그의 이름 있는 소설 『나르치스와 골드문트』의 결미에서, 죽음을 앞둔 골드문트의 입을 통하여 "어머니가 있어야 사랑할 수 있고 어머니가 있어야 죽을 수 있다."라는 레토릭을 내놓았다. 앞선 세대의 시인 조병화는 그의 삶 전체를 어머니의 심부름이라 규정하고, 그의 묘택이 있는 안성 편운재에 「꿈의 귀향」이라는 시의 전문 "어머님 심부름으로 이 세상 나왔다가 이제 어머님 심부름 다 마치고 어머님께 돌아왔습니다"를 새겨 두었다.

윤흥길의 소설 『에미』는 일본 작가 나카가미 겐지의 소설 『봉선화』에 대한 화답으로, 한국적 어머니상을 그리겠다고 쓴 작품이다. 온갖 힘겨운 상황 속에서도 굳건하고 요동 없는, 그러나 살갑게 내색하지 않는 한국의 모성상이 거기에 있다. 그래서 이 소설은 "한국의 여인상이 아니라 한국의 여신상을 그린 형국이 되었다."라는 평가를 받기도 했다. 어머니와 아들의 눈물겨운 사연을 탁월하게 담아낸 소설로 이청준의 「눈길」이 있다. 객지로 아들을 내보낸 어머니, 손에 쥐여 줄 것은 없으나 마음만은 다시없을 만큼 절절한 그 어머니와의 과거, 어머니의 가슴 밑바닥에 고여 있던 이야기를 고부 간의 대화를 통해 간접적으로 전달하는 눈물겹고 기막힌 장면이 소설 가운데 있다.

여기에서는 '여성 콤플렉스'를 말하느라 남성들의 문필을 예로 든 사정에 이르렀으나, 여성 문인 자신이 이러한 작품 내재적 정서와 분위기를 살려 나가는 것은 어쩌면 남성의 경우보다 훨씬 더 용이하고 또 다채로울 것이다. 오랜 경과 과정을 가진 한국문학사의 흐름 속에서도 그 전례들을 목도할 수 있거니와, 오늘날 이제 남녀 간의 차별이 죄악이 된 사회에서는 더욱 여성적 관점의 작품이나 여성 화자를 부양하는 작품이 스스로의 몫을 인정받기에 어려움이 없다 하겠다. 이를 달리 말하면 여성적 글쓰기의 형편과 특징을 적극적으로 활용하면서 창작에 임하는 것이 좋겠다는 권면인 것이다.

역사 과정 속에서의 여성적 문필

여성적 글쓰기에 대한 역사적 고찰은 대체로 사대부가의 규중 문학을 말하거나, 아니면 관변(官邊) 또는 호학(好學), 호문(好文)하는 선비들의 상대역이었던 기생의 문학을 말하는 데서 출발한다. 전자의 범례로 신사임당이나 허난설헌을 들 수 있고 후자의 범례로 황진이나 이매창을 거론한다. 『청구영언』에 전하는 황진이의 시조 몇 수는 굳이 그 문필의 수발함에 대한 설명을 필요로 하지 않는다. 이들 가운데 오늘까지 문명(文名)을 전하는 이들은 단순한 주석(酒席)의 '꽃'이 아니었으며, 그 기와 예의 능함으로 존중을 받았다. 그 수준에 있어서도 조선조를 일관하여 이름을 상찬할 만한 문인들에 뒤지지 않는 기예를 이루었다는 사실에 주목해야 한다.

시대를 이어 조선조 말엽과 대한제국 그리고 일제강점기를 거치면서, 여성 문학은 '신여성'이라는 새로운 이름과 신분의 창작 주체를 산출한다. 이 이름은 1920년대에서 1930년대에 걸쳐 한국 사회를 뜨겁게 달구면서 많은 화제를 생산하게 된다. 신여성은 기혼 개화 여성을 포함한 말이었고 함께 사용되던 '모던 걸'은 미혼 여성을 의미했다. 시대를 앞서 갔기에 비판과 선망 사이를 오갔지만, 그들은 순종을 미덕으로 알았던 구태를 벗어 버리고 세상의 눈을 두려워하지 않았다. 여기에는 서구 문화에 대한 맹목적 추종자도 많았으나, 여성의 권리에 대한 자각과 더불어 개화사상으로 의식화된 선각자도 적지 않았다. 중요한 것은 이들의 삶과 사랑 이야기가 아니라 이들이 남긴, 당대의 선두를 장식한 문학이다. 나혜석, 김명순, 김원주 등의 이름이 그 글과 함께 지금까지 빈번하게 거론되는 이유다.

　한국 현대문학에 여성 문학의 저력이 다시 돋보이기 시작한 분절의 시기는, 1990년대 다원주의 문학의 개화와 동반해서다. 1980년대까지 풍미하던 이념 중심의 문학, 운동 개념으로서의 문학이 퇴조하기 시작하고 다양성과 개별성의 문학이 세력을 얻기 시작하면서 여성 문학은 새로운 전기(轉機)를 보였다. 물론 그 새로운 국면이 모두 환영할 만한 장점으로 구성된 것은 아니다. "30대 미혼 여성의 실패한 사랑 이야기가 주류여서 작품의 제목과 작가의 이름만 가리면 누구의 것인지 짐작하기 어렵다."라는 비판이 제기된 것도 사실이다. 그러나 그 작품들 속에는 여성의 신분과 사회적 위상, 그리고 여성만이 감각하고 체득할 수 있는 세계 인식이 담겨 있음을 간과할 수 없다. 이 경우에도 지금껏 그 글이 회자되는 것은, 여전히 작품으로서의 우수성에 기반이 있기 때문이다.

여성적 글쓰기의 새로운 지평

역사 과정 속의 여성적 글쓰기를 통해 살펴본 바와 같이, 여성이라는 특징적 환경 가운데서 그 글이 평가를 받고 명성을 얻는 데는 궁극적으로 글의 뛰어남이 담보되어야 한다. 그것이 최종의 목표다. 기실은 이 마지막 과녁에 적중하기 위해 여성이라는 환경 조건을 활용하고, 또 한국 여성문학인회와 같은 조직도 가동되는 것이다. 그런 연유로 이 모임의 지상 명제는 '좋은 작품'의 추수요, 그 수확으로 문학을 운위한다는 태도의 정립이다. 이를 추동하는 힘이 모임으로부터 인도된다면, 그 모임은 건강하고 생산적이다. 그렇게 모임 또는 단체의 차원에서 견인할 수 있는 프로그램이 작동되어야 한다. 그 자장의 여파가 각기 개인의 창작실을 활력 있게 한다면, 이는 과거 여성적 글쓰기의 여러 모범을 동시대의 문학적 맥락 가운데 정초하는 업적이 될 것이다.

그런데 이와 같은 논리의 개진에도 불구하고, 문단에서 30년간 글을 써 온 필자의 경험을 윤색이나 여과 없이 그대로 내놓기로 하면, 필자의 글쓰기는 어리고 젊은 시절 어머니의 훈도에 그 연원을 두고 있다. 이는 여성적 글쓰기에 못지않게, 여성이라는 지위의 교육적, 교화적 기능이 강력하다는 말이다. "사람과 나무는 중도에서 자르는 법이 아니다."라는 타이름은 내 글쓰기의 인본주의적 방향성을 일깨운 것이었고, "남의 눈에 잎이 되고 남의 눈에 꽃이 되고……." 하던 기구는 겸양의 노력을 예시한 것이었다. 그 '어머니'의 위력은 세상이 바뀌어도 시들지 않는다. 어머니가 글을 쓰는 사람이라면, 그 영향력이 세대를 넘어서는 영향력을 발양한다.

여성, 여성 문학, 여성 문학 모임의 저력은 그 특성을 십분 활용하여 견고하고 모양 있는 징검다리를 밟고 가야 한다. 약한 것이야말로 강한 것을, 부드러운 것이야말로 거친 것을 온전히 이긴다. 그 멀리 떨어져 있지 않은 꿈으로, 가장 가까이 있는 한 사람을 감동시킬 수 있는 글 한 편을 써 보기로 하면 어떨까 한다. 마침내 그 한 사람은 여러 사람이 되고, 그 한 편은 여러 편의 글이 될 터이다. 중국 명대(明代)의 격언집 『증광현문(增廣賢文)』의 한 구절을 빌려 오자면 "장강의 뒷 물결이 앞 물결을 밀어낸다.〔長江後浪推前浪〕" 오늘의 여성문학인회는 그렇게 지난날 그 많은 여성적 글쓰기의 성과를 계승하고 이를 더욱 현창해 나가야 한다. 그러하기 위해 지금 여기서 심기일전의 새로운 면모를 가다듬을 수 있었으면 한다.

겉으로는 지고 속으로 이기는 것

— 문학으로 보는 3·1운동 100년의 뜻

2018년 제13회 서울문학인대회 심포지엄 주제는 '3·1운동 100년의 문학사적 의의와 과제'였다. 주지하는 바와 같이 3·1운동은 우리 민족사의 가장 엄혹한 시기였던 일제강점기에 겨레의 얼을 바로 세우고 새로운 삶의 활력을 섭생하게 한 기념비적 쾌거였다. 그와 같은 연유로 3·1운동의 정신이 우리 헌법의 서두를 장식하고 있으며, 이를 민족 정체성의 근원으로 수용하고 있는 것이다.

「문학의집·서울」은 3·1운동을, 그리고 그 민족혼이 집결된 정신을 문학작품을 통해 검증하기로 했다. 3·1운동이 우리 사회와 공동체의 여러 부면에 강력하고 또 다양 다기한 영향력을 미친 것이 명약관화한 만큼, 문학의 영역에 끼친 영향이 더 말할 나위도 없다. 그로부터 오늘에 이른 100년의 한국문학사는 곧 우리 현대문학의 원론이자 각론에 해당한다. 학술 심포지엄은 이를 총괄적인 기조 발제와 함께 시와 소설로 나누어 구체적인 작품의 형상과 함께 역사적 흐름 및 의의를 살펴보기로 했다. 기조 발제는 조동일 서울대 명예교수, 시 부문은 홍정선 인하대 교수, 소설 부문은 이재복 한양대 교수가 맡았고 필자가 좌장으로 심포지엄을 진행했다.

조동일 교수의 기조발제는 "3·1운동과 문학사의 전환"이라는 제목으로, "민족의 쾌거를 자랑하고 일제의 만행을 규탄하는 수준에 머무르지 말고, 역사의 전환을 길이 이해해야 한다."라는 문제의식에서 출발했다. 이 독립운동이 당대 사회의 전반적인 변화와 어떻게 연결되었는지 알고, 그 의의에 관한 세계사적인 비교를 하는 안목도 지녀야 한다는 것이 발표자의 논지였다. 조 교수는 이러한 전제 아래 '3·1 정신의 재평가'와 '논의의 확대'를 거쳐 근대문학의 지평 위에서 서구 유럽 및 동아시아 문학과의 비교, 곧 '근대문학 비교 고찰'을 수행했다. 마지막으로 한국문학에 있어서 '작품 실상의 이해와 평가'를 통해 3·1운동의 정신이 우리 문학에 어떻게 반영되어 있는가를 검토했다. 이 발표는 심포지엄 참석자들의 많은 공감을 얻었다.

다음으로 운문 장르, 시 부문에 대한 홍정선 교수의 발표가 "문학작품(운문)으로 보는 3·1운동 — 기념 시·행사시의 의미와 한계"라는 제목으로 있었다. 홍 교수는 먼저 '3·1운동을 소재로 한 기념 시·행사 시와 그 검토 방법'이란 항목에서 "3·1운동을 소재로 한 시를 검토하는 이상적인 방법의 하나는 그 시편들을 세 가지 부류로 나누어 고찰해 보는 것이다. 첫째, 이 운동에 직접 참여했거나 만세 운동 장면을 목도했던 시인이 자신의 체험을 시로 생산한 경우, 둘째, 이 운동을 직접 체험하지는 못했지만 이 사건에 대한 남다른 관심 때문에 시를 쓴 경우, 셋째, 해방 이후 이 운동을 기념하는 특정 행사에 맞추어 시를 쓴 경우, 이렇게 세 가지 부류로 시 작품을 구분하여 분석하고 해석해 보는 것이다."라고 규정하고 논의를 시작했다. 그리하여 '3·1운동을 다룬 시에 대한 통시적 검토'를 통해 해방 이전, 해방 3년간, 해방기 이후의 경우로 구분하여 우리 시문학을 구체적으로 검증한 다음 '3·1운동을 다룬 시의 의미와 한계'에 대해 결론을 도출했다.

마지막 발표로 산문 장르, 곧 소설 부문에 대한 이재복 교수의 발표가 '3·1운동과 서사적 지평'이라는 제목으로 있었다. 이 교수는 '증유 혹은 의식 주체의 방향성'이라는 항목으로 이 주제에 대한 논의의 의미를 살펴본 다음 '낭만의 과잉과 재생의 포즈' 및 '미와 현실 사이의 조형과 불안' 등의 항목으로 3·1운동과 연관된 이광수, 김동인, 염상섭의 작품을 분석하였다. 그리고 말미의 '반성의 형식과 역사적 지평'이란 항목에서 다음과 같은 정의를 내놓았다. "3·1운동이 미증유의 사건이고, 그것이 일정한 기대와 희망, 좌절의 파토스와 미해결의 장으로 존재하게 되면서 우리 작가들의 역사적인 감각과 시대정신을 가늠해 볼 수 있는 시금석으로 자리하게 된 것은 우연이 아니다. 일제 36년이라는 기간에서 1919년은 어떤 지난한 과정의 끝이 아니라 새로운 시작이 되는 것이다. 이 과정에서 작가로서의 옥석이 가려지고 그것에 따라 우리 문학사의 지형도 달라진다." 이 논의에 이어 이 교수는 특히 염상섭에 주목하여 그 소설의 의미망을 공들여 언급했다.

이 세 발표자의 발표에 대해 문학평론가 유성호, 이명재 교수의 질의와 발표자들의 답변이 있었으며 이어 청중 질의도 이어졌다. 이날 심포지엄에서 언급되고 확인된 바와 마찬가지로 3·1운동은 미완이요 미해결의 역사적 민족운동이었으며, 비록 그 당대에 당면한 문제의 해결에 이르지는 못했지만 향후 민족사의 진로에 가장 강력한 상징과 압축의 충격파를 던졌다. 그러기에 이는 겉으로는 실패한 미완의 민족운동이었지만, 속으로는 역사의 장벽과 시간의 풍화작용을 넘어 마침내 이기는 길을 보여 준 준엄한 실증의 형국이었다. 만일 이 운동이 없었더라면, 과연 우리가 그 암흑기의 역사 과정에서 민족 정체성과 민족혼의 맥락을 이어

올 수 있었을 것인가를 엄중하게 되돌아보지 않을 수 없는 것이다.

묵상이 인도하는 글쓰기의 길

  '나의 글쓰기'라는 생각을 붙들고 다닌 지 여러 날이건만, 글의 실마리가 풀리지 않았다. 눈앞에 있는 다른 화급한 일 때문인지, 아니면 원체 내가 아둔한 때문인지 알 수가 없다. 그러나 이 새벽에 흠칫 깨닫는다. 아하, 내가 급한 것은 해결해 달라고 기도하면서 좋은 글을 쓰게 해 달라고 기도하지 않았구나. 또 내 생각이 앞서 있었구나. 새벽 책상에서 묵상을 마치고 그동안 글쓰기에 대해 내가 쓴 글들을 찾아보았다. 그리고 거기서 생각의 줄을 얻었다.

  문학 지망생이었던 내가 고등학교 2학년 때 만난 홍자성의 『채근담』은 전혀 새로운 세계의 발견이었다. 나는 그다지 무게감 없는 중국 명나라 말엽의 이 처세 철학서에 경망하게 경도되었다. 그 가운데 다음과 같은 구절이 있다.

  오얏나무 밑에서 갓을 바로잡지 말고 오이밭에서 신발을 고쳐 신지 말라.

— 홍자성, 『채근담』에서

어린 마음에 참 그렇다 싶었다. 그런데 또 다음 구절을 보고는 이 책이 무슨 삶의 계시를 말하는 것처럼 느꼈던 것인데, 내 부족하고 깊이가 덜 한 글쓰기의 행적은 그로부터 시발했다.

보라! 천지는 조용한 기운에 차 있다. 그러나 모든 것이 쉬지 않고 움직이고 있다. 해와 달은 주야로 바뀌면서 그 빛은 천년만년 변함이 없다. 조용한 가운데 움직임이 있고 움직임 속에 적막이 있다. 이것이 우주의 모습이다. 사람도 한가하다고 해서 가만히 있어서는 안 되며 한가한 때일수록 장차 급한 일에 대한 준비를 해 두는 것이 좋다. 그리고 아무리 분주한 때일지라도 여유 있는 일면을 지니고 있을 것이 필요하다.

— 홍자성, 『채근담』에서

기실 삶의 완급을 조정하는 지혜를 가르친 이 대중 교화론은, 경학에 명운을 건 유학의 정명주의자들에게는 외면당할 수밖에 없는 것이었으되, 당시의 필자에게는 알지도 못하는 상관없는 일이었다.

거기서부터 문장을 외우고 글을 쓰기 시작했다. 외워야 할 시와 산문들이 즐비했고, 또 그렇게 외운 문장의 구절들은 글을 쓰는 펜 끝에서 여러 모양으로 되살아나 허약한 내 글쓰기를 부축해 주었다. 비단 글뿐이겠는가. 글은 곧 말이니, 말 속에도 암기된 문장의 조력이 마른 나무뿌리를 적시는 지하의 수맥처럼 흔연했다. 그 무렵 그렇게 외운 시와 문장이 300편을 넘었던 것 같다.

내 외우기의 발걸음이 한동안 머물렀던 곳은, 이백과 두보의 종횡무진한 시편의 집산지 당시(唐詩)의 세계였다. 이백의 다음 시 「산중문답(山中問答)」 가운데 "답산중인(答山中人)"은, 나로서는 끝까지 실현 불가능할 세속으로부터의 초절이 어떤 것인지를 어렴풋이나마 짐작하게 했다.

問余何事棲碧山　누가 내게 묻기를 왜 푸른 산에 사느냐길래
笑而不答心自閑　웃고 대답하지 아니하니 그 마음 절로 한가롭구나
桃花流水杳然去　복사꽃 흐르는 물에 아득히 멀어져 가는데
別有天地非人間　별천지에 있으니 인간세계가 아니로구나

— 이백, 「산중문답」

한때 고전문학을 공부하고 중국 한시를 전공해 볼까 고민했을 만큼, 이 시는 그 고운 무늬결과 웅숭깊은 존재감으로 내게 육박해 왔다. 그와 같은 들뜬 마음을 가라앉힐 수 있었던 것은 우리 옛글에도 그에 필적할 재능과 표현이 잠복해 있음을 발견하고서였다.

雨歇長堤草色多　비 갠 언덕 위에 풀빛 푸른데
送君南浦動悲歌　남포로 님 보내는 구슬픈 노래
大同江水何時盡　대동강 물이야 언제 마르리
別淚年年添綠波　해마다 이별 눈물 보태는 것을

— 정지상, 「님을 보내며」

고려 시대의 천재 시인 정지상이 지은 「님을 보내며〔送人〕」라는 절창이다. 이별을 슬퍼하는 눈물이 얼마나 많이 대동강에 보태어지는지 그 강물이 결코 마를 리 없다는, 함축적 표현의 묘를 얻었다.

이렇게 외우고 있는 글들은, 아직도 내 마음속 보고를 채우고 있는 재산 목록들이다. 선비의 글방을 북창이라 하는데, 이들은 거기 글 쓰는 동도에 참예한 귀한 손님들이다. 나는 나의 남아 있는 날들을 도리 없이 그리고 기꺼이 이들과 어깨를 겯고 살 것이다. 고단한 글쓰기 길 나그네의 길벗으로서, 이들보다 더 미더운 동역자가 어디 있겠는가 말이다.

한국 문단에 문학평론가로 그 이름을 등재한 지 올해로 꼭 30년이 되었다. 그동안 참 많이 읽고 많이 썼다. 비평문으로 쓴 글을 엮어 아홉 권의 평론집을 냈고, 그 책들로 일곱 개의 문학상을 받기도 했다. 주요 일간 신문에 쓴 문화 칼럼을 모아 몇 권의 산문집을 내기도 했다. 이제야 글을 쓰는 것이 무엇인지, 어떻게 하는 것인지 조금 알 것도 같다. 그런데 이 근자에 매일 기도하며 하나님께로 나아가야 할 엄청난 숙제를 만나면서, 내 삶과 믿음 그리고 공부와 글쓰기에 대해 다시 되돌아보게 되었다.

내가 처음 문학에 대해, 말과 글에 대해 집중하며 하나씩 세웠던 가설은 별반 틀린 데가 없었다. 아니 오히려 그 철없고 물정 모르던 시절의 글쓰기 방향성이 더 풋풋하고 싱그러웠다. 오히려 삶의 폭이 확장되면서 원래의 초발심을 잊거나 잃지 않았는지 더 걱정해야 할 형국이었다.

일찍이 윌리엄 워즈워스가 "어린이는 어른의 아버지"라고 그의 시 한 구절로 썼듯이, 어른이 되는 것은 꼭 지켜야 할 것 가운데 많은 부분을 상실하는 것이기도 하겠다. 그래서 문학 이론가들이 때를 따라 아리스토텔레스의 『시학』을 다시 꺼내 읽듯이, 내 어리고 젊은 날의 읽기와 쓰기에 대해 돌이켜 보았다.

또 하나 참으로 아프게 깨우친 사실은, 그처럼 오랜 세월에 걸친 나의 글쓰기 가운데 신실한 믿음 위에서 기도하며 쓴 글의 분량이 얼마나 되느냐는 것이었다. 신앙인으로 살면서 이와 같은 반성을 이제 와서야 하는 일이 참으로 부끄러웠다. 어쩌면 거기에 내 문필의 한계가 잠복해 있는지도 모른다.

누군가 한국 현대문학의 가장 주요한 단처를 말하라고 한다면, 이는 두말할 것도 없이 '사상을 담은 문학의 부재'라 해야 옳다. 한 개인은 물론 우리 문학 전체의 형상을 보아도 그렇다. 그런데 신앙과 문학의 조화로운 만남은 이 오래고도 깊은 결손을 메우는 치유제에 해당한다. 단테의 『신곡』이나 존 밀턴의 『실락원』에서부터 시작하는 서구의 기독교 문학은 이에 대한 좋은 반증이다.

이제껏 내가 기독교 문학 또는 신앙과 관련하여 상재한 책은 모두 여섯 권이다. 『황금 그물에 갇힌 예수』와 『기독교 문학과 행복한 글쓰기』라는 산문집 2권, 『기독교 문학의 발견』이라는 소책자 1권, 『다시 부활을 기다리며』와 『기독교 명저 산책』이라는 편저 2권, 그리고 『문학으로 만나는 기독교 사상』이라는 저서 1권이 그 품목 명세다.

글쓰기 전문가의 연륜 30년에 이르러, 그리고 내 신앙의 연륜 모두를 함께 돌아보는 시점에 이르러 낮고 겸손한 마음으로 점검해 보니, 거기 글에 대한 뜨거운 열정은 있었지만 글의 수준과 읽는 이에게 전달되어야 할 감동에 대한 깊이 있는 성찰이 부족했다. 더 구체적으로 말하자면 글을 쓸 때마다 묵상하고 기도하는 신앙인의 미덕을 놓쳤던 것이다.

아하! 이는 결코 작은 문제가 아니다. 앞으로 언제까지 지속될지 알 수 없으나 내 글쓰기의 방식을 전면적으로 혁신하지 않고서는 그저 그런 글밖에 쓸 수 없을지 모른다는 절박한 깨달음이 가슴에 차오른다. 수백 편의 범상한 글보다 한 편이라도 길이 남을 글을 써 보자면 여기 이 각성이 내 글을 지배하도록, 그리고 처음 글쓰기를 시작하던 때의 순수성을 잊지 않도록, 기도하며 가는 길을 걸어야 할 것 같다.

영혼의 숨겨진 보화

1판 1쇄 찍음 2019년 7월 29일
1판 1쇄 펴냄 2019년 8월 5일

지은이   김종회
발행인   박근섭·박상준
펴낸곳   (주)민음사

출판등록 1966. 5. 19. 제16-490호
주소   서울시 강남구 도산대로 1길 62(신사동)
          강남출판문화센터 5층(06027)
대표전화 515-2000 | 팩시밀리 515-2007
홈페이지 www.minumsa.com

ISBN 978-89-374-4349-7 (03800)